KB266944

Swallow Knights Tales

김철곤 글 · 김성규 그림

판타지 장편소설
FANTASYSTORY & ADVENTURE

2

dream
books
드림북스

SKT 2
Swallow Knights Tales 2
아아, 인생 가시밭길

초판 1쇄 인쇄 / 2011년 7월 29일
초판 3쇄 발행 / 2014년 2월 19일

지은이 / 김철곤
그림 / 김성규

발행인 / 오영배
책임편집 / 편집부
펴낸 곳 / (주)삼양출판사 · 드림북스

주소 / 서울특별시 강북구 솔샘로67길 92
대표 전화 / 02-980-2112 팩스 / 02-983-0660
편집부 전화 / 02-980-2116 팩스 / 02-983-8201
블로그 / blog.naver.com/dreambookss

등록번호 / 제9-00046호
등록일자 / 1999년 3월 11일

값 15,000원

ISBN 978-89-542-4477-0 (04810) / 978-89-542-4475-6 (세트)

Swallow Knights Tales

김철곤 글 · 김성규 그림

SKT 개정판

2

아아,
인생 가시밭길

dream books
드림북스

Swallow Knights
Tales

Contents

제1화

이런 세상에서 우리가 할 수 있는 것 下

17.

키스 말마따나 희대의 명마 '카론 주니어'는 그야말로 논스톱으로 4일 만에 대륙을 주파해 베르스에 도착했다. 물론 나와 키스는 그동안 식사 한 끼 못 했지만, 그래도 나는 키스가 챙겨 온 사과를 받아먹으면서 탈진하는 사태는 피했다. 나야 키스 등짝을 꺼안고 선잠이라도 잤지만, 키스는 한숨도 안 자고 물 한 방울 안 마시고 밤낮으로 말을 달렸다. 그런데도 앞마당 산책 나온 듯 느긋하기 짝이 없었다. 대체 신체구조가 어떻게 된 인간이란 말인가? 적어도 말을 모는 솜씨나 넘치는 체력만큼은 훌륭한 기사의 귀감이라고 할 수 있다.

"하하하! 내 허리를 꼭 잡으시오! 레이디 미온!"

물론 이딴 실없는 소리를 할 때마다 뒤통수를 때리며 '나사 빠진 인간!' 이라고 소리치긴 했지만 말이다.

왕궁 세아스말에 도착하자마자 나는 일주일을 넘게 쉬지 못해 녹초가 된 몸을 이끌고 리더구트로 달렸다. 키스는 살기 가득한 눈초리로 정문에서 기다리는 카론 경을 보자마자 잽싸게 말에서 뛰어내려 멀리멀리 도주했다.

역시 그 명마, 카론 경 거였구려.

"지스는 어떤가요!"

우당탕, 방으로 뛰어 들어가며 소리치자 침울한 표정으로 앉아 있던 쇼탄과 크리스 등이 깜짝 놀란 얼굴로 날 바라봤다.

"미온 경! 대체 어디 갔다 온 거야!"

말해 주면 깜짝 놀랄걸!

나는 지스의 얼굴과 가슴에 이슬처럼 차갑게 맺힌 땀방울을 닦아 주는 왕실 의사에게 다가갔다. 의사는 나를 보곤 무겁게 말했다.

"이 아이는 살아 있네. 아직까진."

"다행이다."

나는 가슴을 쓸어내렸다.

"살고자 하는 의지가 없었다면 이미 죽었을 거야. 하지만 아직까진 정신력으로 견디고 있어."

의사의 말에 나는 고개를 끄덕였다. 지스킬도 죽음을 원했던 것은 아니었다. 누가 죽는 것을 좋아할까? 도리어 지스는 누구보다 억울했으리라. 누구에게도 사랑받지 못하고 태어날 때부터 병에 시달리며 콜록거리다가 아무도 봐주지 않는 꽃이 시들듯 힘없이 막을 내리는 그런 인생은 지스도 싫었을 것이다.

"하지만 이대로는 오늘내일 중으로 목숨이……."

"해독 공식을 가져왔습니다!"

내 말에 의사가 불쾌한 농담이라도 들은 듯 치를 떨었다.

"무슨 말도 안 되는 소리를 하나. 이 아이를 살리고 싶은 마음이야 알겠지만…… 응?"

초로의 의사는 내가 건넨 문서를 보고는 눈매를 좁혔다.

"과학 발전을 위해 자네 몸을 포기하겠다고? 젊은 놈이 몸은 왜 포기해?"

"뒤, 뒤쪽을 보세요!"

그는 당최 알 수 없다는 표정으로 뒷면을 바라봤다. 그리고 그대로 굳어 버렸다.

그가 한동안 말이 없자 나는 침을 꼴깍 삼키며 그에게 조심스럽게 물었다.

"그거 정말 해독 공식이 맞는……."

"이, 이, 이, 이럴 수가아아아아!"

"우아아악!"

그 의사가 무서운 사자후를 내지르는 바람에 난 기겁하며 뒷걸음질을 쳤다. 그는 천 년 묵은 산삼이라도 발견한 것처럼 내 어깨를 잡고 흔들며 소리치는 것이었다.

"이 공식을 어디서 얻었나! 누가 자네에게 이걸 줬어!"

"그, 그건 말씀드릴 수 없는데요. 무슨 문제라도……."

"탁월해! 혁명적이야! 이런 제조 공식을 만들 수 있는 사람이 이 세상에 존재한다니! 이 공식을 만든 사람은 분명 세상에 둘도 없는 천재일 거야! 의학의 신이라고!"

베르스 최고의 의사라는 이 노인은 체통도 잊고 입에 게거품을 물며 메데이아를 칭송하기 시작했다. 나는 그 모습을 보며 난감하게 웃었다.

'굳이 그렇게 비교하신다면 신이 아니라 여신입니다만.'

메데이아 교수는 여신도 세상에 둘도 없는 천재도 아니다. 단지 자신의 연구를 통해, 죽은 동생에게 조금이라도 참회하고 싶은 사람일 뿐이다.

"저 감탄은 그쯤 하시고 어서 해독제를 좀……."

"알겠네! 이것만 있다면 문제없어!"

그는 신의 계시라도 받은 것처럼 쏜살같이 자신의 연구실로 달려갔고, 잠시 후 해독제를 만들어 와선 힘없이 신음을 뱉어내는 지스의 입가에 흘려 넣었다.

그리고 10분도 되지 않아 절망적으로 사그라지던 지스의 심장이 다시 생기를 되찾기 시작한 것이다. 루이 경이 얼떨떨한 표정으로 손뼉을 쳤다.

"아니, 미온 경. 어디서 그런 걸 가져온 거야? 설마 마키시온 제국에 가서 가져오기라도 한 거냐?"

그러자 옆에 있던 쇼탄이 루이의 어깨를 툭 쳤다.

"농담하지 마라, 루이. 아무리 미온이 엉뚱한 녀석이라도 이 시간에 어떻게 마키시온에 다녀왔겠냐."

그렇게 떠들던 그들이 갑자기 우후후후 하고 의미심장하게 웃기 시작한 날 놀란 눈동자로 쳐다봤다. 아아, 당신들은 짐작도 못 할 거야. 내가 일주일 동안 어떤 하드코어한 오디세이를 겪었는지.

"미, 미온. 너 정말 마키시온에 갔다 온 거냐?"

"글쎄요오."

"정말이야?"

"글쎄요오오."

나는 콧소리를 내며 딴청을 피웠다. 메데이아 교수와의 살 떨리는 에피소드는 평생 봉인하기로 약속했다. 끝이 좋으면 다 좋다고, 떠올려 보니까 꽤 많은 것을 느낀 모험이었지만 다시 하라면 못 할 것 같다. 이 모험의 가장 큰 기적은 해독제를 구한 것이 아니고 내가 살아 돌아왔다는 점이다.

나는 땀에 흠뻑 젖은 지스 경의 머리카락을 쓸어 넘겼다. 그의 머리칼은 새벽하늘처럼 엷고 맑은 하늘색이었다. 나는 그의 가슴에 귀를 대고 고르게 두근거리며 들려오는 맥박 소리를 들으면서 방긋 웃었다. 그제야 나른한 안도감이 온몸에 퍼지며 내가 일주일이 넘게 거의 잠을 자지 못했다는 사실을 깨달았다.

나는 스르르 바닥에 주저앉으며 헤헤 웃었다.

"이제야 끝났구나."

졸려, 자고 싶어, 배고파, 아파, 목욕하고 싶어! 내 온몸 구석구석이 '제발 좀 몸을 소중히 다뤄 줘!'라고 소리치고 있었다. 지금 잠들면 정말 며칠 동안 일어나지 못할 것 같아. 아아, 돌바닥이든 무덤 앞이든 아무래도 상관없어. 강도가 덮치지 않고 독약을 마시지 않아도 되는 곳이라면 어디라도 좋으니까 이대로 잠들어 버리고 싶…….

"잠깐만!"

나는 퍼뜩 든 생각에 눈을 번쩍 뜨며 자리에서 일어났다.

차를 가지고 들어오던 크리스가 흠칫 놀라선 물었다.

"왜, 왜 그러세요?"

"아직 남은 일이 있어. 절대로 용서 못 하는 놈이 하나 있어!"

나는 그렇게 소리치며 리더구트를 빠져나가 헬스트 나이츠 본부로 또다시 뛰었다. 카론 경을 만나기 위해서.

18.

"그래서……. 백작 부인을 소환해 달라는 건가?"

"그래요! 그 여자는 지스 경을 독살하려고 했어요! 왕실로 소환해서 조사하는 게 당연하잖아요!”

카론 경은 지스를 독살하려 한 귀부인을 소환해야 한다고 주장하는 나를 보곤, ‘쓸데없는 짓을……’ 이라고 중얼거렸다.

“쓸데없지 않아요! 왕실 기사를 독살하려고 한 것은 흉악한 범죄 아닌가요? 이런 일을 그대로 놔두면 왕실이 그토록 좋아하는 명예와 권위에도 흠이 가잖아요. 어째서 가만히 있는 거예요?”

나는 지금까지 미루고 또 미뤄 두었던 분노를 단번에 폭발시키고 있었다. 피해자가 꼭 왕실 식구가 아니어도 상관없다. 누군가가 다른 누군가를 단지 ‘말을 듣지 않은 것에 대한 앙갚음’ 으로 죽인다는 것은 천인공노할 범죄다.

그러나 카론 경은 쓰고 있던 투명한 안경을 벗고 그 차가운 눈초리로 날 바라볼 뿐이었다.

“현실로 돌아와.”

그는 진단을 내리는 의사처럼 말했다.

“기사를 만든 자들이 누구라고 생각하나?”

“…….”

“기사는 권력자들이 자신들의 필요성에 의해 만들어낸 존재다. 그런 기사가 자신의 주인을 심판하는 일이 가능할 것이라 생각하나? 그게 현실이다. 소환해 봐야 무죄방면될 뿐이야.”

나는 주먹을 꽉 쥐었다.

“카론 경도 그렇게 생각하시나요? 그래서 우리가 할 수 있는 것은 아무것도 없다고?”

나와 카론 경은 한동안 눈을 마주했다. 시종일관 얼음 같은 그의 표정에는 일말의 변화도 없었다. 그는 수도 없이 이 왕국의 현실에 부딪혔을 것이다. 그래서 절대로 깨지지 않는 벽이라는 것을 알게 되었을 것이다. 그렇기 때문에 저런 표정을 갖게 된 것이리라.

이윽고 카론 경은 베르스 최고의 검술사라고 하기엔 너무도 길고 섬세한 손을 뻗어 서류 한 장을 집어 들었다.

"소환장을 보내겠다. 하지만 아무것도 기대하진 마라. 그만큼 괴로워지니까."

19.

며칠 후, 소환장을 받은 백작 부인의 마차가 왕궁에 도착했다. 카론 경의 말대로 처음부터 왕실은 그녀를 조사할 생각이 없어 보였다. 법정은 준비되지 않았고 죄인 아닌 귀빈을 맞이하는 것처럼 마차가 들어오는 정문에 의장대를 도열해 놓았다. 무엇보다 그 마차에서 내린 자는 지스킬을 독살하려 했던 백작 부인이 아닌 30대 남자였다. 보던 중 얍삽하게 생긴 자였다.

"……저놈은 뭐야?"

난 뾰족 콧수염을 매만지며 오만 거드름을 피우는 놈팡이를 보며 중얼거렸다. 곁에 있던 키스 경이 내게 귀띔해 주었다.

"미온 경, 설마 백작 부인이 직접 올 거라고 생각한 거예요? 저 남자는 그녀의 대리인이에요. 보통 이런 일엔 대리인이 온다고요."

"대리인?"

"뭐 말이 대리인이지, 실제로는 귀부인 침대맡에서 아양 떨어먹고사는 기둥서방쯤 되는 작자겠지만 말입니다아."

키스 역시 전혀 좋은 감정이 없는지 웃는 낯으로 독설을 내뱉었다. 가장 먼저 그 '놈팡이'를 맞이한 자는 아니나 다를까 블리히 경이었다. 헬스트 나이츠의 단장 자격으로 나타난 그는 거구에 어울리지 않는 간드러진 목소리로 백작 부인의 안부를 걱정하더니만 속이 다 뒤틀리는 말을 꺼내는 것이었다.

"아이고. 우리 부기사단장 카론 군이 도무지 세상 물정 모르는 시골 녀석인지라, 별 시답잖은 않은 일로 이곳까지 행차하시게 해 송구스럽습니다."

어떤 성격이면 저런 낯 뜨거운 말을 끄떡없이 읊을 수 있는 걸까. 정말이지 고개가 숙여지는 작자였다.

예상대로 무죄방면은 확실해 보였다. 그는 곧바로 국왕 전하를 알현했고, 그가 가져온 값비싼 선물들에 기분이 좋아진 전하께서 그에게 기사 작위까지 내렸으니까 말이다. 아무도 부끄러워하지 않았다. 모든 일은 항상 그래 왔듯 너무나도 자연스럽게 진행되었다.

그리고 두 시간여의 '접대'를 마치고 다시 마차로 돌아가는 그 대리인 앞을 내가 막아선 것은 그 누구도 예상치 못한 돌발 상황이었다.

"뭐야? 네놈은."

거만한 눈초리로 날 내리까는 그놈에게 한 방 먹여 주고 싶었지만, 나는 화를 꾹 참으며 말로 대신했다.

"돌아가서 그 잘난 백작 부인에게 전해. 다음 지명 때는 꼭 나를 불러 달라고. 동료를 죽이려 한 여자의 얼굴을 내가 꼭 보고 싶다 하더라고 전해!"

그때 블리히 경이 깜짝 놀란 얼굴로 뛰어오며 소리쳤다.

"거기! 그분에게 뭐 하는 짓이야! 네놈은 뭐야!"

내 울분에 찬 말에 이 '대리인'은 콧방귀를 끼며 비아냥거리는 것이었다.

"너희 같은 놈들도 동료가 있냐? 천박한 놈들은 뭐가 달라도 다르군. 백작 부인께선 그 버르장머리 없는 꼬마가 살아났다는 소식을 듣고 무척 애석해하고 계시다. 다음 지명 때도 다시 그 녀석을 불러서 반드시……."

"입 닥쳐!"

나는 그의 멱살을 잡아챘다.

그는 믿을 수 없다는 표정으로 당황해선 중얼거렸다.

"너, 너, 이 자식. 내가 누군지나 알고 이러는 거냐!"

"네가 누구냐고? 창피함을 모르는 짐승이다!"

그는 나를 밀쳐내곤 칼을 뽑았다.

"이 겁대가리 없는 자식! 어째서 왕궁에 이런 무례한 놈이 있는 거야!"

그가 번뜩이는 검 끝을 내 코앞에 겨눴지만 나는 피하지 않았다. 이런 놈 앞에서 고개를 숙인다면 난 기사도 뭣도 아니다.

곧이어 날카로운 쇳소리가 터졌다. 난 눈을 질끈 감았다. 그런데 다시 눈을 떠보니 창백하게 빛나는 칼날이 대리인의 목에 다가와 있었다.

"뭐, 뭐야! 왜 나한테 칼을!"

"카론 경! 무슨 짓인가!"

블리히가 절규하듯 외쳤지만 이자의 목을 겨눈 카론 경은 검을 거두지 않은 채 무감정한 목소리로 말했다.

"왕궁에서 허가받지 않은 자가 검을 뽑으면 즉결 처분이라는 것조차 모르는가."

"자, 잠깐만! 바로 검을 넣을 테니 용서를……."

"법을 어긴 자에게 예외는 없다. 기회를 주겠다. 명예롭게 자결할 텐가, 아니면 내 손에 죽을 텐가."

"히이익!"

카론 경의 기백에 눌린 대리인은 온몸을 덜덜 떨었다. 그는 블리히가 겨우겨우 말린 뒤에야 혼비백산 왕궁을 떠날 수 있었다. 나는 어쩌면 카론 경이 정말 백작 부인의 대리인을 즉결 처분하려 했을지 모른다는 생각이 들었다. 닳고 타락한 세상이라도 우직할 만큼 법을 수호한다. 그것이 카론 경이 목숨을 바쳐 하고자 하는 일이리라.

그런데 검을 집어넣은 카론 경은 나도 똑같이 꾸짖는 것이었다.

"엔디미온 경, 네 뜻을 이루고 싶다면 감정에 휘둘리는 일은 없도록 해라. 아까 자네의 행동은 기사로서 실격이다."

"죄, 죄송합니다."

나는 얼굴이 빨개져선 고개를 숙였다. 아무튼 카론 경은 무섭다니까.

그때 살금살금 다가온 키스가 카론의 등 뒤에 확 올라탔다. 카론은 기겁을 하며 몸부림을 쳤지만 키스는 생글생글 웃을 뿐 전혀 놔줄 생각이 없는 것 같았다.

"와아아. 카론 경, 멋져요. 사모님이 반할 만하다니까? 그런데 애는 언제 낳을 겁니까아? 카론 경을 똑 닮은 얼음덩어리가 튀어나올까 봐 걱정돼서 밤잠을 못 이루고 있사옵니다아."

"이, 이거 놔라! 키스!"

"싫습니다아."

"네놈도 꺼져!"

결국 카론 경 입에서 험한 소리가 나오게 하는 걸 보니…… 확실히 키스가 한 수 위야. 카론 경. 방금 그 대사, 기사 실격이라고요. 우후후후.

20.

그리고 모든 것은 정상으로 돌아왔다. 이틀 뒤에 지스 경은 침대에서 일어났고 루시온 경과 레녹 경도 지명에서 돌아와 리더구트는 간만에(남정네들만으로) 북적거리기 시작했다. 절세 미녀까진 아니더라도 이 삭막한 곳에 시녀 정도는 있었으면 좋겠지만, 이런 민원 넣어 봐야 무시당할 것 같으니까 그만두기로 하자.

그리고 새 아침이 시작되자, 우리는 1층에 모여 아침 식사를 했고 어젠 또 뭘 했는지 졸린 표정의 키스가 들어와서는 귀찮다는 표정으로 브리핑을 시작했다.

"하아, 피곤한 아침입니다아. 먼저 루이 경, 지명입니다. 후아아암…… 후딱 제사 도구 받아서 어디론가 사라져 주세요오."

"아! 좀 성의 있게 해 주면 어디 덧나나!"

루이가 사자 갈기 같은 머리를 쓸어 넘기며 투덜거렸다.

"그리고 쇼탄 경! 돈 갚아요! 영혼을 팔아서라도 갚으란 말이에요!"

"가, 갚으면 되잖아! 조금만 더 시간을 달라고!"

역시 모든 것이 정상으로 돌아왔다.

"에 그리고…… 지스 경?"

"응?"

깨어난 뒤부터 아무런 말이 없던 지스가 어색하게 고개를 들었다.

"지명 들어왔는데, 원치 않으면 쉬어도 좋아요."

"아냐, 갈게."

무슨 생각이 들었는지 지스는 단번에 대답했다. (영문을 알 수 없지만)의외로 지명자들에게 인기가 많은 지스는 지금껏 단 한 번도 지명을 달가워한 적이 없다고 한다. 여전히 웃음기 하나 없는 표정이지만, 그래도 자신의 인생을 피하지 않고 받아들이게 된 것 같아서 기쁜 마음이 든다. 물론 태워 먹은 침대는 좀 사 줬으면 좋겠지만.

"에, 그리고 미온 경은 난리를 피운 벌로 오늘은 신전 청소를……."

뭐라고!

그때였다.

"계십니까!"

문밖에서 익숙한 목소리가 들려오자 키스가 말을 멈추고 문을 바라보았다. 제법 익숙한 목소리인데, 누구였더라?

"엔디미온 키리안 씨, 계십니까?"

"얼레? 나?"

나는 자리에서 일어나 문으로 걸어갔다. 그리고 문을 열자 정말로 평생 다시 만날 일 없을 것 같던 사람이 서류를 든 채 날 바라보고 있었다.

"당신은!"

"아이고, 또 당신이군요. 뭐 이렇게 여기 배달 오는 것이 많나요?"

그는 예전 지스킬의 관을 운반해 왔던 천리마 택배 길드의 배달원이었던 것이다. 그런데 이번에는 나한테 뭐가 왔어?

배달원이 문을 활짝 열어젖히며 밖을 보고 소리쳤다.

"이봐! 어서 가지고 들어와!"

"자, 잠깐! 그게 뭐예요!"

이번에는 정말 초대형이었다. 네 명의 배달부가 끙끙거리며 실로 어마어마한 상자를 들고 들어왔다. 나를 포함한 모든 사람이 휘둥그레진 눈으로 바라보았다.

"하아, 이거 가져오느라 정말 힘들었습니다."

"서, 설마 이거 운송비도 내가 내야 하는 건가요?"

이 정도 크기면 운송비만 대체 얼마냐고! 그리고 내가 왜 매번 이런 괴 택배를 받아야 하는 건데!

그런데 그 배달원은 서류를 훑어보더니 고개를 저었다.

"이번에는 운송비 걱정이 없겠네요. 운송비는 의뢰인께서 지불하셨습니다."

"의, 의뢰인이 누군데요?"

배달원은 자신도 이런 일 처음 겪는다는 얼굴로 말했다.

"서류에는 의뢰인에 대한 정보가 아무것도 없네요. 아마 이 물건의 의뢰인은 우리 길드의 특별 고객일 겁니다."

"특별 고객?"

"아! 여기 한 줄 쓰여 있네요. I.K.라고 쓰여 있네요."

"I.K.?"

난 고개를 갸웃거렸다. 그 의문의 이니셜은 대체 뭐지?

순간 난 벼락을 맞은 것처럼 몸이 뻣뻣하게 굳었다. 생각해 보니까 내가 아는 사람 중에서 I.K.라는 이니셜과 맞아떨어지는 이름은 단 한 분뿐이었다.

'이자벨 크리스탄센 국장님.'

"그럼 설마 저 물건은?"

나는 긴장된 표정으로 거대한 상자를 뜯었고(전에도 말했지만) 역시 거대 길드의 포장답게 단번에 매듭이 풀리면서 원터치로 상자가 열렸다.

그리고 그 안에는…… 쇼탄 경이 입을 벌리며 물고 있던 담배를 떨어트렸다.

"저 초대형 침대는 뭐냐, 미온?"

"아하하……하하."

그 정체는 바로 정보 강국 이오타에서 보낸 최고급 침대였던 것이다. 본래 이오타 왕족을 위해 장인이 만드는 돈 주고도 못 사는 침대다. 보석처럼 반짝이는 그 모습은 도저히 미천한 이 몸이 눕기 죄스러울 만치 화려했다. 그리고 그 침대 위에 작은 쪽지가 하나 놓여 있었다.

"여, 역시 알고 계셨어."

마키시온 제국 황제의 흰머리 숫자까지 알고 있다는 인트라무로스는 역시 모르는 것이 없었다. 내가 불타는 침대에 묶여 연못으로 뛰어들었다는 '정보'를 듣고 얼마나 웃으셨을까. 하지만 국민의 세금으로 움직이는 정보국이라면 좀 더 유용한 정보를 모으는 데 힘을 쓰시란 말입니다, 이자벨 님!

이자벨 님은 지극히 이성적이고 지적인 분이지만 가끔은 엉뚱한 장난으로 사람을 놀라게 하는 일이 있었다. 그런데 지금 문제는 그 장난의 스케일이 무척이나 크다는 것이겠군.

"그건 그렇고……."

키스가 내게 다가와선 속삭였다.

"미온 경, 이번에는 이 침대를 업고 뛰는 일에 도전해 보시지 그래요오?"

"농담하지 말아요. 이런 건 내 방 안에 들어가지도 않는다고!"

그렇다. 침대 크기가 내 방 크기보다 크다. 이자벨 님, 저는 국장님 생각만큼 호사스럽게 살고 있지 못하답니다.

어쩌면 이 침대는 국왕 전하의 침대보다도 클지도 모른다. 그렇다면 왕족을 모욕한 괘씸죄로 형장에 끌려갈지도 몰라(농담이 아니다. 이 왕궁은 사소한 일에도 목숨을 건다).

결국 나는 고심 끝에 이 국보급 침대를 오르넬라 성녀님께 공물로 바치기로 했다. 물론 오르넬라 님은 '오호호호! 가난뱅이 주제에 제법 처세가 좋구나'라는 말씀과 함께 냅다 침대를 가져가 버리셨다.

나는 지스 경이 그 무거운 여행 가방을 들고 홀로 왕궁을 나가는 모습을 지켜보며 묘한 기분에 사로잡혔다. 어쩌면 이 왕궁은 차가운 세상을 이리저리 헤매던 그가 도착한 마지막 안식처일지도 모른다. 실은 닳고 닳은 이 왕궁을 누구보다 소중히 여길지도 모른다.

이런 세상에서 우리가 할 수 있는 것은 자명하다. 사람들에게 비웃음을 받고 무시당하더라도 포기하지 않고 자신이 옳다고 생각하는 길을 외면하지 않는 것이다. 요령 없다고 비난받고 때론 더없이 초라해져도 우리가 할 수 있는 최선을 다하고 그 이후에는, 그래도 우리가 사는 이 세상이 그리 나쁘지만은 않다는 믿음을 가지는 것이다.

아무리 생각해 봐도 그것뿐이리라.

제2화

베르스, 위기일발!

1.

불타오르듯 무더운 날이었다. 이글거리는 태양은 우리를 삶아 버리기로 작정한 듯 며칠째 폭염을 토해냈다. 제아무리 권력의 핵심인 왕궁도 대자연 앞에서는 속수무책이라서 궁전이 이대로 녹아 버리는 게 아닐까 싶을 만큼 뜨겁게 달아오른 대재앙의 여름이다.

왕궁은 패닉이었다. 잠깐만 서 있어도 온몸의 체액이 빨려 나가는 죽음의 궁전엔 인적 하나 없고, 어쩔 수 없이 서 있는 경비병들마저 반쯤 녹아 흐물거렸다. 호수와 개울은 거북이 등딱지처럼 말라붙어 버렸고 모든 행사와 회의가 취소되었으며, 다들 흡혈귀처럼 어둠을 숭배하며 해가 진 이후에나 슬금슬금 밖으로 기어 나올 뿐이었다. 지나가다 괜히 어깨라도 스치면 곧바로 대난투가 벌어질 것 같은 짜증 만점의 분위기다.

우리 리더구트 역시 다를 바는 없었다. 크리스 경은 이미 더위에 패배해서 '크리스 찜'이 된 상태고 쇼탄 경은 분위기 파악 못하고 일광욕한다고 설치다가 육포가 되어 현재 사경을 헤매고 있으며, 루시온 경은 역시 돈이 많은지 얼음을 주문해서 테라스 욕조 얼음물에 몸을 담그고 있었다. 진짜 지금만큼은 거기 같이 들어가고 싶을 정도로 덥다.

그리고 루이 경은 남자 자존심 다 버리고 왕궁 이곳저곳으로 얼음을 구걸하며 다니다가 수풀 근처에서 탈진한 상태로 발견되어 이곳으로 실려 왔고, 랑시 경은 속옷 한 장만 걸친 채 더위가 밉다고 울먹이며 소파에 추욱 늘어져 시종들의 부채질을 받고 있는 상황이다.

그리고 이 악마적인 삼복더위 속에서 키스 경은,

"어머나? 다들 왜 그러고 있습니까아?"

얄밉게도 끄떡도 없었다. 그는 땀 한 방울도 흘리지 않는 여유만만한 자태로 우리 앞에 나타났다. 물론 커다란 티셔츠 한 장에 짧은 반바지를 입고는 있지만, 아무리 그래도 열기를 튕겨내는 마법을 온몸에 시전하지 않은 이상 어찌 저런 모습이 가능하단 말인가!

브리핑하러 들어온 키스는 사방에 추욱 늘어져 있는 우리 모습을 묘한 눈빛으로 감상하더니 새하얀 서류로 얼굴을 가리고는 중얼거리는 것이었다.

"우후후, 더위에 찌든 패배자들."

다 들려, 이 양반아!

"아무튼 오늘의 브리핑을 시작하겠습니다! 기대하시라."

솔직히 오늘 내게 할당된 노동이 신전 청소라면 난 오늘부로 다른 나라에 망명할 것이다. 불판처럼 이글거리는 신전 대리석 바닥 위에서 비질 같은 걸 했다간 순식간에 '금발의 육포'가 되어 먹기 좋게 말라 버릴 것이 분명하다.

"루시온 경, 지명입니다아."

역시 슈퍼스타, 대단한 인기네. 얼음 욕조 안에서 혼자만의 바캉스를 맛보고 있는 루시온 경은 무덤덤하게 고개만 끄덕였다. 하도 지명이 많아서 기뻐하는 기색도 없구나.

"아, 그리고 레녹 경도 지명이에요."

레녹 경은 그 말을 듣자마자 땀을 뚝뚝 흘리며 읽고 있던 책을 덮고 곧바로 자신의 방으로 돌아갔다. 두 인기인이 먼저 지명을 받은 이후, 놀라운 일이 벌어졌다.

"얼레? 그리고 랑시 경, 쇼탄 경, 루이 경 모두 지명이네요?"

그 말이 끝나기가 무섭게 그들 모두 구세주라도 만난 듯 벌떡 일어났다. 이런 무더위 속에서 지명을 받아 지방으로 탈출한다는 것은 말하자면 '불지옥을 벗어나는 유일한 밧줄'이니까. 지금만큼은 세상 어디라도 이곳보단 좋을 것이다.

이미 죽은 줄로만 알았던 쇼탄은 당장 이 저주받은 왕궁을 떠나겠다며 환호성을 질렀고, 일사병에 시달려 헛소리까지 지껄이던 루이도 자기 인생에서 가장 고마운 지명을 받았다면서 감동의 눈물마저 흘렸다. 랑시는 민망하기 짝이 없는 속옷 차림 그대로 꺄하하하! 웃어 젖히며 자기 방으로 뛰어갔다.

순식간에 응접실에 남은 사람은 키스와 나, 그리고 크리스뿐이었다.

크리스는 힘없이 땀을 닦아내며 억지로 웃었다. 지명을 받지 못하는 건 그로서는 익숙한 것이지만, 보는 나까지 가슴이 아프군.

"그리고 크리스 경, 당신도 지명받았습니다."

"저, 정말인가요?"

크리스는 깜짝 놀랐고 나도 덩달아 놀랐다.

"오오, 그것도 오르넬라 성녀님의 지명이네요?"

"축하해, 크리스."

대신 박제가 안 되도록 조심하시오. 나는 진심으로 기뻐하며 그의 어깨를 두드렸다. 크리스는 너무 감격해서는 울어 버릴 것 같은 표정으로 몇 번이나 고개를 끄덕이는 것이었다. 아아, 역시 고진감래(苦盡甘來)라고 했던가. 이제 크리스도 훌륭한 호스트, 아니 신관기사로서 보람찬 인생을……. 그런데 잠깐, 이거 어째 분위기가……. 이렇게 되면 지명받지 못한 사람은 나뿐이잖아?

"마지막으로 미온 경은……."

“저, 저도 지명인가요? 제발 부탁이에요! 어디라도 갈게요!”

내 간절한 표정에 키스는 활짝 웃으며 답해 주었다.

“꿈 깨세요. 댁은 나와 함께 집이나 지킵시다아.”

에라이!

2.

이미 지명을 떠난 지스 경과 함께 이번에 대규모로 지명받은 나머지 용사들까지 리더구트를 떠나자, 시끌벅적하던 이곳은 나와 키스만 덜렁 남은 고요한 집구석으로 뒤바뀌어 버렸다.

지명자들을 배웅하고 돌아온 나는 이 감당할 길 없는 고요에 어색해하며 응접실에 혼자 앉아 멍하니 부채질을 하고 있었다. 대낮부터 하릴없이 빈집이나 지키는 짓은 혈기 왕성한 20세 청년이 할 짓이 아닌데 말이야.

“우와, 한가해라.”

나는 부채질을 계속하며 사방을 둘러보았다. 리더구트가 이렇게 조용한 곳이었던가. 창밖에서 더워 죽겠다며 울어 젖히는 매미 소리 외엔 세상 모두가 사라진 듯 고요하다. 그리고 그 한복판에 내가 앉아 있다. 뭐랄까, 알 수 없는 쓸쓸함이······.

“멜론 셔벗입니다.”

"우아앗!"

인기척도 없이 다가온 시종이 불쑥 내 앞에 셔벗을 놓는 바람에 난 소스라치게 놀라고 말았다. 아, 맞다! 시종들도 있었지. 요즘 이자들의 정체가 무척이나 신경 쓰인단 말이야.

"……간 떨어지겠네. 발소리 정도는 내 달라고."

시종들이 뭐 이리 은밀해. 열 명도 넘는 듯한 이 시종들은 출퇴근하는 모습을 못 봤으니까 아마도 이 저택 어딘가에 사는 것도 같다. 그런데 무슨 교육을 어떻게 받았는지 숨소리도 없이 나타났다가 발소리도 없이 사라지는 의문의 존재들이다. 개인 생활이란 게 있긴 한 건가?

하지만 가장 무서운 점이 무엇인 줄 아는가. 모두 얼굴이 똑같다는 것이다! 처음엔 착각이려니 했는데 눈썰미 좋은 나조차 1호인지 5호인지 구분이 안 가. 항상 똑같은 옷에 똑같은 표정에 똑같은 말만 한다. 이게 만화였다면 그리기 귀찮아서 이런 설정으로 했을 거라고 납득할 수 있겠지만 이건 소설이잖아? 도저히 영문을 모르겠어. 아무리 10대 후반 정도의 미소년들이라고는 해도 상당히 으스스하다. 언젠간 지나가는 시종을 내 방에 붙잡아다 자초지종을 캐묻고 싶지만, 절대로 시종들의 정체를 파고들지 말라는 키스의 명령이 있었다. 어쩐지 캐고 들어가면 무시무시한 비밀이 숨겨져 있을 것 같으니까 지금은 그냥 '분신술을 익힌 시종' 정도로 넘어가도록 하자.

복제 인간들의 사생활은 그렇다 치고 고맙게도 멜론 셔벗이라니! 역시 시종들은 기계 같지만 센스 만점이로구나.

셔벗에 티스푼을 집어넣자 사각거리며 얼음이 부서지는 시원한 소리가 들렸다. 나는 티스푼을 입에 물고 벌렁 드러누웠다.

'그러고 보니 키스 이 양반은 또 어디로 사라진 거지?'

난 문득 그런 생각을 하며 에메랄드빛의 멜론 셔벗을 입속에 넣었다. 그리고 보니까 시종은 그렇다 치고 키스야말로 하루 종일 뭐 하는 걸까. 지명을 받는 것도 아니고 아침 브리핑 외에는 달리 하는 일도 없잖아?

키스와 고양이의 공통점이 두 개 있다면, 첫 번째는 별로 하는 것도 없으면서 뭐 하나 하면 엄청나게 생색을 낸다는 점이고, 두 번째는 하루 종일 잠만 자는 것 같지만 잘 보고 있으면 뭔가 알 수 없는 짓에 열중하고 있다는 점이다.

어쨌거나 지금 이곳에 없다는 것은 내가 여기서 무슨 짓을 해도 괜찮다는 의미잖아?

"좋아!"

내 마음속 호기심이 다시 고개를 들었다. 그리고 보니까 예전에 키릭스 세자르라는 의문의 인물에 대해서도 조사를 하다가 멈췄었지!

나는 일단 셔벗을 맛있게 다 먹은 뒤에 살금살금 키스의 방으로 향했다.

'역시 문이 열려 있군.'

조심스럽게 문을 열고 들어갔다. 텅 빈 키스의 방은 마치 내일 당장 떠날 사람의 방처럼 말끔히 정리되어 있었다.

가장 먼저 눈에 들어온 것은 스왈로우 나이츠의 검이다. 평생 쓸 일이 없다던 보검들은 빛을 받아 반짝거리고 있었다.

'음? 그런데 남은 두 명은 누굴까?'

예전부터 궁금했는데, 지금까지 한 번도 보지 못한 나머지 두 명의 기사들은 어디서 뭘 하기에 돌아오지 않는 걸까? 사람들의 말에 의하면 '장기 지명자'라고 하는데 경우에 따라서는 평생 돌아오지 못한다고 한다. 대체 무슨 일을 하고 있는 걸까?

그리고 다음으로 눈에 들어온 것은 일기장이었다. 책상 위엔 노트가 한 권 놓여 있었고, 거기엔 '키스의 일기장. 절대로 보지 말 것!'이라고 쓰여 있었다. 어린애냐?

"훗훗훗. 보지 말라고 하면 더 보고 싶은 게 인지상정이지."

나는 주변을 두리번거린 후 슬쩍 키스의 일기장을 펴 보았다. 일기장 맨 앞에는 첫 번째 일기가 꾹꾹 눌러 쓴 필체로 적혀 있었다.

일기장을 샀다.

이제부터 열심히 일기를 써야겠다.

"후후, 귀엽네."

나는 키득 웃으며 다음 장을 넘겼지만, 다음 페이지를 본 순간 표정이 차갑게 굳었다. 믿을 수가 없었다.

“서, 설마 이건…….”

그리고 도저히 믿기지 않는다는 눈빛으로 빠르게 다음 장, 또 다음 장을 넘겨봤지만 마찬가지였다. 난 커다랗게 소리칠 수밖에 없었다.

“얼씨구! 그 이후론 하나도 안 썼잖아! 이런 게으름뱅이!”

모조리 빈 페이지였다. 난 짜증을 내며 일기장을 팍 덮어 버렸다. 아니, 어린애들조차 종이가 아까워서라도 며칠은 쓰는데 다 큰 어른이 하루가 뭐야, 하루가! 게으름의 대명사 키스 경에게 기대를 한 내가 바보지!

이런 것을 뒤지고 있는 나 자신이 뭔가 굉장히 한심해져서 슬슬 키스의 방을 나가려고 할 때였다. 갑자기 열려 있던 문가에서 목소리가 들려왔다.

“엔디미온 경.”

“에구머니!”

나는 화들짝 놀라서는 벽 쪽으로 뒷걸음질 쳤다. 난 내 눈앞에 서 있는 사람을 보고는 넋 나간 얼굴로 중얼거렸다.

“와, 왕자님?”

얇고 보드라운 금발의 곱슬머리에 동그란 눈을 가진 귀여운 모습이 아버지 국왕 전하와는 전혀 딴판인 이분은 분명 페르난데스 왕자님이었다.

“경에게 긴히 부탁할 일이 있어 이곳에 왔소. 들어주시오.”

무, 무슨 일로 왕자님이 날 찾은 거지? 난 얼떨떨한 표정으로

어린 왕자님을 바라보느라 그만 무릎을 꿇어야 한다는 사실마저
잊었다.

그 수려한 얼굴에 근심 가득한 페르난데스 왕자님이 변성기가
오지 않은 목소리로 입을 열었다.

"지금 우리 왕국에 엉뚱하고도 위험한 일이 발생했소."

"어, 엉뚱하고도 위험한……이라고 하셨습니까?"

뭔가 이상한 비유입니다만.

왕자는 눈매를 조금 찡그리며 자신의 사정을 털어놓기 시작했
다.

"그 일 때문에 머리가 아파서 경과 의논하고 싶었는데 마침
키스 경을 만났소. 키스 경이 말하길 엔디미온 경은 키스 경 자
신의 방에 있을 거라고 해서 찾아왔소."

"아, 그러셨습니까? 친히 행차해 주셔서 황송하옵니다."

라고 말하며 이제야 한쪽 무릎을 굽히며 예를 갖추다가 난 깜
짝 놀라 왕자님을 쳐다보았다.

"키스 경이 그랬다고요? 제가 이 방에 있을 거라고?"

"부, 분명히 그랬소만. 왜 그러시오?"

"아니 어떻게."

내가 자기 방에 몰래 들어오리라는 것을 알았을까? 이거 무슨
초능력 같은 거 아냐?

"저기, 계속 말해도 되겠소?"

"아! 물론이옵니다!"

난 다시 고개를 숙였고 한숨과 함께 왕자님의 말씀이 이어졌다.

"혹시 경에게 지금 이 왕국의 위기를 해결해 줄 수 있는 묘안이 있을지 기대되오. 보통의 방법으로는 해결할 수 없는 일이라."

"아니 저 그런데, 어째서 소인이 그 엉뚱하고도 위험한 일을 해결할 수 있을 거라고 기대하신 것이온지……."

"아이히만 대공이 그러시더군. 엔디미온 경의 이상한 정신세계라면 이 일을 해결할 수 있을지도 모른다고……."

"아하하, 아이히만 대공께서 그러셨군요. 아이고, 과찬이옵니다. 아하하하."

할아범! 대체 날 어떻게 보고 있는 거야!

"엔디미온 경, 그대의 용기와 지혜로 날 도와줄 수 있겠소?"

"물론이옵니다. 소인 엔디미온, 제 최선을 다하겠습니다!"

내 말에 페르난데스는 환한 미소를 짓는 것이었다. 아아, 왕자님. 그렇게 미소를 띠니까 더할 나위 없이 화사해 보이는군요. 분명 청년이 되면 제냐 공주님과 함께 건국 이래 최강의 미소년 미소녀 왕족으로 군림하게 될 것이 분명하옵나이다. 13살이라는 나이가 믿기지 않을 정도의 기품이 온몸에 밴 왕자님은 친히 내 손을 꼭 잡으며 이렇게 말하는 것이었다.

"고맙소, 엔디미온 경. 그럼 나와 함께 아이히만 대공에게 갑시다. 모두 기다리고 있소."

"얼레? 모두라뇨?"

나는 멍한 표정으로 왕자님의 손에 이끌려 리더구트를 빠져나
왔다. 이 사건은 무더위가 절정에 이르던 어느 여름날에 벌어진
일이었다.

3.

내가 '끌려온' 이곳은 오만가지 은밀한 일들이 저질러진다는
행정부 본당 지하실이었다. 음침하게 만들어 보려고 작정이라도
한 듯 어두컴컴한 이 지하실은 굳이 비교하자면 취조실 분위기
였고, 그걸 증명이라도 하듯 곳곳에 수상쩍은 물건들이 놓여 있
었다.

'대체 저 피 묻은 방망이는 뭐래니.'

나는 식은땀을 흘리며 주변을 둘러보았다.

"엔디미온 군. 지금부터 내가 하는 말, 잘 듣게나."

이곳으로 나를 소환한 아이히만 대공이 무거운 표정으로 담배
를 피워 물며 입을 열었고, 나는 무슨 영문인지 몰라 주눅 든 얼
굴로 고개를 끄덕였다. 대공의 뒤에는 심란한 표정의 법무대신
위고르 공과 군무대신, 페르난데스 왕자님이 서 있었다. 이들이
바로 왕자님이 말한 '모두'의 정체였다.

"'만국 무도회'에 대해 들어 본 적 있나?"

"예, 알고 있습니다. 얼마 전 왕비 마마께서 그곳에 초청받아 다녀오셨잖습니까."

그 이름도 단순한 '만국 무도회'에 대해 잠깐 설명을 하자면, 말 그대로 전 세계의 귀부인들이 초청되는 세계 최고 규모의 무도회다.

마키시온 제국에서 1년에 한 번 주최하는 화려함의 극치를 달리는 이 무도회에는 각 나라의 내로라하는 왕족이나 귀족들이 엄격한 심사를 통해 초청된다. 상류사회의 정점인 이 무도회에 초대받는 것은 대단한 영광이라고 들었다. 사실 지금껏 이 베르스 왕국에는 지금까지 초청받은 자가 한 명도 없었는데(전에도 말했지만 알아주는 약소국이다) 이번에 왕비 마마가 초청장을 받게 되어 무지하게 기뻐하셨다고 한다.

참고로 그 무도회에 자주 초대받았던 내 고객들의 평을 빌리자면 '누가 가장 권력이 센지 겨루는 여자들의 무투대회'라고 한다.

아이히만 대공은 내게 의문의 편지 하나를 보여 주었다. 고급스러운 편지지에는 놀랍게도 마키시온 제국 황실의 상징인 황금 키마이라 인장이 찍혀 있었다. 괴물이라고밖에 할 수 없는 이 오싹한 인장만으로도 마키시온 제국의 위압감이 느껴졌다.

"이게 뭔가요?"

"오늘 마키시온 제국 황실로부터 이 편지가 도착했네. 게다가 마라넬로 황제의 친서야."

"치, 친서?"

여간해서 황제가 직접 친서를 보내는 일은 없다. 보통 황제가 친서를 보낼 때는 무척 좋은 일 때문이든가, 아니면 아주 나쁜 경우일 것이다.

나는 제발 전자이길 바라며 그 친서를 훑어보았다. 내용은 다음과 같았다.

"이, 이게…… 대체 뭡니까!"

뭐가 뭔지는 모르겠지만 아무튼 마키시온의 황제가 우리나라 왕비 마마한테 무지하게 화가 났다는 것은 알 수 있었다.

아이히만이 다시 그 편지를 거둬 가면서, 애써 화를 참는 기색이 역력한 목소리로 입을 열었다.

"왕비 마마는 '만국 무도회'에서 다른 여인들에게 무시당하지 않으려 많이 고심했네."

그도 그럴 것이다. 안 그래도 국제 무대 먹이사슬의 최하층인 베르스 왕족이니 무도회에 가 봐야 찬밥 신세겠지. 이 나라 안에서야 떵떵거리지만 세계적으로 보면 결국 변두리 소국의 별것 아닌 왕족이니까. 마키시온 제국이나 콘스탄트, 이오타처럼 공룡 같은 강대국이 보기엔 하찮기 짝이 없으리라.

"그래서 왕비 마마께서 어떻게 하신 건가요? 설마 자신을 무시한다고 제국 황비의 따귀를 때리기라도!"

"자네 미쳤나? 그랬다면 이 나라는 이미 지도에서 사라졌을 걸세."

"그, 그럼 어떤 일이 벌어진 건데요?"

아이히만 대공은 담배를 고풍스러운 재떨이에 비벼 끈 뒤에 다시 입을 열었다.

"여자들의 마음이라는 것이 다 그러하듯, 그런 곳에서 주목을 받기 위해 값비싼 옷이나 장신구 같은 것을 차려입고 싶겠지. 왕비 마마도 그러고 싶어 했어."

"음, 그렇겠죠."

"그런 곳에서 가장 주목받고 싶을 때, 자네라면 어떤 장신구를 선택하겠나."

아이히만이 시험이라도 하듯 내게 질문을 던졌고 나는 특별히 생각해 볼 것도 없이 곧장 대답했다. 답은 자명한 것이다.

"그거야 이오타의 장인, 세드릭 씨가 만든 장신구가 최고죠."

아이히만 대공도 고개를 끄덕였다.

두말해 무엇하랴. 세상에서 가장 비싸고 희귀한 데다 아예 예술품으로 불리는 세드릭 장인의 공예품 시리즈는 여성 장신구의 최종 목적지라고 할 수 있다. 게다가 5년 전부터 알 수 없는 이유로 세드릭 씨가 세공을 그만뒀다. 덕분에 더 이상 만들지 않는 그의 장신구들은 안 그래도 비싼데 그 값이 천정부지로 뛰는 중이다. 아마 작은 귀걸이 하나를 사는 데도 성 한 채의 값은 줘야 할 것이다(물론 그나마 운이 좋아 구할 수 있을 때 이야기겠지만).

"그래서 우리 왕비 마마도 그 세드릭이 만든 목걸이를 걸고 무도회에 가기로 했네."

"아앗! 왕비 마마께서 세드릭 브랜드의 목걸이를 가지고 계셨나요!"

나는 깜짝 놀랐다. 설마 그런 초희귀 예술품이 이 나라에 있을 줄은 몰랐어!

내 표정을 본 아이히만이 눈매를 찡그리며 중얼거렸다.

"무슨 소리 하는 겐가? 이딴 약소국에 그런 대단한 게 있을 리가 없지 않나.”

“엥?”

뭔가 말씀이 앞뒤가 안 맞는뎁쇼.

“대신 만들었네.”

“마, 만들다뇨?”

폐업을 선언한 세드릭 씨가 이제 와서 이 나라 왕비 마마를 위해 목걸이를 만들어 줄 리가 없었다. 아니 그런 일이 벌어졌다면 세드릭 씨가 다시 세공을 시작했다면서 이미 상류사회가 떠들썩해졌으리라.

아이히만이 헛기침을 하며 대답했다.

“이 나라의 세공사를 불러서 세드릭의 장신구와 똑같이 만들어 달라고 명령했거든.”

“그, 그건 짝퉁이잖아요!”

“세드릭의 마지막 작품인 목걸이 ‘여름의 보주’는 현재 그 행방이 묘연해서 아무도 가지고 있다는 사람이 없어. 그래서 그 모조품을 걸고 나가면 사람들도 속을 것이라는 게 잘난 왕비 마마의 작전이었겠지.”

“맙소사.”

나는 입을 쩌억 벌렸다. 어쩜 그리 뻔뻔할 수가! 그렇게까지 하면서 튀고 싶었단 말인가.

이야기는 클라이맥스로 흘러가고 있었다.

“그런데 문제가 생겼네.”

“무, 문제라면 설마……?”

“하필이면 마키시온 제국 황비가 무도회에 걸고 나온 목걸이가 그 행방불명되었던 ‘여름의 보주’였던 거지. 보나 마나 그건 진품이야.”

그 장면을 상상하자 소름이 오싹 끼쳤다. 생각해 보라. 명품에 목숨 거는 두 귀부인께서 서로 똑같은 목걸이를 걸고 마주쳤을 때의 그 무시무시한 분위기란……. 그 즉시 무도회에 죽음과 같은 정적이 내려앉으며 ‘저 둘 중 하나는 가짜다!’라는 경악이 모든 사람의 뇌리를 때렸으리라.

“그, 그래서 어떻게 된 거죠?”

아이히만은 그 대파국의 충격적 결말을 말해 주는 대신 손짓으로 페르난데스 왕자를 불렀다. 수심 가득한 표정으로 다가온 귀여운 왕자님의 머리를 아이히만이 쓰다듬어 주며 인자한 목소리로 말하는 것이었다.

“페르난데스 왕자, 잠시 나가 있어 주시겠어요?”

“응, 알겠소.”

저 강철의 노인네 아이히만에게 저런 부드러운 모습이 숨어 있는지 꿈에도 몰랐다. 왕자님이 힘없이 밖으로 나가는 모습을 측은하게 지켜보던 대공은 그가 사라지자 그 표정이 점점 분노로 변해 가기 시작했다.

“왜, 왜 그러시는……?”

갑자기 아이히만이 테이블을 주먹으로 쾅! 내리치면서 쩌렁쩌렁 소리치는 것이었다.

"이런 망할 놈의 여편네가 뽀록이 났으면 냉큼 까놓고 짜가라고 밝힐 것이지, 뭘 잘했다고 부득부득 우겨댄 거야! 대체 뭘 믿고 자기 것이 진통이라고 박박 우겨댔냐고! 서방이나 마누라나 다 똑같이 지능지수가 원숭이를 밑도는 거냐!"

대공은 말 그대로 광분하고 있었다.

"저 아이히만 대공, 혈압도 높으신데 고정을……."

"초강대국을 상대로 그딴 도발을 저질러 놓고 돌아와서는 이제 어떻게 하냐고 비명이나 지르고! 내가 알 게 뭐야! 안 그래도 쪼들리는 나란데 그 망할 놈의 내외는 왜 자꾸 착실하게 문제를 일으켜!"

나는 당장에라도 총을 뽑아 들고 전하의 거처로 뛰어갈 것 같은 철혈대신을 겨우겨우 말렸다.

"저 그런데 그 마키시온 제국에서 하겠다는 공판이라는 것이 어떤 건가요?"

"그거야 어떤 것이 진짜 '여름의 보주'인지 세드릭이 직접 감별하는 것일 테지."

"그, 그랬다간!"

"보나 마나 우리나라 것이 가짜라는 게 들통 나겠지."

당연한 일이다. 세드릭이 직접 자기 작품을 감별하는데 그걸 틀릴 리가 없다.

나는 불안에 가득 찬 목소리로 물었다.

"가, 가짜라는 게 밝혀지면 이 나라는 어찌 되는 거죠?"

"당연히 이 나라는 천하에 둘도 없는 비웃음거리가 되어 자손 만대까지 창피를 당할 거네. 그리고 마키시온 제국에 손해배상을 해 줘야겠지."

"손해배상이라면?"

그때 잠자코 벽에 기대어 있던 위고르가 다가와 침울한 목소리로 말했다. 앙숙지간인 아이히만과 위고르가 사건 해결을 위해 손을 잡다니, 정말 이 사건은 보통 위기가 아니었다.

"아마도 마키시온 제국에 지불해야 할 손해배상금은 이 왕국의 일 년 예산을 넘어갈 것이 분명해. 지금까지 모아둔 나랏돈을 모두 내주고도 모자라서, 이 나라의 세금을 열 배로 올려 전국의 돈을 다 긁어모아도 지불할까 말까 하는 액수일 거야."

"마, 말도 안 돼!"

"말하자면 이 나라는 15일 공판 이후에 부도가 나는 것이지. 파멸이야."

위고르의 말에 난 망연자실해서 온몸의 힘이 다 빠져나갔다.

물론 그 거대 제국 마키시온으로서는 자신들의 명예를 손상당한 것에 대한 최소한의 배상금일지도 모를 일이다. 그러나 그 나라 국력의 천 분의 일에도 못 미치는 이 왕국의 경우에는 경우가 완전 다르다. 우리나라는 이후 수십 년이 지나도 다 갚지 못할 빚을 지게 될 것이다. 그리고 이 사실이 각지 귀족들과 백성들에게 알려지는 순간, 이 나라는 엄청난 폭동의 물결에 뒤덮여 왕실이 무너질 것이다.

"그 잘난 목걸이 하나 때문에 내가 반세기 동안 죽을힘을 다해 꾸려 온 이 나라가 아작날 줄은 꿈에도 몰랐군. 이 나이 먹고 이게 무슨 꼴이람."

아이히만이 손가락으로 눈가를 비비며 중얼거렸다.

대공의 그런 모습을 보니까 무척 마음이 씁쓸했다. 아이히만 대공이 없었다면 엉망진창으로 돌아가는 이 나라가 그나마 이 정도도 유지되지 못했을 것이다. 다른 강대국에서 불세출의 정치가 아이히만 그나이제나우를 어떻게든 모셔 가려고 파격적인 조건을 제시했지만, 대공은 그것들을 모조리 거절하고 이 약소국의 재무대신으로 남았단다. 입도 험하고 성격도 살벌하지만 사실은 누구보다 이 나라가 잘되길 바라며 평생을 분골쇄신한 분인데, 이번 일은 그런 자신의 결심을 후회할 만큼 어이가 없으리라.

그때 내 머릿속을 스치는 생각이 있었다. 깜빡하고 놓칠 뻔했지만, 지금까지의 상황을 쭉 떠올려 보니까 꽤나 의심스러운 부분이 있었던 것이다.

"저 그런데 아이히만 대공, 아무래도 이상한 부분이 하나 있습니다."

"음? 뭔가?"

대공은 표범 같은 눈동자로 나를 똑바로 바라보며 관심을 보였다. 지금 그로서는 지푸라기라도 잡고 싶은 심정이리라.

내 의문점은 이것이었다.

"'여름의 보주'의 모조품을 만들었다는 우리나라 세공사 말입니다. 아무리 생각해 봐도 똑같은 모조품을 만들기 위해서는 진품을 옆에 두고 베껴야 할 텐데, 애당초 진품을 구할 수 없는 판국에 어떻게 그 목걸이를 똑같이 모조했다는 거죠?"

확실히 이상하지 않은가? 진품이 이 나라에, 그것도 이름도 없는 세공사가 가지고 있을 리가 없다. 아니 그 귀한 것을 본 적이라도 있을까? 그렇다면 대체 어떻게 진품과 똑같은 모조품을 만들었느냐는 당연한 의문에 이르게 된다.

"흐음, 실력이 아주 좋은 친구인가 보군."

"아, 아니 그 정도 문제가 아닙니다."

내가 커다랗게 손짓을 하며 말했다.

"생각해 보세요. '만국 무도회'는 예술품이나 귀금속이라면 자다가도 벌떡 일어나는 전 세계의 귀부인들이 한자리에 모인 자리였습니다. 만약 조잡한 모조품이었다면 당장에 그 사람들에게 들통이 났을 겁니다. 왕비 마마가 아무리 우겼더라도 한눈에 가짜처럼 보였다면 소용없는 일이지요."

"계속 말해 보게."

아이히만이 눈을 반짝이며 재촉을 했다.

"하지만 결국 그 무도회에서는 어떤 것이 진품인지 밝혀지지 않은 채 세드릭 씨가 직접 감별을 하는 공판까지 가게 되었습니다."

"자네 말은, 우리나라 세공사가 만들었다는 모조품이 여간한 사람은 구분할 수 없을 정도로 훌륭했다, 이건가?"

"그쯤이면 훌륭한 정도가 아니라 신기에 가까운 것입니다. 본 적도 없는 진품을 예술품 애호가들이 구분하지 못할 정도로 복제했다는 말은 지금까지 들어 본 적이 없습니다."

나는 그 세공사의 정체가 무척이나 궁금해졌다. 그리고 어쩌면 그것을 통해 이 사건을 해결할 수 있는 돌파구가 있지 않을까 하는 기대심이 생겼던 것이다.

옆에서 무슨 소린지 전혀 이해하지 못하는 얼굴로 서 있던 군무대신이 멍한 표정으로 내게 물었다.

"그러니까 우리나라 세공사가 바로 사드릭이라는 소리야?"

"저어…… 세드릭인데요. 세·드·릭."

"응, 그래. 사드릭. 그런데 그 사람이 우리나라 사람이었어?"

잠시 정적이 흘렀다.

"아, 아뇨. 그게 아니라……."

대체 이 양반은 얘기할 때 어디 갔다 온 거야!

핀트가 전혀 안 맞는 대화 덕에 내가 황망해하자 아이히만이 그를 쏘아보며 커다랗게 소리쳤다.

"자넨 좀 빠져 있게!"

"아니, 왜 그러나? 그러니까 그 사드릭이……."

"세드릭이라니까! 소원대로 공성포 사 줄 테니까 저쪽에 가서 잠이나 처자고 있어!"

"어? 정말 자네 공성포 사 줄 텐가? 정말이지?"

"이 나라가 15일 후에도 살아남는다면 그때 생각해 보지."

아이히만은 총을 뽑을 듯 말 듯 겨우겨우 화를 참으며 그렇게 으르렁거렸고 공성포 마니아 군무대신은 꿈에도 그리던 공성포를 살 수 있다는 생각에 천진난만한 표정으로 활짝 웃으며 구석으로 가 버렸다. 좋기도 하시겠습니다. 앞으로 보름 안에 이 일을 해결하지 못하면 공성포고 자시고 이 나라가 파산한단 말입니다!

아이히만은 혼자만의 핑크빛 꿈에 빠져 구석에서 해죽거리고 군무대신을 물끄러미 보며 '아 저 망할 놈의 화상은 왜 태어나서 사람 짜증 나게 해?' 라고 투덜거리고는 그나마 제대로 된 판단력을 가진 젊은 엘리트 위고르 공을 향해 물었다.

"이봐, 지금 그 세공사는 어디 있지?"

"음, 그 여자는 지금쯤 본궁에 전하와 함께 있을 겁니다."

위고르의 말에 난 의외라는 얼굴로 말했다.

"얼레? 여자였습니까?"

"응, 그것도 열일곱 살 평민이야. 평민들 사이에도 하도 재주가 좋다고 소문이 나서 왕실에서 부른 걸세."

"대, 대단하네요. 그 나이에."

그리고 보니까 난 17세에 뭐 하고 있었지? 아아! 촛불 밑에서 재롱떨고 있었구나.

"여자든 남자든 지금 그게 중요한가? 당장 자네가 가서 만나

보게, 엔디미온 군! 뭐든 사건 해결에 도움이 필요하면 합법이든
불법이든 냉큼 내게 말해!"

역시 대박력의 아이히만 대공! 그의 쩌렁쩌렁한 목소리에 고
개를 숙이는 것으로 답례한 뒤에 나는 급히 국왕 전하와 왕비 마
마의 거처인 본궁으로 향했다.

4.

본궁에 들어간 나는 붉은색 소드라인을 넘어 전하의 거처로
향했다. 임금님의 거처에 들어온 것은 이번이 처음이었다. 물론
아이히만 대공의 허락이 없었으면 절대 입장할 수 없는 곳이리
라.

'우아아, 으리으리하네!'

난 화려함의 극치를 달리는 임금님 전용 휴게실을 보곤 혀를
찼다. 왕의 휴게실이니까 당연하다면 당연하겠지만, 이 맛에 다
들 권력 권력 하는구나 싶을 만큼 거창한 휴게실이었다. 휴게실
에 인공 폭포가 있다면 말 다한 것 아닐까. 누군 이 더운 날 밥도
안 넘어갈 만큼 고생하고 있는데! 아무리 전하의 거처라지만 조
금은 빈정거리고 싶어지는 기분이다.

"무슨 용무로 방문하셨나이까?"

고풍스러운 시녀 복장을 한 미모의 여성이 내게 다가와 차분하게 말했다. 단정하게 넘긴 검은 머리와 정중한 존칭, 그리고 나와 시선을 맞추지 않는 시녀 특유의 예법이 몸에 밴 여자였다.

나는 그 분위기에 기가 죽어서 나도 모르게 그런 그녀에게 고개를 꾸벅이며 말했다.

"저어, 아이히만 대공의 명을 받아 왔습니다. 이곳에 있다는 세공사를 만나고 싶습니다."

"그분이라면 이쪽으로……."

그녀는 정중하고도 우아한 몸놀림으로 나를 안내했다. 그녀의 가느다란 발목에는 무슨 이유인지 은빛의 방울이 걸려 있었다. 몇 분을 넘게 붉은 융단이 깔린 복도를, 그녀의 방울 소리를 뒤따르며 걸어갔을 때, 그녀가 어떤 객실의 문 앞에서 고개를 숙여 보였다.

"이곳이옵니다."

"아, 고마워요."

차분한 분위기의 시녀에게 내가 인사하려고 다가가자 그녀는 조금 놀라며 슬쩍 뒤로 물러서는 것이었다. 난 의아한 목소리로 물었다.

"아? 왜 그러세요?"

그녀가 고개를 숙인 채 그 이유를 말해 주었다.

"소인은 천한 몸이라 이곳을 찾은 분들께 네 걸음 안으로 다가가선 아니 되옵니다."

'그, 그런……'

그녀는 그렇게 말하며 등을 보이지 않은 채 어디론가 사라지는 것이었다. 정중함이 지나치면 오히려 감동이 없다고 했다. 저 조용한 누님도 집에 돌아가면 가족들과 저녁을 먹으면서 '오늘 왕실에서 저한테 쩔쩔매는 재밌는 사람을 봤어요'라고 소란스럽게 웃을지도 모른다.

고객 감동을 위한 서비스업에 종사했던 내 기분을 말하자면— 인간다움이 필요 없었다면 차라리 인형을 세워 놓으라고, 이 시녀들의 책임자에게 한마디 해 주고 싶다!

나는 그렇게 투덜거리며 문을 열고 들어갔다. 그리고 그 안에는 정말 '인형'이 있었다.

"누구시죠?"

객실 중앙 소파에 다소곳이 앉은 여자는 살짝 눈을 감고 있는 모습이 그야말로 잘 빚어 놓은 도자기 인형 같았다. 아직 소녀라 불리는 것이 어울릴 나이의 그녀가 바로 천재 세공사였다. 그녀는 여전히 눈을 감은 채로 내 쪽을 바라보며 '거기 누구시죠?'라고 물었다.

"엔디미온 키리안이라고 합니다. 당신을 만나러 왔습니다."

"저어…… 이쪽으로 와 주실 수 있으신가요?"

그녀가 엷은 목소리로 그렇게 말했다.

나는 솔직히 여기 오기 전까지만 해도, 어쩌면 저 세공사가 세드릭의 작품을 그림으로라도 보고 베낀 것이 아닐까 하는 의문을 품고 있었다. 하지만 내가 틀렸다. 그럴 수가 없었다.

소녀는 맹인이었다.

"죄송해요. 제가 눈이 불편해서 예의를 갖출 수가 없습니다."

"아, 아니. 괜찮습니다."

아마도 그녀가 시력을 잃은 것은 아주 오래전부터였던 것 같다. 체취처럼 몸에 밴 가련함이 전신에서 묻어나는 소녀였다. 나는 그녀 앞에 앉았다. 그녀는 눈을 감은 얼굴로 내게 다가와 공기를 통해 코끝으로 날 '느껴 보려고' 하는 것 같았다. 마치 아직 눈을 뜨지 못한 어린 사슴 같았다.

"연극배우이신가요? 체격이 가느다란 사람의 목소리네요. 그리고 비누 향과 화장 내가 느껴져요."

"아뇨, 저 기산데요."

"기사? 가죽 냄새와 피 냄새는 없는데요?"

"아하하, 이 왕국에는 그런 기사도 있거든요."

나는 머쓱하게 뒷머리를 긁적이며 그렇게 말했다.

그때 그녀가 말했다.

"실례되는 말이지만, 얼굴을 한번 만져 볼 수 있을까요?"

"예? 제 얼굴을요?"

"예, 어떤 분인지 알고 싶어서요."

"헤헤, 그럼 마음껏 만져 주세요오."

내가 방긋 웃으며 슬쩍 얼굴을 들이대자 그녀의 두 손이 다가와 내 눈썹과 콧등과 두 뺨과 턱 선을 천천히 매만지는 것이었다. 나는 깜짝 놀랐다. 티 없이 부드러울 줄 알았던 그녀의 손길이 꺼칠했다. 그녀의 손가락은 굳은살, 크고 작은 상흔들도 가득했다. 이것이 세공사의 손인가.

한 1분 정도 세심하게 내 얼굴을 어루만지던 그녀가 엷게 웃으며 손을 뗐다.

"머릿속에 당신의 얼굴이 그려졌어요. 예쁘게 생기셨네요. 목소리를 듣지 않았으면 여자로 착각했을지도 몰라요."

"하하, 그 정도인가요?"

맹인에게 잘생겼다고 칭찬받아 보긴 이번이 처음이로군.

"그런데 무슨 일로 오셨나요? 역시 제가 만든 조잡한 모조품 때문인가요?"

"조잡하지 않아요. 도리어 너무 훌륭해서 문제가 되었거든요."

"……."

그녀는 씁쓸하게 웃을 뿐 아무런 말도 없었다. 나보다도 몇 살이나 어린 소녀인데도 풍겨 오는 가련한 어른스러움이 마치 예전 그녀를 떠오르게 하는 여자다.

"어떻게 그걸 만드신 거죠?"

"어떻게?"

그녀가 눈을 감은 채로 고개를 갸웃거렸다.

"한 번도 본 적이 없고 눈도 불편한데, 어떻게 그런 뛰어난 모조품을 만들 수 있었던 거죠?"

그녀는 잠시 생각을 하다가 천천히 입을 열었다.

"전 다섯 살 때 시력을 잃었습니다. 그 이후 모든 것을 손으로 만져 보고 그걸 느껴 보는 것이 제 유일한 취미가 되었어요. 그러다가 아주 우연히 세드릭 님이 만든 반지를 만져 볼 기회가 있었고, 그것이 너무도 아름다워 눈물을 흘린 적이 있습니다. 그때부터 세공사가 되어야겠다고 생각했습니다."

난 아무 말 없이 그녀의 이야기를 경청하고 있었다. 맹인으로서 세공사가 되겠다는 것, 그것은 호스트가 기사가 되겠다는 것보다 훨씬 더 힘든 결심일 것이다.

"세공사들을 찾아다니며 그분들의 작품을 만져 보고 그 곡선과 직선들이 제 손끝으로 전해질 때마다, 저는 몹시 행복했습니다. 세드릭 님의 작품을 날마다 상상했습니다. 한 번만이라도 그것을 만져 보고 싶다는 욕심이 들었지요."

"그러다가 모조품을……."

"아닙니다."

"네?"

난 눈을 크게 떴다.

"제가 어떻게 감히 한 번 만져 본 적이 없는 세드릭 님의 목걸이를 똑같이 흉내 낼 수 있겠어요."

내 말이…….

"왕비님께서는 세드릭 님 것과 똑같은 목걸이를 만들라고 명령하셨습니다. 그래서 저는 제가 생각하는 가장 세드릭 님다운 목걸이를 상상해 만든 것뿐입니다. 제가 세공을 한 계기가 된 그분을 언제나 마음속으로 사모하고 있으니까요.”

“그, 그런 말도 안 되는…….”

“저는 죽기 전에 단 한 번만이라도 그분의 진짜 목걸이를 만져 보고 싶습니다. 제 소원은 그것뿐입니다.”

나는 당황했다.

이 말은 이 맹인 세공사가 상상만으로 만든 목걸이가 우연히 세드릭의 진품과 완전히 똑같았다는 소리다. 아니 이런 우연이 확률적으로 가능하긴 할까? 만약 누군가에게 이 이야기를 들었다면 난 말도 안 되는 거짓말이라며 웃어넘겼으리라.

그런데 실제로 그 일이 일어나 버렸다.

“조금이라도 닮은 것을 만들어 보고 싶은 제 못된 욕심에 그런 조잡한 모조품을 세공한 것입니다. 눈도 보이지 않는 삼류 세공사 주제에…… 감히 세드릭 님께 조금이라도 다가가려 했던 것입니다.”

그녀는 담담하게 말했다.

“하지만 똑같은데요. 진품하고.”

“그럴 리가 없습니다.”

그럴 리가 없어야 하는데 그렇습니다.

난 도무지 이유를 알 수 없었지만 그녀가 거짓말을 하고 있다고는 생각할 수 없었다.

설마 이 아가씨가 실은 세드릭이 아닐까 하는 의심마저 들 정도였다.

"이름을 물어봐도 될까요?"

"이샤라고 합니다. 빛이라는 뜻이에요."

그녀가 여전히 눈을 감은 채로 차분하게 대답했다. 나는 그런 이샤의 모습에 가슴이 아파지기 시작했다. 이샤를 보고 있으면 자꾸 '그녀'가 떠오른다. 그녀도 남에겐 없는 재능을 지니고 있었다. 하지만 신은 언제나 하나를 주면 다른 하나를 가져간다.

"왜 울고 있어요?"

그녀의 명민한 감각이 내 눈물을 눈치챘다.

"아니에요, 아무것도. 갑자기 생각나는 사람이 있어서요."

"그분도 눈이 안 보이나 보죠?"

"비슷해요."

5.

그리고 사흘이 흘렀다.

그동안 바뀐 것은 두 가지다.

첫 번째는 더는 더워질 수 없을 것 같았던 날씨가 이 왕국을 지글지글 익혀 버릴 살인 무더위로 발전했다는 것이고, 두 번째는 이 후끈후끈한 왕국의 생존 기간이 앞으로 11일 남았다는 것이다.

난 오늘도 행정부 지하실로 출근해서 아이히만에게 보고를 올렸다.

"그래, 이샤라는 여자한테 기대할 건 없다는 말이로군."

테이블 맞은편에서 담배를 피워 문 아이히만 공이 그렇게 말하자 난 퉁명스러운 어조로 대꾸했다.

"기대할 것이 없다니요. 그런 식으로 말씀하실 건 없잖아요."

확실히 아무리 머리를 굴려 봐도 이샤가 이 상황을 타개할 방법은 없는 것 같았지만, 그렇다고 해도! 사람을 장기짝으로 보는 것은 싫다고!

그런데 아이히만은 나와 생각이 달랐나 보다. 그는 깜짝 놀랄 만한 말을 했다.

"만약 이샤를 사죄의 의미로 마시키온 제국에 넘기는 것은 어떨까?"

"노, 농담이시죠?"

"지금 농담할 분위기로 보이나?"

"아이히만 대공!"

내가 벌떡 일어나자 뒤에 있던 위고르는 깜짝 놀란 얼굴로 날 바라보았지만, 아이히만은 그 맹수의 눈초리로 날 바라볼 뿐이었다.

"왜 화를 내나? 여자 한 명 희생시켜 왕국을 살릴 수 있다면 손해 보는 장사는 아니지 않은가."

설마 아이히만 대공의 입에서 이런 말이 나올 줄은 몰랐다. 적어도 사람을 저울에 달아 사고파는 사람으로는 보지 않았다. 난 순간 머리끝까지 달아올라서는 아이히만을 쏘아보았다.

"사람 목숨으로 장사를 하시겠다고요? 아무런 죄도 없는 맹인 소녀를 희생양으로 삼아 왕비 마마의 죄를 덮는 짓이 애국심입니까? 그따위 나라라면 망해서 사라지는 편이 나아요!"

"이봐! 엔디미온 군!"

위고르가 날카롭게 소리쳤지만 난 아이히만을 똑바로 바라보며 말했다.

"난 이샤에게 반드시 이 일을 해결하겠다고 약속했어요. 앞으로도 계속 세공을 할 수 있도록 도와주겠다고 말했다고요!"

"실망이군, 동정심에 취해 책임지지 못할 약속을 하고 다니는 남자였나."

"책임질 겁니다! 내 목숨이 끊어져도 책임져요! 만약 당신들이 그녀를 팔아서 위기를 모면해 볼 작정이라면, 전 돌아가겠습니다. 그리고 당신들이 이샤를 데려가지 못하도록 목숨을 걸고 그녀를 지킬 겁니다."

내 결심에 대한 아이히만의 답변은 비웃음이었다.

"진심인가? 그런 짓을 하면 사형일 텐데?"

"상관없어요. 답답해 보이나요? 하지만 그게 내가 책임지는 방식이에요. 그러는 당신은 어떤 책임을 질 각오가 되어 있죠? 결국 안전한 곳에서 어린 여자를 방패막이 삼아 살아 보려는 거잖아요! 당신들은 다 똑같아! 여자 한 명 못 지키는 주제에 왕국의 미래 운운하지 말라고!”

난 커다란 실망감에 소리치고 있었다.

갑자기 앞으로 나선 위고르가 내 멱살을 잡으며 외쳤다.

“자네! 이 상황에 대해 진지해질 수 없나! 지금 이 일을 해결하지 못하면 이 나라 전체가 위험해져! 어설픈 영웅 흉내 집어치워. 지금 우리에겐 낭만 찾을 여유 따윈 없어!”

“그 ‘우리’에서 저는 빼 주시죠.”

나는 위고르의 손을 잡아 떼어내면서 날카롭게 눈을 치떴다.

그때 아무 말 없이 날 지켜보기만 하던 아이히만이 갑자기 지하실이 떠나가라 웃는 것이 아닌가.

“우하하하핫! 이거 실례했군. 내게 그런 소리를 꺼낼 하룻강아지가 있을 줄은 몰랐어. 오래 살길 잘했구먼. 자넨 목숨이 한백 개쯤 있나 보지?”

“그, 그럴 리가 없잖아요!”

뭔가 놀림당한 것 같아 난 빨개진 얼굴로 말했다.

아이히만 대공은 연륜이 느껴지는 백발의 머리칼을 쓸어 넘기며 날 바라보았다.

“엔디미온 군, 자네는 정말이지 카론 군의 평가대로야. 날도 덥고 마음도 답답해서 장난 한번 쳐 본 것만으로도 그렇게 금방 속마음을 훤히 보이다니 훌륭한 정치꾼이 되긴 글렀구먼.”

“자, 장난친 거라고요?”

"당연하지. 반세기 동안 정치를 해 온 내가 그런 치졸한 방법 밖엔 생각해내지 못한다면 나라를 위해서라도 밥숟가락 놔야겠지."

역시 날 놀린 거였어!

"지, 지금 우리한텐 그런 장난칠 여유 없다고요."

난 새빨개진 얼굴로 고개를 돌린 채 중얼거렸다.

아이히만은 얄밉게도 내 표정을 즐기는지 큭큭 웃음을 참으며 말을 이었다.

"내가 악마가 되어 그 아이를 마키시온에 제물로 바쳐 봐야 비웃음만 살 걸세. 자신들이 세상의 지배자라고 생각하는 마키시온 제국이 맹인 소녀 한 명 넘겨받는다고 넘어갈 리가 없잖아?"

대공은 강의하듯 설명해 주었다.

"솔직히 말해 볼까. 마키시온 제국의 마라넬로 황제에겐 자기 마누라 명예도 그냥 구실일 뿐이야. 난 그 늙은 괴물을 잘 알고 있지. 그놈에게 이번 일은 털도 뽑지 않고 닭을 집어삼킬 수 있는 절호의 기회야. 분명 황제는 우리가 지불하지 못할 어마어마한 보상금을 요구하겠지. 그리고 우리는 꼼짝없이 황제 앞에 고개를 조아려야 할 테고, 그러면 그는 기다렸다는 듯이 우리가 평생을 지켜 온 이 나라 베르스에 뜨거운 입김을 뿜을 거야. 그들의 숙적인 남쪽의 강대국 콘스탄트를 견제할 수 있는 교두보로 우리 왕국을 이용하겠지."

"괴, 굉장해요. 그런 것까지 예상하고 계셨다니!"

난 감탄에 눈이 휘둥그레졌지만 아이히만은 뭘 이런 것을 가지고 그러냐는 얼굴로 대답했다.

"정치는 세상에서 가장 비열한 싸움질이야. 강자를 보면 꼬리를 말고 약자에게 상처가 생기면 거기에 소금을 뿌리는 법이지. 한 번 꼬투리가 잡히면 끝까지 물고 늘어져. 그 정치꾼 중의 정치꾼인 마라넬로 황제가 맹인 어린아이 받았다고 시키면 욕심을 거둘 리가 없지. 아무도 그렇게 생각하진 않을 거야."

"그렇게 생각하는 사람이…… 한 분 계신 것 같은데요."

난 멍하니 지하실 구석을 바라보며 말했다. 그곳에는 풀이 죽은 위고르가 쭈그리고 앉아 있었다. 너무 기죽지 마세요, 위고르 공. 살다 보면 치졸한 발상을 할 때도 있는 거죠.

"그건 그렇고, 이놈의 못난 군무대신은 대체 어디로 사라진 거야?"

대공의 말마따나 군무대신은 어제부터 보이질 않았다. 뭐, 솔직히 옆에 있어 봐야 별 도움 안 되긴 했지만 그래도 이 나라 중신인데, 설마 나라 걱정에 앓아누운 건가?

"하하하하! 여보게들!"

호랑이도 제 말 하면 온다고 갑자기 문이 열리며 군무대신이 들어왔다. 게다가 이런 우울한 상황이 뭐가 즐거운지 싱글벙글 미소까지 담고 말이다. 대체 왜 저래?

"우하하하하! 이제 이 걱정도 끝이네, 끝! 내가 다 해결했지!"

"응? 무슨 소린가? 자네가 무슨 수로 이 일을 해결했다는 거야!”

아이히만은 놀랐다기보다는 몹시 불안한 표정으로 물었다. 몸이 바짝 말라서 마치 ‘멸치대신’ 같은 군무대신은 눈을 번뜩이며 마치 세상을 구한 용사처럼 커다랗게 외치는 것이었다.

“이 몸의 획기적인 해결법을 들어 보게나!”

“말해 보게.”

“11일 후에 공판이 열리지?”

“그렇지.”

“그때 어떤 목걸이가 가짜인지 알아내겠지?”

“그렇지.”

“그 목걸이를 감정하는 자가 바로 사드릭이지?”

“세드릭이라니까!”

“아무튼 그 세드릭이 없으면 감정을 할 수도 없는 거잖아?”

“그, 그렇겠지?”

“자! 그래서 내가 세드릭을 납치해 왔네!”

“뭣이!”

오, 신이시여! 우리 표정이 동시에 같은 형상으로 굳어지며 절규를 내질렀다. 그와 함께 군인들의 손에 끌려 들어오는 세드릭을 본 우리는 지옥 밑바닥까지 고속 낙하하는 듯한 현기증에 시달렸다.

“우하하하! 어떤가! 이놈을 잡아 왔으니 공판도 없고 손해배상을 할 필요도 없지 않나!”

군무대신의 통쾌한 웃음소리가 '이제 우리는 죽었다'라는 말로 자동 번역되어 내 귀에 들려왔다.

세드릭은 온몸이 꽁꽁 묶이고 입에는 재갈까지 물려 있는 상태. 이건 누가 봐도 강제 납치된 인질이잖아!

난 절대로 믿고 싶지 않다는 표정으로 세드릭과 군무대신을 번갈아 가면서 보고는 입을 열었다.

"저어…… 세드릭 씨가 어떤 사람인지 알고는 계세요?"

"세공사 아닌가?"

그래요. 세드릭은 이오타 왕국의 세공사입니다. 그것도 자타가 공인하는 전 세계 최고의 예술가이며 예술을 사랑하는 이오타 백성들의 신적인 존재인 데다가 이오타 국왕이 목숨처럼 아끼는 보물이란 말입니다! 어쩌자고 그런 이오타의 보배를 납치해 오신 겁니까!

만약 이오타 왕국에서 이 사실을 안다면 당장 이 나라는 불바다가 될 거라구요!

인내심의 한계상황에 도달한 아이히만 대공이 몸을 부들부들 떨고 입술을 씰룩거리며 아주 무시무시하게 웃는 낯으로 말했다.

"차라리…… 납치하지 말고 죽이지 그랬나, 응?"

"아, 정말 죽일 걸 그랬나?"

"그리고 네놈도 그 옆에서 자살할 것이지 여긴 뭣 하러 돌아왔어!"

순간 아이히만이 뽑은 총이 콰앙 소리를 내며 불을 뿜었고, 분노의 총탄이 간발의 차이로 군무대신의 머리 위를 지나갔다. 본능적으로 뛰어든 위고르가 아이히만의 팔을 붙잡지 않았다면 분명 이곳이 군무대신의 무덤이 되었을 것이다.

총소리에 놀란 군무대신이 바닥에 넙죽 엎드리곤 중얼거렸다.

"왜, 왜 그래! 이제 일은 해결된 거잖아?"

이 양반이 그래도 끝까지 잘했대요!

이건 이미 잘못하고 말고 할 상황이 아니다. 아이히만이 다시 총알을 장전하며 살의에 찬 목소리를 내뱉었다.

"네놈을 구멍 내기 전에 한 가지만 묻자. 세드릭을 납치해 오면서 들키진 않았겠지?"

"물론이네! 우리의 정체는 아무도 모를 걸세!"

"그래? 어떻게 납치했는지 읊어 봐."

그러나 군무대신은 자신의 납치 작전을 자랑스럽게 밝혔다.

"세드릭이 자신의 업적을 기리는 기념비 제막식에 나타날 것이라는 정보를 들은 우리 특수부대는 무대 뒤에 있는 세드릭의 뒤통수를 후려쳐서 기절시킨 다음, 말에 태우고 도망쳐 왔네! 뭐 비록 이오타 기병대의 추격을 받긴 했지만 무사히 국경을 넘어 이곳까지 왔지. 후후후, 어떤가!"

"이오타 군대가 보는 앞에서 베르스 국경을 넘었다고?"

"응, 그랬지."

"잘했군, 참 잘했네. 이제 자네 소원대로 공성포를 사 주겠네.”

“아! 정말인가!”

“당연히 그래야지. 며칠 후엔 전쟁이 일어날 테니까!”

대공은 장전된 총알로 군무대신을 쏴 버릴지, 아니면 자신의 머리를 겨냥할지 고민하고 있는 것 같았다. 이젠 아이히만의 말대로 이오타와 전쟁이 벌어져도 하나도 이상할 것이 없는 상황이 되어 버렸다.

'이자벨 님이 이 사실을 모를 리가 없지.'

난 허탈하게 중얼거리며 벽에 기댔다.

이오타와의 전쟁에서 운 좋게 살아남는다면 이번에는 마키시온 제국의 협박이 기다리고 있다. 후후후, 그야말로 듀얼 쇼크로군. 이참에 콘스탄트 왕국에도 찝쩍거려 볼까? 어차피 이 왕국은 자폭할 테니까 적국 하나 더 늘어난다고 달라질 것도 없겠지.

저쪽에선 바닥에 쪼그려 앉은 위고르가 종이 위에 뭐라고 쓰고 있었다.

“응? 위고르 공, 지금 뭘 쓰고 계세요?”

“……유서. 자네 것도 대신 써 주리?”

순간 어두컴컴한 정적이 내려앉았다.

“너, 너무 앞서 가지 마세요! 방법이 있을 거예요!”

그러자 대공이 손바닥으로 얼굴을 가린 채 대답했다.

“뭔 놈의 방법. 이오타 국왕한테 가서 '이번 일은 없었던 것으로 해주세용' 이라고 애교라도 떨어 볼 텐가?”

난 일말의 희망에 모든 것을 걸며 말했다.

"국왕까지는 아니지만 부탁할 수 있는 분이 있어요."

"뭐? 누구?"

"그럼 이오타 왕국에 다녀오겠습니다!"

"잠깐! 이봐! 엔디미온 군!"

대공의 외침을 뒤로하고 나는 긴 금발을 날리며 지하실을 빠져나왔다.

6.

가장 먼저 찾아간 곳은 카론 경의 집무실이었다.

"또 내 말을 빌려 달라고?"

카론 경이 안경 너머 짜증 섞인 눈동자로 날 바라보며 말했다.

"예, 무척 급한 일이기 때문에 카론 주니어…… 아니 카론 경의 명마가 아니라면 제시간에 도착할 수가 없습니다!"

'카론 주니어'라는 말이 나오자 카론 경은 길고 고운 눈썹을 움찔했지만 더 이상 입을 열진 않았다. 분명 키스가 예전부터 그렇게 부르고 다녔나 보군.

카론 경은 냉철하게 말했다.

"세드릭이 납치되었다면 이오타 왕국은 우리 적국이나 다름없다. 그런 곳에 단신으로 갔다간 죽을 수도 있다.”

“무모한 일엔 익숙하거든요, 헤헤.”

“……”

카론 경은 내 표정을 바라보다 안경을 벗곤 잠시 생각에 빠졌다. 그러다 자리에서 일어나 곁에 있던 자신의 검과 재킷을 집어 드는 것이었다.

“나도 동행하겠다.”

“예?”

의외의 말에 난 적잖게 놀랐다. 카론 경은 이 더운 날에도 제복을 빈틈없이 입으며 입을 열었다.

“흥, 자네가 걱정돼서가 아니다. 자넨 내 말을 몰 실력이 없기 때문이다.”

후후. 카론 경, 둘러대는 솜씨가 서투시네요.

“감사합니다. 그럼 어서 가요!”

카론 경은 먼저 집무실을 나가기 전 이렇게 말했다.

“왠지 네 녀석이 왕궁에 들어온 다음부터 조용한 날이 없는 것 같군. 키스를 닮아 가는 것 같아서 걱정이다.”

아니! 그런 모욕적인 비유를! 이래 봬도 전 해결하는 쪽이라고요!

7.

역시 '카론 주니어'였다. 보통 말이라면 전력으로 달려도 이틀은 걸리는 이오타에, 나와 카론 경은 말 그대로 광속으로 질주해 반나절 만에 도착할 수 있었다.

내가 말한 '도착 지점'은 이오타의 수도 페로제, 그것도 중심가의 고급 노천카페였다. 근처 숲 속에 말을 숨긴 우리는 조심스레 중심가로 향했다.

카론 경의 말대로 현재 이오타의 분위기는 '쳐 죽이자! 베르스 놈들!'이었고 사람들 눈에 띄는 외모의 우리는 그런 분노한 군중들의 제물이 되지 않기 위해서라도 최대한 조심스럽게 행동해야 했다. 무엇보다 현재 우리에겐 이오타 시민증이 없기 때문에 검문에라도 걸리는 날엔 무척 암울한 사태에 직면하게 될 것이 분명했다.

"이렇게 하죠, 카론 경. 카론 경이 제 형이고 우리는 예술품협회에서 시장조사를 하기 위해 파견 나온 것이라고 입을 맞추지요."

"내가 너의 형이라고? 머리카락부터 다르지 않나."

그러게?

"그, 그건 어머니가 다른 이복형제니까!"

점점 설정이 복잡해진다.

"왜 어머니가 다른 거지?"

"으음, 그러니까 그건 아버지가 난봉꾼이라서……."

엉? 지금 뭐 하는 거야! 순간 내가 고개를 절레절레 흔들었다.

"지금 드라마 만들자는 게 아니고 그냥 신분을 위장하는 것뿐이에요! 그렇게 대놓고 싫은 표정 짓지 마세요!!"

"알겠다. 하지만 아무래도 마음에 안 드는군."

신분을 숨기는 것이 싫다는 건지, 내 배다른 형이 되는 게 싫다는 건지 모르겠지만, 융통성 제로에 연기 능력 제로인 카론 경은 어쨌든 이런 거 싫다며 어린애처럼 싫은 표정을 드러냈다. 아니 그럼 '우하하하! 우리는 자랑스러운 베르스의 기사다!'라고 외칠깝쇼? 그 즉시 저 성난 백성들 손에 광장 한가운데로 질질 끌려가 장작 구이가 될걸요?

"그런데 여기까지 와서 누굴 만나려는 건가?"

"그게 저 밝히기 곤란한 분이라서요. 죄송합니다."

"일만 해결할 수 있다면 아무래도 좋다."

카론 경은 의외로 날 믿고 있는지 더 이상 입을 열지 않은 채 내 뒤를 따랐고, 우리는 10분 정도 걸어 페로제 중심가에 도착할 수 있었다.

역시나 대 이오타 왕국의 최대 번화가답게 산지사방이 화려하게 반짝거리고 있었지만, 분위기만큼은 별로 밝지 못했다. 아니 이쯤이면 차라리 살기 가득하다는 표현이 어울릴 정도다. 그 이유는 말하지 않아도 알 수 있으리라.

대충 행인들의 분위기는 이랬다.

"우아아아! 세드릭 님을 빼앗아 간 베르스 놈들에게 철퇴를 가하자!"

"전하께서도 그 때려죽일 놈들을 용서하지 않을 게 분명해!"

"인트라 무로스에서 베르스 국왕을 암살할 거야! 베르스 왕궁을 피바다로 만들자! 크아아!"

여, 역시 예술을 사랑하는 사람들이라서 그런지 참으로 진취적이로군. 실수로라도 신분이 들통 나면 온몸을 꽁꽁 묶여 용암 속에 내던져질 분위기다. 난 식은땀을 흘리며 낫과 곡괭이를 들고 거리를 행진하는 폭도들 사이를 지나쳐 노천카페로 향했다.

내가 카론 경을 뒤돌아보며 말했다.

"이쯤에서 기다려 주세요."

"알겠다."

카론 경은 이런 무시무시한 분위기 속에서도 얼굴색 하나 안 변하고 짧게 말하는 것이었다. 난 심장 떨려 죽겠는데, 나만큼이나 곱상하게 생겼으면서 배짱이 정말 대단하다.

난 슬쩍 광장의 시계탑을 봤다. 현재 시각 오전 9시, 세계에서 태엽 제작 기술이 가장 발달한 나라의 시계니까 1초도 틀리지 않을 것이다.

'이자벨 님이 오셨겠군.'

내가 9시에 이 고급 노천카페를 찾은 이유는 이자벨 크리스탄센 님을 만나기 위해서다. 그분은 자신을 만나고 싶으면 9시에 이곳 카페로 오라고 했었다. 젊은 여성 사업가로 신분을 숨기고 있는 이자벨 님은 항상 이때 이곳에 와서 도시 분위기를 살펴보며 일과를 준비한다고 한다. 뭐랄까, 1분도 틀리지 않고 매일 같은 장소 같은 곳을 찾을 수 있다니, 실로 숨이 콱 막혀 올 정도로 기계장치 같은 성격이지 않은가.

"여기야, 미온 군."

"아! 이자벨 님!"

시장이 훤히 내려다보이는 노천카페 끝 쪽 자리에 앉아 있던 이자벨 님이 먼저 나를 발견하곤 슬쩍 손짓했다. 내가 먼저 찾지 못한 이유는 그녀의 검은 머리 가발 때문이었다. 이렇게까지 신분을 숨겨야 할 정도로 이자벨 님의 목숨을 노리는 타국의 암살자들이 많다고 한다.

그리고 또 놀라운 것은 이자벨 님 옆에 자신만만한 외모의 젊은 미남자가 앉아 있다는 것이다. 상당히 신경 써서 다듬은 세련된 금발에 검은 선글라스를 쓰고, 화려한 목걸이며 반지 따위를 주렁주렁 단 모습이 꼭 시건방진 아이돌 가수 같은 인상이었다.

"……이분은 누구시죠?"

"으응, 내 부하야. 같이 나오고 싶다고 해서."

"아 예."

난 떨떠름한 표정으로 자리에 앉았지만 이자벨 님이 사실을 말하지 않았다는 것을 대번에 알 수 있었다. 일단 저 남자의 태도는 부하의 것이 아니다. 그리고 철저하게 보안을 유지하는 그녀가 그냥 같이 오고 싶다는 이유로 다른 사람을 곁에 둘 리가 없었다.

"미온, 잘 들어."

그녀가 보고 있던 신문을 테이블에 내려놓으며 날 바라보았다.

"우리 왕국은 3일 후 너희 나라에 선전포고를 할 거야."

"……!"

당장 본론으로 들어가자 난 꿀꺽 침을 삼켰다. 그녀가 내려놓은 신문 헤드라인에는 '오직 보복뿐!' 이라는 무시무시한 문장이 큼지막하게 쓰여 있었다.

그녀도 이 상황이 심란한 듯 조금 찡그린 표정으로 말했다.

"너희 왕국에는 '은밀' 이라는 단어가 없는 거니? 세드릭을 납치한다는 발상 자체도 상식 밖이지만, 기왕 납치하기로 했다면 최대한 조용히 처리했어야지. 온 나라가 다 알아 버렸으니 이젠 조용히 협상할 기회는 지나갔어."

"죄, 죄송합니다. 다음부턴 은밀하게 납치할게요."

난 너무 미안해서 엉뚱한 말을 꺼내 버렸다. 그런데 내가 왜 군무대신의 사과를 대신해야 하는 거냐고!

난 슬쩍 그 악의에 넘치는 신문을 치우고는 입을 열었다.

"꼭 전쟁을 해야 하나요? 세드릭 씨를 보내 드리고 전하께서 사죄한다면……."

"글쎄. 세드릭은 왕족과 다름없는 대우를 받는 분인 데다가 무엇보다 그를 추앙하는 백성들 신경을 건드렸어. 이대로 넘어가면 체면이 서질 않는 데다가 아무리 국왕 전하라 해도 여론을 무시할 수는 없으니까.”

“그 말씀은…… 국왕께서는 전쟁을 원치 않는다는 건가요?”

“그렇게는 말하지 않았어.”

그녀는 능숙하게 자신의 생각을 숨기고는 말을 이었다.

“너희 행정부 지하실에 있을 아이히만 대공에게 가서 이렇게 전해. 세드릭을 돌려주는 정도로는 이 일을 마무리 지을 수 없다고. 대신 우리 이오타 왕국과 주종 관계를 맺는다면 긍정적으로 생각해 보겠다고 전해.”

“뭐든지 알고 계시는군요.”

역시 인트라 무로스. 비밀리에 진행 중인 지하실 회의 역시 그녀는 알고 있었다. 어쩌면 세드릭이 납치되는 것을 수수방관한 것조차 그걸 이용하기 위한 계략일지도 모른다.

“하지만 그건 마키시온의 속국이 되는 대신 이오타의 속국이 되라는 말씀이시잖아요.”

“그렇지. 하지만 어차피 속국이 될 지금 상황에 멀리 떨어진 마키시온보다는 가까이 있는 우리의 보호를 받는 편이 좋지 않을까? 곧 너희 왕실에 정식으로 사신을 보낼 테지만 그전에 마키시온의 개입을 피할 수 있도록 비공식 루트인 너를 통해 이 말을 전하는 거야. 이대로 가면 잠자코 지켜보던 콘스탄트 왕국도 어떻게든 개입하려고 들 거야. 일이 커지기 전에 결정하는 게 좋을 거라고 대공에게 말해.”

이자벨 님은 얄미울 만큼 냉정하게 말했다. 그러니까 난 나도 모르게 이용당하고 있었다고나 할까. 나는 이자벨 님의 도움을 받아 이 상황을 해결해 보고자 여기 왔지만, 이자벨 님은 처음부터 날 통해서 은밀하게 아이히만 대공과 거래할 작정이었던 것이다. 물론 이런 일을 하는 게 그녀의 직업이지만.

그녀의 상냥함 뒤에 서 있는 비정함이 ‘죽기 싫으면 이오타의 속국이 되어라’ 라는 말을 전하라고 강요하고 있었다. 마키시온과 이오타, 어느 쪽을 선택해도 필연적으로 다른 하나와는 적국이 되고 그 피해는 고스란히 우리나라가 책임져야 한다. 크고 탐욕스러운 맹수들이 먹잇감 하나를 놓고 으르렁거리고 있었다.

“다른 방법은 없을까요. 허영심 때문에 가짜 목걸이를 만든 일이나 그걸 무마해 보기 위해 세드릭 씨를 납치한 일이나 비웃음을 받아 마땅한 바보짓이긴 했지만, 그렇다고 마키시온이나 이오타 같은 강대국이 그걸 빌미로 약소국을 집어삼키려는 짓은…… 너무 치졸하잖아요.”

그때 팔짱을 낀 채 묘한 웃음을 머금으며 침묵하던 ‘이자벨의 부하’ 가 처음으로 입을 열었다. 선글라스 너머의 시선이 누굴 향하고 있는지는 알 수가 없었다.

“후후, 다른 방법이라. 뭐, 세드릭이 다시 세공을 하도록 너희가 설득한다면 모를까. 까불지 말고 속국을 선택해. 자존심 챙기는 건 강자만의 특권이다. 너희 나라는 그럴 자격이 없어. 아이

히만 대공이 없었으면 이미 오래전에 산산조각 났을 나라 주제
에.”

“뭐, 뭐예요! 당신한테 우리나라 점수 매겨 달라고 부탁한 적
없어요!”

초면에 뜬금없이 남의 나라를 욕하다니!

울컥해서 그를 쏘아보자 이상하게도 이자벨 님이 당황한 기색
을 보이는 것이었다. 그의 시건방진 미소를 보니 더욱 화가 나서
난 턱을 치켜들며 외쳤다.

“그럼 세드릭 씨가 다시 일하도록 설득하면 속국이 되라는 협
박을 거두기라도 할 건가요? 그렇게 해 줄 것도 아니면서 뭘 잘
났다고 빈정거리죠? 이 · 자 · 벨 · 님 · 의 · 부 · 하 · 씨.”

“당연히 해 주지. 네놈의 하잘것없는 나라보단 세드릭의 예술
품이 훨씬 중요하니까.”

“흥! 당신이 그걸 어떻게 장담하죠? 부하 주제에?”

이윽고 이 열 받게 하는 사내가 선글라스를 벗으며 날 바라보
았다. 새파란 눈동자가 마치 독수리의 것처럼 날카로웠다.

“이자벨 말대로 재미있는 애송이로군. 정식으로 소개하지. 난
이 나라 첫째 왕자 쇼메 블룸버그다. 지금은 아빠 명령으로 너희
나라를 인수 합병하는 일을 담당하고 있지.”

“저, 정말 당신이 쇼메 왕자라고?”

순간 몸이 꽝꽝 얼어 버린 것 같은 기분에 이자벨 님을 바라보
았다. 그녀는 자신도 난감한지 양미간을 매만지면서 고개를 끄

덕였다. 난 벼락을 맞은 듯 깜짝 놀라 벌떡 일어나선 그에게 손
가락질했다.

"우에에엣! 왕자가 뭐 이래!"

블룸버그 왕가의 제1왕자 쇼메 블룸버그에 대한 소문은 나도
수없이 들어 봤다. 쇼메는 그 천재적인 정치 감각으로 전 세계의
왕자 중에서도 단연 튀는 존재였고 미남에 세련되고 검술 실력
도 상당하다고 들었다. 즉 만능이라고나 할까. 덕분에 내 머릿속
쇼메 왕자의 이미지는 근엄한 외모에 항상 품위 있는 옷을 입고
전신에 고귀함이 반짝반짝한 그런 우아한 엘리트였는데!

'이, 이건 완전 불량아잖아!'

연예인처럼 요란하게 꾸민 저 모습 어디에 일류 왕족의 기품
이 있다는 거야! 백성들 마음을 헤아리기는커녕 틈만 나면 못된
짓을 저지를 것 같다. 아니 무엇보다 왕자쯤 되는 사람이 여기서
뭘 하고 있는 거야?

"왜? 왕족 같지 않아 실망했냐? 천민."

쇼메 왕자는 내 생각을 간파했는지 나보다 훨씬 진한 색의 금
발을 쓸어 넘기며 웃었다. 대놓고 상대를 깔보는 인간이었다.

"아까 하던 말 계속할까? 베르스가 속국이 되는 것과 세드릭
이 다시 세공을 시작하는 것 중에서 하나를 택하라면 당연히 후
자를 선택하겠어. 베르스는 원하면 언제든지 속국으로 만들 수
있지만 세드릭의 마음을 움직이는 일은 나도 불가능했으니까."

'어련하시겠습니까!'

우리나라쯤은 언제든 속국으로 만들 수 있다고? 쇼메 왕자는 한눈에 보기에도 오만방자한 자신감으로 넘치는 자였다. 나라의 운명마저 이리저리 좌지우지하는 그런 쇼메가 세공사 한 명의 마음을 바꾸지 못했다는 것은 꽤 자존심 상하는 일이었으리라.

하지만 나는 알고 있다. 저런 성격이라면 평생 가도 예술가의 고뇌 따윈 이해하지 못하리라는 것을.

"내 이름을 걸고 약속하지. 세드릭의 마음을 되돌려 놓으면 속국으로 만들겠다는 계획은 철회하겠다."

"자, 잠깐만! 멋대로 약속하지 마요!"

"단, 일주일 안에 세드릭을 설득하지 못하면 너희 나라는 속국이 된다. 싫다면 전쟁뿐. 지금까지는 이자벨의 간청을 듣고 결정을 유보하고 있었지만, 계속 이렇게 미루다간 마키시온 제국에 먹이를 빼앗길 테니까. 지는 건 질색이거든."

"고, 고작 일주일 안에 마음을 돌려놓는 게 가능할 리가 없잖아요!"

"그럼 속국이 되든가."

쇼메 왕자는 비웃으며 자리에서 일어났다.

"영광인 줄 알아. 이자벨이 아니었다면 너 따위 천민이 왕족인 날 만날 일은 영원히 없었을 테니까."

오만하기가 하늘을 푹푹 찌르는 쇼메는 자기 멋대로 결정을 해 버리고 벗었던 선글라스를 다시 쓰며 자리를 떴다. 정말이지 말 한 마디 한 마디가 남의 속을 박박 긁어 놓는 그런 성격의 소유자였다.

그가 떠난 후 나는 이자벨 님을 바라보았다. 그녀는 여전히 난처한 듯한 미소를 보이고 있었다.

"실례되는 말이지만 정말 가까이하고 싶지 않은 분이네요, 쳇."

"쇼메 왕자님은 총명하지만 누구보다 지는 것을 싫어하지. 특히 마키시온 제국에 대해서는 더욱더. 어렸을 때 마키시온 제국에 볼모로 보내졌던 적이 있어서 황제를 미워해."

"어린애 같네요, 쇼메 왕자는……."

체에. 누가 왕자 아니랄까 봐. 난 뾰루퉁한 목소리로 투정을 부렸다. 차라리 어린 페르난데스 왕자님이 훨씬 어른스럽다는 생각이 든다.

하지만 성격을 떠나 쇼메 왕자의 정치 역량은 인정할 수밖에 없었다.

사실 이오타는 몇십 년 전만 하더라도 지금처럼 강하지 않은 나라였다. 상대적으로 작은 국토와 별 볼 일 없는 자원, 빈약한 인구수로 강대국이 되기 힘든 조건이었는데, 그런 이오타를 강대국으로 키워 놓은 장본인이 천재 왕자 쇼메, 인트라 무로스 방첩국장 이자벨 님, 그리고 희대의 장인 세드릭이다. 그러니 이들에 대한 국민들의 인기가 하늘을 찌르는 것도 당연하리라.

"저 그런데 이자벨 님, 세드릭 씨가 왜 세공을 그만뒀나요?"

"그건 나도 모르겠어. 이유를 알았다면 어떻게든 해결했겠지만 입을 다물고 있으니까. 어느 날 갑자기 그만둬 버린 거야.”

이자벨 님이 모르고 있다면 세상 모두가 모르고 있는 것이리라. 이건 정말 난제로군. 하지만 지금은 물러설 수가 없는 상황이다.

“좋아요. 그분을 설득해 보겠어요.”

“미온, 쇼메 왕자님은 그걸 기대하며 네게 제안한 것이 아니야. 왕자님은 처음부터 너희 나라를 속국으로 삼아 마키시온을 방해하고 싶으셨던 거야. 사실 세드릭 님에 대한 정보를 흘린 것도, 납치하도록 유도한 것도 쇼메 왕자님이 계획한 거야.”

“너, 너무해! 나라의 보물이나 다름없는 사람한테 어떻게 그런 짓을!”

“쇼메 왕자님은 이기기 위해서는 자기 자신까지 이용하는 분이니까.”

“그런 사람한테 지고 싶진 않군요.”

나는 그렇게 말하며 자리에서 일어났다.

이건 마치 거인들의 틈바구니에서 몸부림치는 기분이었다. 그렇게 생각하니 아무도 약자의 심정 따위에는 관심도 없는 것 같아 부아가 치밀었다.

“미온, 정말 세드릭을 설득해 볼 생각이야?”

“그 방법밖엔 없으니까요. 저도 지는 거 싫어하거든요.”

나는 이자벨 님께 정중히 인사한 뒤에 카페 밖으로 나가려다 문득 다른 생각이 들어서 그녀에게 물었다.

"저 이자벨 님, 혹시 키릭스 세자르라는 사람에 대해 아시나
요?"

그녀는 잠시 생각하다 대답했다.

"처음 듣는 이름인데? 누군데?"

"아뇨, 그냥 전설 속에 나오는 이름이에요."

나는 카페를 빠져나왔다.

하지만 이번만큼은 이자벨 님이 거짓말을 했고, 키릭스 세자
르와 이자벨 님이 치명적인 관계에 있다는 사실을 알게 된 것은
한참 후의 일이었다.

8.

카론 경의 모습은 이 혼잡스러운 광장에서도 한눈에 알아볼
수 있었다. 우리나라에 대한 적대감이 넘실대는 이 분노의 거리
에서 혼자 해탈한 듯 무표정하게 서 있었기 때문이다. 누가 보면
동상인 줄 알겠네. 아무튼 카론 경은 임종할 때도 담담하게 '오
늘 업무 지시는 내 책상 오른쪽 둘째 서랍에 넣어 두었다. 그럼
이만' 이라는 세상에서 가장 멋대가리 없는 유언을 남길 것만 같
다.

"카론 경, 가요."

살짝 눈을 감고 팔짱을 낀 채 기다리고 있는 카론 경에게 다가가 방긋 웃었다. 그는 그런 내 모습을 보더니 더욱더 무뚝뚝하게 물어보는 것이었다. 이거야 원, 장승과 대화하는 기분이로구만.

"이야기는 잘되었나."

"아 뭐, 잘되었다면 잘된 것 같기도 하지만. 그런데 카론 경?"

"뭔가?"

"아무리 봐도 카론 경이 더 왕족 같아요. 얼음나라 왕자님, 우후후."

나는 왕자의 모범과는 우주의 끝에서 끝만큼 거리가 먼 쇼메 왕자를 떠올리며 그렇게 말했다. 솔직히 카론과 쇼메를 한자리에 세워 놓고 아무나 불러와서 누가 왕자로 보이냐고 물어보면 십중팔구 카론 경일걸? 그야말로 무표정한 귀공자다.

"설마 이오타 왕족을 만나고 온 거냐?"

"예정에는 없던 일이었지만…… 어쩌다 보니 그렇게 되었네요."

"넌 대체 왕궁에 오기 전 무슨 일을 한 거지?"

그리고 보니 카론 경에게 내 과거를 숨길 필요도 없을 것 같아서 살짝 부끄러운 표정으로 입을 열었다.

"그러니까 전 사실 호……."

"야! 거기 너희들!"

뭐야, 또! 험악한 고함이 나의 진지한 '고백'에 끼어들었다. 곧이어 몽둥이와 곡괭이 자루를 든 폭도들이 우리를 둘러싸는 것이었다. 그중 하나가 우리에게 굵직한 막대기를 들이대며 외쳤다.

"네놈들, 베르스의 기사냐?"

'아니, 어떻게 안 거야!'

난 내 등에 '전 베르스 기사랍니다. 마구 때려 주세요'라는 풋말이라도 붙어 있는 줄 알았다. 그러나 역시 문제의 근원은 망할 왕자 쇼메였다.

"선글라스를 낀 청년이 네놈을 조사해 보라고 귀띔해 주더군! 이오타에 몰래 들어온 베르스 기사 놈이라고 말이야! 아니라면 당장 이오타 시민증을 꺼내 봐!"

'아, 이 빌어먹을 왕자!'

더티 가이 쇼메 왕자는 정말이지 더럽게 치졸했다. 왕자까지 되는 사람이 이런 식으로 방해할 줄은 몰랐다. 아니, 방해라기보다는 아예 즐기는 것 같군. 지금도 어딘가에 숨어서 이 모습을 지켜보며 히죽거리고 있겠지?

후후. 하지만 얕보지 마라, 왕자! 우리는 이미 호흡을 맞춰 놓은 사이란 말씀!

나는 성난 군중들 속에서 헤헤 웃으며 능숙하게 말을 늘어놨다.

"아니, 무슨 말씀이신지요? 저는 형님과 함께 이 페로제의 예술품들을 알아보기 위해 들른 장사꾼입니다. 때려죽일 베르스 놈들이라니 당치도 않습니다! 그렇죠, 카론 형?"

그러자 우리의 카론 경은 얼음장 같은 표정으로 나와 호흡을 맞춰 주었다.

"우리는 베르스의 기사다. 문제라도 있나?"

"아?"

순간 난 웃는 표정 그대로 굳어 버렸고, 순간 이 페로제 광장에 차마 표현 못 할 적막이 흐르기 시작했다. 내 머릿속이 물청소라도 한 듯이 깨끗하게 비워지고 내 영혼은 우주 끝까지 올라갔다가 다시 돌아왔다.

카, 카론 경? 갑자기 세상이 권태로워지셨나요?

"아……하하…… 에이이, 혀엉. 농담도 차암…….."

난 어떻게든 '의좋은 형제 작전'을 이어 나가 보려고 카론 경의 옆구리를 쿡쿡 찌르며 아양을 떨어 봤지만, 카론 경 이 배신자는 고래 심줄이라도 삶아 먹었는지 고집을 꺾질 않는 것이었다.

"난 내 나라와 신분을 숨기고 싶지 않다. 더욱이 내 조국을 경멸하는 자들 앞에서 고개 숙일 생각은 없다."

'아, 그럼 그렇다고 처음부터 말하든가!'

진짜 협조 안 해 주네. 메모해 두자, 때로 카론은 키스보다 위험하다.

하긴 생각해 보면 카론 정도 되는 기사가 조국에 대한 모욕을 참을 리가 없다. 죽음을 불사하고 명예를 지키려 들 것이다. 하지만 어째서 저까지 그 명예로운 죽음에 동참시키는 겁니까! 전

빨리 돌아가서 세드릭 씨를 설득해야 한다고요!

카론의 자진 납세 덕에 상황은 곧장 파멸을 향해 내달렸다. 지옥행 열차 편도 티켓을 끊은 기분이었다.

"네 이놈, 지금 네 입으로 베르스 기사라고 했겠다! 빨리 병사들을 불러! 아니! 우리가 처리하자! 때려죽여 버려!"

인간의 무서운 점은 군중이 되면 평소에는 생각하지도 못할 극단적인 짓도 하게 된다는 것이다. 정말 이들은 우리를 죽일 기세로 다가왔다. 어쨌든 남의 나라 단결용 제물이 되어 세상 마감하고 싶지는 않아!

카론 경은 우리를 둘러싼 폭도들을 차가운 눈초리로 바라보며 내게 말했다.

"내가 모욕당하는 것은 참을 수 있지만 내 나라가 모욕당하는 것은 넘어갈 수 없어. 엔디미온 경, 한심해 보이겠지만 난 자네처럼 능숙하게 세상을 살아가는 재주가 없다."

나는 멍하니 카론 경을 바라보았다. 순간 그가 검을 뽑았다. 그는 파랗게 달아오른 눈동자로 폭도들을 바라보았다.

목숨을 아끼지 않는 담대함에 폭도들이 움찔하며 뒤로 물러섰다.

"거, 검을 뽑았어! 이오타 한복판에서 혼자 싸우겠다는 거냐!"

"싸움은 좋아하지 않는다. 하지만 명예를 지켜야 한다면 싸운다."

나는 순간 두 가지 기분을 느꼈다.

첫 번째는 어째서 카론 경이 그 뛰어난 재능에도 더 이상 출세를 하지 못한 채 블리히 같은 모리배에게 이용만 당하는지 알 것 같다는 것이고, 두 번째는 한심한 왕국의 명예를 위해 검을 뽑은 저 고리타분한 기사가 멋지면서도 가련해 보인다는 것이었다.

아냐! 아냐! 지금 이런 감상에 빠져 있을 때가 아냐! 지금은 어떻게든 이 세기말적인 상황에서 벗어나야……

"지금 무슨 일입니까? 모두 진정하세요."

그때 이오타의 제복을 입은 사내가 폭도와 카론 경 사이로 걸어오며 정중한 목소리로 말리는 것이었다. 멋 부리지 않은 단정한 머리에 키가 크고 체격이 좋은 자였다.

"미레일 경이다!"

그런데 이 미레일이라는 자가 유명한 기사였는지 폭도들은 그를 보자 고개를 숙이며 존경을 표했다.

그리고 카론과 미레일의 눈이 마주쳤다. 먼저 놀란 쪽은 미레일이라는 부드러운 인상의 기사였다. 기사라기보다는 유순한 선생처럼 보이는 자다.

"설마 카론 경?"

"미레일, 오랜만이군."

얼레? 이게 어떻게 돌아가는 거람?

미레일은 카론이 뽑은 검을 보고는 쓴웃음을 지었다.

"대충 무슨 상황인지 알 것 같군요. 사람들을 대표해 사과하지요. 베르스의 기사인 당신에게 적대적일 수밖에 없는 사람들의 마음을 이해하고 검을 거둬 주세요."

아아, 정의는 살아 있었구나. 상냥한 사람이라서 다행이야.

그 말에 카론 경은 조용히 검을 다시 집어넣었다. 정중하게 폭도들을 해산시킨 미레일 경이 이번에는 날 바라보는 것이었다. 전혀 강압적이지 않은데도 묘한 존재감을 가진 미레일은 첫눈에도 호감이 가는 자였다. 그러니까 쇼메 왕자와는 정반대라고나 할까.

가만히 날 내려다보던 미레일 경이 대뜸 물었다.

"이 숙녀는 누구시죠?"

"남자입니다만!"

시력이 나쁜 거 아닌가요! 아무리 머리가 길다지만 초면에 숙녀라고 불릴 정도의 외모는 아니라고요! 아니, 그렇지도 않은가.

카론 경은 날 흘낏 보며 차갑게 입을 열었다.

"예술품 보러 온 장사꾼."

"아아, 그랬군요."

아냐! 카론 경은 아까 일 가지고 삐쳤는지 날 그렇게 소개했고 나는 내 명예를 사수하기 위해 재빨리 손을 내저었다.

"아니에요. 저도 기사걸랑요. 비록 칼은 없지만, 아하하."

"설마."

"기, 기사 맞아요! 엔디미온이라고 합니다."

미레일의 의외라는 표정에 나는 입을 삐죽 내밀었다. 미레일 경, 내가 할 말은 아니지만 당신도 그렇게 기사답게 생기진 않았다고요!

"아아, 스왈로우 나이츠로군요."

아니, 겉모습만 보고 알아채다니! 스왈로우 나이츠가 외국에서도(여러 가지 의미로) 유명했단 말인가.

어쩐지 세상 누구도 미워할 것 같지 않은 온순한 분위기의 미레일 경은 카론 경을 보며 조심스레 물었다.

"키스 경은 잘 지내나요?"

"잘 있다고 말하는 편이 좋겠지."

얼렐레? 어떻게 키스를 알고 있는 거지? 의외로 유명한 양반일세.

카론 경의 말에 미레일 경은 살짝 고개를 끄덕였다.

"저만 편하게 지내는 것 같아 미안하군요. 베르스와의 전쟁은 저도 원치 않습니다. 부디 당신을 전쟁터에서 만나지 않길 기도하겠습니다."

"동감이다."

다부지고 건장한 체구인데도 사근사근한 말투와 외모 덕에 기사다워 보이지 않는 미레일 경은 모든 기사의 꿈이라 할 수 있는 이오타 왕실 문양이 수놓인 망토를 휘날리며 멀어졌다. 그야말로 엘리트 기사였다.

그의 중재로 폭도들이 흩어지자 내가 슬며시 물었다.

"저분과 아는 사인가 보죠?"

"미레일 알론, 베르스 사람이지. 나와 키스와 함께 기사 수업을 받은 자다.”

“예에?”

난 깜짝 놀라 눈을 크게 떴다. 베르스 사람이 왜 이오타의 기사가 된 거야?

카론은 내 의문에 답해 주며 먼저 걸음을 옮겼다.

“진짜 기사가 되고 싶다면 베르스를 떠나라는 말을 한 적이 있을 거다. 미레일은 그것을 위해 조국을 포기한 거다. 그래서 다른 기사들은 미레일을 비난하지만…… 난 그를 이해할 수 있다.”

난 카론 경의 뒤를 따라가며 여러 가지 생각을 했다.

카론 경은 조국이 모욕당하자 목숨을 걸고 검을 뽑았다. 동시에 조국을 포기한 미레일 경을 존중했다. 나로서는 쉽사리 이해하기 힘든 깊이다.

아무리 한심한 조국이라도 자신의 나라가 모욕당한 것에 죽음도 불사한 카론 경과 자신의 꿈을 이루기 위해 배신자라는 멍에를 각오한 미레일 경. 외모와 성격, 그리고 살아온 인생도 전혀 다를 두 친구 사이에서 난 서글픈 동질감을 느낄 수 있었다.

그럼 키스 경은 그 어디쯤 서 있는 것일까. 그리고 나는 또 어디쯤 서서 그들을 바라보고 있는 것일까. 불현듯 복잡한 기분에 휩싸였다.

9.

카론 경의 대활약 덕에 이국땅에서 목숨을 마감할 뻔했던 나는 망할 왕자가 내려 준 새로운 도전 과제를 안고 왕궁으로 돌아왔다.

"그래, 이번엔 세드릭을 설득해야 한다고?"

아이히만 대공이 퉁명스레 말하자 난 고개를 끄덕였다. 그런 불만스러운 표정 좀 짓지 마세요! 지금 찬밥 더운밥 가릴 때인가요.

"이거야 원, 이오타는 우리가 실패하길 바라는 것 같군."

사실이 그렇답니다.

"쇼메 왕자, 그 녀석의 제안이겠지?"

"어, 어떻게 아셨어요?"

난 놀란 토끼 눈으로 그를 바라봤다. 대공은 이미 나와 이자벨 님의 친분을 짐작한 것 같았다.

"냉철하기로 소문난 방첩국장이 그런 악취미적인 제안을 할 리는 없을 테니. 그딴 터무니없는 장난질을 걸어올 놈은 쇼메뿐이지. 스승을 이런 식으로 대우하다니, 고얀 놈."

"엥? 스승이라고요?"

"뭐 사정이 있어서 쇼메 놈의 개인 교사 짓을 한 적이 있지. 똑똑한 놈이긴 하지만 성격에 모가 났어. 경솔하게 마키시온을 상대로 이빨을 드러내질 않나. 그러다간 제명에 못 죽지. 황제는 아직 그놈이 덤비기엔 벅찬 상대야."

뛰는 놈 위에 나는 놈 있다고 했다. 쇼메 왕자가 제아무리 정치판의 기린아라고 하더라도 이 세상에서 가장 큰 땅덩이를 차지한 마라넬로 황제가 보기에는 언제든지 목을 비틀 수 있는 어린애와 같을 것이다. 메데이아 교수 정도 되는 사람조차 황제에겐 많고 많은 깃털 중 하나일 뿐이었으니까.

'하아, 그런데 우리 왕비님은 그런 괴물의 부인과 싸웠단 말이지? 배짱도 좋으셔.'

난 한숨을 내쉬며 고개를 절레절레 흔들었다. 나였다면 설사 목걸이가 진품이었다 하더라도 싸울 엄두도 나지 않았으리라.

아이히만은 담배에 불을 붙인 뒤에 내게 말했다.

"어쨌든 이오타에 가서 문전박대당한 건 아니니까 네 녀석의 수완을 조금은 인정하도록 하지. 혹시나 해서 부른 건데 의외로 제값을 하는구먼."

역시 이 할아범은 칭찬조차 가시가 돋았어.

난 조금 삐죽거리며 다음 말을 이었다.

"제가 세드릭 씨를 설득해 보겠습니다. 허락해 주세요."

"자네가? 무슨 수로 말인가?"

"글쎄요. 일단 그분과 대화를 나누다 보면 어떻게든 답이……."

"그럼 그러든가. 전하께는 내가 말해 두겠네. 뭐 인제 와서 이오타의 속국이 되는 것도 나쁘지는 않겠지.”

“너, 너무 앞서 가지 마세요!”

그런데 아이히만 대공이 갑자기 피식 웃으면서 엉뚱한 말을 꺼내는 것이었다.

“이거 재미있군.”

“뭐가요?”

이런 상황에서 갑자기 즐겁다는 듯 웃기 시작한 대공을 보며 난 의아한 표정을 지었다. 그는 마치 연극 무대에서 마지막 대사를 읊는 늙은 연기자처럼 담배 연기를 뿜으며 중얼거리는 것이었다.

“어찌 즐겁지 않을까. 이 왕국의 생사가 고상한 귀족도 용감무쌍한 군인도 아닌 전직 호스트의 손에 달려 있다니. 어떤 예언자가 짐작할 수 있었을까. 이래서 세상이 재밌는 거야.”

그가 여유롭게 웃으며 날 바라보자, 덕분에 나도 웃음이 터졌다. 역시 거물이다. 세상이 무너져도 ‘내 그럴 줄 알았지’라면서 담배를 물고 태연하게 웃을 것만 같은 사람이다.

“아이히만 대공, 세드릭 씨를 설득하기 위해 부탁드릴 것이 하나 있습니다.”

나는 이 연극의 끝이 배드 엔딩이 아니길 바라며 그렇게 말했다.

10.

세드릭은 그늘진 눈매와 바싹 마른 뺨 때문에 우울해 보였다. 아무렇게나 자라 꺼칠한 턱수염 역시 다듬을 생각이 없는 듯했다. 겨우 35세에 세계적 예술가의 반열에 오른 자의 얼굴에는 자신만만함은 온데간데없고, 깊은 구덩이를 닮은 고독만이 두 눈에 맺혀 있었다. 그런 게 바로 예술가라면 할 말이 없지만, 적어도 인간으로서 행복해 보이지는 않았다.

그 퀭한 눈으로 날 바라보는 세드릭 앞에 커다란 가방을 든 내가 환하게 웃으며 인사했다.

"안녕하세요. 오늘부터 일주일간 같이 지내게 된 엔디미온 키리안이라고 합니다."

"……."

"앞으로 일주일간 제가 이 방에서 함께 지낼 것입니다. 그리고 그동안은 누구도 나가거나 들어올 수 없도록 조치해 놓았습니다. 무례한 처사라는 것은 알지만, 부디 이해해 주세요."

"……."

대답도 없네.

소파에 앉아 날 품평하듯 훑어보는 세드릭의 눈동자는 '이게 대체 다 뭐하는 짓거리야?' 라고 말하는 것 같았다. 그럴 만도 하다. 내가 대공에게 부탁해서 준비한 것들 때문에 지금 그의 기분은 최악일 것이다.

세드릭이 불편한 시선으로 이 방을 새삼 바라보며 말했다.

"내가 일을 그만둔 걸 모르냐? 이것들은 다 뭐야."

40여 평에 달하는 이 커다란 방은 여러 가지 세공 도구로 가득 차 있었다. 반나절 만에 어떻게든 준비해 달라고 사정한 끝에 대공이 힘을 총동원해 전국의 각종 세공 장비를 부랴부랴 긁어모은 것이다.

물론 세공을 그만둔 세드릭의 입장에선 그것들을 보는 것만으로도 불쾌하리라.

세드릭이 이유를 알겠다는 듯 까칠한 수염을 매만지며 말했다.

"날 다시 세공을 하게 만들겠다는 수작이구나?"

"예, 솔직히 그렇습니다."

"귀찮군. 그냥 죽여라."

이렇게 세드릭과의 첫날이 시작되었다.

11.

또 나는 그녀를 꿈에서 안았다.

잠에서 깨어나 쿠션을 껴안은 채 소파 위에서 부스스 일어났다. 눈을 가늘게 뜨고 어두운 방을 이리저리 돌아봤다. 대체 언제부터 잠들어 있던 걸까. 늦은 밤이었다.

세드릭은 의자에 앉아 창밖을 바라보고 있었다. 내가 잠들기 전과 똑같은 자리에 똑같은 표정이었다. 몇 시간이 넘게 저러고 있었단 말인가?

아주 커다란 무언가를 잃은 사람이 아니라면 저럴 수가 없다. 그리고 그 결핍된 무언가가 세공을 그만두게 한 것이리라.

"저어, 음식이라도 만들까요? 배 안 고파요?"

자리에서 일어난 나는 이곳저곳의 촛불에 불을 밝히며 조심스레 물었지만 세드릭은 여전히 아무 말도 없었다. 카론 경의 무뚝뚝함과는 전혀 다른 종류의 침묵이었다.

"하루 종일 아무것도 안 드셨는데……."

"……."

"사실은 제가 배고프거든요. 늦었지만 저녁 준비할게요."

난 총총히 주방으로 걸어갔다.

그는 밤새 내게 한마디도 없었다.

12.

동거 이틀째, 다행히도 세드릭은 내게 두 마디를 꺼냈다. 첫 번째는 '차 끓여 와라'였고 두 번째는 '맛없다'였다.

"……그럼 다시 끓여 올게요."

"됐어. 남자가 끓인 차 따위, 어떻게 끓여도 맛있을 리가 없지."

"……."

성격 한 번 아름답군. 한 대 쥐어박고 싶네.

세드릭을 세공 장비들이 가득한 작업실에 가둬 놓고 그를 격려하며 창작 의욕을 북돋워 주려던 내 옹골찬 야심은 초반부터 난항의 난항이었다. 세드릭은 죽어라 구해 온 도구들에는 아무런 관심도 없고 그렇다고 빨리 자기 나라로 보내 달라며 화내는 일도 없이 하루 종일 의자에 앉아 후덥지근한 하늘이나 바라보고 있는 것이었다.

대체 저 모습 어디에 예술가의 후광이 있다는 거야. 차라리 이샤가 훨씬 예술가 같다, 쳇.

이렇게 별다른 성과 없이 오늘도 지나갔다.

13.

문제는 5일째 되는 날 터졌다. 세드릭을 설득하는 일은 여전히 캄캄했지만, 그래도 차 끓이는 솜씨 하나만큼은 나날이 발전

하고 있어 오늘은 '그럭저럭 먹을 만하군' 이라는 극찬을 하사받
았다. 이야, 신 난다!

'아냐! 이게 아냐!'

이 양반도 사람이라면 갑갑해서라도 성질을 내는 것이 정상인
데, 그는 조금도 자신의 감정을 보이지 않는 것이었다. 아니 애
당초 감정이 없는 것만 같았다. 텅 비어 버린 사람이었다.

난 소파에 쪼그려 앉아 말똥말똥 세드릭을 바라보다가 투덜거
렸다.

"이럴 거면 처음부터 세공을 시작하지 말 것이지……. 아차
차!"

너무 답답해 나도 모르게 중얼거린 말에 도리어 내가 놀라 입
을 막았다. 지나친 악담이었다.

창밖을 보던 세드릭이 말했다.

"네 말대로다."

"예?"

"난 처음부터 세공 따위 시작하지 않는 편이 좋았다."

"노, 농담이었어요! 지금까지 수많은 예술품을 남기셨는
데……."

"예술품? 위선도 예술이라면 예술품이겠지."

난 그의 입가에 서린 비웃음을 보며 소름이 끼쳤다. 그의 감정
이 처음으로 손에 잡혔다. 손이 얼어 버릴 만큼 차갑고도 어두운
감정이.

덜컥! 덜컥! 콰앙!

대뜸 거칠게 문이 열리는 바람에 겨우겨우 얻은 대화가 끊어졌다. 나는 깜짝 놀라 문을 바라봤다. 아무도 들어오지 말아 달라고 했는데!

씩씩거리며 방에 들어온 자를 나는 황망한 표정으로 바라보았다.

"블리히 경?"

그는 바로 왕실 최고의 아첨꾼, 헬스트 나이츠 기사단장 블리히였다.

"이런 멍청한 놈! 당장 세드릭 님을 풀어 주지 못하겠느냐!"

"뭐, 뭐라고요?"

밑도 끝도 없이 그게 뭔 소리야! 잘 나가던 분위기 다 망쳐 놓고는 세드릭을 풀어 주라니! 지금 이 나라의 마지막 희망이 되어 분골쇄신하는 내 모습이 안 보이냐! 이 왕궁의 독버섯아! 라는 분노의 외침은 내게 성큼성큼 다가온 블리히가 고함을 치는 바람에 꺼내지 못했다.

"세드릭 님을 한시라도 빨리 이오타로 송환하라는 국왕 전하의 엄명이시다!"

"왜요! 분명 일주일간 기회를 주겠다고 했는데!"

"이런 경솔한 녀석!"

권력자에게 꼬리 치는 일만큼은 누구보다 부지런한 블리히는 마치 지가 국왕이라도 된 양 거만하게 꾸짖는 것이었다.

"더 이상 세드릭 님을 잡아 뒀다간 이오타 왕국은 물론 마키
시온 제국의 분노를 사게 된다는 것을 모르나! 이미 전하께서는
이오타의 속국이 되기로 하셨다."

"소, 속국이 되겠다고?"

세상천지에 먼저 속국이 되겠다고 굽실거리는 배알도 없는 나
라가 어디 있어!

그 당치도 않은 소리에 할 말을 잃었지만 블리히의 생각은 다
른 것 같았다. 그는 과장된 몸짓을 보이며 진심으로 '전하의 결
단'에 감탄해 마지않는 것 같았다.

"아아! 이 나라를 살리기 위한 전하의 용단에 백번 탄복할 수
밖에 없지 않으냐!"

용단? 지레 겁을 집어먹고 마지막 기회조차 포기한 채 제 발
로 속국이 되겠다며 무릎 꿇는 일이 용기 있는 결단이라고?

나는 순간 '네 나라는 내 예상보다도 훨씬 비천하구나, 천민'
이라는 쇼메 왕자의 비웃음이 들려오는 것 같았다.

"아이히만 대공은 찬성하지 않았을 거예요! 대공을 만나겠어
요!"

조금도 감동에 동참하지 않는 내 말에 블리히가 눈가를 움찔
하며 날 쏘아보았다.

"아무리 대공이라도 전하의 명을 어길 수는 없어! 당장 세드
릭 님을 풀어 주지 않고 뭐 해!"

"속국이 되는 건 모든 기회를 잃은 뒤에 선택해도 늦지 않아

요! 아직 기회가 남았잖아요!"

게다가 당신만 아니었다면 닷새 동안 입을 다물고 있던 세드릭과의 대화가 시작되었을 거라고!

하지만 블리히는 전혀 다른 방향으로 이 상황을 이해하고 있었다.

"이, 이 녀석! 우리나라가 마키시온이나 이오타의 공격을 받아도 좋다는 말이냐! 이런 매국노! 네가 지금 전하의 어명을 정면으로 어기고 있다는 것을 몰라? 네놈 때문에 내 입장까지 곤란해진단 말이다!"

비겁자는 언제나 안전할 때 당당하다. 난 지금 그 명언이 딱 들어맞는 자를 앞에 두고 있다. 카론 경은 이 한심한 나라의 명예를 지키기 위해 목숨까지 걸었는데!

순간 다 집어치우고 싶다는 울분이 마음 한구석에서 터졌다. 이런 꼴을 보려고 난 모두에게 사랑받던 일을 그만두고 왕궁까지 찾아왔던 것일까.

그때 앳된 목소리가 들려왔다.

"잠깐 내 말을 들어주시오."

"페, 페르난데스 왕자님!"

정말 의외의 인물이 이곳에 나타났다. 게다가 어린 왕자님 뒤에는 왕궁의 3대 중신인 아이히만과 위고르, 그리고 군무대신이 서 있는 것이 아닌가.

나는 물론 블리히 역시 그들을 보자 곧바로 한쪽 무릎을 꿇었다.

페르난데스 왕자님은 그 곱상한 얼굴에 용기를 담아 말했다.

"속국이 되기로 했다는 소식을 듣고 이곳에 왔소. 지금부터 내가 하는 말은 나의 독단이오."

나는 슬쩍 페르난데스를 올려다보았다. 쇼메 왕자와는 천성적으로 다른 성격이다. 이해심이 많고 언제나 참는 것에 익숙하며 심한 말은 꺼내지 못하는 온화한 소년, 그런 왕자님이 이렇게 말했다.

"나는 쇼메 왕자에게 지고 싶지 않소."

"……!"

나는 귀를 의심했다.

"언제나 타국에 조롱당하는 우리 왕국을 볼 때마다 반드시 훌륭한 왕이 되어, 백성들이 이 왕국에서 태어났다는 것에 자부심을 품고 살 수 있도록 하려고…… 지금껏 그 결심으로 수많은 모멸과 굴욕을 참아 왔소."

나는 그 말을 들으며 이 세상 생물이 아닌 것처럼 지고지순한 줄로만 알았던 페르난데스 왕자도 실은 마음속에 강렬한 결의를 품고 있다는 것을 알 수 있었다. 사람들은 왕족의 권리만 부러워하지만, 왕의 피를 가지고 태어난 이상 그 권리보다 더 큰 의무를 지게 되는 것은 당연한 이치다. 그는 어린 나이에도 피의 무게를 알고 있었다.

"속국이 된다는 것은 수백 년을 이어 왔던 이 왕국과 왕조가 종말을 고함을 말하오. 그리되면 나는 망국의 왕자가 되어 이오타에 볼모로 잡혀가게 될 것이오. 쇼메 왕자는 항상 나를 만나면 볼모가 될 연습을 해 두라고 속삭였소. 그리고 그럴 때마다 절대로 지지 않겠다고 결심했소.”

“아니! 그놈이 감히 그런 망발을!”

놀랍게도 그 말에 발끈한 자는 블리히였다. 당연한 반응이지만 댁이 꺼내니까 참 신선해.

“아이히만 대공으로부터 희박한 확률이지만 속국을 피할 기회가 있다고 들었소. 엔디미온 경이 사력을 다해 힘쓰고 있다면서. 난 그 희박한 확률에 내 모든 것을 걸고 싶소.”

“하, 하지만 이오타의 속국이 되지 않는다고 하더라도 어차피 공판에서 지면 마키시온 제국에 엄청난 배상금을 물어야 합니다!”

블리히는 제법 현실적인 말을 꺼냈다.

왕자님은 주저 없이 회답했다.

“그 돈을 갚는 데 설령 내 평생이 걸리더라도 각오할 수 있소. 내 모든 능력을 바쳐 그 빚을 갚고 내 후세부터는 새롭게 시작할 기회를 줄 수 있도록, 그것에 내 인생을 바칠 각오가 되어 있소. 그러니 부디 나의 각오를 받아 주시오.”

나와 블리히는 고개를 숙인 채 더 이상 아무 말도 할 수 없었다. 열세 살 소년이 이런 말을 할 수 있는가. 어른도 꺼낼 수 없을 강철의 각오가 가슴을 울렸다.

"블리히 경."

"예, 예엣!"

페르난데스 왕자의 말에 블리히가 당황하며 외쳤다.

"경이 아바마마의 어명을 집행하기 위해 이곳에 온 것을 알고 있소."

"그, 그렇습니다."

"나는 아바마마께 가서 부디 명을 거둬 달라고 간청할 생각이오. 하지만 블리히 경은 즉시 그 어명을 집행해야 할 의무가 있겠지. 그건 나도 억지로 막을 수 없는 일이오."

"……."

"그래서 부탁하오."

무리라는 걱정이 들었다. 무슨 이유든 군주의 명령을 어긴다는 것은 기사의 수치며(어차피 물러설 곳이 없는 나라면 모를까) 만약 불복종했다가 이오타의 속국이 된다면 죄를 물어 작위 몰수는 물론 처벌까지 받게 될 판국에 출세에 목매다는 블리히 경이 왕자의 '부탁'을 들어줄 리가 없는…….

"알겠습니다."

"얼레?"

난 화들짝 놀라 블리히를 바라보았다. 지금 왕자님의 부탁을 들어준 겁니까? 블리히 경은 이러다 자기 인생 종 칠 수도 있다는 공포에 사색이 되어 있었지만, 몸을 와들와들 떨면서도 수락한 것이다. 갑자기 이 양반이 왜 안 하던 짓을!

“고맙소, 블리히 경.”

그러자 블리히는 바닥에 얼굴을 대며 커다랗게 외쳤다. 진심이 우러나오는 목소리였다.

“왕세자 저하, 왕위에 오르신 뒤 지금 이 블리히의 충성심을 꼭 기억해 주시옵소서!”

설마 이 짧은 시간에 머리를 굴려 왕자님 줄로 바꿔 탄 거냐!

아이히만 대공이 무서운 미소를 드러내며 내게 말했다.

“엔디미온 군, 만약 이 일에 실패한다면 자네가 책임지고 자결해야 할 분위기로구만.”

“겨, 격려는 못 해 줄망정!”

“후후, 그럼 은퇴 후 내 말 상대로 끌고 갈까? 자네의 남은 인생을 늙은이 몸종으로 보내고 싶지 않다면 무슨 수를 써서라도 이 일을 해결하게나.”

대공은 소름 끼치는 협박을 내뱉으며 문틈 사이로 세드릭을 바라봤다. 세드릭의 시선은 여전히 창밖을 향했고 이쪽은 바라보지도 않았다.

난 그들에게 정중히 감사의 인사를 한 뒤에 다시 문을 닫고 세드릭에게 갔다.

“소란을 피워 죄송합니다.”

그는 그제야 흘낏 나를 바라보며 이렇게 말하는 것이었다.

“시시한 연극이로군. 내 마음을 돌려놓겠다고 별짓을 다 하는구나.”

“여, 연극 아닙니다!”

우리 왕국 원래 이래요.

“알고 있어. 쇼메 왕자라면 모를까, 너희가 그런 꾀를 부릴 리 없지.”

칭찬인지 비아냥거림인지 모를 말을 꺼낸 세드릭은 곧 혼잣말을 중얼거렸다.

“이오타였다면 훨씬 더 세련되고 효율적인 방법을 썼겠지.”

난 머리를 긁적이며 헤헤 웃었다.

“네 이름이 뭐지?”

“엔디미온 키리안입니다. 미온이라고 불러 주세요.”

처음에 소개했는데 그새 까먹다니!

그가 무언가 결심한 듯 수염을 매만지며 말했다.

“미온 군.”

“예!”

“차 끓여 와.”

“……예.”

그리고 오늘의 대화는 그것으로 끝이었다.

14.

6일째 되는 날 오후, 차를 마시던 세드릭이 퀭한 눈으로 방 안의 세공 도구들을 둘러보고는 대뜸 말하는 것이었다.

"난 누금세공에는 관심이 없다."

"예?"

"황금은 쓰지도 않아."

"예?"

난 대체 무슨 소리를 하는지 몰라서 눈만 깜빡거렸다. 그가 못 알아듣겠느냐는 듯이 내게 힌트를 주었다.

"내 관심은 희귀 자연은을 이용한 세선세공뿐이야."

"그, 그런데요?"

"여기 있는 도구 중에 내가 쓰는 것들은 보이지 않는군. 이런 걸 긁어모을 힘이 있었다면 먼저 내 전공부터 알아봤어야지."

"죄송합니다."

아니 이런 쪽엔 문외한인 저한테 그렇게 말씀해 봤자…… 아! 그런데 그렇게 말하는 것은!

"다시 시작하실 결심을 하셨나요?"

"누가 다시 한대?"

"그, 그럼……."

"한심해서 말해 주고 싶었을 뿐이야."

"한심해서 미안하네요."

난 조그맣게 투덜거렸다.

나름대로 최선을 다했는데 자기 전공 틀렸다고 면박이라니!

예술가는 성격 나쁘다는 거 진짜로군.

"저 그런데 이오타로 돌아가고 싶은 생각은 없으세요?"

"별로."

"왜요?"

"돌아가서 뭘 하게?"

"그야 세드릭 님에게 환호하는 사람들도 있고……."

"그들이 환호하는 건 내가 아니야."

"예?"

"내가 아니야."

그가 중얼거렸다.

알 수 없는 말이었다. 하지만 난 그의 말에 묻어나는 죄의식을 느낄 수 있었다. 어쩌면 그것이 그가 세공을 그만두게 된 원인일지도 모른다.

"말씀하신 그 위선 때문인가요? 그것 때문에 세공을 그만두신 건가요?"

그는 이곳에 와서 처음으로 날 똑바로 바라보았다. 움푹 들어간 어둠 속에서 반짝거리는 그의 눈빛에서 보인 것은 분노가 아니었다. 그것은 죄지은 자의 눈이었다.

"사람들을 속인 적이 있나?"

나는 조금 생각하다 고개를 끄덕였다.

"있습니다."

"자기 자신을 속인 적은 있나?"

알 수 없는 말에 나는 조금 생각하다 고개를 저었다.

"없습니다."

그는 그런 내 얼굴을 계속 바라봤다. 거짓인지 알아보려는 것이 아니었다. 그 눈은 분명 부러움의 빛을 띠고 있었다.

그의 입술이 작게 달싹였다.

"……나는 있다."

힘겹게 꺼낸 목소리는 작았다. 그는 입을 굳게 다물더니 시선을 떨어트렸다. 아픈 표정이었다.

무엇인가를 괴롭게 떠올리던 그가 말을 이었다.

"7년 전인가, 아니면 6년 전인가……. 그 무렵 나는 예술이 무엇인지 아는 사람은 나뿐이고 그 누구도 나를 능가할 세공사는 이 세상이 망할 때까지 없으리라 믿었지. 나는 신이 이 땅에 보낸 예술의 신이었다. 고독했지."

나도 모르게 입에서 '재수 없어'라는 말이 나올 뻔했다.

"난 마치 공기 희박한 산 정상에 홀로 서 있는 것처럼 권태로웠고 이 세상 어떤 것도 내게 자극을 줄 수 없다고 믿었어. 그래서 삼류 세공사들의 쓰레기 같은 작품들을 둘러보고 내가 얼마나 위대한지 재확인하며 시간을 보냈지. 그들은 내가 한마디 해주기만 해도 눈물을 흘리며 감격했어. 뭐, 당연히 영광이었겠지."

이야아, 진짜 재수 없다.

"그러다가 그것을 보았다."

"그것?"
"내 절망을."

15.

과거를 회상하는 세드릭의 눈은 불씨 잃은 촛불처럼 사그라져
있었다.

"어떤 시골 야시장에서 본 은도금 팔찌였다. 내 정체를 모르
는 장사꾼이 더러운 손으로 날 잡아끌며 싸게 줄 테니 마누라에
게 선물하라며 보여 주더군."

흔한 일이었다. 야시장은 도저히 걸고 다니기 민망할 정도의
질 나쁜 장신구들이 판을 치는 곳이다.

"그런데 그걸 본 순간 내 모든 것이 일순간 무너졌지."

"왜, 왜요?"

"훔치고 싶었기 때문에. 나는 도저히 따라 할 수 없었기 때문
에. 그래서 훔칠 수밖에 없을 만큼 아름다웠기 때문에. 그 팔찌
는 내가 예술의 신도 뭣도 아닌 시시한 놈일 뿐이라고 조롱하고
있었다."

그는 눈매를 가늘게 떨었다.

"난 내 마음을 부정했다. 그저 오랜 권태가 불러일으킨 고약

한 착각일 뿐이라고 생각했다. 인정하지 않았다. 그래서 시험해 보기로 했다."

"시험?"

"난 팔찌를 사서 똑같이 모조한 다음 내 작품이라고 발표했다. 물론 재료는 최고급을 사용했지만 모양 자체는 완전히 똑같지."

"왜, 왜 그런 짓을!"

그건 예술가의 광기라고 하기에도 너무 괴악한 짓이 아닌가.

"모르겠나? 난 세상이 그 팔찌를 부정하길 바란 거다. 그래서 그 아름다움은 나만의 착각이었음을 증명하고 싶었던 거야!"

나는 침을 꿀꺽 삼켰다.

난 그 결과를 알고 있다.

"세상은 내 최고의 작품이 탄생했다며 극찬을 아끼지 않았지. 가장 세드릭다운 작품이라고. 내 이름값은 끝없이 솟아올랐다. 그리고 그럴 때마다 나는 계속 무너져 갔다."

예술가에 있어서 그 칭찬만 한 조롱이 또 있을까.

세드릭은 히죽거리며 말했다.

"내가 어떻게 했을 것 같나?"

"설마……."

"난 그 장사꾼을 다시 찾아갔다. 다시 한 번, 한 번만 더 시험하고 싶었어. 장사꾼에게 그 팔찌를 만든 무명 세공사의 장신구를 모조리 사 왔다. 내 작품의 일억 분의 일도 안되는 가격으로 말이지. 그리고 또다시 똑같이 모조해서 발표했다. 그것도 추앙

받자 다음 것을, 또 다음 것도 베껴서……."

나는 이 시기를 잘 알고 있다. 예술계가 세드릭의 전성기라고 부르는 시기다. 그것이 모두 남의 작품이었다는 것은 그 시기가 세드릭에겐 지옥이었다는 것을 의미할 것이다.

"나는 울며 웃으며 그것들을 복제하길 반복했지. 그럴 때마다 사람들은 환호했고. 하지만 그것들이 내 것이 아니라고 말할 용기는 없었어. 마지막으로 베낀 것이 바로 '여름의 보주' 였다."

"……!"

"그 마지막 목걸이까지 베끼고 나니까 난 텅 비어 버렸다. 더 이상 아무것도 할 수 없게 되었지. 정신을 차리고 보니 나는 장사꾼을 다시 찾아가고 있었다. 악마와 계약이라도 맺는 심정으로. 그런데 그 장사꾼은 이빨이 모두 빠진 흉측한 입으로 웃으면서 내게 이렇게 말하더군. 더 이상 그 세공사 것은 없다고. 그리고 그딴 싸구려 장신구 따위를 사 모으는 걸 보니까 당신 안목도 참 형편없는 거 같다고. 하하하, 웃기지 않나?"

"그, 그런 일이……."

"이제 알겠나? 내가 더 이상 세공을 할 수 없는 이유를, 그리고 세드릭이라는 한심한 사기꾼의 정체를."

그는 소파에 털썩 앉으며 말했다.

"난 이제 세공을 할 수 없어. 아무것도 떠오르지 않아. 하지만 가능하다면, 창피한 말이지만 할 수만 있다면 죽기 전에 단 한 번만이라도 그 무명 세공사의 작품이 보고 싶어. 내 소원은 그것뿐이야.”

단 한 번도 남에게 반한 적이 없는 거만한 천재가 한순간 모든 것을 빼앗겨 버렸다. 그렇게 빼앗긴 마음은 영영 돌아오지 않은 채 그를 텅 비어 버리게 했다.

“나가서 떠벌리고 싶으면 그렇게 해. 어차피 내 입으로 곧 발표할 생각이었으니까. 그래서 비난을 받든 사형을 당하든 이젠 상관없어.”

나는 괴로운 표정으로 그를 바라봤다. 이제 설득할 길은 없는 것 같았다.

‘잠깐! 설마!’

나는 문득 든 생각이 있었다.

“한번 봐 주셨으면 하는 것이 있어요.”

나는 가방을 열어 그 안에서 목걸이를 꺼냈다. 이샤가 만든 ‘여름의 보주’ 모조품이었다.

세드릭이 목걸이를 보자마자 중얼거렸다.

“흥, 내가 만든 것이로군. 어차피 베낀 거지만.”

그렇게 말하던 세드릭의 목소리가 점점 사그라졌다. 그 두 눈이 점점 크게 떨려 왔다. 그는 떨리는 손으로 말했다.

“이, 이건 내가 만든 게 아니야. 하지만 어떻게…… 이렇게 똑같을 수가!”

“그건 이샤라는 맹인 소녀가 만든 겁니다.”

순간 그가 내 멱살을 잡아챘다.

"왜, 왜 이래요!"
"그 소녀를 데려와! 당장!"

16.

"이샤라고 합니다. 기적과도 같이 세드릭 님을 만날 수 있어서 너무도 기쁩니다. 하지만 눈이 보이지 않아 제대로 예를 갖출 수가 없음을 용서해 주십시오."
내 손을 잡고 세드릭 앞에 나타난 이샤가 그 가련한 목소리로 그렇게 말했다.
세드릭은 그런 그녀를 말없이 바라보았다. 마치 오래전에 만났던 연인을 바라보듯.
이윽고 그가 말했다.
"이샤라고 했나."
"네."
"예전에…… 이 목걸이와 똑같은 걸 만든 적이 있지?"
이샤가 조금 생각하다 말했다.
"그렇습니다."
세드릭의 눈이 떨려 왔다.
"하지만 그건 그저 세드릭 님을 상상하며 만든 하찮은 습작이었을 뿐입니다. 어떤 장사꾼이 사 가서 지금은 어디에 있는지도……."

"하찮지 않아."

세드릭의 푹 파인 눈에서 눈물이 흐르기 시작했다.

"어디에 있는지 알고 있다. 알고말고."

세드릭이 이샤에게 다가가 손을 잡았다.

"너무도 간절히, 너무나 오랫동안 너만을 생각했다. 이제야 만났어."

나는 이 모습을 눈물을 글썽이며 지켜볼 수밖에 없었다.

세드릭이 야시장에서 우연히 보고 마음을 빼앗긴 것은 바로 이샤가 만든 장신구였던 것이다. 이샤라는 무명의 세공사가 만든 작품이 세상을 돌고 돌아 세드릭에게 닿았다. 그리고 그것에 마음을 빼앗긴 세드릭이 똑같이 베끼고 말았기 때문에 '여름의 보주'는 이샤가 만든 것과 완전히 똑같을 수밖에 없었으리라. 하지만 이샤 역시 세드릭을 사모하며 그 목걸이를 만들었다고 한다. 서로에게 매혹된 그들은 이미 서로 떨어질 수 없었던 것이다.

나는 세드릭이 이샤의 목걸이를 보고 느낀 감정이 절망이었다고 생각하지 않는다. 오히려 홀딱 반해 버린 것이 아니었을까. 다만 태어나서 누구도 사랑해 본 적이 없는 세드릭은 그 어쩔 줄 모르는 가슴 터지는 감정이 무엇인지 몰랐을 뿐이다. 그리고 다시는 만날 수 없다는 생각에 괴로워했다.

말하자면 그들은 단 한 번도 만나지 않은 채 서로 지극히 사랑했던 것이다. 그리고 그 애절한 인연이 돌고 돌아 지금 여기에서 만났다.

"지금 판결을 내리지. 여름의 보주는 베르스의 것이 진품이다."

세드릭은 기쁨에 넘치는 얼굴로 이샤를 바라보며 그렇게 말했다.

17.

뭐, 끝이 좋으면 다 좋은 거라고 했던가. 왕궁 전체를 긴장시켰던 이 일은 놀라울 만큼 깔끔하게 처리되었다. 세드릭은 이샤를 제자로 삼아 이오타로 돌아가 다시 세공을 시작했고, 난 쇼메 왕자로부터 '이번엔 운이 좋았구나, 천민'이라는 불유쾌하지만 통쾌한 전문을 받았다.

그리고 곧 세드릭이 이샤와 결혼한다는 청첩장이 날아왔다. 천생연분이란 이런 것이로군.

마키시온 제국은 공판을 취소하고 사과의 의미로 엄청난 양의 황금을 보냈다. 세상 모두가 벌벌 떠는 마라넬로 황제를 엿 먹인 당돌한 나라가 바로 세계 최약소국 베르스라는 사실은 통쾌하지만, 솔직히 다시는 그런 강대국과 시비가 붙지 않았으면 좋겠다!
몇 번이나 심장이 멈추는 줄 알았다고!

또한 아이히만 대공은 이따위 나라 망해 버리는 편이 좋았을
텐데 라고 투덜거리며 다시 행정부의 폭군으로 돌아갔고, 위고
르 공과는 또다시 앙숙이 되었으며 군무대신은 여전히 공성포를
사지 못해 괴로워하고 있다.

국왕 내외와 페르난데스 왕자를 비롯해 왕국 모두가 행복하게
끝이 난 천우신조의 결말이지만, 이 중에 가장 행복한 자는 바로
블리히 경이리라. 그는 자신의 용기 있는 결단으로 왕국의 몰락
을 막았다며 하루 종일 열심히 왕궁을 돌아다니며 자랑을 일삼
고 있었던 것이다. 하지만 이번만큼은 그 양반을 빈정거리지 않
기로 하겠다.

그리고 나는 모든 여정을 마치고 터덜터덜 내 고향 리더구트
로 돌아왔다.

“다녀왔습니다아아아아아.”

영원히 이어질 것 같았던 여름 더위는 어느새 한풀 꺾여 가고
있었다. 편을 거듭할수록 대미지의 강도가 세지고 있었기 때문
에 난 대체 이거 어떻게 돌아가는 소설이야? 라고 투덜거리면서
현관문에서 풀썩 쓰러지고 싶은 기분이었다. 그러나 소파에 앉
아 있던 키스가 삐죽 고개를 들고 날 바라보며 이렇게 말하는 것
이었다.

“어머나, 미온 경. 그거 아세요오?”

“뭘요.”

“당신 벌금입니다아.”

“뭐라!”

난 벌떡 일어나며 키스에게 성큼성큼 다가갔다.

“뭐예요! 이런 내게 표창은 못 해 줄지언정 벌금이라니요!”

“그거야 당신은 스왈로우 나이츠니까요. 브리핑에 참석 못 하면 벌금이라는 거 아시잖아요오?”

“나, 나라를 구하느라 불참했습니다! 몸이 두 개가 아니라서 정말 죄송하네요! 쳇!”

얄미워 죽겠다! 자기는 펑펑 잠만 처자면서! 이런 내 모습을 보며 키스가 히죽 웃는 것이었다.

“농담입니다아. 수고했어요, 미온 경.”

얼레? 키스가 진심으로 날 칭찬한 것은 이번이 처음인 것 같아 난 나도 모르게 얼굴을 붉혔다.

“그런데 키스 경.”

“네에?”

“뭡니까? 이 피 묻은 붕대들은…….”

“히히. 계단에서 굴러떨어졌거든요오.”

“…….”

웃을 일이냐! 소파에 누워 있어서 잘 못 봤는데 키스는 어깨며 가슴에 빨간 피가 묻은 붕대를 감고 있었다.

“붕대 좀 갈아 줄래요오?”

나는 붕대를 갈아 주며 키스의 등을 보았다. 티끌 하나 없이 매끄러울 줄 알았던 그의 등에는 굉장히 무서워 보이는 긴 상흔들이 하얗게 그려져 있었다.

"이 흉악한 상처들은 다 뭐죠?"

"다 계단에서 구른 거랍니다아."

원숭이도 안 믿겠다! 하여튼 속을 알 수가 없다니까!

"그런데 키스 경."

"……?"

"만약 이 나라가 멸망한다면 그때는 뭘 할 거예요?"

나는 어쩌면 오늘쯤 지도에서 사라졌을지도 모를 이 왕국을 떠올리며 말했다. 키스는 내 엉뚱한 질문에 의외로 이리저리 고개를 갸웃거리며 진지하게 고민하다가 대답하는 것이었다.

"으으음, 그렇게 되면 미온 경과 함께 호스트나 해볼까요?"

"진지하게 생각해! 진지하게!"

키스는 후후 웃으면서 다시 입을 열었다.

"글쎄요, 아마도 저는 처음으로 돌아가겠죠?"

"처음?"

"뭐 그런 것이 있습니다아."

실없게스리…… 키스는 자기가 말해 놓고 실없는지 헤헤 웃으면서 딴청을 피우다가 웃는 낯으로 대뜸 날 바라보며 물었다.

"그런데 미온 경은 만약 이 세계가 사라지면 그땐 뭘 할 건가요?"

"아하하, 그거야 뭐…… 잉? 뭐요?"

세상이 사라진다고? 그 무슨 한여름에 눈 내리는 소리냐고!

"그, 그럼 뭘 할 것도 없잖아요! 세상이 사라져 버리면 나도 없어지는 건데!"

"그렇죠? 그러니까 이 세계가 사라지지 않도록 우리는 최선을 다해야 하는 거랍니다아."

"으이구! 도통 뭔 소린지…….."

난 투덜거리면서 붕대를 꽉 조였고 키스는 꺄악! 하는 괴상한 비명을 질렀다. 난 2층으로 올라가면서 또다시 깊은 생각에 빠졌다. 난 바보가 아니다. 계단에서 굴러떨어졌다고? 그건 칼에 베인 상처다.

제3화

아아, 인생 가시밭길

1.

오늘도 산뜻한 왕궁의 아침이 시작되었다.

"미온 경, 지명입니다아."

"잉?"

난 국수를 먹다가 화들짝 놀라선 고개를 들었다. 뭐, 뭐야? 이 느닷없는 전개는!

"에 그리고 다음으로 지스 경은……."

"자, 잠깐만요! 지명이라니요!"

깊게 생각해 보지 않아도 난 지금 지명받을 일이 없다. 왕궁에 와서 멧돼지도 잡았고 신비의 해독제도 구했고 나라도 지켜 봤지만 정작 스왈로우 나이츠의 주업인 '귀족들과 친해져서 지명 받기'는 해 본 적이 없었던 것이다. 세리카 님의 경우야 예전부터 알던 사이였으니 그렇다고 쳐도 또 지명이라니?

"누가 절 지명했죠?"

"후후후, 알고 싶은 겁니까?"

"다, 당연히 알려 줘야 하는 거잖아요!"

냉큼 이실직고하지 못하겠느냐, 이 악덕 포주!

내가 빽 소리를 지르자 키스가 팔짱을 낀 거만한 모습으로 지명자의 성함을 밝혔다.

"지명자는 바로……."

"바로?"

"바로 제냐 공주님입니다아."

"우아아앗!"

순간 나를 비롯한 자랑스러운 스왈로우 나이츠의 기사 전원이 악성 빈혈에 시달리는 표정으로 돌변했다. 심지어는 항상 뚱한 표정을 유지하는 지스 경마저 뭔가 상당히 두려운 추억이 떠올랐는지 들고 있던 스푼을 툭 떨어트리고 말았다. 아아, 자네도 제냐 공주님에게 시달려 본 적이 있는가 보군.

"그, 그런데 제냐 공주님이 왜 저를……?"

역시 그때 일의 복수인가! 지명이랍시고 불러 놓고 들들 볶아서 회생 불능으로 만들어 버리려는 아홉 살 여자아이의 음험한 보복?

하지만 키스는 남 일이라고 얄미울 정도로 태연하게 말하는 것이었다.

"어머나. 미온 경, 마치 도살장에 끌려가는 표정이네요?"

"씨잉! 당연하잖아!"

"제냐 공주님도 심성은 착하신 분이랍니다. 이거 사실은 재미있는 일이라니까요? 그러니까 그렇게 긴장하지 말고……."

"그럼 당신이 가."

순간 키스가 흠칫하며 말을 멈췄고 잠시 이 테라스에 진땀 나는 정적이 흘렀다. 이윽고 키스가 스으윽 뒷걸음질 치면서 중얼거렸다.

"그럼 이것으로 오늘의 브리핑을 마치겠습니다아아."

"이보쇼!"

2.

우리는 이것을 '내부 지명'이라 부른다. 즉 왕궁 내부에서 지명을 받은 경우를 말하는 것이고 출장이 아니니 열차표를 받고 여행 도구를 챙길 일도 없다. 보통은 당일 업무로 끝이 난다.

오늘 내가 받은 '내부 지명'은 바로 제냐 공주님의 생일 파티 행사 요원이었다.

'……말이 행사 요원이지.'

나는 꽃을 들고 환하게 웃는 표정을 억지로 지은 채 동상처럼 서 있었다. 아니, 그러고 있어야만 했다! 그것도 두 시간도 넘게! 그러니까 이것은 '인간 마네킹' 이랄까. 생일 파티를 화사하게 만들 '장식품' 으로 세워 놓는단다. 왕궁의 이 아름다운 취미에는 두 손 두 발 다 들었다. 너희는 살아 있는 인간을 동상처럼 세워 놓고 밥이 넘어가냐! 이쪽은 온몸에 쥐가 나서 죽을 지경이라고!

'크윽, 국수나 마저 먹고 올걸.'

땡볕 밑에서 '꽃을 든 미온' 이 된 채로 한 시간도 넘게 서 있던 나는 눈앞에 쫘악 깔린 성대한 제냐 공주님의 잔치 음식들에 조건반사로 꼬르륵 소리를 냈다. 생고문이 따로 없었다.

그때 생일 파티에 초대된 것으로 보이는 긴 금발의 여자애가 잘나가는 귀부인을 끌고 내게 다가오는 것이었다.

"엄마! 이거 나 사 줘!"

난 상품이 아냐! 가격표도 안 붙어 있다고!

"호호호! 애야, 이건 왕궁 물건이란다."

서슴없이 물건이라고 말하다니!

"하지만 예쁜걸? 갖고 싶어!"

"집에 벌써 스무 개나 있는데 또 갖고 싶은 거니?"

스, 스무 개? 그게 대관절 무슨 의미입니까? 순간 나는 '인간 동상 미온 금화 500닢에 낙찰!' 이라는 환청을 들었다.

"이건 제냐 공주님 것이란다. 넌 다른 것 사 줄게."

"난 이게 좋아!"

"참, 안 된다니까 그러네."

저 아이는 장차 우리나라 인신매매업계에 한 획을 그을 훌륭한 노예 상인이 될 재목이 분명하다. 그런데 사모님이야말로 왜 그런 위험한 눈빛으로 날 흘낏흘낏 바라보고 있는 건가요. 아 글쎄, 전 비매품이라니까요!

"그럼 이거 사 줘!"

상당히 집요한 구석이 있는 이 꼬마 애가 이번에는 내 옆에 가더니 손가락질을 하는 것이었다. 비참하게도 내 옆에는 쇼탄 동상이 있었다. 나 혼자만으로는 장식품이 부족했는지 왕궁에선 한 명 더 보내라는 명령을 내렸고, 덕분에 빚이 산더미라 거절할 수가 없는 쇼탄 경이 죽고 싶은 심정으로 날 따라온 것이었다.

게다가 쇼탄 경의 작품명은 '막 박차고 오르려는 정열의 발레리노'였기 때문에 한쪽 발을 들고 하늘을 우러러보며 서 있어야 했다. 이것에 비하면 난 천국이나 다름없다. 내가 흘낏 본 쇼탄 경의 고뇌에 찬 표정은 '최근 이렇게 살고 있습니다'였다.

"어머나! 이 동상도 괜찮네?"

행운인지 불행인지 귀부인께선 '정열의 발레리노 쇼탄'이 무척이나 마음에 든 것 같았다. 어쩌면 오늘부로 쇼탄 경은 왕궁을 떠나 이 위험해 보이는 모녀의 스물한 번째 컬렉션이 되어 새 인생을 시작하게 될지도 모른다.

"흐음, 하지만 너무 비쌀 것 같구나. 이번 달에는 별장을 네 채나 사는 바람에 돈을 아껴야 해요."

"엄마는 구두쇠!"

"호호호, 아껴야 잘 사는 거란다."

알았으니까 빨리 좀 가세요. 영업에 방해됩니다!

이윽고 상당히 죽이 잘 맞는 위험 모녀가 사라지자 하늘로 도약하는 우아한 포즈의 발레리노 쇼탄 경이 하늘을 우러러보는 모습 그대로 조그맣게 중얼거리는 것이었다.

"……왜 사는지 모르겠다."

"누가 빚지래요?"

나와 쇼탄 경은 마음속으로 한숨을 내쉬며 다시 각자의 포즈에 최선을 다했다.

이런 일에 굳이 날 지명한 제냐 공주님의 심경을 알다가도 모르겠다. 게다가 이 파티의 주인공인 공주님은 나타나지도 않고 있는 걸.

'얼레? 뭐지, 저 사람들은?'

심상찮은 남정네들이 우르르 파티장에 몰려들고 있었다. 저마다 한껏 거드름을 피우고 있는 남자들은 10대에서 심지어 40대까지 다양했는데, 무슨 심사라도 받으려는지 한곳에 옹기종기 서 있는 것이었다. 뭐야, 생일 축가라도 부르려는 건가?

그리고 잠시 후 성대한 풍악이 울려 퍼지며 드디어 주인공 제냐 공주님이 페르난데스 왕자님과 함께 모습을 드러냈다. 치렁

치렁한 레이스와 핑크빛 리본으로 장식된 하얀 드레스를 입은 제냐 공주님과 열세 살 어린 나이에도 불구하고 왕족다운 품위로 가득한 페르난데스 왕자님의 모습은 그야말로 천상에서 내려온 반짝반짝 남매 같았다. 사람들은 그 모습에 감탄하며 모두 무릎을 꿇고 예를 갖췄다(물론 나는 이 시간만큼은 인간이 아닌 동상이기 때문에 감히 왕족 앞에서도 당당히 서 있을 수 있었다).

정말 인형 같은 남매의 모습은 그 뒤에 서 있는 만두가게 아저씨, 아니 국왕 전하만 아니었다면 어떤 화가라도 화폭에 담고 싶을 그림이 되었을 것이다.

'……그런데 이상하네.'

무릎을 꿇지 않은 탓에 제냐 공주님의 표정을 볼 수 있던 나는 공주님의 표정이 전혀 밝지 않음을 알고 의아해했다. 나이 먹으면 생일이고 뭐고 다 귀찮아지기 마련이지만, 그래도 아홉 살인데 자기 생일에는 신 나는 게 당연하지 않은가.

잠시 후 난 그 이유를 알 수 있었다. 임금님께서 방긋 웃으시며 예의 '몰려 있던 남정네'들을 가리키는 것이었다.

"자아, 내 딸아. 저 중에 마음에 드는 사람이 있니?"

그러자 제냐는 단번에 고개를 절레절레 흔드는 것이었다.

"그러지 말고 자세히 보렴. 너도 이제 결혼을 생각해야 할 나이가 아니니."

그렇다. 전하는 제냐 공주님의 생일날, 신랑감을 물색하려는 것이었다. 보나 마나 저기 몰려든 신랑 후보들은 베르스에서 내로라하는 귀족들이리라. 그런데 저 수상한 40대 남자 말이야. 머리도 살짝 벗겨진 게 임금님과 비슷한 연배로 보이는데…… 서, 설마 저 사람도 후보? 저 음흉한 눈동자를 보라고! 저런 광적인 인간에게 딸을 줄 생각이냐!

"흐흐흑…… 우아아아앙!"

제냐 공주님은 울먹거리다가 결국 우렁찬 울음소리를 쏟아내기 시작했고 파티에 참여한 사람들은 모조리 사색이 되었다.

"아, 아니. 내 딸아, 왜 우는 거니?"

보면 모르겠습니까? 자기 생일날 이런 엽기적인 이벤트를 벌여 놓고 행복할 리가 있겠어요? 그러나 난 동상이기 때문에, 이 비극적인 상황을 환하게 웃는 표정으로 지켜봐야만 했다.

전하는 무척이나 당황스러운 표정으로 제냐 공주님을 달래 보려 애썼다.

"이 중에는 마음에 드는 사람이 없는 거니? 그럼 좀 더 많은 후보를 모집한 뒤에……."

그때 제냐 공주가 갑자기 옆에 있던 페르난데스 왕자를 꽉 껴안고 소리치는 것이었다.

"난 오빠랑 결혼할래!"

오, 신이시여! 생일 파티는 아수라장이 되었다.

얼굴이 하얗게 질린 전하께서 말을 더듬으며 말했다.

"그, 그쪽은 상품…… 아니 후보가 아니란다."

"싫어! 오빠랑 할 거야!"

난리도 그런 난리가 없었다. 제냐 공주님이 고집을 부리면 아무도 못 말린다는 왕실 전설이 있다.

떼어 놓으려는 임금님에게 가공할 로우킥을 갈긴 제냐 공주는 페르난데스 왕자에게서 떨어지려고 하질 않았다. 그리고 놀랍게도 그런 왕고집 공주를 떼어 놓은 장본인은 바로 페르난데스 왕자님이었다. 한쪽 무릎을 꿇고 공주와 시선을 맞춘 왕자님이 눈물을 닦아 주며 말했다.

"제냐, 아바마마를 힘들게 하면 안 돼."

"하, 하지만!"

"결혼은 다음에 생각하고 오늘은 나와 함께 놀자. 계속 같이 있어 줄게."

"정말이지?"

"응, 약속할게."

느, 능숙하잖아! 될성부른 나무 떡잎부터 알아본다고 했다. 의외로 페르난데스 왕자는 성장하면 굉장한 바람둥이가 되지 않을까? 이웃 나라 공주들을 맥 못 추게 하는 가공할 정치가로 성장할지도 몰라.

왕자님의 능란한 응급처치 덕분에 제냐 공주의 폭주 사건이 폭발 일보 직전에서 일단락되자 파티는 다시 정상으로 돌아오는 것 같았다. 그러나 진짜 사건은 지금부터였다.

초대받은 수백 명 귀족들의 웃음소리로 한창 분위기가 무르익을 무렵, 이 생일 파티를 담당한 예술청장이 단상에 올라와 사회

를 보기 시작했다. 이 '인간 동상'이라는 실로 치 떨리는 아이디
어를 구상해낸 장본인도 바로 저 고상함에 몸부림치는 예술청장
이라고 한다.

"자 그럼! 고귀한 제냐 라스팔마스 공주님의 아홉 번째 탄생
일을 다시 한 번 마음 깊이 감축드리오며 축하 파티의 여흥을 북
돋기 위해 준비한 무대를 올리겠사옵니다."

호오, 의외로 잘 진행하시네? 그가 말하자 각 지역에서 초청
받아 몰려온 귀한 아들딸들이 초롱초롱한 눈망울로 바라봤다.

예술청장이 외쳤다.

"물러설 곳 없는 두 검투사의 목숨을 건 사투를 시작하겠습니
다!"

순간 나와 쇼탄은 휘청거리며 쓰러질 뻔했다. 지금, 애들 경
기 들리게 할 생각이십니까! 인형극이나 공중 곡예! 동물 조련!
성가대 축가! 그런 무난한 것들 다 놔두고 왜 하필이면 피바람이
몰아치는 검투사야! 저런 광인이 우리나라 예술계를 담당하고
있었단 말인가.

객석 반응은 내 예상대로 한겨울 삭풍처럼 싸늘해졌고 심지어
당장 울어 버릴 것 같은 표정의 아이들도 속출하고 있었다.

뭔가 아주 분위기가 안 좋게 흘러가고 있는 것을 느낀 예술청
장은 어떻게든 만회해 보려는지 와하하하! 농담이었습니다! 라
는 안 해도 좋을 사족을 붙였다.

그가 이번엔 진짜라는 듯 외치는 것이었다.

“그, 그럼 이 나라의 전통적인 축하 무대를 선보이겠습니다.”

하아, 그래. 차라리 전통극을 하는 편이……

“한시도 눈을 뗄 수 없는 목숨을 건 판크라치온 경기를 시작하겠습니다!”

야, 이 개념 없는 놈아! 라고 소리칠 뻔했다. 내가 국왕이었다면 반드시 저 무능한 예술청장을 형장으로 질질 끌고 가서 총살시켜 버렸을 것이다.

물론 무규칙 종합 격투기 판크라치온은 훌륭한 구경거리며 남성미의 상징이다. 그건 인정해! 하지만 아홉 살 소녀 생일날 콧김을 내뿜으며 온몸으로 뒤엉키는 근육 남정네들의 싸움박질을 굳이 보여 줘야 속이 후련하겠냐!

그때 헬스트 나이츠가 우리 앞에 쓰윽 모습을 드러냈다.

“뭣들하고 있나. 썩 준비하지 못하고!”

“뭘 준비해요?”

“당장 무대 위로 올라가!”

그것도 우리가 하는 거였냐! 인간 마네킹이든 피에 굶주린 검투사든 공포의 싸움꾼이든 하나만 시키라고! 게다가 쇼탄 경이면 몰라도 내 몸엔 생존에 필요한 최소한의 근육밖엔 없다고! 차라리 날 사자 우리에 던져라!

궁지에 몰린 내가 방긋 웃는 ‘미온 동상’의 모습 그대로 말했다.

“저, 저희는 보시다시피 동상이걸랑요? 그러니까 아시다시피 동상은 움직일 수가……."

"이놈! 공주님의 생일잔치를 망칠 생각이냐!"

이미 생일잔치는 망가질 대로 망가진 것 같습니다만.

"냉큼 올라가지 못할까!"

야, 그렇게 하고 싶으면 니들이 올라가! 그러나 기사들은 동상이 된 우리를 번쩍 들고 무대에 갖다 났다.

이 순간 내가 하고 싶은 말은 하나뿐이다. 이 왕국은 왜 항상 이 모양이야!

순간 제냐 공주님의 쩌렁쩌렁한 고함이 들려왔다.

"그딴 거 싫어!"

공주님의 사자후가 터졌다. 그 가공할 고성은 이 야외 파티의 공기를 갈기갈기 찢는 검기와 같았다. 조물주의 실수로 왕자님과 공주님의 인격이 뒤바뀌어 버린 것은 아닐까 하는 의구심마저 든다.

'사, 살았다!'

우리는 잽싸게 다시 원래 자리로 뛰어가선, 나는 꽃을 들고 쇼탄 경은 한쪽 발을 들었다.

몸을 부들부들 떨고 있는 제냐 공주님의 대분노 앞에서 예술청장은 어찌할 바를 몰라 우왕좌왕하고 있었다.

"그, 그럼 더 이상은 할 것이 없사옵니다."

아니 그러니까 인형극을 하라고! 하다못해 노래자랑도 있는데, 어째서 네놈의 머리는 목숨을 건 사투 외엔 떠오르질 않는 거냐!

순간 이 나라의 암담한 예술 현실에 숙연해졌다. 저런 인간도 미술 전시회에 초대받으면 뾰족 수염을 매만지며 '흐음, 이 그림에선 생명이 느껴지질 않는군' 이라는 말을 잘도 지껄이겠지? 세드릭 님이 이 꼴을 봤다면 손수 만든 예술 채찍으로 등짝을 후려갈겼을 것이 분명하다.

"엔디미온 경!"

나는 순간 깜짝 놀라 인간 동상이라는 내 신분도 모르고 시선을 돌렸다.

제냐 공주님이 내게 다가오고 있었다.

"오빠가 널 칭찬해서 일부러 지명했어! 그러니까 날 재미있게 해 줘!"

역시 그런 이유로 불렀군요.

"흐음, 그럼 어떻게 해 드릴까요."

나는 화사하게 웃으며 무릎을 꿇고 그녀를 바라보았다. 산들거리는 바람에 내 긴 금발이 흩날린다. 싸움질에는 자신 없지만 여자 즐겁게 하는 일에는 이골이 났다오. 하지만 지금껏 이렇게 어린 고객은 없었는데.

"인형극 따윈 시시해! 그리고 악기 연주도 싫어! 광대놀이도 하지 마! 아무튼 재미없으면 그냥 안 둘 테야!"

등줄기에 식은땀이 흐른다. 이건 마치 내가 뭘 하든 하지 말라는 소리로 들리는군. 왕실 생활 난이도가 나날이 높아지고 있다.

"그럼 마술은 어떨까요?"

"마술? 어떤 마술?"

그녀가 호기심 어린 눈으로 날 바라보았다. 내 고객 중에는 콘스탄트 출신의 아주 유명한 마술사가 한 분 계셨다. 왕실 전속 마술사인 그녀는 죽은 나무에 꽃을 피우고 물 위를 걷는다. 나는 그 정도까지는 아니지만 그래도 그분에게 배운 기본적인 마술 정도는 할 수 있다.

"자, 그럼 제가 깜짝 놀랄 마술을 이 나라 최초로 선보이겠습니다! 잘 보세요?"

커튼을 들고 무대 위에 올라간 나는 어린 관객들 앞에서 그것을 앞뒤로 보여 준 뒤 두 팔로 펼쳐 온몸을 가렸다.

"열부터 하나까지 커다랗게 소리쳐 주세요!"

아이들이 신이 난 얼굴로 숫자를 외치기 시작했다. 잘 봐라! 예술청장! 이런 게 생일 파티 아니겠냐? 그리고 두근거리는 카운트다운이 끝난 순간 날 가린 커튼이 펄럭이며 바닥에 떨어졌다.

"사, 사, 사라졌다!"

아이들이 깜짝 놀라 소리쳤다.

3.

“하아, 돌아왔습니다아.”

난 리더구트 문을 삐걱 열며 힘 빠진 목소리로 중얼거렸다. 아니나 다를까, 전용 소파에 드러누워 랑시 경과 노닥거리고 있던 키스가 고개를 갸웃거리며 날 바라보는 것이 아닌가.

팔자 좋네요! 누군 뼈 빠지게 일하고 있는데!

“아? 쇼탄 경은 어쩌고 혼자 오시나요?”

“후후후, 쇼탄 경은 지금 정열의 발레리노랍니다.”

“무슨 말입니까아?”

“제대로 된 일 좀 시켜 달라는 소리입니다! 무대 위로 끌려 나가 목숨을 건 혈투를 벌일 뻔했다고요!”

“어머나, 공주님 취향도 독특하시군요.”

“그게 아냐!”

난 버럭 소리를 지른 뒤 의자에 풀썩 주저앉았다. 어찌나 삭신이 쑤시는지 하반신이 말을 안 들어.

슬쩍 보니 키스와 조잘거리던 랑시가 특유의 쾌활한 웃음소리로 커다랗게 웃고 있었다. 왠지 저대로 성장하면 건강미 넘치는 처녀가 되어 버릴 것만 같다. 랑시에겐 오빠 아니, 아니 형이 한 명 있다고 들었는데 어쩐지 랑시보다 더 아름다운 미인(물론 남자)일 것만 같아 살짝 두렵다.

그러던 랑시가 내게 다가와 ‘내 얘기 좀 들어 봐!’ 라며 수다를 떠는 것이었다.

“미온 경, 그거 알아? 지금 콘스탄트 난리 났대!”

“엉? 콘스탄트 왕국? 무슨 소리야?”

마키시온과 제국과 함께 세계를 좌지우지하는 콘스탄트 왕국이라면 그 난리의 스케일도 무척이나 클 것이다. 현재 콘스탄트는 국왕이 지배하는 북부와 교황이 지배하는 남부로 갈라져 내전 중이다.

“드디어 적현무가 명주작과 싸웠대! 엄청난 사투를 벌인 끝에 현재 명주작은 행방불명!”

“뭐, 뭐라고!”

내가 화들짝 놀라 소리치자 랑시가 눈동자가 커다래져선 날 바라보았다.

“왜 그렇게 놀라는 거야?”

“아, 아냐. 아무것도.”

진짜 난리 났다! 4대 아신 중 적현무 키르케 밀러스 님과 명주작 알테어 엔시스 님이 모두 내 고객이라는 사실은 누차 말해 알고 있을 것이다. 그런데 문제는 둘이 엄청난 앙숙이라는 것이고 (절친한 친구가 갈라서면 그 미움이 더욱 큰 법이다) 일 년 전 키르케 님이 알테어 님에게 분패한 이후, 인간 병기 키르케 님은 항상 알테어 님을 죽여 버리겠다며 벼르고 있었다.

‘결국 싸웠군.’

난 손바닥으로 얼굴을 감싸며 중얼거렸다.

상식적으로 콘스탄트 왕당파의 대장군인 키르케 님이 고작 개인적인 원한 때문에 사투를 벌인다는 것은 이해하기 힘들겠지만, 선혈의 마녀 키르케 님 성격이라면 그러고도 남는다! 특히 그분 앞에서 명주작 님을 들먹이는 것은 자살행위다.

여자끼리의 싸움이라고 해서 대충 머리채 잡고 할퀴는 정도가 아니다. 두 분 다 초인 중의 초인인 아신이기 때문에 한 번 싸웠다 하면 땅이 갈라지고 성이 무너진다. 만약 우리나라처럼 콩알만 한 곳에서 싸웠다간 나라가 쑥대밭이 될 거다.

어쨌든 그 자연재해 같은 싸움 끝에 명주작 알테어 님이 행방불명이라니, 정말 큰일이로고.

4.

"지스 경, 침대 사 줘서 고마워."

"고, 고맙다는 말 따위 필요 없어."

지스킬은 황급히 말하고는 내게 등을 돌려 이불을 얼굴까지 덮었다.

새 침대를 선물 받은 것은 어제였다. 아마 지명자에게서 받은 수고비로 침대를 샀나 보다. 전화위복이라고 했던가. 여전히 지스는 길고양이처럼 쌀쌀맞지만, 이제는 적어도 날 침대에 묶어 버리는 일은 없으니 백번 발전한 셈이다.

'그럼 나도 자 볼까나!'

나도 이제 슬슬 지명을 받을 수 있도록 귀족들과 친해져야 하지 않을까 하는 직업인으로서의 당연한 위기감을 느끼며 스르르 눈을 감았다.

그리고 얼마나 시간이 흘렀을까.

나는 잠에서 깼다.

"미온, 일어나."

응? 지스 경? 뭐야, 벌써 아침?

"미온 군, 눈을 떠."

언제부터 지스 목소리가 이렇게 사근사근했지?

"미온 군, 제발 일어나."

이상하네. 지스가 이렇게 날 애타게 깨우다니. 하하, 그럴 리가 없잖아?

아니 그럼 지스 경이 아니라는 거잖아!

나는 깜짝 놀라 눈을 번쩍 떴다. 순간 피 냄새가 확 코끝을 자극했다.

"미온 이제야 일어났구나."

만물이 고요하게 잠든 야심한 밤, 창문은 열려 있었고 파르스름한 달빛을 등진 사람이 날 내려다보고 있었다. 난 정말 졸도할 뻔했다.

"도둑이야!"

왕실에 도둑이 들어오다니!

난 커다랗게 소리치려 했지만 갑자기 하얀 장갑을 낀 작은 손이 내 입을 막으며 자신의 얼굴을 내게 가까이 갖다 대는 것이었다. 창백한 달빛에 가녀린 얼굴선이 드러났다. 하얀 피부, 가느다란 턱 선과 길고 가지런한 눈썹, 맑고 동그란 에메랄드빛 눈동자와 연녹색으로 물들인 고운 머리칼.

"아, 알테어 님?"

그녀는 고개를 끄덕이며 내 입을 풀어 주었다.

나는 어안이 벙벙했다. 아직 꿈을 꾸고 있다는 의심마저 들었다. 하지만 좀 더 정신을 차리고 보니까 알테어 님의 성기사 제복은 엉망으로 찢겨 있었고, 그 사이로 보이는 속살에는 크고 작은 상처들이 가득했다. 그녀의 두 뺨에도 핏물이 묻어 있었다. 내가 꿈속에서 이런 모습을 상상할 리가 없잖아!

"이, 이게 대체 어떻게 된 거예요?"

대충 예상이 간다. 그림자를 칼날처럼 다루는 키르케 님과 싸웠다면 이 정도 상처는 차라리 행운일 것이다. 하지만 그랬으면 빨리 병원에 가야지, 왜 이 몸으로 콘스탄트에서 이 멀고 먼 곳까지 오신 겁니까!

"불쑥 찾아와서 미안. 네 업소에 가 보니까 왕실기사가 됐다고 해서 찾아왔어."

"이, 이런 누추한 곳까지 찾아와 주신 건 고맙지만……."

오밤중에 창문을 넘어 들어오다니!

"나, 더 이상 싸우고 싶지 않아."

지친 표정의 그녀는 떨리는 목소리로 그렇게 말했다. 이 느닷

없는 상황에 나는 말을 잃은 표정으로 그런 그녀를 바라보기만 했고, 그녀는 그런 내 품에 스르르 쓰러졌다.

"조금만 쉴게. 부탁이야. 이제 쉬게 해 줘."

"자, 자, 자, 잠깐만요."

난 그녀를 품에 안은 채, 이미 정신을 잃은 그녀와 잠들어 있는 지스 경을 번갈아 보며 어찌해야 할 바를 몰라 안절부절못했다.

세상 사람들은 명주작이라고 해서 마치 인간이 아닌 어떤 신성한 물건처럼 유리벽 안에 가둬 놓고 숭배하지만, 나는 그녀를 잘 알고 있다. 알테어 님만큼 여린 사람도 없다. 아무리 '무패의 여신'이라 불리고 검으로 하늘을 찢어도 그 속마음은 순진하고 착한 보통 여자일 뿐이다.

'그런데 이제 어쩌나?'

5.

어쩌긴 뭘 어쩐단 말인가. 지금 내 침대에서 잠들어 있는 알테어 님이 던져 준 총체적 시련은 다음과 같다.

(1) 리더구트는 절대금녀구역이다. 왕족을 제외한 여성이 이

곳에서 발견되면 시종들이 전투태세로 돌변한다고 들었다. 별로 확인하고 싶지 않다.

(2) 알테어 님은 그 유명한 남부 콘스탄트 교황청의 성기사 명주작이다. 아무리 가출이라고는 해도 이곳에 있는 것이 발각되면 왕실을 뒤흔들 정치 문제가 된다.

(3) 알테어 님은 키르케 님과는 다른 의미로 무슨 짓을 할지 모르는 분이다. 이렇게 막무가내로 쳐들어온 것만 봐도 그 대책 없는 성격을 충분히 짐작할 수 있지 않은가?

후후후. 이번 화가 시작하자마자 이런 복합적인 시련이라니, 농담이라도 '여자 복 많아 좋구나' 라고는 말 못 할 상황이었다.
알테어 님, 새가슴 두근거리는 소시민의 심정도 좀 헤아려 주세요!
'일단 눈앞에 닥친 일부터 처리해야겠군.'
나는 안쓰럽게 찢겨 있는 그녀의 옷을 조심스럽게 벗기기 시작했다. 문득 이 대단한 분이 이 넓은 세상에서 고작 전직 호스트의 기숙사 외엔 갈 곳이 없다는 사실에 서글픈 기분이 들었지만, 한밤중에 숨죽인 채 여인의 옷을 벗기는 내 신세도 만만찮게 서글프다.
오해하진 말아 달라. 장난에라도 이분에게 음흉한 짓을 했다간 교황청 고문실이 어떻게 생겼는지 알 수 있게 된다.

깨끗한 물수건으로 몸에 묻은 피와 먼지를 닦아낸 뒤, 붕대를 감아 주고 내 셔츠를 입혀 준 다음에야 장장 두 시간에 걸친 내 '은밀한 작업'은 끝이 났다. 그녀는 몸을 닦아 줄 때마다 간지러운지 조금 웃음을 보였지만, 특별히 눈을 뜨거나 말을 걸어오진 않았다.

"미온이 부러워."

"왜요?"

"자기 자리에서 도망치지 않잖아."

예전에 나눴던 대화를 떠올리며 난 내 침대 속에 파묻혀 잠든 알테어 님을 바라보았다. 교황청의 기대를 한 몸에 짊어진 무패의 여신은 슬플 만큼 자그마했다. 올해로 23세라고 들었다.

그녀는 여간한 상처는 흉터 없이 깨끗하게 아물어 버린다고 한다. 그런데 그게 축복일까? 흉터가 지워진다고 상처받은 사실까지 지워지는 것은 아니다. 도리어 그 상처가 준 아픔들은 몸속으로 스며들어, 퇴적층이 쌓이듯 그녀의 마음 밑바닥에 켜켜이 침전될 것이다.

저 상아처럼 고운 피부 위에 지금껏 몇백 개의 상처들이 지나갔던 것일까. 그런 생각을 하며 편안한 표정으로 잠든 알테어 님을 보니 그녀의 인생도 뾰족한 가시밭길 같아 마음이 아팠다.

6.

'어, 언제 잠들었던 거지?'

정신을 차린 난 침대맡에 몸을 기댄 채 주저앉아 있었다. 난 긴 하품을 하며 기지개를 켜다 눈이 번쩍 뜨였다.

"너…… 저 여자 누구야."

망했다! 저쪽 침대에서 지스가 날 뚫어 버릴 것 같은 눈빛으로 바라보고 있었던 것이다. 그렇게 벌레 보듯 하지 마!

"지, 지스 경. 그러니까 이분은……."

"불결해. 여기에 여자를 데려올 줄은 몰랐어!"

"자, 잠깐! 그게 아니라!"

"여자가 아니야?"

"여, 여자가 맞긴 맞아. 하지만……."

"변명은 필요 없어! 룸메이트가 있는 곳에서 그런 짓을 하다니!"

"그런 짓이라니! 너 뭘 상상한 거야!"

아, 아냐. 지금 내가 화를 낼 처지가 아니야!

그때였다. 그녀가 잠에서 깨어나 눈을 부비며 일어나선 졸린 미소를 지으며 두 팔로 내 목을 감싸는 것이 아닌가!

"미온, 덕분에 잘 잤어."

헉! 이러시면 아니 됩니다!

상황이 무럭무럭 악화되어 가고 있었다.

지스는 기겁을 하며 황급히 밖으로 나가려 했다.

"이 저질! 키스한테 말할 거야!"

"잠깐만!"

난 문을 열고 나가려는 지스를 붙잡은 뒤에 나도 모르게 바닥에 패대기치고 두 팔을 꽉 눌렀다.

"무, 무슨 짓이야! 이거 놔!"

"지스킬 윈터차일드 씨. 제 말 좀 들어주세요, 예? 그러니까 나도 피해자라고!"

7.

"오늘도 좋은 아침입니다아."

운명의 브리핑 시간이 다가왔다. 일단 한 달치 약값을 대신 지불하겠다는 피를 토하는 조건으로 지스의 입을 봉해 놓는 데에는 성공했지만, 문제는 여기서부터다.

"아니, 미온 경? 표정이 왜 그렇습니까아?"

"제, 제, 제 표정이 어때서요."

"그 표정은 마치 자기 방에 여자라도 숨기고 있는 것 같은……."

"아니야! 절대로 아니야!"

"아? 농담이었습니다아. 뭘 그렇게 정색을 해요?"

키, 키스 저 양반 이미 알고 있는 거 아냐? 난 두근거리는 가슴을 쥐며 고개를 돌렸다. 옆에서는 나와 같은 방향으로 고개를 돌리고 있는 지스가 '한 달 약값, 꼭 지켜'라고 중얼거리고 있었다. 얄밉다, 이 녀석!

"자, 그럼 브리핑을 시작해 볼까요? 방금 교황청에서 공문이 내려왔어요."

'교황청이라면?'

키스는 소파에 털썩 앉아 그 공문을 보며 쓴웃음을 지었다.

"우리는 일단은 성기사라서 교황청의 명령을 받아야 합니다. 뭐 그냥 본사에서 내려온 명령 정도로 생각하시면 간단합니다."

제사를 지내는 우리는 교황청의 허가를 받아야 한다. 말하자면 명목상 성기사인데, 그렇다고 교황청에서 우릴 관리하는 것도 아니고 우리도 평소엔 전혀 신경 쓰지 않고 산다(교황청은 우리가 존재하는지도 모를걸?). 하지만 교황청 최고 성기사를 방에 숨기고 있는 지금 내 입장에선 무지막지 신경 쓰이는 지휘 체계인 것이다.

샌드위치를 다 먹은 루이 경이 소스가 묻은 손가락을 쪽쪽 빨며 물었다.

"교황청으로부터의 지령은 오랜만이네? 혹시 수고했다고 포상금이라도 내리겠다는 거?"

"후후. 루이 경, 우리가 뭐가 이쁘다고 교황청에서 돈을 주나요? 꿈도 꾸지 마세요."

그리고 키스는 공문 내용을 읽었다.

"현재 남부 콘스탄트 교황청 소속 최고위 성기사인 알테어 엔시스, 즉 명주작 님이 행방불명이라고 합니다."

나와 지스가 동시에 침을 꿀꺽 삼켰다.

"만약에 알테어 경을 발견하면 그 즉시 교황청에 신고하라고 합니다. 뭐 평생 만날 일 없을 테니까 들어만 두세요."

루이가 피식 웃었다.

"하하하, 4대 아신 중 명주작이 이 나라에 있을 리가 없잖아? 그나저나 깜짝 놀랄 미녀라던데 얼굴 한번 보고 싶네."

옆에 있던 쇼탄도 거들었다.

"후후후, 얼굴만 보는 것으로는 섭섭하지. 만나게 되면 같은 성기사끼리 돈독한 전우애를……."

가슴 철렁거리니까 그만들 좀 하시구랴!

그때 헐렁한 민소매 셔츠를 입은 지스가 뚱한 얼굴로 키스에게 물었다.

"만약에, 만약에 말이야. 그 여자를 숨겨 주면 어떻게 되는 거야?"

"흐음, 글쎄요오?"

키스가 입술에 손가락을 대고 잠시 고개를 갸웃거리다가 방긋 웃으며 대답했다.

“사형이죠.”

‘헉!’

“교황청의 명령을 어기고 알테어 경을 숨겨 준 사람은 교황청이 파견한 이단 심문관들의 손에 끌려가 지옥 구경을 하게 될 겁니다. 어쨌든 교황 성하에게 반역한 것이니까요.”

순간 나와 지스 경 사이에 무서운 긴장이 흘렀다.

그리고 키스를 빤히 바라보던 지스가 갑자기 입을 열었다.

“키스 경. 나, 할 말이 있는데…….”

“야! 이 배신자야!”

순간 확 뛰어오른 내가 또다시 지스를 덮치며 입을 틀어막았다.

그때였다.

“미온, 욕실이 어디야?”

그 태연한 여인의 목소리.

경악에 찬 모두의 시선이 일제히 2층 계단으로 향했고, 바로 그곳에는 내 셔츠를 입은 알테어 님이 하얗고 긴 다리를 드러낸 채 나를 향해 에헤헤 웃고 있었던 것이다. 온 세상이 정지해 버린 듯한 10초간의 정적이 흐른 뒤 루이와 쇼탄이 동시에 중얼거렸다.

“여…… 여자?”

미온, 욕실이 어디야? 미온, 욕실이 어디야? 미온, 욕실이 어디야? 그녀의 순진한 목소리가 내 머릿속을 주마등처럼 돌아다

넜다. 글쎄, 과연 어딜까요. 그런데 지금 그게 중요한가요?

한편 내 몸에 깔려 있는 지스 경마저도 '저런 위기감 제로 여자!' 라는 황망한 눈빛으로 알테어 님을 바라보고 있었다.

이 몸 둘 바 모를 분위기를 지나치게 늦게 깨달은 알테어 님이 주변을 이리저리 바라보다가 혀를 쏙 내밀며 자기 머리를 콩 때리는 것이었다.

"아 참, 방에서 나오지 말라고 했지?"

이미 늦을 대로 늦은 것 같습니다만.

그리고 그와 함께 산지사방에서 튀어나오기 시작한 시종들이 그녀를 둘러싸며 스크럼을 짜기 시작했다. 이, 이 녀석들은 무슨 여성감지센서라도 있는 건가!

그때 키스가 커다랗게 외쳤다.

"지금 즉시 브리핑을 중단하고 경계경보 레벨3을 발령합니다!"

그 순간 일사불란하게 움직이기 시작한 시종들이 리더구트의 모든 출입구와 창문을 잠그고 커튼을 닫았다.

8.

키스의 '리더구트 봉쇄령' 이후 나는 성난 군중을 앞에 두고 인민재판이라도 받는 듯한 분위기 속에서 1시간여 동안 속속들이 변명을 늘어놔야 했다. 내 태몽부터 시작해서 어째서 내가 호스트가 되었고 또 어째서 그 잘나가던 직업 그만두고 여기에 왔으며 알테어 님은 또 어쩌다 창문을 넘어 내게로 왔는지, 나는 처절한 목소리로 군중 앞에서 간증을 해야 했던 것이다(간증 제목: 내 인생은 이 모양이라네).

내 말을 다 들은 동료 기사들은 모조리 얼이 빠진 표정으로 나를 바라보고 있었다. 루이가 헛기침을 하고는 입을 열었다.

"미온, 그러니까 너 예전에 호스트였다고?"

"예."

"알테어 경이 네 고객이었고?"

"예."

"워, 원래 호스트가 그렇게 대단한 직업이었어?"

"제가 대단한 게 아니고 제가 있던 곳이 대단한 곳이었죠."

"놀랍네. 확실히 저 녀석, 남자치곤 색기가 넘친다고 생각했어. 저런 선수라면 조만간 우리 지명을 싹쓸이하는 거 아냐? 제거해야겠어."

루이가 의심스러운 눈빛으로 날 흘겨보며 쇼탄에게 속삭이는 것이었다.

지금 상황에 무슨 헛소릴 하는 거야! 라고 소리치고 싶었지만 솔직히 난 지금 이 스왈로우 나이츠를 위기에 빠트린 장본인이니 할 말이 없었다.

"문제는 이 사실을 교황청에서 알면 우리 모두 교황청 고문실에 끌려가 전문가의 손길로 어루만져지게 된다는 것이로군. 아무튼 네 녀석이 여기 입주한 다음부터 집구석에 문제만 일어나!"

쇼탄 경이 때는 이때라는 듯 날 구박했다.

하지만 댁이야말로 임금님 머리통 들고 온 적 있잖아! 그 난리를 누가 해결해 줬는지 가슴에 손을 얹고 떠올려 봐!

그때 마이페이스 인간답게 여유로운 표정으로 난감하게 웃기만 하던 키스가 입을 열었다.

"일단 루시온 경과 레녹 경이 여기 없다는 사실이 우리 목숨을 살렸군요."

확실히 그렇다. 지금 이 리더구트에 잔류하고 있는 기사는 나, 루이, 쇼탄, 지스, 랑시뿐. 나머지는 지명 중이다. 크리스라면 몰라도 만약 루시온이나 레녹이 있었다면 당장 이 사실을 교황청에 보고했을 것이다. 설령 자신들도 죗값을 받더라도 분명히 그렇게 할 모범 기사들이다.

반면 여기 있는 우리는 목숨이 제일로 중요한 보통 사람들이라서 조금은 안심이 된다. 키스는 나와 알테어 님을 한 번씩 보고는 눈을 감고 잠시 생각하다 입을 열었다.

"그들이 지명에서 돌아오는 게 사흘 후예요. 교황청 귀에 들어가면 우리 모두 지옥 구경을 하게 되니까, 그때까지 은밀하게 처리해 보도록 하죠."

다행이다! 의외로 키스가 '순순히' 동조해 주었다. 키스는 문제를 일으킬 때나 해결할 때나 절대적인 영향력을 가진 위인이라는 것을 새삼 확인하는 순간이었다.

루이 경은 여전히 실감이 안 난다는 듯 노랗게 물들인 사자 갈기 머리를 연방 쓸어 넘기며 중얼거리고 있었다.

"4대 아신 중 한 분이 지금 내 옆에 있다니……."

물론 그렇게 말하는 그의 표정은 '그런데 이런 맹한 아가씨였다니'였다.

"그건 그렇고 계속 그런 차림으로 다닐 수는 없을 텐데……."

쇼탄 경이 위험한 눈빛으로 알테어 님의 길고 하얀 다리를 훔쳐보며 중얼거려 난 황급히 쿠션으로 그녀의 허벅지를 가렸다. 아니! 이 양반들이 대체!

"랑시 경, 옷 좀 빌려 줄래? 너 여자 옷 많잖아."

내 부탁에 랑시가 알테어 님을 이리저리 훑어보더니 분한 얼굴로 말했다.

"흥, 이쪽은 가슴이 너무 커서 안 맞아."

그걸 왜 네가 질투하는데!

그때 루이가 손을 번쩍 들며 말했다.

"옷이라면 걱정 없어. 내가 몇 벌 가지고 있는데 그거 빌려 줄게."

고맙다는 말을 하려는 순간, 어째서 댁이 여자 옷을 가지고 있는 거? 우리가 황망한 표정으로 루이를 바라보자 루이가 손바닥으로 입을 가리며 중얼거렸다.

"아차, 실수."

9.

일단 지스는 '흥! 어쨌거나 다 네 녀석 책임이니까 빨리 해결해!' 라고 화를 내며 랑시 경이 있는 방으로 가 버렸다. 그래, 내가 죽일 놈이다.

그리고 목욕을 마치고 돌아온 알테어 님은 루이 경이 빌려 준 '의문의 원피스' 를 입었다.

"곤란하게 해서 미안해. 예전에 내게 언제라도 힘들면 불러 달라고 말했던 게 기억나서. 아무리 생각해 봐도 미온 외엔 쉴 수 있는 사람이 없었거든."

그녀의 상처들은 이미 흔적도 없이 아물어 있었다. 또다시 상처들을 마음속에 삼킨 채 조그맣게 웃고 있는 그녀의 모습은 왠지 몹시 슬퍼 보였다. 하지만 지금은 내 입장도 만만찮게 슬프다.

"그런데 알테어 님."

"아 그냥, 우리 이제 같은 성기사니까 알테어 경이라고 불러 줘도 되는데."

"아하하, 그렇긴 해도."

기사라고 다 같은 기사가 아니죠. 교황청 직할 성기사라면 우리에겐 멀고 먼 달나라 이야기랍니다.

"그런데 어째서 도망친 거죠? 키르케 님 때문인가요?"

"으응, 그냥……."

그녀는 말을 흐렸다. 실력으로 따지면 키르케 님에 비해 부족할 것이 없을 테지만, 장담하건대 둘이 결투를 벌인다면 알테어 님의 백전백패다. 죽여서라도 상대를 이겨야겠다고 결심할 만큼 그녀는 독하지 못하다.

내 주변에는 원치 않는 것들만 있어, 하고 그녀가 대답 대신 혼잣말을 했다.

세상에 원하는 일만 하는 사람이 어디 있나, 모두 다 참으며 살고 있어, 세상엔 당신보다 더 힘든 사람들이 훨씬 많아, 행복한 줄 알아 같은 짓누르는 소리 따위 꺼내고 싶지 않았다. 불행과 행복은 온전히 자신만의 감정이라서 타인의 것과 비교해서 판단할 수 없다. 남들이 보기에 아무리 화려하고 멋있어도 자기 자신이 힘들다고 느낀다면 그건 누가 뭐래도 힘든 것이다. 자기 고통을 부정해야 제대로 된 인간이고 힘들어하면 나약한 놈이라는 무자비한 논리에 나는 동의하지 않는다.

그 고통을 부정하라고 강요해 봐야 소용이 없다. 타인이 할 수 있는 최선은 힘들어하는 손을 잡아 주는 것뿐이다.

"그럼 알테어 님, 이제부터 우리 뭘 할까요?"

나는 그녀의 기분을 달래 주기로 마음먹으며 방긋 웃었다. 물론 발각되는 순간 나는 자그마치 교황청의 명령을 어긴 죄로 야무지게 고문당할 것이다. 목덜미에 식은땀이 절로 흐른다.

"미온, 예전에 나한테 소원 세 가지는 들어줄 수 있다고 했었지?"

"그, 그랬습니다만."

분명히 그런 약속을 했는데…… 뭔가 불안하다. 혹시 '나와 함께 아무도 모르는 곳으로 떠나자!' 라고 말하는 거 아닐까?

"지금 그 소원 말할게."

"뭐, 뭔데요?"

"너와 함께 바닷가에 가고 싶어. 수평선의 노을을 보고 싶어. 콘스탄트에는 바다가 없어서 항상 바다가 보고 싶었거든."

지극히 여성스러운 소원이었다.

"아하하, 뭐 그거야 어렵지 않죠. 바닷가에 가서……잠깐, 바다?"

"응, 바다."

난 떨떠름한 표정으로 말했다.

"저어, 죄송하지만 이 나라에도 바다는 없는데요."

내 말에 그녀가 동그란 에메랄드빛 눈동자로 '그래서?' 라는 표정을 지었다. 그, 그래서라뇨! 지금 이 와중에 다른 나라까지 밀월여행을 떠나자는 겁니까?

그러나 그녀는 여전히 고집스러운 표정으로 날 빤히 바라보는 것이 아닌가.

"……정말 가자고요?"

"응."

"다른 나라까지 가야 하는데?"

"응."

"들키면 난리 나는데도?"

"응."

나는 떨떠름한 얼굴로 알테어 님의 초롱초롱한 눈동자를 바라 봤다.

"가, 가죠. 그럼 뭐."

난 홀린 것 같은 기분으로 주섬주섬 여행 가방을 꺼냈다.

10.

알테어 님과 함께 떠나는 두근거리는 밀월여행이 시작되었다. 순진무구한 연상의 미녀와 단둘이 떠나는 바닷가 여행이라니, 이거야말로 사나이의 낭만이지 않은가? 물론 교황청에 걸리는 순간, 고작 베르스 기사 나부랭이 주제에 감히 도주한 여신을 숨겨 준 것도 모자라 분위기 파악 못 하고 여행까지 싸돌아다닌 개념 상실한 놈이라고 비난받으며 능지처참당하겠지. 유명 화가의 작품처럼 아름답게 그려지는 나의 미래에 심장이 터질 것처럼 가슴이 설레고 엉덩이가 들썩거린다.

조금 늦게 열차 2인실에 들어온 알테어 님이 내 손바닥에 작은 금속 조각 하나를 올려놓으며 생긋 웃는 것이었다.

"미온, 이거 받아."

"아? 이게 뭐죠?"

내 손바닥 절반만 한 검푸른 금속판에는 기묘한 문장이 새겨져 있었다. 으음, 뭔지 모르겠지만 솔직히 싸구려 같은데……

"부적이야."

"부적?"

"응, 기적을 일으키는 신비한 능력을 지니고 있대. 플랫폼에서 하나 샀어."

"기, 기적?"

잠시 한눈을 판 사이에 이런 말도 안 되는 걸 사다니! 이런 데서 관광객 주머니를 노리는 양산형 부적 따위에 효험이 있을 리가 없잖아요! 우아앗! 게다가 이 부적 녹까지 슬어 있잖아! 도리어 불길하다고요! 이런 건!

"아니 저 그런데 이거 무슨 돈으로 사셨나요?"

생각해 보니까 이상했다. 가출한 알테어 님이 돈을 가지고 있을 리가 없는데? 그녀가 손가락을 보여 주며 대답했다.

"응, 돈이 없어서 내 반지하고 바꿨어."

"……."

저 그러니까, 그 ‘반지’라면 항상 끼우고 다니시던 그 눈부시게 반짝이는 에메랄드 반지 말씀이신가요. 교황 성하께서 하사한 거?

내 불안한 예상을 증명이라도 하듯이 그녀의 긴 손가락에는 항상 끼우고 있던 반지가 감쪽같이 사라져 있었다.

“서, 설마 그 국보급 반지랑 이 녹슨 부적이랑 바꾼 거예요?”

“응!”

난 얼굴이 하얗게 질려서는 창밖을 바라보았다. 마침 창밖에서는 알테어 님을 속여 반지를 가로챈 장사꾼으로 보이는 사내가 황급히 역 밖으로 도망치고 있었다. 나는 나도 모르게 벌떡 일어섰다.

“우아아! 저 사기꾼! 반지 내놔!”

“미온, 왜 그래?”

알테어 님, 그 반지 가격이면 진짜 기적을 일으킬 수 있을지도 모른다고요! 어떻게 그런 걸 이 녹슨 금속판하고 바꿀 수가 있는 건가요.

그러나 알테어 님은 방긋방긋 웃기만 했고 인제 와 위험할 만큼 순진한 이분에게 차가운 세상 물정을 강의하고 싶진 않았다.

“아하하, 고…… 고마워요. 이 부적, 효과가 아주 좋을 것…… 같네요.”

“응, 그렇지? 그렇지?”

그녀는 내가 동의해 주길 간절히 바라고 있었던 듯 에헤헤 웃으면서 고개를 계속 끄덕거렸다. 알테어 님은 여전히 귀엽구나 하는 생각이 드는 반면, 남들이 가지지 못한 초인적 능력을 가진 대신 남들은 다 가지고 있는 세상 사는 요령은 전혀 가지지 못했다는 생각도 들어 안쓰러워졌다.

마나 충전이 끝난 열차는 커다란 경적을 울리며 서서히 그 길고 거대한 몸을 움직이기 시작했다.

곧 노크와 함께 문이 열리며 커피색 피부에 하얀 드레스를 입은 소녀가 우리 둘에게 은쟁반 위에 놓인 사탕을 건넸다. 나름대로 이 열차의 서비스랄까?

"고마워요."

"본 열차를 이용해 주서서 감사합니다. 즐거운 신혼여행 되세요."

"아?"

사탕을 물던 내 눈이 번쩍 뜨였다. 그러나 그 소녀는 뒤도 돌아보지 않고 문을 쾅! 닫아 버리며 나가는 것이었다.

잠깐, 멈춰! 사람 말을 들어! 변명할 기회 정도는 달라고!

"시, 신혼으로 보였나 봐."

알테어 님이 빨개진 얼굴로 괜히 창밖을 바라보며 중얼거렸다. 기쁜 표정이 그대로 드러나 있었다. 실은 사제 관계에 더 가깝지만 말이다.

11.

　그러나 외줄 타기 같던 불안한 행복도 여기까지였다. 열차에서 내리는 순간 교황청에서 파견한 이단 심문관들이 우리를 기다리고 있는 것을 발견했다. 마치 운명처럼.

　나를 해치지 말라며 슬프게 외치는 알테어 님을 억지로 떨어트려 놓은 심문관들은 알테어 님을 타락시킨 이단자가 된 나를 교황청에 끌고 갔다. 그곳 지하에는 피에 얼룩진 고문 도구들과 복면을 쓴 고문 기술자들이 나를 기다리고 있었고, 키스 경과 동료 기사들도 이미 붙잡혀 있었다.

　"뭘 그렇게 중얼거리고 있는 거야, 미온?"

　알테어 님의 목소리가 내 망상을 끊었다.

　"아? 아니에요. 그냥 갑자기 배드 엔딩이 떠올라서요. 아하하, 날씨 차암 좋네요."

　실은 깜짝 놀랄 만큼 아무 일도 없었다. 베르스 국경을 넘어 대륙 동부의 해안가에 도착할 때까지 교황청 이단 심문관은 고사하고 그 흔한 검문검색 한 번 없었던 것이다. 알테어 님은 완연한 여행 무드에 젖어서 자신에게 수배령이 떨어졌다는 사실을 까맣게 잊어버린 것 같았다. 교황청의 무시무시한 추적이 시작될 줄 알았던 나는 어쩐지 맥이 빠졌다.

　내가 쓴웃음을 지으며 말했다.

"강대국이나 약소국이나 공무원들은 다 게으른 거 같아요."

"응? 무슨 말이야?"

"히히, 게을러서 다행이라고요."

"흐응."

무슨 소린지 모르겠다며 콧소리를 내며 고개를 갸웃거리는 알테어 님의 모습은 아무리 봐도 가출한 성기사와는 거리가 멀어 보였다. 정말이지 주변 사람까지 느긋하게 만드는 천성적인 낙천주의자다.

그때였다.

"어? 알테어 경? 여긴 웬일이세요?"

갑자기 낯선 목소리가 들려오자 난 심장이 멈춰 버리는 줄 알았다. 들켰다! 이제 끝장이야! 난 고문실로 끌려가서…….

"와아! 나스 군!"

"엥?"

나처럼 놀라야 할 알테어 님이 무지하게 반가운 목소리로 손을 흔드는 것이 아닌가. 나스라고 불린 호리호리한 청년은 여기로 피서라도 왔는지 커다란 밀짚모자에 요란한 셔츠, 손에는 나처럼 여행 가방을 들고 있었다. 그가 종종걸음으로 다가왔다. 단정하게 자른 머리에 10대 후반쯤으로 보이는 나스는 꽤 호감 가는 외모를 가진…… 아니! 지금 이게 중요한 게 아니잖아! 누굽니까! 저 사람은!

"알테어 경, 이런 곳에서 만날 줄은 몰랐네요."

“나야말로. 만나서 반가워!”

알테어 님은 나스의 손을 잡고 위아래로 흔들었다. 난 살짝 불안한 표정으로 그녀에게 물었다.

“저어, 이분은 누구시죠?”

“아 참! 소개해 줄게. 이쪽은 교황청 동료인 나스타세야. 올해로 19살이지?”

“네, 그냥 나스라고 부르셔도 됩니다.”

그가 방긋 웃으며 손을 내밀었고 난 우물쭈물하며 악수를 했다.

“예에, 전 엔디미온 키리안입니다. 미온이라고 불러 주세요.”

머릿속이 복잡해졌다. 교황청 동료? 지금 우리 들키면 곤란한 상황 아니었던가? 이 사람에겐 들켜도 별 상관없다는 건가?

그때 알테어 님이 활짝 웃으며 말했다.

“나스는 교황청에서 이단 심문관으로 일하고 있어.”

“아, 그렇군요……. 아니 잠깐, 지금 뭐라고 하셨…….”

“이단 심문관. 뭐가 잘못되었어?”

순간 내 머릿속이 하얗게 질렸다. 이미 내 영혼은 고문실로 끌려가고 있었다.

알테어 니이이이이임! 지금 이단 심문관을 저한테 통성명시켜 주신 겁니까! 제가 그렇게 미웠나요? 이름까지 밝혀 버렸으니 이젠 빼도 박도 못한다고요!

하지만 도리어 주눅 든 목소리로 입을 연 쪽은 나스타세였다.

"저어, 알테어 경. 교황청엔 제가 여기 있는 거 비밀로 해 주세요."

"응, 알았어. 대신 나도 여기 있는 거 비밀로 해 줘."

아니, 이게 대체 어떻게 돌아가는 상황인고?

나스가 쑥스럽다는 듯 웃으며 머리를 긁적거리는 것이었다.

"미온 경도 못 본 척해 주세요. 전 사실 지금 교황청에 있어야 하거든요. 하지만 올여름 휴가도 없이 일만 하다 끝내자니 억울해서 말이죠, 헤헤. 몰래 놀러 나왔습니다."

"……."

뭔가 이 교황청이라는 집단……. 내 생각보다 훨씬 나사 빠진 곳이 아닐까.

게다가(그러라는 법은 없지만) 그 이름도 무시무시한 이단 심문관이라면 광적인 신앙심으로 이단자들을 불구덩이로 밀어 넣는 냉혈한이 떠오르기 마련인데, 이 나스라는 청년은 남의 이단을 심판하기 전에 일단 자기 신앙심부터 전혀 깊어 보이지 않는 녀석이잖아!

알테어 님이 쓴웃음을 지으며 내게 말했다.

"미온, 나스 군은 수도원에서 신학을 전공하고 이번에 교황청에 취직했어. 3대째 이단 심문관을 이어 가고 있는 가문이거든."

"아, 엘리트군요."

"그런데 이렇게 놀러 다니는 걸 좋아해서 어쩌니."

알테어 님의 말에 나스가 '가문 내력이거든요' 라고 말하며 웃었다. 어딜 봐도 생사람 잡아다가 '네놈에게 신앙심을 주입해주마!' 라고 주리를 틀 모습으로는 보이지 않는군. 도리어 이교도들과 함께 어울려 열정적인 이교도 댄스라도 출 것 같은 분위기잖아?

나스가 다시 여행 가방을 들며 말했다. 나보다 키가 작고 호리호리한 아담한 체구라서, 정말이지 이단 심문관이라는 악명 높은 직업인이라고는 생각할 수 없는 청년이었다. 하긴 나도 누가 기사로 봐주진 않으니까.

"아무튼 알테어 경도 되도록 빨리 교황청으로 돌아가세요. 교황께서도 근심이 태산이실 겁니다."

"으응, 빨리 갈게."

알테어 님이 말을 흐리며 그렇게 대답했다.

나스는 이번에는 나를 바라보며 말했다.

"미온 경, 잠깐이겠지만 알테어 경을 잘 부탁합니다. 저도 사정이 있어서 교황청에 보고는 안 하겠지만……."

그가 주변을 둘러보고는 다시 나를 바라보았다.

"엄연히 교황청 지하에는 고문실이 존재하니까요. 거기서 저와 만나고 싶지는 않으시죠?"

"무, 무, 물론입니다."

"부디 현명하게 행동하세요."

날 바라보는 나스타세의 웃는 눈매가 오싹했다.

나는 밀짚모자를 눌러쓴 채 휘파람을 불며 사라지는 그의 뒷

모습을 바라보다 불현듯 온몸에 소름이 끼쳤다. 그는 분명 날 '경'이라고 불렀다. 난 기사라고 말한 적이 없는데.

"미온, 가자."

"예에."

갑자기 이 단순해 보이는 도피 여행에 커다란 흑막이 있을지도 모른다는 불안감이 들었지만, 알테어 님은 여전히 희미한 웃음을 지으며 해안가 쪽으로 걸어갔다.

12.

"저 그런데, 미온."

"예?"

"어째서 이런 먼 곳으로 온 거야?"

알테어 님이 이 질문할 줄 알았다. 즉 어째서 가까운 이오타의 서해로 가지 않고 두 배는 먼 동해로 왔느냐는 의문이었다.

"아, 그 이유는 말이죠."

이자벨 님 때문이랍니다.

안 그래도 발각되면 끝장나는 판국에 이자벨 님의 홈그라운드인 이오타로 갔다간 거미줄 같은 정보망에 단박에 걸린다. 설마 이자벨 님이 그걸 무기로 교황청을 협박할 비정한 분은 아니리라 믿지만(믿는 수밖에 없지 않은가?) 그래도 이자벨 님이 어디선 가 물끄러미 쳐다보고 있는 스릴 만점의 분위기에서 명령한 여행이 이뤄질 리가 없다.

하지만 굳이 그런 슬픈 현실을 알려 주고 싶진 않았다.

"동쪽 바다가 더 멋지거든요."

"와아! 그렇구나!"

그녀는 진심으로 기뻐하며 웃었다.

그리고 우리는 기어코 바다에 도착했다. 역시 관광지답게 백사장엔 인파가 몰려 있었다.

나도 실제로 바다를 본 것은 난생처음이다. 나는 바다를 본 순간 나도 모르게 들고 있던 여행 가방을 백사장에 툭 떨어트렸다. 내 표정에서 핏기가 가시기 시작했다.

"미, 미온. 왜 그래?"

"이게 바다? 엄청나요! 굉장해! 이 정도일 줄은! 우아앗! 대단해!"

"으응, 소문대로 굉장하네. 그런데 좀 진정해."

"알테어 님은 아무렇지도 않으세요? 이런 모습에는 좀 더 감동해도 된다고요!"

결국 이 거대하게 펼쳐진 바다의 모습에 엄청난 쇼크를 받은 쪽은 나였다. 어린애처럼 호들갑 떨어서 미안하긴 하지만……이렇게 엄청난 장관일 줄은 정말 몰랐어! 이럴 줄 알았으면 예전 그녀와 와 볼걸 하는 후회가 뒤늦게 가슴을 찌를 정도로 장관이었던 것이다.

하지만 알테어 님은 소원대로 바다를 봤는데도 별 감흥이 없는 듯했다. 굉장히 흥분할 줄 알았던 그녀는 단지 말없이 웃으며 백사장을 노닐 뿐이었다. 그녀의 표정만 봐도 지금 뭔가 딴생각에 빠져 있다는 것쯤은 알 수 있었다.

"알테어 님, 뭔가 잘못된 거라도 있나요?"

"응? 아냐, 기분 좋아."

얼굴에 딱 티가 나는 거짓말, 나는 별로 기운이 없는 그녀를 보며 걱정스러운 기분이 들었다. 그런데 그러던 그녀가 이 더운 날 서로 찰싹 달라붙어서 주변을 지나다니는 커플들을 빤히 보다가 말하는 것이었다.

"우리 수영할래?"

"예? 수영?"

"응, 노을이 지려면 아직 몇 시간은 기다려야 하니까……."

그, 그건 좀 곤란하지 않을까요. 아무리 가출했다지만 명색이 교황청 직할 성기사인(더 이상 물러설 곳이 없는 나야 상관없다고 쳐도) 알테어 님이 사람들 앞에서 수영복 차림으로 나돌아 다니다가 걸리기라도 하는 날엔, 다음날 신문에 '성기사, 이대로 좋은가!' 라는 기사가 나올지도 모를 일이고, 무엇보다 수영복 살 여유가 없거든요. 우리 지금 가난해요.

"농담이야. 나 수영 못 해."

우물쭈물거리는 내 모습에 알테어 님이 그렇게 말하고는 혼자

인파들 속으로 걸어갔다. 되게 서운한 모양이네. 그냥 하자고 할걸 그랬나?

그때였다.

"이야아, 귀여운 아가씨네. 혼자야?"

관광지의 명물, 폭력배들이 알테어 님을 둘러싸며 휘파람을 불기 시작했던 것이다. 그리고 그런 건달들을 상대로 정겹게 웃고 난리인 우리의 무방비 누님.

난 사태의 조기 진압을 위해 달려갔다.

"이봐! 그분한테서 떨어⋯⋯."

그 순간 공기를 울리는 소리가 들렸다. 말 그대로 뭔가 얇은 가죽을 청명하게 울리는 소리가 들리는가 싶더니, 더 이상 아무 일도 없었다.

"얼레?"

주변 사람 누구도 눈치채지 못한 작은 떨림이 한 번 지나간 뒤, 건달들은 그 자리에서 동상처럼 멈춰 버렸다. 말 그대로 정지해 버렸다.

"아, 알테어 님?"

"응? 왜?"

그녀가 태연한 표정으로 날 바라보았다.

"이 사람들, 어떻게 하신 거예요?"

"그냥 잠깐 조용히 시켰어."

나는 불안한 표정으로 그대로 망부석이 되어 버린 건달의 가슴에 손을 얹었다.

'시, 심장이 멈췄잖아!'

"왜 그래, 미온? 표정이 창백해."

누구나 시체를 보면 표정이 창백해진답니다.

"죽이면 어떻게 합니까!"

"안 죽였는데…… 잠시 후에 숨이 돌아올 거야."

뭐라고! 심장 스위치를 멋대로 온 오프 시키는 것이 가능하단 말인가? 난 얼떨떨한 표정으로 그녀를 바라보았다.

"그게…… 가능해요?"

"쉬워."

난 생글생글 웃고 있는 알테어 님을 보며 식은땀을 흘렸다.

"그런데 미온, 정말 수영 안 할래?"

계속 거절하면 내 심장도 잠시 멈춰 둘 것 같다는 불안감이 머리를 스쳤다.

13.

결국 그녀가 그렇게도 원하던 수영을 하고야 말았다. 하지만 상황은 엉뚱하게 흘러가고 있었다. 왜냐하면 결국 수영복은 나만 샀고 수영도 나만 했으며, 알테어 님은 '난 수영 못 해'라고 말하고는 근처 바위 위에 앉아 내가 수영하는 모습을 웃으며 지

켜보기만 했던 것이다. 내가 무슨 수족관 물고기도 아니고 그녀
의 시선을 한 몸에 받으며 혼자 땀나게 물장구를 치다니 뭐 이런
여행이 다 있나 싶다.

'억울한데, 이거.'

난 물개처럼 슬금슬금 바위 위로 올라와 그녀를 뚱한 표정으
로 올려다보았다.

"알테어 님."

"응?"

"실례하겠습니다아."

"꺄악!"

풍덩!

난 그녀의 발목을 잡고 스르륵 물속으로 들어가 버렸다. 후후
후, 해저 미온의 습격이다.

"미, 미온! 다 젖었잖아! 왜 갑자기!"

순식간에 홀딱 젖은 그녀가 콜록거리며 외쳤다.

"계속 딴생각에 빠져 있는 거 같아서요. 나한테 숨기는 거 있
죠?"

"아, 아냐."

"흐음. 흐음. 흐으음."

"왜, 왜 그런 눈으로 바라보는 거야."

"이런 말은 실례지만, 귀엽구나 싶어서 말이죠."

"뭐?"

나는 젖은 그녀의 머리칼을 쓸어넘겨 주며 엷게 웃었다. 슬슬 차오르기 시작한 노을빛 때문인지 두 뺨이 빨갛게 달아올라 있었다.

"미온, 나 있잖아."

"예?"

"아냐, 아무것도."

"뭔데요. 말해 봐요."

"아니야. 잊어버렸어."

알테어 님은 말을 흐리며 물속으로 들어갔다. 표정을 숨기며 물에 녹아 버리는 듯 사라지는 그녀의 모습은 마치 인어 같았다. 수영 못 한다는 소리는 역시 새빨간 거짓말이었다.

14.

수영을 마치고 해안가 노천 주점으로 걸어가던 우리는 사람들의 질투 어린 시선을 한 몸에 받아 등짝이 뜨끔뜨끔할 정도였다. 흠뻑 젖은 옷에 물기 어린 연두색 머리를 내린 아리따운 낭자와 한껏 슬림한 몸매를 드러낸 수영복 차림의 긴 머리 총각이라니, 주변 사람들의 침 넘어가는 소리가 들려오는 것 같지 않은가. 보통 이럴 때라면 '오호호호, 미온 군. 오늘 즐거웠어'라고 콧대를

세워도 괜찮을 텐데, 터덜터덜 걷고 있는 알테어 님은 산지사방
에서 우리를 주시하든 말든 입가를 매만지며 맹한 목소리로 중
얼거릴 뿐이었다.

"입안이 짜."

"예, 바다는 짜군요."

그녀에게 이 이상의 무드를 기대하는 것은 무리가 아닐까 싶
다.

역시 관광지답게 세련된 이오타 양식으로 지어진 노천 주점들
은 화려하기 그지없었다. 우리는 막 무르익기 시작한 노을을 즐
기려는 심산으로 바다에서 가장 가까운 곳에 자리를 잡았다. 그
러나,

'돈이 없네?'

나는 심란한 시선으로 메뉴를 훑었다. 이것도 비싸고 또 저것
도 비싸고 모조리 비싸. 숙박비와 돌아갈 여비를 계산해 보니 아
무리 주판알을 튕겨 봐도 그럴싸한 식사는 무리였던 것이다. 죄
다 이놈의 수영복 때문이야! 어떻게든 이걸 다시 팔아서 돈을 마
련해 볼까 하는 궁핍한 고민에 빠져 있을 무렵,

"콘스탄트산 로제 샴페인입니다."

웨이터 청년이 정중하게 다가와선 척 보기에도 숨 막히게 비
싸 보이는 최고급 샴페인을 테이블에 내려놓는 것이 아닌가. 난
앗! 소리를 내며 손을 내저었다.

"시킨 적 없어요!"

당장 치워! 내 영혼을 팔아도 이런 비싼 거 못 사!

파앙!

그때 알테어 님이 그 샴페인 코르크를 따 버렸다. 가냘프게 생긴 아가씨가 단단하게 봉인된 코르크 마개를 '오직 힘으로' 뜯어 버리자 웨이터가 입을 멍하니 벌린 채 그녀를 바라보았다. 이것이야말로 바윗덩이도 빵 조각처럼 조각내 버리는 명주작의 힘! ……이 지금 중요한 게 아냐!

"그, 그걸 따면 어쩝니까."

난 창백한 얼굴로 중얼거렸지만 알테어 님은 '응? 왜? 우리 거 아냐?'라고 말할 뿐. 내 두 눈에 주르륵 눈물이 흘렀다.

그때 웨이터가 말했다.

"이 샴페인은 저쪽 손님께서 보내신 겁니다."

"엥?"

순간 내 눈이 번쩍 뜨였다. 이런 금쪽같은 샴페인을 선물로 보내는 알부자가 누구란 말이지? 그 웨이터가 가리키는 곳을 향해 내가 서서히 고개를 돌리자 그곳에는 아주 낯익은 외모의 여성이 나를 향해 미소 짓고 있었다.

'이자벨 님!'

망했다. 망했다. 망했다! 대륙 반대편에서 님을 뵙게 될 줄은! 가발을 쓰고 은테 안경을 걸친 모습이 영락없이 성공한 커리어 우먼의 표본인 이자벨 님이 샴페인 잔을 들고 우리를 향해 걸어오며 말했다.

“어머, 미온. 우연히 만났네?”

우, 우연은 무슨!

그러자 알테어 님이 불편한 눈초리로 물었다.

“이분은 누구?”

“아, 그러니까 이분은…… 그러니까…….”

인트라 무로스 국장 이자벨 크리스탄센 님입니다. 교황청하고도 사이가 별로죠? 지금 우리를 감시하기 위해 친히 이곳까지 오신 거랍니다, 라고 솔직히 밝힐 만큼 바보는 아니었기 때문에 나는 어떻게 둘러대야 할지 몰라서 말을 흐렸다. 그때 이자벨 님이 알테어 님에게 악수를 청하며 특유의 빈틈없는 태도로 말하는 것이었다.

“처음 뵙겠습니다. 이자벨이라고 해요. 이오타의 별 볼 일 없는 공무원입니다만 마침 이곳으로 휴가를 나왔습니다.”

“아, 예. 알테어입니다. 저도 우연히 여행 온 콘스탄트의 그저 그런 공무원인데. 헤헤.”

둘은 서로 뭔가 긴장감이 흐르는 웃음을 띠며 악수를 했고 난 두근거리는 가슴을 꽉 쥐며 그들을 바라보았다. 둘 다 서로 한 번도 만난 적이 없는 내 단골 고객이었고, 이런 데서 만났다간 교황청과 인트로 무로스가 충돌할 수도 있다는 사실이 더더욱 내 입장을 가시방석으로 만들었다.

이자벨 님이 능숙하게 내 옆에 앉자 알테어 님이 잠깐 눈썹을 움찔했다.

“미온 군에게는 예전에 잠시 신세를 진 적이 있어서요. 그런데 이 먼 곳까지 둘이 같이 여행을 나온 것을 보니 무척이나 가까운 관계인 것 같네요. 멀리서 봐도 한눈에 띄더군요.”

“아, 미온과 아는 사이셨군요. 그런데 굉장히 미인이네요? 차갑게 생긴.”

“알테어 님이야말로 맹한 미인이시네요. 남자들이 많이 좋아할 것 같은.”

이 대화 속에 어쩐지 서로 칼을 한 번씩 휘둘렀다는 기분은 내 착각이려나. 갑자기 어디론가 도망치고 싶어졌다.

그런데 이자벨 님이 여기까지 왔다면 분명히 그녀의 부하들도 같이 왔을 거 아냐! 설마 아까 그 웨이터도 첩보원? 그리고 저기 저 손님들과 가게 밖의 노점상들과 흙장난을 하는 소녀마저도 우리를 감시하는 요원들이 아닐까! 굉장한 불안감에 난 식은땀을 흘리며 주변을 두리번거렸다.

몇 분 동안 이야기를 나누던 이자벨 님은 갑자기 알테어 님을 똑바로 바라보면서 뭐라고 말하는 것이었다.

그 말에 알테어 님의 입가에 씁쓸한 미소가 떠올랐지만 난 불행하게도 그 말을 알아들을 수가 없었다. 왜냐하면 그 말은 지금은 쓰이지 않는 고대의 사어(死語)였기 때문이었다. 사어를 알아들을 만큼 박식하지 못한 나는 그 말을 이해하지 못했지만, 신학을 배운 적이 있는 알테어 님은 알아들은 것 같았다.

난 갑자기 촌놈이라도 된 기분으로 머리를 긁적거렸다.

"지, 지금 무슨 말씀들을……?"

그때 이자벨 님이 잔을 내려놓고 일어나는 내 팔을 잡았다.

"미온 군을 5분만 빌리겠습니다."

"예?"

이자벨 님은 멋대로 내 팔을 쥐고는 가게를 나왔고, 난 얼떨떨한 표정으로 끌려가고 말았다.

"이자벨 님! 너무해요! 여기까지 감시하러 오다니!"

"무슨 말을 하는 거니. 너 하나를 감시하려고 내가 직접 움직일 리가 없잖아."

날 어두컴컴한 뒷골목으로 데려간 이자벨 님이 단호하게 말했다.

"난 분명히 휴가를 온 거야. 나도 월급날을 세어 보고 휴가를 기다리는 공무원이라고. 일 년에 한 번 있는 휴가라서 쉬러 온 것뿐이야."

노을빛이 새어 들어오는 좁고 어둑한 뒤편에서 그녀의 안경이 유달리 반짝거리고 있었다.

"저, 정말이에요?"

"응, 단지 너와 알테어가 이곳에 온다는 정보를 듣고 그냥 여기로 휴가 온 거야."

"그, 그럼 감시하는 거 맞잖아요!"

일이든 휴가든 하나만 해 달라고요.

"미온, 잘 들어. 4대 아신 중 한 명이 자신의 둥지를 뛰쳐나왔다는 게 얼마나 큰 사건인지는 너도 잘 알 거야. 지금 너와 명주작을 주시하는 나라는 비단 우리만이 아니야.”

내 머리칼에서는 미처 닦아내지 못한 물방울이 톡톡 떨어지고 있었다.

“어차피 나나 알테어는 이미 수많은 나라의 블랙리스트에 올라가 있는 암살 대상이니 상관없지만, 이렇게 계속 돌아다니다간 너도 그 리스트에 오르게 돼. 오늘 중으로 명주작을 여기 놔두고 베르스로 돌아가.”

“하지만!”

“그리고 교황청에서 파견한 이단 심문관 나스타세를 조심해.”

“……!”

역시 그 녀석도 휴가 나온 것이 아니었어!

나는 내 대답을 기다리는 그녀에게 말했다.

“하지만 지금은 돌아갈 수 없어요.”

“또 괜한 고집을 부리는구나.”

“알테어 님을 혼자 두고 갈 수는 없어요. 세 가지 소원을 들어주기로 약속했으니까, 그걸 다 이루고 돌아갈게요.”

“소원? 낭만적이네.”

이자벨 님은 왠지 기분이 상한 듯 빈정거리는 것이었다.

그녀는 ‘그럼 맘대로 해’라고 쏘아붙이고는 발걸음을 돌렸다.

“저 이자벨 님!”

“왜?”

"돈 좀…… 빌려 주세요."

그, 그런 눈으로 바라보지 마세요! 저한테는 절박한 문제라고요! 이자벨 님은 황망한 표정으로 잠시 날 바라보다가 '어째서 내가 이런 역할을 맡아야 하는 거지'라고 조그맣게 투덜거리면서 품속에서 작은 주머니를 꺼내 주었다. 보나 마나 금화가 가득 찬 주머니일 것이다.

"그, 그렇게 많이는 필요 없는데."

"난 상관없으니까 받아."

"꼭 갚을게요."

"상관없다니까."

내가 주머니를 잡자 그녀가 그걸 꼭 쥐고 의심스러운 눈초리로 날 바라보았다.

"설마 한방에서 자는 건 아니겠지?"

그, 그렇게 무서운 눈매 하지 마세요!

이자벨 님이 돌아간 뒤 나는 다시 가게로 들어갔다.

"다녀왔어?"

"네."

알테어 님은 돌아온 내게 더 이상 아무것도 물어보지 않았다. 그저 웃고 있었다. 그녀 역시 이자벨 님의 정체를 알고 있을지 모른다. 지금 어떤 상황에 처해 있는지 나보다 더 잘 알고 있을지도 모른다.

노을을 마신 바다가 붉게 취해 있었다. 우리는 그것이 완전히 식어 잠들 때까지 지켜봤다.

15.

옷을 갈아입은 뒤, 우리는 슬슬 숙소를 결정해야 했다. 그리고 우리가 발길을 옮긴 곳은 마치 궁전을 방불케 하는 고급 호텔 앞이었다.

알테어 님이 온통 상앗빛으로 치장된 데다가 정원에선 오색찬란한 분수가 물을 뿜는 이 호텔을 올려다보면서 말했다.

"저어 미온, 이런 곳은 너무 비싸지 않아?"

"헤헤, 괜찮아요."

이자벨 님으로부터 빌린(분명 빌린 거다!) 돈이라면, 지금부터 베르스에 돌아갈 때까지 황금 마차를 타고 길가에 꽃잎을 뿌리며 놀러 다녀도 괜찮을 액수랍니다. 그리고 어차피 수많은 감시원에게 쫓기면서도 악착같이 놀기로 결심한 거! 후줄근한 여관 구석보단 개인 수영장이 있는 로열 스위트룸에서 노는 편이 좋지 않겠습니까?

나는 좀 파멸적인 쾌락에 사로잡혀 큰 맘 먹고 알테어 님을 이끌고 '궁전'으로 들어갔다.

"그런데……."

나는 상당히 곤혹스러운 표정으로 로비를 둘러보았다. 그러니까 대충 로비의 상황은 이랬다. 한눈에 봐도 ‘저는 기밀 첩보원입니다’라는 냄새가 풀풀 풍기는 몹시 수상한 남자들이 여기저기에서 우리를 흘끔흘끔 바라보고 있었던 것이다. 이, 이렇게 대놓고 감시해도 되는 거야? 이쯤이면 감시가 아니라 스토킹 수준이라고! 이런데도 아직 교황청 성기사들이 나타나지 않은 것이 수상할 지경이었다. 알테어 님이 이 불유쾌한 곁눈질을 한 몸에 받으며 고개를 갸웃거렸다.

“왠지 모두 우리를 훔쳐보고 있는 거 같지 않아? 왜들 그러지?”

“그러게요. 왜 그럴까요.”

모든 사건의 근원이 자신이라는 것을 아직도 모르고 있다니, 어째서 이런 둔감한 아가씨가 전쟁터에만 나가면 무패의 여신으로 돌변하는 걸까. 나는 잽싸게 고급 2인실을 하나 잡아 알테어 님을 그곳에 놔둔 뒤에 총알같이 이자벨 님에게 뛰어갔다.

16.

다행히도 이자벨 님은 여전히 주점에 있었다. 커다란 테이블에 혼자 앉아 있는 그녀의 주변에는 인트라 무로스 요원으로 보이는 검은 슈트 차림의 사내들 서넛이 서 있었고 그녀는 이미 와 인 한 병을 다 비운 것 같았는데도 표정 하나 흐트러짐이 없었 다.

"이자벨 님!"

"미온?"

내가 숨을 헐떡이며 나타나자 그녀는 의외라는 듯 날 바라보 았다. 하지만 내가 다가가려고 하자 단단한 체구의 요원 한 명이 내 어깨를 잡으며 막아서는 것이었다.

"괜찮아. 이리 오라고 해."

그녀는 새하얀 거품이 이는 술을 한 잔 따르며 말했다. 일 년 에 한 번 있는 휴가인데, 이런 곳까지 와서 밤중에 혼자 샴페인 이라니 지나치게 쓸쓸하잖아. 하지만 당장은 마치 모기떼처럼 호텔에 몰려와 있는 감시원들이 문제였다.

난 퉁명스러운 어조로 말했다.

"숙소까지 감시원을 보내실 건 없잖아요."

"무슨 말이야?"

"모르는 척하지 마세요. 호텔 로비에 알테어 님을 감시하는 놈들이 쫙 깔렸다고요."

그녀는 날 빤히 바라보다가 자존심이 상한 듯 입을 열었다.

"내가 그런 짓을 할 아마추어로 보여? 감시 대상에게 들킬 만 큼 엉성한 요원 따위 내 밑에 없어."

"그, 그럼 그놈들은 누구죠?"

"말했잖아. 내가 아니라도 너희를 감시하는 녀석들은 많아. 전직 호스트한테도 들키는 그런 형편없는 요원이라면 신경 쓸 필요도 없겠지만. 하지만 조심해. 가장 치명적인 위협은 숨통을 끊는 순간까지 보이지 않는 법이야."

난 눈이 커졌다. 어쩌면 알테어 님을 감시하는 게 아니라 암살하려는 자들인가?

"의심해서 미안해요. 돌아가 봐야겠어요."

"가 봐. 나는 계속 내 생일을 즐길 테니까."

"예?"

오늘이 생일이었던가. 자신의 정보에 대해서는 철저하게 숨기는 이자벨 님이라서, 나는 수없이 그녀를 접대했어도 난 그녀의 나이조차 알지 못한다. 이자벨 님도 알테어 님만큼이나 나라를 위해 자신의 많고 많은 행복을 포기한 여자였다.

"어서 가 봐."

"미안해요."

나는 그녀를 뒤로하고 다시 호텔로 뛰어갔다.

17.

"이건 또 뭐다냐."

로비에 도착하자마자 내가 중얼거렸다. 방금까지 우리를 감시하던 첩보원들이 산지사방에 중상을 입고 쓰러져 신음을 내고 있었던 것이다. 이게 대체 어떻게 된 거야!

설마 알테어 님이 이렇게?

난 구석에서 덜덜 떨고 있는 지배인에게 다가가 다급하게 물었다.

"이게 어떻게 된 거예요!"

"나, 나도 몰라요."

모르다니! 당신 눈앞에서 벌어졌을 텐데!

어렵게 숨을 돌린 지배인이 두려움에 찬 표정으로 내게 말하는 것이었다.

"그러니까 방금 전에 문이 부서지며 무엇인가가 들어왔어요."

"엥? 무엇인가?"

"말 그대로예요! 믿을 수 없이 빠른 그것이 로비를 쑥대밭으로 만들고는 사라졌어요."

아, 악몽이라도 꾼 겁니까? 이거 어디부터 믿어야 한단 말인가. 그러나 지배인의 눈은 거짓이 아니었다.

"저, 정말입니다! 앗! 하는 사이에 저렇게 되었다고요!"

"어떻게 생긴 사람이었죠? 남자였나요?"

"모르겠어요. 전혀 모르겠어요."

그는 덜덜 떨며 말했다.

그런 말도 안 되는 능력을 발휘하는 실력자는 대륙 전체를 뒤져 봐도 그리 많지 않을 것이다. 아니 그보다 왜 우리가 아닌 첩보원들을 공격한 것일까. 생각이 여기까지 미쳤을 때 불안한 예상이 머리를 스쳤다.

'어쩌면 알테어 님에게 갔을지도!'

그렇게 생각하자마자 나는 단숨에 알테어 님이 있는 방으로 뛰어가 문을 확 열었다.

"알테어 님!"

그러나 그녀는 대답할 수 없었다.

왜냐하면 잠들어 있었기 때문이다.

"……어떻게 하면 이런 상황에서 잘 수가 있습니까."

산지사방에 감시의 눈이 번뜩이고 로비는 혜성처럼 나타난 의문의 존재에게 쑥대밭이 되었는데도 그녀는 죄다 알 바 아니라는 듯 실로 태평하게 잠들어 있었다. 위기감 제로, 나는 입맛을 다시며 소파에 기대 잠든 알테어 님에게 다가갔다.

그녀는 내가 침대로 옮기는 중에도(잠들어 있는 것인지 잠든 척하는 것인지) 조금 웅얼거릴 뿐 눈을 뜨지 않았다. 나는 침대에 누인 알테어 님을 말없이 내려다보았다. 순간 닥쳐오는 찌릿한 기분에 손가락을 움찔거렸다.

살짝 몸을 웅크린 채 침대 위에서 새근거리는 그녀의 자그마한 모습은 오만 가지 여성 패턴에 단련된 내가 봐도 너무 자극적이다. 그러니까 이건 마치 나도 모르게 손을 뻗게 되는…….

"그러니까 저도 일단 남자란 말이죠. 조금은 방어를 하시는 게……."

난 쓴웃음을 지으며 말을 흐렸다. 날 시험에 들지 않게 해 주십시오. 이래 봬도 기사라고요. 아니 뭐 꼭 이자벨 님이 어디선가 감시하고 있는 기분이 들어서 이러는 게 아니고.

나는 아무래도 침대와는 인연이 없는 인간인가 보다. 이번에도 근처 소파에 누워 잠을 청해야 했고, 직업인으로서는 자랑스럽지만 남자로서는 매우 서글픈 밤이 속절없이 지나가기 시작했다.

18.

'아우, 더워.'

나는 어쩐지 답답한 기분에 눈을 떴다. 그리고 한동안 그대로 굳어 있을 수밖에 없었다.

'대체……'

어느 틈인가 침대에서 내려온 알테어 님이 내 몸을 껴안고 내 목에 얼굴을 묻은 채 잠들어 있었다. 새근거리는 숨소리가 귀 바로 옆에서 들려오고 부드러운 속눈썹과 단정한 입술이 눈 바로 앞에 다가와 있다. 말랑거리는 그녀의 가슴이 내 옆구리에 붙어 서로의 심장 소리를 느낄 수 있……

‘그런 묘사는 됐어!’

신이시여! 이 모진 시련을 능히 극복할 수 있는 의지를 주시옵소서! 카론 경! 그 얼음장 같은 냉정함을 조금만 빌려 주세요!

‘그냥 질러 버려! 그냥 질러 버려! 그냥 질러 버려!’

난 눈을 꽉 감으며 난감한 목소리로 알테어 님에게 말했다.

“저어, 알테어 님. 일어나세요.”

“우우웅, 미온.”

“예?”

역시 잠들어 있지 않았다. 그런 알테어 님이 눈을 감은 채 중얼거렸다.

“외롭기 때문이야. 아침이 올 때까지만 이대로 있어 줘.”

반칙이다. 하필이면 예전 그녀가 내게 했던 말을 또다시 들을 줄은.

“그냥 영원히 이대로 있으면 좋을 텐데.”

나는 내 목 언저리에 얼굴을 파묻은 채 몸을 떠는 그녀를 껴안아 주었다.

‘그건 그렇고 진짜 덥다.’

순간 어디선가 이자벨 님의 싸늘한 눈초리가 느껴지는 것 같아 몸을 움찔했다.

19.

"미온, 일어나. 일어나. 일어나."

알테어 님이 몇 번이나 흔들어 깨워서야, 거실 한쪽 구석에 쪼그려 잠들어 있던 나는 잠에서 깨어났다. 어젯밤, 최근의 긴장감이 확 풀어져 완전한 숙면을 취한 것까지는 좋았는데, 내 굉장한 잠버릇 덕분에 어느 틈엔가 본능적으로 시원한 곳을 찾는 몸이 데굴데굴 굴러가 거실 구석까지 와 버린 것이다. 물론 내 길고 긴 금발은 전쟁이라도 치른 것처럼 무섭게 헝클어져 있었다. 게다가,

"에구머니나."

더위를 이기지 못해 나도 모르게 상의를 벗어 던진 상태였다. 부스스한 얼굴로 주변을 두리번거리며 하품하는 내 얼빠진 모습을 알테어 님이 빤히 바라보고 있었다.

"미온, 빈틈없는 줄 알았는데…… 아침엔 나보다 더 무방비네."

"헤헤, 천성이라서 고쳐지질 않네요."

난 쓴웃음을 지으며 주섬주섬 옷을 집어 입었다.

옷을 입자마자 다시 꾸벅꾸벅 졸기 시작한 내게 알테어 님이 말했다.

"미온, 그 옷 거꾸로 입었어."

"아?"

　그리고 우리 둘은 체크아웃을 했다. 대체 몇 명의 감시원들이 우리를 뒤쫓고 있는지 모르는 데다, 그 감시원들을 전원 곤죽으로 만들어 버린 정체불명의 실력자가 누군지도 알 수 없었던 아슬아슬한 하루였지만 아직까진 아무 일도 없었다.

　아직까진 말이다.

20.

　"눈 내리는 게 보고 싶어."

　이것이 그녀의 '두 번째 소원'이었다. 동부 해안을 떠나는 마차 안에서 그녀가 그렇게 말했고, 나는 한동안 무슨 소리인지 잘 이해가 되질 않아 멍하니 그녀를 바라봐야 했다. 엄청난 혼돈이 내 머릿속에서 격렬하게 춤을 춘 후 내가 헛기침을 하며 되물었다.

　"저 그러니까…… 눈이라면 하늘에서 내려오는 그 차갑고 하얀 거, 그거 말씀이신가요? 뭉쳐서 눈싸움도 하는 그거?"

　"응, 그거."

　"저어, 지금 여름이걸랑요."

　이마 위에 흐르는 땀을 닦아내며 말했다. 그렇다. 눈(雪)은 겨울에 내린다. 이건 하늘이 정한 이치라서 황제 할아버지가 와서 박박 우겨도 바꿀 수가 없는 만고불변의 진리다. 이런 건 세상 물정과 담쌓고 지내는 알테어 님이라도 모를 리가 없는 상식이다.

하지만 그녀가 고집을 부리기 시작했다.

"겨울이 올 때까지 기다리고 싶지 않아."

이, 이렇게 눈을 좋아했던가? 한 번도 그런 소리 못 들었는데……. 그렇다고 '에이이! 내가 무슨 램프의 지니입니까! 그런 초자연적인 소원을 들어줄 수 있게!' 라고 소리칠 수는 없는 노릇이라서 난 상당히 곤혹스러운 목소리로 중얼거렸다.

"그게 그러니까, 눈이라는 건 추운 날 하늘에서 맘 내키면 멋대로 내리는 거라서요. 보통 그런 건 여름에는 안 내리더라고요. 아하하, 아시죠?"

어쩌란 말인가! 지금 이 계절에 눈이 내릴 만한 곳은 눈 씻고 찾아봐도 마키시온 제국 북쪽 끝밖에는…… 아니 설마.

난 천천히 고개를 들며 알테어 님을 바라보았다.

"마키시온 제국에 가자고요?"

"응, 눈 내리는 곳으로 가고 싶어."

"거, 거긴 콘스탄트 왕국의 적국입니다만."

게다가 제가 임상실험재료 14호로 맹활약했던 곳이기도 합니다요.

말하자면 그곳은 사자의 아가리, 용의 굴, 괴물이 사는 늪, 금은보화를 받아도 가고 싶지 않은 곳 정도로 설명할 수 있는 곳이다. 거길 다시 가자고!

"가고 싶어."

난 침을 꿀꺽 삼켰다. 진짜 가기 싫다. 하지만 내가 같이 가지 않아도 알테어 님이라면 혼자서라도 갈 것만 같았기 때문에 나는 그녀의 두 번째 소원에 동참하기로 했다. 왠지 지금 절대로 그녀를 혼자 보내서는 안 될 것 같다는 기분이 든 것이다.

그리고 25일 후.

늦여름. 마키시온 북부. 평균기온 영하 32도.

21.

지금은 분명 여름이다. 그리고 지금 나는 여름에 검은 털 코트를 입고 같은 색의 커다란 털모자까지 푹 눌러쓴 채 덜덜 떨고 있었다.

"에취! 에취! 에그그그그, 추워!"

여름에 눈을 보겠다는 귀족도 아연실색할 럭셔리한 목적 덕분에 세계의 북쪽 끝이라는 이 작은 마을에 도착한 지도 이틀째.

아아, 끝내주는 여름이야. 나는 코를 훌쩍이며 투덜거렸다. 지금까지 덥다고 투정부린 거, 확실하게 보상받는구만.

나는 하얀 니트 목도리로 입가를 가리며 다시 걷기 시작했다.

그때 물고기를 잡으러 떠나던 마을 어부가 나를 보고는 반갑게 손을 흔드는 것이 아닌가.

"어이! 긴 머리 총각! 약혼자는 몸 좀 좋아지셨나?"

"야, 약혼자 아니에요!"

"아아! 불륜이라고 했던가!"

"아니라니까!"

여기가 너무도 외진 동네라서 그런지 수년 만에 찾아온 이방인이라는 우리는 단숨에 마을 사람들의 '관찰 대상'이 되어 버렸다. 그들의 관심사는 '세계 끝까지 도망쳐 온 불륜 커플, 과연 어디까지 가나 보자'였다. 아니 어째서 불륜이 되길 바라는 거냐고! 이 심심한 사람들아!

어부는 마을 어귀로 사라지며 정겹게 외쳤다.

"애 낳을 때 되면 말하게나. 산파 보내 줄게."

"그, 그럴 일 없거든요? 그래서도 안 되고요!"

그 양반 쇠고집일세! 우리는 눈만 내려 주면 돌아갈 거란 말이죠!

그러나 하늘은 당장에라도 내릴 듯 회색빛인데도 아직도 기별이 없었다. 마을 사람들 말에 의하면 곧 내릴 때가 되었다고는 하는데.

'여름에 눈을 기다리는 남녀라니. 키스가 이 말을 들으면 얼마나 웃을까.'

난 하늘을 바라보곤 한숨을 내쉬었다. 베르스를 떠난 지도 벌써 한 달이 넘었다. 이러다간 정말 겨울쯤에야 돌아갈지도 모를 일이로군. 어쩌면 근무 태만으로 해고될지도 몰라.

나는 고개를 절레절레 흔들며 마을 사람들이 무료로 빌려 준 오두막으로 걸음을 옮겼다. 지금 알테어 님은 그곳에 있다.

아무래도 걱정되는 것은 그녀의 상태다. 그녀는 감기라고 하지만, 확실히 그녀는 거짓말에 재능이 없다. 4대 아신 중 하나인 명주작이 감기에 걸린다는 말은 아무도 안 믿을 거다.

22.

난 문을 열고 들어오자마자 침대 위에 있는 그녀에게 말했다.

"알테어 님, 좀 어떠세요?"

"응."

그녀는 엷게 웃으며 고개를 끄덕였지만 안색은 어제보다도 더 나빴다. 바닷가에 있을 때만 해도 건강미가 넘쳤던 그녀의 모습은 이제는 가련할 정도로 파리했다. 그녀가 전에 없는 고집을 부리지만 않았다면 당장에라도 돌아갔을 것이다. 나는 오늘 중으로 눈이 오지 않으면 둘러업고서라도 돌아가기로 결심했다.

머리칼을 길게 풀어 내리고 창밖을 바라보는 그녀의 모습은 무언가를 기다리는 것 같았다. 그것이 눈인지, 아니면 눈과 함께 찾아올 그 무엇인지는 알 도리가 없다.

"알테어 님."

"응?"

"나한테 숨기는 거 있죠?"

나는 그녀가 당장 '아냐!' 라고 대답해 줄 거라 생각했지만, 알테어 님은 잠시 날 바라보더니 전혀 예상치 못한 말을 꺼내는 것이었다.

"미온, 왜 콘스탄트 내전이 시작되었는지 알아?"

"예?"

그 유명한 일화야 모르는 사람이 없을 것이다.

선대 콘스탄트 국왕에겐 두 명의 아들이 있었다. 왕은 일찍이 온화한 둘째 아들을 왕으로 점찍었고, 친구이기도 했던 교황에게 부탁하여 그의 성사(聖事) 때 교황을 둘째 아들의 대부(代父)로 삼았다. 그것은 즉 둘째 아들이 왕세자가 되었다는 의미고, 왕권과 종교가 모두 그를 인정했음을 말하는 증표였던 것이다. 거기까지는 아무 문제도 없었다.

알테어 님이 말을 이었다.

"둘째 왕자님의 갑작스러운 죽음은 지금까지도 의문이지만, 나는 지금의 국왕 전하께서 암살한 것이 아니라고 믿고 있어. 그럴 분이 아니야."

둘째 아들이 왕위를 이어받고 몇 년 후, 첫째 아들인 형과 마상 시합을 하던 왕세자는 말에서 떨어져 사망했다. 그때는 알테어 님과 키르케 님도 서로 사이가 좋았다고 하고 둘 다 국왕과 교황에게 충성을 맹세한 입장이었다.

그리고 첫째 아들이 왕이 되었다. 교황은 인정하지 않았으며 교황을 지지하는 알테어 님과 국왕을 지지하는 키르케 님이 갈라섰다.

하지만 알테어 님은 교황의 검이 되어 왕당파와 싸우고 있는 지금도 적의 우두머리인 국왕을 미워하지 않는 것 같았다.

그녀는 창백해진 몸을 침대에서 조금 일으키며 말했다.

"둘째 왕자를 지지하던 세력은 왕위를 탐낸 첫째 왕자가 세자를 암살했다고 몰아세웠지. 첫째 왕자의 세력 역시 그에 맞섰고. 명주작의 힘을 받아 성기사가 된 나는 교황의 세력으로, 적현무의 힘을 받아 대장군이 된 키르케는 국왕의 세력으로 갈라졌어. 보통 수단으론 쓰러트릴 수 없는 우리가 있는 이상 싸움은 끝나지 않아. 만약 내가 없었다면 처음부터 내전은 성립되지 않았을지도 몰라."

"알테어 님."

그녀는 자리에서 일어나 창문 쪽으로 걸어갔다.

"이제 내전은 4년째야. 왕국은 돌이킬 수 없이 황폐해졌고 성직자와 귀족들은 타락했으며, 어린아이조차도 동족에게 칼을 들이대는 일에 익숙해져 가고 있어. 이건 애국심도 신앙심도 아니야. 이 끔찍한 일에 가담하기 위해서 주작이 내게 힘을 준 게 아니야."

애써 숨기려던 그녀의 그림자가 보였다. 내 마음속을 휘젓던 막연한 불안감이 점점 확실하게 모양을 만들어 가고 있었다.

난 떨리는 목소리로 되물었다.

"어째서 교황청에서 도망치신 건가요? 사실을 말해 주세요."

"난 전선에서 돌아와 교황 성하께 부탁했어. 이제 왕을 인정하고 내전을 끝내자고. 더 늦기 전에 그러는 것만이 피로 얼룩진 콘스탄트를 되살리고 신에게 용서를 구할 수 있는 유일한 길이라고 말했어."

"그, 그런 말을!"

성기사에게 교황의 권위는 절대적이다. 하물며 무늬만 성기사인 나도 그런데, 모든 성기사들의 리더라고 할 수 있는 알테어 님은 오죽할까. 그런데도 항명을 했다는 건가.

그녀는 나를 바라보며 쓴웃음을 지었다.

"성하께선 어떻게 신을 믿는 자가 그런 말을 할 수 있느냐며 화를 내셨지. 평소 나를 친딸처럼 아껴 주시는 분이니까 놀라신 것도 당연해. 관례대로라면 나는 성전(聖戰)을 의심한 죄로 참수되어야 하지만, 그래도 교황 성하께선 내게 50일의 기회를 줬어."

"50일?"

"응, 50일 안에 내가 한 말을 취소하면 없었던 일로 해 주겠다고 하셨지."

콘스탄트 교황파의 수장(首長)이자 1억이 넘는 신도들의 주교

(主敎)인 교황이 그런 관용을 베풀었다는 것은 그가 얼마나 알테어 님을 아끼는지 알려 주었다. 하지만 나는 알테어 님의 성격을 잘 알고 있다. 사실 진짜 고집쟁이다.

"그리고 그날 밤, 키르케가 날 찾아온 거야."

"……."

"갑자기 싸움터에서 내가 사라지자 굉장히 화가 난 것 같았어."

화가 난 키르케 님의 모습은 상상도 하기 싫다.

"키르케는 그날 내게 국왕파로 오라고 제안을 했지. 우리 둘이 힘을 합치면 교황파를 단번에 밀어내고 내 소원대로 내전을 종식시킬 수 있다고."

의외였다. 자존심 강한 키르케 님이 그런 제안을 했단 말인가. 그분도 내전을 종식시키고 싶었던 것이다.

"그래서 어떻게 하셨는데요?"

"거절했어."

"아이고."

"날 믿고 목숨을 바쳐 싸운 사람들을 배신하는 건 옳은 방법이 아니야."

그리고 무슨 일이 생겼는지는 안 봐도 예상할 수 있으리라. 화가 치밀어 오른 키르케 님의 분노가 그녀를 뒤덮었을 것이다.

"그리고 미온, 널 찾아온 거야. 너하고 있으면 편하니까 50일 동안만이라도 마음껏 어리광을 피워 보고 싶었던 거지. 어린애 같아서 미안해."

"지, 지금 그게 중요한 것이 아니……."

그녀는 내 말을 끊으며 말했다.

"그런데 이제 그 50일이 끝나 버렸네."

그녀는 결국 50일 안에 교황청에 복귀해 자신의 말을 취소하지 않았다. 대신, 여름에도 눈이 내리는 이곳으로 온 것이다.

"미온, 이제 세 번째 소원을 말할게."

"세 번째…… 소원?"

"아주 간단한 거야."

그녀가 쓸쓸히 웃으며 말했다.

"이제 베르스로 돌아가. 항상 고마웠어."

"무슨 말을 하는 거예요! 그렇게 간단하게!"

마음이 터질 것 같아 나는 커다랗게 소리치고 말았다. 그때 나는 갑자기 등 뒤에서 느껴진 살기에 몸을 돌렸다.

"알테어 경의 말을 들으셨죠? 당신의 나라로 돌아가세요, 엔디미온 경."

대체 언제부터 있었던 것일까. 어느새 나스타세가 칼을 뽑은 채 서 있었다. 그 칼끝이 내 목가를 향했다.

"너는……."

알테어 님이 안타깝게 말했다.

"나스, 미온이 있을 때는 나타나지 않기로 했잖아."

"죄송합니다. 아무래도 저도 시간이 부족해서요. 교황 성하께선 지금도 알테어 경이 돌아오길 바라고 계십니다. 모든 것을 용서해 주신다고 합니다. 명주작이 사라진다는 것은 교황청의 상징을 잃는 것과 같습니다. 당신의 목숨은 혼자만의 것이 아닙니다."

"미안, 더는 싸우고 싶지 않아."

그녀의 지친 목소리에는 지독한 체념이 서려 있었다.

나스타세는 어쩔 수 없다는 듯 한숨을 내쉬며 검을 들었다.

"사실 저 아직 견습이라고요. 이 칼에 피를 묻히는 일은 성인이 된 다음에 하고 싶었는데, 게다가 하필이면 제가 좋아하는 당신을 죽이는 게 제 인생 첫 번째 집행이 될 줄은 몰랐습니다. 그럼 교황청 이단 심문관 나스타세의 권한으로 교황청의 권위를 모독한 이단자 알테어 엔시스의 모든 작위를 몰수하고 이 자리에서 즉결 처형하겠습니다."

"잠깐, 미온이 떠난 뒤에 해 줘."

내가 떠난 뒤에? 이런 자살 여행에 날 들러리로 동참시켰으면서 이젠 떠나라고? 그런 소원 들어줄 수 없어! 그렇게는 못 해! 난 순간 그녀에게도 그에게도, 그리고 교황청에도 화가 치밀어 올라 나스타세의 어깨를 잡았다.

"말도 안 되는 짓 그만둬!"

"엔디미온 경. 이 손, 놓으세요. 당신도 성기사죠? 교황청의 집행을 방해한다면 당신도 이단자로 몰려……."

"사람 목숨 빼앗아 가려는 주제에 공무원처럼 말하지 마!"

그때 그의 눈에 살기가 번뜩였다.

"그럼 너도 죽어."

나스타세의 검이 내 심장을 찔렀다.

동시에 내 가슴 속에서 알 수 없는 섬광이 번뜩였다. 새하얀 빛이 폭발하는 충격으로 밀려 나간 나스타세가 바닥에 주저앉았다.

"뭐, 뭐야."

설마! 나는 주머니 속에서 부적을 꺼냈다. 예전 알테어 님이 사기꾼에게 샀던 녹슨 부적이 뜨겁게 달궈져 있었다. 정말로 이게 지금 날 지켜 준 건가?

나스타세는 한쪽 눈을 찡그린 채 자리에서 일어나며 중얼거렸다.

"치밀하시군요, 알테어 경."

부적에선 알테어 님의 힘이 느껴졌다. 혹시 모를 일을 대비해 이 속에 힘을 담아서 내게 준 것이었다. 처음부터, 그녀는 내게 찾아왔을 때부터 모든 것을 준비하고 있었다.

나스타세는 다시 알테어 님에게 검을 들이댔다. 알테어 님은 방어할 생각도 하지 않은 채 조용히 눈을 감았다.

그가 말했다.

"다시 태어날 땐 부디 자유롭게 사시길."

"알테어 님! 뭐하세요! 정말 이렇게 죽을 겁니까! 어서 막으세요!"

그러자 나스가 날 바라보며 비웃었다.

"당신은 정말 아무것도 모르는군요. 알테어 경이 이 혹한의 땅으로 온 이유는 스스로 자신의 힘을 봉인하기 위해서입니다. 남방의 수호신인 주작은 최북단인 이곳에선 힘을 쓸 수가 없습니다. 평소라면 본능적인 능력으로 이 칼을 튕겨내고 나를 불태웠겠지만, 이곳에서는 단지 아무런 힘도 없는 여자일 뿐입니다. 그러니 이제 포기하고 베르스로 돌아가시길."

난 경악했다. 이곳이 그녀의 유일한 약점이었다니. 이곳이 스스로 죽기 위해 선택한 곳이었단 말인가. 여기 와서 그녀의 몸이 급격하게 나빠진 이유도 힘을 잃어 갔기 때문일까. 나는 아무것도 모르고 그녀를 여기까지 데려왔다. 이런 꼴사나운 일이 어디 있어!

그때 나스타세의 표정이 굳어졌다. 무언가를 느낀 그는 창밖으로 걸어가더니 사나운 표정으로 주변을 살폈다.

낭패의 빛이 가득한 그가 입술을 꽉 깨물며 중얼거렸다.

"제길, 미행이 있었나."

창밖에서는 마키시온 제국군으로 보이는 사내들이 하나둘씩이 집으로 다가오고 있었다. 우리를 감시하는 자들은 단지 교황청만이 아니라는 이자벨 님의 경고가 머리를 스쳤다.

23.

검은 옷을 입은 사내들의 숫자는 십여 명 정도였다. 물론 하나 같이 일당백으로 보이는 건장한 자들. 보나 마나 마키시온 제국의 정예병일 것이다.

오두막에 들어온 그들은 우리를 보고 만족스러운 미소를 드러냈다.

"이런, 이런. 설마 했는데 정말 명주작일 줄이야. 이거 뭐라 감사드려야 할지 모르겠군."

콘스탄트와 대립하는 마키시온 제국으로서 콘스탄트의 상징이라고 할 수 있는 명주작을 붙잡는다는 것은 실로 엄청난 성과다.

상황이 이렇게 되자 나스타세가 알테어 님 앞을 막아서며 눈을 날카롭게 빛냈다. 이건 확실히 아이러니지만, 나스타세 입장에선 마키시온 제국에 명주작을 빼앗길 수는 없는 것이다.

"꺼져라, 이단자들."

"호오, 교황청의 광신도신가? 기세등등하시군. 하지만 이곳이 바로 그 이단자들이 지배하는 땅이라는 사실을 잊었는가? 너 같은 잔챙이에겐 흥미 없으니 사지 멀쩡할 때 물러서라."

나스가 검을 꽉 쥐고는 중얼거렸다.

"제길, 내 첫 번째 임무가 마지막 임무가 될 줄은……. 이 도살자 집안도 내 대에서 끝이로군."

그 작은 체구가 주저 없이 그들에게 달려들었다. 날카롭게 바람을 가르는 소리와 검과 검이 충돌하는 쇳소리가 터졌다.

나스타세는 수도원에서 신학을 배운 엘리트라고는 믿기 힘든 실력의 소유자였다. 분명 일대일이었다면 호각으로 싸웠을 것이다. 하지만 세상에 정정당당한 싸움이라는 것이 존재하던가.

"으윽!"

나스타세의 검이 내 앞에 떨어졌다. 제국군에게 둘러싸여 팔이 부러지고 검을 놓친 그는 만신창이가 되어 바닥에 쓰러졌다.

이를 악물며 몸을 일으키려는 나스를 무참하게 짓밟은 군인이 콧소리를 내며 말했다.

"네가 숭배하는 고상한 신은 네 목숨엔 아무런 관심도 없는 것 같구나."

제국군이 나스타세의 목을 내려다보며 검을 추켜올렸다.

"멈춰!"

내가 나스타세의 검을 집어 들며 그들을 노려보자 알테어 님이 외쳤다.

"네가 상대할 수 있는 자들이 아냐!"

"무모하다는 거 알아요. 하지만 할 수 있는 것이 이것뿐이라면 피하지 않아요!"

"……미온."

"이래 봬도 기사거든요."

난 오히려 웃었다. 그 모습이 불쾌했는지 제국군이 인상을 찡그리며 물었다.

"네놈도 콘스탄트냐?"

"아니! 스왈로우 나이츠다!"

난 쩌렁쩌렁하게 소리치곤 보랏빛 눈동자로 그들을 쏘아보았다. 덤비라고! 비공식이지만 나는 알테어 님 유일의 제자다!

그러나 그들은 의아한 표정으로 서로 바라보며 숙덕거리는 것이었다.

"스왈로우 나이츠가 뭐래? 처음 듣는데? 새로 생겼나? 어느 나라 조직이야?"

"그, 그런 게 있어!"

에이이! 망할 놈들! 이래 봬도 왕립 출장 전문 꽃미남 기사단이란 말이다! 젠장! 키스 경은 항상 불쑥불쑥 잘도 나타나더니만 어째서 가장 필요할 때는 안 나타나는 거냐고!

그들의 시선이 나를 벗어나 서로를 향해 있을 때 알테어 님이 말했다.

"왼쪽 다리."

그 즉시 나는 눈을 번뜩이며 앞에 있는 자의 왼쪽 다리를 날카로이 치고 들어갔다. 그들은 방심하고 있었다. 이 좁은 곳에서 서로의 거리도 제대로 확보하지 않은 채 너무 다가와 있었던 것이다.

내 갑작스러운 기습에 훈련을 받은 그는 본능적으로 뒤로 몸을 뺐지만, 미처 피하지 못한 뒤의 동료가 방해물이 되며 균형이 무너졌다.

그 순간을 포착한 알테어 님이 짧게 말했다.

"어깨, 심장."

검을 쥔 손에 서늘한 촉감이 느껴지며 내 검이 상대의 어깨를 깊게 베고 지나갔다.

태어나서 지금까지 누구를 죽여 본 적이 없다. 그리고 또한 평생 아무도 죽이고 싶지 않다. 하지만 이 순간 주저할 수는 없었다.

내 검 끝이 화살처럼 상대의 심장을 향해 날아들었다.

그러나.

빌어먹을! 알테어 님 말대로 제국군은 속성으로 검술을 배운 내가 상대할 만한 자가 아니었다. 그는 내가 혼신을 다해 찌른 칼날을 겨드랑이 사이에 끼워 막아낸 것이다. 엄청난 완력이 검을 물어 버리자 아무리 힘을 줘도 검을 뺄 수가 없었다.

그가 아슬아슬했다는 듯 창백해진 표정으로 말했다.

"이거 생각보다 제법 하는 놈이었잖아?"

나는 내 미숙함을 자책하며 그를 쏘아보았다. 날 바라보고 있는 십여 명의 군인들은 날 이대로 죽일지, 아니면 끌고 가서 고문할지 궁리하고 있는 눈빛이었다.

그때였다. 그들 뒤편에서 허스키한 여성의 목소리가 들려왔다.

"미온, 한심하구나. 그런 느려 터진 검으로는 지푸라기 하나도 벨 수 없을 거다.”

누구? 놀란 얼굴로 그 목소리의 주인공을 바라본 자는 비단 나뿐만이 아니었다. 군인들도 ‘누, 누구냐!’ 하고 화들짝 놀라며 뒤를 돌아보았고, 나스타세와 알테어 님도 믿어지지 않는다는 표정으로 고개를 들었다.

알테어 님이 떨리는 목소리로 말했다.

“……키르케?”

나는 내 눈을 의심했지만, 분명 그림자 속에서 서서히 모습을 드러내는 장신의 여성은 키르케 님이었다. 몸에 착 달라붙는 검은 가죽 군복에 날카롭게 치켜 올라간 오만한 눈매는 알테어 님과는 완전히 다른 사나운 여신의 모습이었다. 방 안을 장악한 그녀의 그림자가 마치 악령처럼 일렁였다.

마키시온 제국의 영역 한복판에서 당당하게도 북부 콘스탄트 왕국군의 대장군 제복을 입고 서 있는 그녀는 검을 뽑지도 않은 채 팔짱을 끼고 있었다.

마키시온의 군인들은 두려움과 혼란이 뒤섞인 표정으로 그녀를 바라보았다.

“서, 설마 진짜 적현무 키르케 밀러스?”

키르케 님은 입꼬리에 매력적인 비웃음을 머금으며 대답했다.

“의심스러우면 한번 덤벼 보시지?”

“큭!”

그들은 굴욕에 떨면서도 누구도 발을 떼지 못했다. 세계 최강

이라는 마키시온 제국군을 우습게 볼 수 있는 사람이 세상에 몇
이나 될까.

"어째서 이곳에 나타난 거냐? 넌 명주작의 적일 텐데!"

"귀찮구나. 질문은 받지 않겠다. 꺼져라."

나라면 지금 도망칠 것이다. 하지만 역시 군인은 군인이었다.
그들은 용기를 짜내 키르케 님을 둘러싸기 시작했다.

"흥! 여기가 마키시온의 영토임을 잊은 거냐! 곧 제국의 수호
신 진청룡 님이 올 것이다! 그때까지만 버티면……."

"버텨? 가소롭구나, 아니 불쾌하다."

그 싸늘한 목소리에 나는 가슴이 덜컥 내려앉는 기분이 들어
급히 알테어 님을 감쌌고, 그 순간 이 오두막이 통째로 세상 밑
바닥까지 추락하는 듯한 끔찍한 현기증을 느꼈다. 그녀가 내뿜
는 살기는 그 자체만으로 심장을 터트려 버릴 수 있다.

"으아아악!"

마치 짐승 같은 군인들의 비명이 뒤엉켰다. 실눈을 뜨고 슬쩍
훔쳐본 광경은 마치 지옥을 묘사한 동판화처럼 섬뜩하기 짝이
없었다.

'아, 악몽이야. 저건.'

그들은 솟아오른 자신의 그림자에 목이 졸린 채 공중에 매달
려 있었던 것이다. 그리고 키르케 님은 무표정한 얼굴로 팔짱을
낀 채 그 끔찍한 모습을 바라보고만 있었다. 솔직히 이쯤이면 누
가 봐도 키르케 님이 악당이잖아! 알테어 님, 대체 저런 분을 어

떻게 이겼다는 건가요?

목이 졸려 그림자에게 끌려간 군인들의 모습은 온데간데없이 사라졌다.

내가 덜덜 떨며 키르케 님에게 물었다.

"저어…… 그 사람들은…… 어디로 간 거죠?"

"몰라. 알 게 뭐야."

키르케 님이 귀찮다는 듯 말했다.

그때 겨우겨우 다친 몸을 일으킨 나스타세가 키르케를 바라보며 말했다.

"이, 이런 짓을 해도 괜찮은 겁니까?"

"괜찮을 리가 없잖아. 잠시 후엔 군대가 벌 떼처럼 몰려들걸?"

'그, 그걸 말씀이라고…….'

아무리 키르케 님이라도 혼자서 마키시온군과 정면으로 승부할 수는 없을 것이다. 그런데도 그녀는 태연하게 알테어 님에게 걸어갔다.

또각거리는 발소리가 명확하게 들려올 만큼 집 안엔 정적이 감돌았다. 알테어 님은 당황한 눈초리로 키르케 님을 올려다봤고, 반대로 키르케 님은 꼴좋다는 냉소를 보이며 그녀를 내려다보았다.

알테어 님을 내려다보는 그녀가 비웃음과 함께 말했다.

"꼴사납구나. 누구 맘대로 죽겠다는 거냐, 알테어 엔시스."

알테어 님 역시 눈썹을 세우며 키르케 님을 노려봤다. 힘을 쓸 수 있는 상태였다면 당장에라도 한판 붙을 것처럼 긴장감이 흘렀다. 한동안 서로를 바라보던 그녀들의 눈빛에는 복잡한 감정이 담겨 있었다.

키르케 님이 주먹을 꽉 쥐며 다시 입을 열었다.

"그러니까 내가 하고 싶은 말은……."

그리고는 알테어 님의 머리를 냅다 후려갈기는 것이 아닌가!

"꺄악!"

"이게 전부다! 이 백치 같은 계집애!"

"왜 때려!"

깜짝 놀란 알테어 님이 머리를 잡고 소리쳤다.

"너 설마 네가 가련하게 죽으면 권력자들이 마음을 돌려 싸움을 멈출 거라 생각한 거냐? 비련의 여주인공이 되고 싶은 건 네 자유지만, 세상 모두가 다 너 같지는 않아. 이젠 발전 좀 해!"

눈이 휘둥그레지는군. 정말 둘의 사이는 알다가도 모를 일이다. 키르케 님은 '지가 무슨 성녀인 줄 알아!' 라고 투덜거리며 곧장 밖으로 걸어 나가려다가 걸음을 멈췄다.

그녀가 확 돌아보자 나는 흠칫 놀라고 말았다.

"그런데 넌, 아직도 영업 중이냐?"

"아, 아니에요! 이건 단지…… 그런데 어째서 알테어 님을 구해 주신 거죠?"

"아주 복잡한 정치적 문제와 약간의 개인적 문제 때문이지."

"예?"

무슨 소리람?

"하지만 내가 도와주는 것도 여기까지야. 이런 곳에서 그 빌어먹을 진청룡 라이오라를 만나고 싶진 않으니까. 너도 목숨 보전하고 싶으면 저 여자와 함께 빨리 이곳을 떠나라."

망토를 젖히며 문밖으로 나서는 키르케 님에게 내가 물었다.

"호텔에서 감시원들을 처리한 분도 키르케 님인가요?"

"응? 무슨 소리냐?"

그녀가 미간을 찡그리며 바라보자 난 깜짝 놀라선 되물었다.

"아, 아니에요? 그럼 누가……."

키르케 님은 뭔가 떠오른 것이 있는지 조금 길게 기른 손톱으로 이마를 톡톡 치다가 입을 열었다.

"흐음, 아무래도 그 녀석인가 보군."

"그 녀석?"

"이런 일에 끼어들 이유가 있었던가. 그놈도 할 일 진짜 없네."

"누, 누군데요?"

"모르는 편이 좋아."

그녀가 경고 섞인 날카로운 눈매로 날 바라보았다. 난 뭐가 뭔지 모르겠다는 표정으로 눈을 깜빡거렸다. 그녀는 '조만간 찾아가도록 하지'라는 말을 남기고는 먼저 사라졌다. 벌써 오싹하다.

그녀가 떠난 자리를 멍하니 바라보는 내 등 뒤에서 알테어 님의 목소리가 들려왔다.

"미온, 이런 소동 벌여서 미안."

"알테어 님!"

난 빠른 걸음으로 그녀에게 다가갔다. 그녀는 부상당한 나스타세를 일으켜 주고 있었다.

"이제 생각을 바꾸신 건가요?"

"아니, 내 생각은 그대로야."

"하지만!"

"그렇지만 죽진 않겠어. 파문당하고 내 명예가 더러워지는 한이 있더라도 몇 번이고 교황을 설득할 거야. 이 내전을 끝내자고."

"알테어 님."

"아, 눈이네. 정말 여기는 여름에도 눈이 내리는구나."

그녀가 무척이나 반가운 표정으로 창밖을 바라보았다. 그런 천진한 얼굴을 보자 실소가 터졌다. 어쩌면 그녀는 정말 눈이 오는 걸 보고 싶었는지도 모른다.

"미온, 세 번째 소원 바꿀게."

"뭐, 뭔데요?"

솔직히 이제 소원이라면 무섭습니다.

"항상 그 모습 그대로 있어 줘. 아무리 힘들어도 변하면 안 돼. 나도 힘낼게. 그게 세 번째 소원이야."

알테어 님은 내 뺨에 따뜻한 두 손을 대며 그렇게 말하고는 방

굿 웃는 것이었다.

24.

걱정대로 마키시온 제국에는 비상이 걸렸다. 대놓고 명주작이 나타났다는 것을 알릴 수야 없었지만, 곧바로 경계를 철저히 하라는 황실의 명령이 제국 각지에 떨어졌던 것이다. 하지만 나스는 이런 상황에서도 태평한 것 같았다.

"이런 것쯤은 일도 아니지요."

이때 알게 된 사실이지만 나스가 항상 들고 다니는 커다란 가방에는 수십 개가 넘는 전 세계의 위조 통행증과 역시 수십 종의 각국 화폐들이 숨겨져 있었다. 물론 경비병들이 열어 봤을 때는 모포와 옷, 상비약 따위나 들어 있는 보통 여행 가방일 뿐이다.

나스의 능수능란한 말솜씨와 통행증, 뇌물을 번갈아 가며 사용하는 노련한 구워삶기로 우리는 '평범한 여행객'이 되어 마키시온 국경을 넘는 특급열차를 탈 수 있었다.

'이단 심문관이 되기 위해서는 사기도 잘 쳐야 하는 걸까?'

나는 마지막 관문이라고 할 수 있는 열차 티켓 구입마저도 특유의 너스레로 통과하는 나스를 멍하니 지켜보며 중얼거렸다. 하지만 나스는 검문을 통과하고 우리와 함께 열차 객실로 들어오자마자 식은땀을 흘리며 바닥에 주저앉았다. 팔이 부러져 있는 탓이다.

아직 어른이라고 할 수 없는 앳된 외모의 나스는 입술을 꽉 깨문 채 고통을 참고 있는 와중에도 특유의 배짱으로 농담을 중얼거렸다.

"하하, 신앙심을 실천하는 길은 정말 고통스럽군요."

알테어 님은 그를 부축해서 소파에 앉히며 걱정스럽게 말했다.

"나스, 아프겠다. 그러게 팔을 고정했어야지."

"아니에요. 그랬다간 의심받으니까."

그렇게 말하는 나스의 얼굴을 보며 명주작 처형 명령을 받은 이 친구도 절대 나쁜 사람은 아니라는 생각이 든다.

나스는 가방 안에서 진통제를 꺼내 먹은 뒤에 붕대를 꺼내 능숙하게 팔을 고정했다. 그리고 그 무렵 마키시온의 영역을 빠져나가는 열차 안에서 나는 알테어 님이 주었던 부적을 꺼내 보며 웃음 지었다.

내 모습에 알테어 님이 당황한 표정으로 물었다.

"왜, 왜 웃는 거야?"

"아아, 정말 부적이라는 것도 효과가 있구나 싶어서요. 이거, 앞으로 계속 품고 다녀야겠어요."

"헤헤, 고마워. 미온."

그녀는 정말 기쁜 듯이 얼굴이 발그레해져서는 웃기 시작했다. 이렇게 귀여운 아신이 역대에 또 있었던가.

한편 자신의 팔을 고정한 나스가 나를 바라보며 생긋 웃는 표정으로 말했다.

"엔디미온 경, 이 일은 절대 비밀로 해 주세요. 그리고 적현무가 도와줬다는 것 또한 비밀입니다. 만약 그게 알려지면 알테어 경의 입장이 곤란해집니다. 만약 소문을 내신다면 어쩔 수 없이 엔디미온 경에게 교황청 고문실을 구경시켜 드리는 수고를 해야 합니다. 알아들으셨죠?"

"무, 물론이죠. 웃는 낯으로 무서운 말을 잘도 하시네요, 아하하."

어차피 남들에게 말해도 믿지 않을걸?

그때 문이 벌컥 열리며 검은 코트를 입고 있는 장신의 청년들이 객실로 들어왔다.

"검문이 있겠습니다. 협조 부탁합니다."

나와 나스의 얼굴에 낭패의 빛이 서렸다. 목 끝까지 올라오는 저 검은 롱코트의 사내들에 대해서는 들어 본 적이 있다. 굳이 팔에 두른 저 황금 키마이라 표장(標章)을 눈여겨보지 않아도 정체를 알 수 있었다.

이들은 바로 마키시온 최정예 부대인 프런티어 뱅가드였다. 진청룡 라이오라의 직할부대인 이들은 위조 통행증이나 뇌물 정도로 통과할 수 있는 대상이 아니었다.

"나리, 저희는 실은……."

나스가 황급히 자리에서 일어나 어떻게든 둘러대려고 했지만, 검은 제복의 청년들은 곧바로 팔을 뻗어 '정중히' 경고하는 것이었다.

"그 자리에 가만히 있으시오. 불응한다면 이 자리에서 처형하겠소."

나스를 바라보는 그의 새파란 눈동자에는 섬뜩한 위압감이 맺혀 있었다. 세계 최강 마키시온 제국군 내에서도 가장 최정예라는 이들의 능력은 상식을 뛰어넘는다고 들었다.

서너 명으로 이뤄진 그들은 문을 막아선 채 무겁게 입을 열었다.

"황실의 긴급 칙령에 의해 현재 도주 중인 세 사람을 체포하기 위해 왔소. 한 명은 연두색으로 머리를 염색한 20대의 여자, 다른 한 명은 긴 금발의 미남형 남자, 마지막 한 명은 부상을 당한 작은 키의 남자. 만약 반항할 시에는 즉결 처분해도 무방하다는 명령을 받았소."

그는 눈매에 차가운 살기를 떠올리며 말을 이었다.

"무슨 의미인지 알겠지? 도망칠 길은 없다. 순순히 우리를 따라 열차에서 내려라."

그들은 이미 우리의 정체를 알고 있었다. 그때 알테어 님이 프런티어 뱅가드의 청년들을 바라보며 말했다.

"안타깝게 되었네요. 이 열차는 지금 막 마키시온 국경을 넘었는걸요? 국경 밖에서 나 명주작 알테어 엔시스를 납치하려는

당신들의 행동은 콘스탄트 왕국과 교황청에 대한 선전포고로 봐
도 무방할까요?”

우웃! 항상 순진해 보이던 알테어 님에게 이런 치밀한 면이 있
었다니.

그녀는 부드럽지만 단호하게 말하며 도리어 그들에게 경고했
고, 그들의 안색에 낭패감이 서렸다.

“상관없다! 너희를 잡아들이라는 명령을 받은 이상…….”

“그렇군요. 유감이네요. 하지만 이제 내 힘이 돌아왔어요. 조
용히 잡혀가리라고는 기대하지 마세요.”

순간 그들이 움찔했다. 제아무리 프런티어 뱅가드라도 아신과
정면으로 싸운다는 것은 자살행위다.

게다가 여기는 국경 밖. 전적으로 마키시온에게 불리한 상황
이다.

“나는 싸우고 싶지 않아요. 잠시 당신들의 땅을 밟았던 것은
사과할 테니 이제 돌아가세요.”

알테어 님은 더없이 차분하게 말했지만, 그 이면에는 만약 그
래도 물러서지 않는다면 최선을 다해 당신들을 상대할 수밖에
없다는 경고가 담겨 있었다.

한동안 알테어 님을 노려보던 그들은 곧 분을 삼키는 표정으
로 ‘진청룡 님이 이곳에 없는 것을 다행으로 생각하시오’라는
말을 남기며 객실을 나갔다.

그들이 사라지자 나와 나스는 십년감수했다는 표정으로 가슴

을 쓸어내렸다. 알테어 님 또한 얼굴이 빨개져선 우리의 눈치를 살피며 말했다.

"미안해. 나 이런 일에는 익숙하지 않아서……. 나 이상해 보였지? 응? 그렇지?"

"아니에요. 잘하셨어요. 덕분에 살았는걸요."

"고마워, 미온!"

혹시나 내가 자신을 싫어할까 봐 내 손을 꼭 잡고 걱정스러운 표정으로 바라보는 그녀의 표정에 난 또 웃어 버리고 말았다.

실로 엄청나게 강한 여자. 게다가 권력도 드높고 많은 이들에게 존경까지 받는다. 하지만 그래도 결국에는 여행도 해 보고 싶고 요리도 해 보고 싶고, 사람들이 다치는 것은 참지 못하는 누구보다 소녀 같은 여자였다.

그런 알테어 님은 나스와 함께 콘스탄트로 돌아갔다. 여전히 자신의 주장을 굽힐 생각은 없는 것 같았지만, 포기하는 것보단 계속 살아남아 내전을 종식시키기로 결심한 것이다.

"인생은 더럽혀져 가는 과정 같아."

"그럴지도 몰라요. 하지만 자신이 더럽혀졌다는 것은 그래도 조금은 다른 사람의 더러움을 닦아 주었기 때문이 아닐까요?"

알테어 님과 헤어질 때 나눴던 대화가 머릿속을 맴돌았다.

'그건 그렇고…….'

솔직히 어떤 직장이라도 두 달이나 무단결근을 하면 해고되고도 남는다. 일반 회사도 그런데 하물며 돈에 환장한 이 왕국이라면…….

'서, 설마 사형까진 아니겠지?'

두 달 만에 어슬렁어슬렁 왕궁 세아스말 정문 앞에 나타난 내 꼴은 완전히 '돌아온 탕아'였다. 내가 무슨 유랑 극단도 아니고, 어쩌자고 20대 첫해부터 이리도 역마살이 끼었단 말인고.

"하아아아, 겨우 돌아왔다."

나는 포옥 한숨을 내쉬며 창을 든 근위병들이 서 있는 장엄한 왕궁의 정문을 올려다보았다.

그때 입구에서 만난 왕궁 식구는 마침 수사를 떠나는 듯한 차림새의 카론 경과 그의 수행원들이었다. 무표정한 얼굴에 안경을 걸친 그의 차가운 모습은 마치 어제 본 사람처럼 털끝 하나 변한 것이 없었다.

"아, 카론 경."

"……."

발걸음을 멈춘 카론은 도무지 속마음을 알 수 없는 안경 너머 시선으로 날 바라볼 뿐이었다. 이 얼음장 같은 유부남은 두 달 만에 만났는데도 조금도 반갑지 않다는 건가!

나는 도둑이 제 발 저리다고 내 너덜너덜한 모습을 둘러보며 변명을 늘어놓기 시작했다. '마키시온까지 가서 명주작의 자결을 막고 돌아왔습니다!' 라고 자랑스럽게 말할 수야 없지 않은가.

"아하하, 그러니까 왜 이런 꼴이냐면 말이죠……."

“키스에게 들었다. 장기지명을 다녀왔다고?”

“예? 아! 예! 그랬습니다!”

와아아! 고마워요, 키스 경! 내 인생에 방해만 되는 줄 알았던 당신이 날 위해서 카론 경을 속여 주다니!

하지만 카론 경은 뭔가 심란한 표정으로 잠시 날 바라보는 것이었다. 그가 안경을 벗으며 말했다.

“뭐, 별일 없이 끝났으니 굳이 문제 삼을 건 없겠지. 하지만 무리하지 마라.”

“아?”

난 속마음을 꿰뚫어 보는 듯한 그의 시선으로부터 슬며시 고개를 돌렸다.

제4화

진실은 보이지 않는다

1.

　카론 경이 뽑은 칼이 내 목 언저리에 다가왔다. 시퍼런 칼날의 냉기가 피부로 느껴졌다.

　싸늘한 시선으로 날 바라보던 카론이 입을 열었다.

　"엔디미온 경, 마지막 경고다. 명령을 따르지 않으면 이 자리에서 즉결 처분하겠다."

　"……카론 경."

　날카롭게 벼린 칼날이 내 목에 닿자 금세 하얀 목덜미에서 핏물이 툭툭 떨어졌다. 난 울분인지 안타까움인지 모를 눈빛으로 카론 경을 쏘아볼 뿐이었다. 어쩌면 그는 이 자리에서 내 심장을 찌를지도 모른다. 하지만 그렇다고 해서 내 생각을 바꾸고 싶진 않았다.

"카론 경, 어서 저자를 처형하시오!"

근처에 몰려 있던 영주들이 나를 향해 외치고 있었다. 악의로 가득 찬 공기에 숨이 막혔다.

어째서 일이 이렇게 된 것일까. 카론 경 역시 나와 같은 심정일 테지. 난 가여운 카론 경의 모습을 더는 보고 싶지 않아 두 눈을 질끈 감았다.

일주일 전.

브리핑 시간, 키스가 아침부터 내게 외쳤다.

"우후후, 미온 경. 오늘도 어김없이 신전 청소라는 성스러운 노동을 도맡아 주시기 바랍니다아."

"아아! 또!"

그렇다. 최근 나는 왕실의 온갖 잡일에 시달리고 있었다. 오전에는 불지옥처럼 달아오른 대리석 신전을 알량한 빗자루 하나 들고 깨끗이 쓸어야 했고, 오후에는 잽싸게 옷을 갈아입고 본당에 뛰어가서 왕실에 놀러 온 귀족들에게 재롱을 떨어야 했다.

그리고 저녁이 되어도 녹아 버릴 듯이 피곤한 육신을 질질 끌고 예술 아카데미인지 뭔지에 가서 그림을 배우는 귀족 자제들의 모델이 되어 줘야 했다.

제길! 내가 무슨 시지프스냐?

이런 격무에 열흘 넘게 시달리다 보니 안 그래도 가벼운 내 체중은 속절없이 빠져나가고, 밤이면 무시무시한 악몽에 시달리는 한계상황에 봉착해 버린 것이다.

왜 이런 꼴이 되었냐고? 키스가 말했다.

"어머나, 미온 경. 그 불만 가득한 표정은 뭡니까아? 설마 당신의 목숨을 구해 준 내 은혜도 잊고 반항하겠다는 의미인가요?"

"아, 아냐! 하면 되잖아! 하면!"

크윽! 난 죽고 싶은 심정으로 주먹을 부르르 떨었다.

불행히도 지금의 나는 키스에게 반항할 입장이 아니었다. 지난 두 달간 키스가 왕실의 눈을 속여 줬기 때문에 알테어 님과 그 엄청난 난리를 피웠는데도 처벌받지 않을 수 있었기 때문이다. 그러나 문제는 그 이후 키스에게 약점이 잡혀 버렸다는 데에 있었다.

부하의 약점을 철저하게 이용해 온갖 잡일을 다 시키다니! 빌어먹을 악덕 포주!

그때 옆에 있던 쇼탄 경이 내 어깨를 두드리며 이 비참한 꼴을 위로해 주는 것이었다.

"미온 경, 힘내. 두 달이나 기사단을 비워 놓고 처벌받지 않은 것만 해도 다행이잖아."

"고마워요, 쇼탄 경. 그래서 말인데요. 오늘 신전 청소 좀 같이……."

“싫어.”

쇼탄 경은 뒤도 안 돌아보고 자기 방으로 가 버렸다. 제기랄! 이 박정한 남정네!

고개를 돌려 뚱하니 날 바라보는 지스 경을 향해 방긋 웃었다.

“친애하는 룸메이트 지스킬 경, 그러니까 오늘 신전 청소…….”

“혼 · 자 · 해.”

지스는 아예 먹던 수프까지 들고 방으로 돌아가 버리는 것이었다. 인간에 대한 가벼운 불신 같은 것이 모락모락 마음속에서 피어오르기 시작했다.

“저어, 크리스. 오늘 청소 좀 같이…….”

“미, 미안해요. 저 오늘 지명이 있어서…….”

“응…… 축하해. 잘 다녀와.”

3차 시도 실패. 난 눈물을 흘리며 랑시에게 들러붙었다.

“랑시 경! 오늘…… 얼레?”

랑시는 갑자기 고슴도치처럼 웅크리더니 귀를 막아 버렸다. 그렇게 온몸으로 거부할 것까진 없잖아!

그때 내 곁에 다가온 루이 경이 내 손을 부드럽게 잡으며 동정의 시선을 보냈다.

“미온 경, 이런 일이라면 나한테 부탁하지 그랬어. 내가 도와줄게.”

“루, 루이 경! 고마워요!”

“대신 하루 일당은 금화 한 닢. 선불로 줘.”

“됐시다!”

난 손을 뿌리치며 획하고 등을 돌렸다. 세상 살기 참으로 각박하구만. 이다지도 동료애가 박복했단 말인가!

이 모습을 지켜보던 키스가 안타까운 표정으로 신음을 냈다.

“아아, 미온 경. 인덕이 전혀 없군요.”

“닥쳐! 이게 다 누구 때문인데!”

사람 약점을 잡아서 끝도 없이 부려 먹다니! 너무해! 난 눈물이 다 핑 도는 눈을 꽉 감으며 투덜거렸다. 이제 신전 청소는 지겨워! 밤마다 민망한 모델이 되는 것도 싫어! 게다가 오늘은 누드모델이라고! 절대로 안 돼! 무슨 수를 써서라도 이 삶의 악순환에서 벗어나야…….

“랄라라. 오늘은 미온 경에게 어떤 잡·일·을 시킬까나아.”

남의 고통을 노골적으로 즐기고 있다니! 저 얄미운 빨간 눈을 두 손가락으로 팍 찍어 버리고 싶다는 욕구와 살기가 마음속에서 휘몰아쳤다.

대체 어디로 가고 있는 걸까, 내 인생은?

그때였다. 갑자기 정문이 덜컥 열리며 뚜벅뚜벅 걸어 들어온 자는 바로 카론 경이었다.

카론 경이 왜 여기에? 키스가 고개를 기울이며 카론 경을 바라보았다.

“아? 아침부터 무슨 일이십니까아? 오신 김에 차라도 들고 가시죠?”

“시간 없다. 용건만 말하겠다.”

그와 함께 그의 얼음장 같은 시선이 날 향하자 심장이 덜컥 내려앉았다. 설마 알테어 님 일 때문에 날 처벌하려고! 그러나 그의 입에서 나온 말은 전혀 짐작도 하지 못한 것이었다.

“엔디미온 경, 자네를 일주일 동안 빌리겠다. 이미 전하의 윤허는 받았다.”

“엥?”

“헬스트 나이츠는 지금 중대한 기밀 임무를 수행 중에 있고 그 임무에 자네가 필요하다. 자세한 것은 본부에 가서 말하도록 하겠다. 따라오도록.”

날 빌려? 기밀 임무? 이건 또 무슨 소리야?

결국 나는 영문도 모른 채 아침부터 카론 경에게 질질 끌려가는 신세가 되었고, 내 의사는 물어보지도 않고 날 카론에게 무상 임대한 키스는 ‘아아! 이제부터 잡일은 누구에게 시킨단 말입니까아!’ 라는 간드러진 비명이나 질러대고 있었다. 사랑스러운 당신 부하가 무슨 짓을 당할지는 조금도 걱정이 안 된다는 거냐!

2.

카론 경의 몸에는 냉기를 방출하는 기능이 있는 것이 분명하다. 그의 집무실은 바깥 날씨와는 전혀 무관하게 싸늘하기 이를 데 없었다. 딱 부러지는 엄숙함이랄까, 지금까지 카론 경의 웃는 모습을 한 번도 못 봤다는 것만 봐도 대충 그의 성격을 알 수 있을 것이다. 뜬금없는 말이지만, 정말 카론 경의 부인을 한번 보고 싶다.

이곳에 올 때까지 한마디도 안 하던 카론 경이 둘만 남게 되자 처음으로 입을 열었다.

"에스테반 백작에 대해 알고 있나?"

"예?"

"에스테반 테시테리오 백작 말이다. 소문 정도는 들어 봤겠지?"

나는 떨떠름한 표정으로 고개를 끄덕였다. 최근 들어 에스테반 백작에 대해 들어 보지 못한 베르스 사람이라면 동굴 속에서 한 십 년쯤 두문불출한 은둔자 정도밖엔 없을 것이다. 그만큼 에스테반 백작은 요즘 장안의 화제였다.

내가 아는 사실을 대충 읊어 보자면 다음과 같다.

(1) 남자. 28세. 현재 베르스 남부의 테시테리오 백작령의 영주.

(2) 그곳 주민은 물론, 심지어 수도 아스말 시민들에게도 인기가 높은 아이돌 귀족.

(3) 뛰어난 전술가이자 건축가, 농업과 문학 등 다방면으로 재능이 있는 영주로 악투르 왕국으로부터 베르스 남부 국경을 지키며 변방 지역들을 부흥시킨 장본인.

(4) 뼈대 있는 가문의 후계자가 아님에도 자신의 능력으로 대영주의 반열에 올라선 능력자.

(5) 본 적은 없지만 건강미 넘치는 미남이라고 들었음. 게다가 아직 독신.

에스테반 백작은 벌써 그에 대한 연극이나 영웅시가 만들어지고 있을 정도로 백성들 사이에서 핫 이슈로 떠오르고 있는 자였다. 그럴 만도 한 것이 본래 시시한 가문 출신이지만 머리가 좋고 노력파인 데다, 결단력 또한 뛰어나서 자신이 물려받은 영지를 금방 크게 키우고 남부 국경까지 훌륭하게 지켜낼 정도의 능력자였던 것이다.

대부분의 영주들은 태어나면서부터 부와 권력을 보장받아 아무런 노력도 없이 땅을 물려받은 자들이다. 현실이 그토록 얄밉다 보니 영웅을 원하는 백성들이 그의 팬이 되는 것도 당연한 일이었다.

게다가 덤으로 외모도 출중하고 성격도 좋고 나이스 바디라서 뭇 여성들의 심금을 울리는 자라고 들었다. 말하자면 조물주의 편파 판정을 받고 태어난 '0.001퍼센트의 인간'이라고 할 수 있겠다.

　다만 국경을 지켜야 한다는 이유로 전하의 부름에도 왕실에
온 적이 없기 때문에, 나는 지금까지 그를 본 적은 없다.

　그런데 그런 거물이 어쨌다는 건가?

　"지금 에스테반 백작이 모반을 일으킬 것이라는 정보가 들어
와 수사 중이다."

　"모, 모반이요?"

　카론 경의 말에 난 깜짝 놀라 눈을 번쩍 떴다. 이게 대체 무슨
날벼락 같은 소리야?

　"그런 힘 있는 자가 모반을 일으킨다면 남부 국경이 무너지는
것은 물론, 나라 전체에도 큰 해가 될 것이 분명하다."

　"하지만 그 정도 위치에 오른 사람이 구태여 반란을 일으킬
이유가……."

　잠시 날 바라보던 카론 경은 역시 그다운 말로 대답했다.

　"나도 자네도 그 이유를 판단할 권한은 없다. 단지 확실한 것
은 에스테반 백작 주변 영지의 기사들이 에스테반 백작에게 죽
임을 당했다는 사실이다. 그리고 백작은 그 사실에 대해 침묵하
고 있어."

　"……!"

　믿을 수 없는 일이었다. 현재 베르스에서 최고의 인기를 구가
하는 떠오르는 샛별 에스테반이 무슨 이유로 옆 지역의 기사들
을 살해한단 말인가? 그런데도 일언반구 변명조차 없이 자신의
영지에서 나오지 않는 행동은 확실히 의심받을 만한 일이었다.

카론 경은 감정이 일절 배제된 냉철한 어조로 말을 이었다.

"전하께서 에스테반 백작을 조사하라는 칙령을 내리셨다. 모반의 증거가 발견되면 왕실에서는 백작을 토벌할 것이다. 하지만 만에 하나, 백작이 왕실의 조사를 미리 눈치채고 먼저 군사를 일으키면 타격이 크니까 우리로서는 최대한 은밀히 백작을 조사해야 한다."

"그, 그렇군요."

이제 남은 의문은 그런 '은밀한 일'에 왜 나를 불렀느냐는 것이다. 카론 경은 사무적으로 내 의문에 답해 주었다.

"에스테반 백작은 일 년에 한 번 영지번영을 위한 제사를 지낸다. 항상 너희 성기사들을 불러서 제사를 진행하곤 하지. 그리고 일주일 후에 그 제사가 시작된다."

"그럼 절 부른 이유라는 게……."

"왕실에서는 자네를 에스테반 백작에게 보낼 것이다. 그곳에 가서 에스테반 백작을 감시해라. 그리고 텔레마코스를 통해 모반의 징조가 보이는지 목격한 그대로 내게 보고하면 된다. 그것뿐이야. 왕실기사의 일원으로서 수사에 협조하기 바란다."

그리고 카론은 서랍을 열어 텔레마코스 사용료로 보이는 금화를 꺼내 내게 건네주었다. 말하자면 '첩보자금'이랄까.

난 가슴이 두근거렸다. 왕실의 밀정이라니, 여기 와서 가장 큰 임무를 맡은 것 같다. 적어도 신전 청소부보다는 커다란 임무이리라.

난 벅찬 가슴으로 외쳤다.

"최대한 공정하게 조사해서 왕실의 수사를 돕겠……."

"그리고 한 가지 더. 만약 자네의 정체가 발각될 시에 왕실은 자네에게 이 명령을 내린 사실을 부인할 것이며, 자네가 어떤 상황에 처하더라도 구조하지 않을 것이다. 아무쪼록 발각되지 않길 빈다."

"너무해요!"

이거 뭔가, 왕실이 나를 싼 맛에 썼다는 기분이 드는 건 왜일까. 어쨌든 내가 하는 일은 암살도 토벌도 아니고 단지 감시하는 것뿐이니까, 그리 위험한 일은 아닐 거라고 최대한 나 자신을 안심시켰다.

나는 그 길로 여행 가방을 챙기고 열차에 올랐다. 그런데 열차에 의외의 파트너가 동석하고 있는 것이 아닌가.

3.

본론부터 말하자면 내 파트너의 이름은 쥬디스, 연하의 여자였다. 게다가 전국 최고 미녀들만 뽑는 펠리오스의 무녀이기 때문에 아직 앳된 외모에도 불구하고 늘씬한 다리와 성숙한 몸매가 매력적인 아가씨였다.

새카만 흑발에 하얀 피부, 키는 내 어깨쯤 될까? 이런 미녀와 함께 열차를 탄다는 것은 굉장한 행운임이 분명하다. 딱 하나, 무릎에 올려놓은 저 무시무시한 칼만 없다면 말이지!

"저어, 쥬디스 양. 그 칼은 이제 좀 집어넣으시는 것이……."

"참견하지 말아요."

"아 예."

게다가 무지하게 쌀쌀맞은 여자였다. 그런 그녀가 갑자기 고혹적인 눈웃음을 지으며 검은 가죽 바지를 입은 다리를 꼬는 게 아닌가. 무슨 운동을 했는지 다부져 보이면서도 아찔한 굴곡을 가진 다리……라는 사실보다는 지금 날 유혹하는 겁니까?

게다가 타이트한 가죽 바지에 상아색 블라우스를 입은 모습의 무녀라니……. 누가 오르넬라 성녀님 제자 아니랄까 봐.

"당신, 성녀님의 귀여움을 받는다죠?"

"아 뭐, 귀여움이라기보단……."

오르넬라 님, 대체 나에 대해 뭐라고 소개한 겁니까!

그녀는 검을 매만지며 자신의 임무가 영 마음에 안 든다는 투로 말을 이었다.

"나는 무녀의 자격으로 당신의 제사를 돕기 위해 가는 것이지만 그건 명목이고, 실은 성녀님의 명령을 받고 당신을 경호하기 위해 온 거예요. 그러니까 앞으로 내 시야에서 벗어나지 마세요. 그리고 이래 봬도 전 무녀예요. 음흉한 짓은 절대 용납하지 않겠어요! 알아들었어요?"

"아하하. 예, 그럴게요. 이래 봬도 저도 기사걸랑요."

경호하려는 거야, 협박하려는 거야? 난 쓴웃음을 지었다.

"뭐, 별일 없을 거예요. 왠지 에스테반 백작이 그리 나쁜 사람 같지는……."

"백작은 흉악한 놈이야!"

쥬디스가 내 말을 끊으며 너무 단호하게 말하자 난 깜짝 놀라 눈을 동그랗게 떴다. 쥬디스는 정말 눈을 칼날처럼 치켜뜬 채 분한 표정으로 날 노려보고 있었다.

왜, 왜 이렇게 화를 내는 거야. 백작에게 사기라도 당한 건가?

"백작을 알고 있나요?"

"아무것도 아니에요. 그냥 잠깐 흥분해서."

그녀는 말꼬리를 흐리며 얼굴을 돌렸다. 오르넬라 님, 상당히 다혈질인 경호원을 보내 주셨군요.

쥬디스는 일부러 화제를 돌리려는 듯 눈을 꽉 감은 채 커다란 목소리로 외쳤다.

"아무튼! 백작은 모반을 꾸미는 위험한 자니까 당신은 내가 잘 경호할 수 있도록 항상 내 주변에 있어야 해요! 그리고 백작이 우리 정체를 눈치채지 못하도록 조심해서 처신하세요! 아셨죠!"

예, 예. 잘 알겠습니다. 하지만 나보다는 아가씨가 먼저 들통 날까 걱정입니다요.

그런데 사나운 얼굴로 으름장을 놓는 경호원 아가씨라니, 나름대로 귀여워 보여 웃음이 나왔다.

4.

　백작의 영지는 남부 국경 부근이었기 때문에 우리가 도착했을 때는 이미 해가 저문 저녁이었다.

　공기는 여행객에게 지역의 색을 가장 먼저 알려 준다. 열차에서 내리자마자 번화가의 냄새가 코를 찔렀다. 빵과 옷감, 향신료와 화장품 냄새가 서로 질세라 뒤섞인 화려한 냄새였다.

　"와아, 진짜 화려하다."

　플랫폼에 내린 나와 쥬디스는 마치 촌사람처럼 주변을 두리번거리며 탄성을 내질렀다.

　솔직히 수도에서 멀리 떨어져 있는 변방 부근의 도시라면 아무래도 좀 낙후되고 을씨년스럽다는 선입관을 갖게 되기 마련 아닌가? 그런데 이 도시는 그런 '상식'을 비웃기라도 하듯이 화려한 불빛들이 수놓인 불야성의 거리가 사방으로 뻗어 있었다.

　인구도 무섭게 많아 보였고 그들 모두 활기차서, 우리는 마치 축제 한복판에 서 있는 듯한 착각마저 느꼈다. 수도처럼 거들먹거리며 싸돌아다니는 졸부들도 안 보이고 말이지. 솔직히 말해서 수도 아스말보다 더 살기 좋아 보인다.

쥬디스가 코웃음을 치며 대번에 비아냥거렸다.

"흥! 이딴 걸로 자신의 추악함을 감추려 해 봤자!"

아니, 이 아가씨는 왜 이리 죽어라고 백작을 싫어한담. 난 반대하기도 뭐하고 맞장구쳐 주긴 더더욱 뭐해서 떨떠름한 표정으로 그녀를 바라볼 수밖에 없었다.

그때 빨간 등불을 든 청년이 우리에게 다가왔다.

"왕실에서 오신 분들이시죠?"

"아 예. 그렇습니다만."

열여섯, 혹은 열여덟 정도로 보이는 이 듬직한 청년은 상냥한 미소를 지으며 고개를 숙였다. 난 이자가 에스테반 백작이 보낸 시종 정도가 아닐까 생각했지만 착각이었다.

"반갑습니다. 제 이름은 알베르토 테시테리오, 이곳의 영주이시자 저의 형님이신 에스테반 백작님을 대신해 이곳에 왔습니다. 형님께서 기다리고 계십니다. 어서 가시죠."

쇼탄을 연상시키는 구릿빛 피부의 그는 내 여행 가방을 가뿐히 들고는 등불과 함께 앞장서는 것이었다. 나와 쥬디스는 의외의 인물이 마중을 나와 조금 놀랐다.

일개 기사나 무녀를 상대로 시종이나 시녀가 아닌 영주의 동생이 직접 마중을 나오는 것은 다른 곳에서는 찾아보기 힘든 극진한 예우다. 알베르토라는 청년은 귀족인데도 조금도 거만을 떨지 않고 직접 짐까지 들며 우리를 안내하기 시작했다. 게다가 수행원도 없이 평상복을 입고 혼자 왔을 정도로 편안한 분위기지 않은가.

'거참 묘한 곳이네.'

난 고개를 갸웃거리면서 그의 뒤를 따라 저녁의 중심가를 걸었다. 알베르토가 지나갈 때마다 주변의 상인들이나 시민들이 그를 알아보고는 이 지방 특유의 과장된 몸짓으로 존경을 표했고, 그럴 때마다 알베르토 역시 그들을 무시하기는커녕 악수를 하거나 일일이 이름을 부르며 서로 웃었다.

자고로 귀족이란 앞에 보이는 평민들이 당장 고개를 조아리지 않으면 미친 듯이 광분하며 칼을 뽑고, 고개를 조아린다면 '이런 지저분한 것들! 썩 내 눈앞에서 꺼져라!' 라고 윽박지르는 지극히 이율배반적인 생물이다. 그런데 이곳에선 그 '상식'이 통용되지 않는 것 같았다.

"좋은 곳 같아."

내가 그렇게 중얼거리자 옆에 있던 쥬디스는 인정할 수 없다는 듯 예쁜 얼굴을 찡그렸다. 아마도 에스테반 백작과 무슨 나쁜 인연이 있는 것이 아닐까? 물론 물어봐도 대답해 줄 성격으로 보이진 않지만.

'정말로 영지를 이렇게 잘 가꾼 백작이 모반을 하려는 건가.'

나는 머릿속이 복잡했다.

"도착했습니다."

시가지를 지나자 거대한 성벽이 어슴푸레한 저녁 공기 속에서 모습을 드러냈고, 곧 알베르토가 상냥한 목소리로 이곳이 백작의 성이라고 말했다. 아마도 우리에게 훌륭하게 성장한 영지를 보여주고 싶어서 일부러 마차를 태우지 않고 걷게 한 것 같았다.

"진짜 크다."

난 고개를 높이 치켜들고 백작의 성을 올려다보았다. 이렇게 큰 성채는 처음 봤다!

하지만 그 모습은 호화롭다기보다는 굳건했다. 국경을 지키는 요새라는 것을 증명이라도 하듯이 백작의 성은 마치 바위로 만든 거인처럼 웅장하고 견고해 보였다. 이곳이 최전방이라는 사실을 나는 새삼 깨달았다.

5.

우리는 곧바로 에스테반 백작이 있는 곳으로 안내되었다. 역시 안내자는 백작의 동생 알베르토였다. 그런데 이상하게도 접견실이 아닌 백작의 침실로 가는 것이 아닌가!

난 의아한 기분에 알베르토에게 물었다.

"저어, 지금 백작께선 주무시는 중이신가요?"

"하하, 아닙니다. 형님은 항상 새벽이 되어서야 주무십니다."

"그럼 왜 침실로……."

"워낙 바쁘신 분이라서요."

"......?"

난 무슨 뜻인지 몰라 고개를 갸우뚱거리면서도 일단 그의 뒤를 따라가 보기로 했다.

복도와 계단을 반복해서 걸어 성의 3층에 있는 백작의 침실에 도착하자 알베르토가 문 앞에서 청명한 목소리로 말했다.

"형님, 왕실에서 파견한 분들께서 도착하셨습니다."

"어서 들어와."

문 너머로 기운찬 목소리가 들렸다. 이윽고 알베르토가 문을 열자 향수 냄새가 나는 침실이 한눈에 들어왔다.

침실 중앙에 서 있는 에스테반 백작은 내 예상 밖이었다. 뭐가 예상 밖이었느냐 하면 동생 알베르토처럼 형도 순박하고 서글서글하게 생겼을 거라고 상상했지만, 올해로 스물여덟이라는 에스테반 백작은 정반대였다. 자신만만하고 도발적인 이목구비에 온몸에 자신감이 넘쳐흐르는 도시 남자의 모습이었던 것이다.

그리고 무엇보다 머리카락색도 나처럼 밝은 금발로 동생의 갈색 머리와는 전혀 달라서, 난 한순간 혼란에 휩싸였다. 차라리 내가 더 동생 같아 보이는군. 설마 염색이라도 한 걸까?

"잘 왔네. 마중 나가지 못해서 미안해. 보다시피 지금 조금 바빠서."

에스테반은 마치 오랜 친구를 대하듯 나에게 말하며 멋쩍게 웃는 것이었다. 지금 그는 세 명의 시녀에게 둘러싸여 있었다. 한 명은 그의 머리를 매만지고 다른 한 명은 그의 셔츠 손목에 커프스를 달고 있었으며, 마지막 시녀는 짧은 황색 구두의 끈을 묶어 주고 있었다.

어디서 많이 본 광경이다 싶었는데, 생각해 보니까 내가 호스트 시절 고객을 접대하기 전에 저런 식으로 부산하게 옷을 입곤 했었다. 물론 불행하게도 내 쪽은 옷 입혀 주던 사람들이 아리따운 시녀가 아니라 동료 남자들이었지만 말이다.

이 광경을 멍하니 바라보기만 하는 우리에게 동생 알베르토가 다가와 쓴웃음을 지으며 말했다.

"형님은 지금 무도회에 갈 채비를 하고 계십니다. 워낙 노는 것을 좋아하시는 분이시라서요."

그 말에 에스테반은 무척 섭섭하다는 듯 혀를 차며 대꾸하는 것이었다.

"동생아, 하루 종일 일한 형아가 밤에 잠깐 콧바람 좀 쐬는 걸 가지고 그리 구박하면 서운해."

"구박이라니요. 감히 제가 어느 안전이라고."

장난스럽게 상대를 콕콕 찌르는 농담이 형제 사이를 오갔다. 어째서 에스테반 백작이 사람들 사이에서 인기가 있는지 알 것 같았다. 저 행동이 쥬디스의 말대로 설령 위선이라 하더라도, 적어도 자신들과 자연스럽게 어울리는 영주를 이 지역 사람들은 좋아할 것이다.

세련된 파티 의상을 갖춰 입은 에스테반 백작은 풍성한 보라색 리본으로 자신의 금발을 묶고는 나와 쥬디스에게 다가왔다.

"이름이?"

"아! 저는 엔디미온 키리안. 스왈로우 나이츠의 기사이옵니다."

"작년까진 루시온 경이 왔는데 올해는 바뀐 건가. 그나저나 여자로 태어났으면 더 좋았을 얼굴이로군. 특히 눈동자가 참 예쁘네. 경이 여자였다면 난 분명히 반했을 거야. 이거 슬프구만."

"아하하하. 과, 과찬이십니다."

제사 지내러 온 기사한테 초면부터 치근대다니. 이럴 때만큼은 귀족의 체면을 지키세요! 라고 말하고 싶지만 참았다.

순간 나는 스스럼없이 내 어깨를 두드리는 에스테반의 눈동자를 보며 흠칫 놀랐다. 실없는 말투와는 달리 사람을 꿰뚫어 보는 강렬한 눈매였다. 도둑이 제 발 저리다고, 난 백작이 이미 내 속마음을 간파하고 있을지도 모른다는 불안감이 들었다.

"그리고 이 아가씨는?"

"쥬디스, 펠리오스의 무녀입니다. 제사를 돕기 위해 왔습니다."

그녀는 일말의 호의도 없이 딱딱하게 굳은 얼굴로 대답했다. 얼굴 풀어! 안 그러면 당장에 의심받는단 말이야!

하지만 에스테반은 그녀의 그런 모습에도 개의치 않고 자연스럽게 그녀의 손목을 잡아끌었다.

"역시 그랬군! 한눈에 펠리오스의 무녀라는 걸 짐작했지. 내 영지가 마음에 들었으면 좋겠어."

그리곤 큰 키를 숙여 그녀의 손등에 키스하는 것이었다. 그녀는 소스라치게 놀라서는 뒤로 물러섰고, 그 표정을 즐기는 듯 히죽 웃던 백작은 곧 문밖으로 향했다.

"그럼 난 이만 무도회에 가야 해서. 같이 식사 못 해서 미안하군. 불편한 점이 있으면 언제라도 내 동생에게 말하도록 해. 집안일은 모두 알베르토가 알아서 처리하니까."

성공한 사람들이 대부분 그러하듯, 말투가 빠르면서도 정확한 억양을 구사하는 자였다. 남자 몸을 훑어보는 것에는 취미 없지만, 업무상 슬쩍 분석해 본 바로는 옷과 향수의 센스가 상당히 좋은 자다. 향수는 이오타의 것으로 몸에 여러 잔향이 남아 있는 것을 보면 필요에 따라 자주 향수를 바꾸는 스타일이다. 좋아하는 색은 내 눈동자처럼 밝은 보라색일 것이다.

손이 단단하고 굳은살이 잔뜩 박인 것을 보면 검과 펜을 동시에 많이 사용한다는 의미. 발달된 어깨와 팔뚝, 허벅지는 귀족이 아닌 군인이나 노동자의 것을 닮았다. 상대를 볼 때 무의식적으로 살짝 눈을 좁히는 것을 보면 시력이 좋지 않다는 것인데 아마 독서광이기 때문이리라. 그런데도 안경을 쓰지 않는 것은 패션에 민감하다는 소리고. 재킷 사이로 살짝 보이는 은줄은 회중시계가 분명하다. 밤새도록 싸돌아다니는 바람둥이 같아도 항상 시간을 관리하는 사람이다. 그리고 웃음은 헤퍼도 항상 눈은 웃지 않았다.

결론: 빈틈없음.

역시 소문대로 분명 세계 어디에 내놔도 손색없을 행동파 영주로군. 그런데 아무리 봐도 모반의 음침한 냄새는 찾아볼 길이 없는데 말씀이야. 그렇다고 카론 경에게 '에스테반 백작은 유행을 선도하는 패션 리더로 좋아하는 색은 보라색'이라고 보고를 올릴 수야 없는 노릇이라서 좀 더 지켜보기로 했다.

그때 형과는 정반대의 인상을 지닌 알베르토가 다가와 말했다.

"객실을 준비해 봤습니다. 궁전처럼 화려하지는 않지만 그래도 이 성에서는 가장 좋은 방입니다. 가시죠."

그를 따라 객실로 가던 나는 문득 어떤 생각이 들어 물었다.

"저 그런데, 왜 이렇게 성이 큰 거죠?"

어쩌면 당연한 의문일지도 모른다. 이 성의 크기는 외성 벽까지 합친다면 비상식적일 정도로 거대했다. 아무리 외적의 침입을 막기 위해서라고 하더라도 이건 너무도 컸기 때문에, 나는 궁금하지 않을 수가 없었다.

그런데 그 답에 대한 알베르토의 대답은 상식적이었다.

"만약 전쟁이 벌어졌을 때 이 지역 사람들을 성안으로 대피시키기 위해서입니다. 그때 배급할 충분한 식량도 성 지하에 있습니다."

난 그의 대답에 깜짝 놀랐다. 사람들을 보호하려고 이렇게 커다란 성을 지었단 말인가. 잔인한 말이지만 전쟁이 났을 때 평민들은 적군의 전진을 더디게 하는 인간 방패 정도로 쓰인다. 그런데 식량까지 내주면서 보호한단 말인가.

내 속마음을 읽은 알베르토가 말을 이었다.

"비현실적인 낭만주의가 아닙니다. 전쟁이 났을 때 지역 사람들은 이 지역을 같이 지키는 군인이 되니까요. 이 지역 사람들은 평소에도 주기적으로 훈련을 하고 있습니다. 무기도 제공하고요."

"네?"

난 더욱 황당했다. 영주 입장에서 평민들은 노동력이지, 보호해 주거나 감히 무기를 들고 함께 싸울 수 있는 존재가 아니다. 게다가 폭동을 걱정하는 영주라면 지역 주민들을 훈련시키고 무장시키는 위험한 짓 따윈 하지 않는다. 평민들 입장에서도 자신을 위해 싸우다 죽으라는 영주 명령을 들을 리가 없다. 그런데도 사람들은 영주와 함께 무기를 들고 이 지역을 지킨단다.

알베르토의 말이 사실이라면 이 지역 영주 에스테반은 지역 사람들에게 절대적인 믿음을 얻고 있는 것이다. 그리고 지역 사람들에게 진심으로 존경을 받았다면 에스테반도 공정하고 살기 좋게 이 지역을 통치했을 테지.

만약 이 고장 사람들의 인구가 2만 명이라면 에스테반 백작은 잘 훈련되고 충성스러운 2만 명의 군대를 거느린 셈이다. 실로 막강한 세력이다.

'왕실에서 모반을 의심한 건 이런 모습 때문일까?'

난 그렇게 생각하다 흘낏 쥬디스를 바라보았다. 아까 백작을 만난 뒤부터 그녀는 복잡한 심경에 빠진 표정으로 아무 말도 없었다. 날 경호해 줄 생각이 있긴 있는 걸까?

잠시 후 우리는 객실에 도착했다.

6.

이쯤에서 정리해 보자.

현재 에스테반 백작은 왕실로부터 모반의 의심을 받고 있고, 그 증거로 주변 영주들의 기사를 살해하고도 그것에 대해 어떤 변명도 없다. 그러나 그런 백작을 향한 지역 사람들의 충성심은 절대적이며 통치도 잘하고 있다.

확실히 뭔가 석연찮은 구석이 있는 것이고, 그래서 수사 책임자 카론 경도 날 이곳에 보내 분위기를 살피도록 한 것이다(어쩌면 무척 위험할지도 모르는 이곳에 냉정하게 날 보내다니, 아무리 일이라지만 카론 경에게 조금은 서운하다).

그런데 내가 본 바로 에스테반 백작은 모반이라는 음험한 냄새를 풍기는 자가 아니었다. 아니 도리어 지금 생활에 만족하고 있는 것 같았고 왕실에 대한 불만도 없어 보였으며, 사치스럽지도 않고 국경을 잘 지키는 것을 보면 애국심도 강해서 적국과 손을 잡을 사람으로는 보이지 않는다. 모반의 동기가 없는 것이다. 쥬디스는 죄다 우리를 속이려는 짓이라고 말하지만.

앞으로 제사까지는 일주일가량 남았다. 그때까지 의심스러운 낌새를 발견하면 텔레마코스를 통해 카론 경에게 보고하는 것이 내 임무다.

"문제는 내가 탐정이 아니란 말씀이야."

난 텔레마코스 이용비로 카론 경이 준 금화를 꺼내 매만지며 중얼거렸다.

뭐, 솔직히 나도 어쨌든 주인공인 이상 기똥찬 추리력으로 모반의 증거를 찾아내 '할아버지의 명예를 걸고 진실을 밝혀내겠다!' 라고 멋들어지게 외치고 싶긴 하단 말이다(할아버지는 목수였다).

하지만 그렇게 폼 잡다가 생사람 잡으면 돌이킬 수 없는 개망신이 되는 거고, 무엇보다 산뜻하고 시원시원한 에스테반 백작의 모습에서 음모나 광기의 흔적은 전혀 보이지 않는다. 왕실 수사관 카론 경이라면 그 속에 숨어 있는 어떤 흔적을 찾아냈을지도 모르겠지만, 어쨌든 내가 보기엔 그냥 인기 많고 노는 것 좋아하는 잘난 백작일 뿐인걸.

카론 경도 처음부터 내게 전문적인 조사는 기대하지 않았는지 본 그대로만 보고하라고 말했다. 백작도 제사 전문 출장 기사 스왈로우 나이츠라면 전혀 의심하지 않을 테니까 말이다.

“에라 모르겠다. 내일 이곳 사람들 붙잡고 탐문 조사나 해 보자.”

나는 목욕이나 해야겠다는 심산으로 웃옷을 훌렁훌렁 벗어 침대에 집어 던지다가 문득 주변을 두리번거렸다.

“응?”

무심코 주변을 바라보던 나는 문득 이 안락한 객실에서 심상찮은 부분을 느꼈다. 알베르토의 말마따나 궁전처럼 화려하지는 않았지만, 그래도 공간 제약이 심한 성의 객실이라고 하기에는 최선을 다해서 정성스럽게 만든 곳이었다.

썩거나 벌레가 생기기 쉬운 나무 바닥에는 기름을 발라 청결하게 관리하고 있었다. 조그만 창문 때문에 을씨년스럽기 쉬운 회백색의 벽에도 풍경화를 걸어 놓아 분위기를 살렸고, 테이블은 싱싱한 꽃으로 잘 장식되어 있었다.

침대 밑엔 여분의 양초가 잘 보관되어 있고, 옷장 안에도 잠옷이나 가운 등이 가지런히 정리되어 있다. 소파와 침대의 패브릭역시 이런 성안에서 답답해지기 쉬운 손님의 기분을 배려해서 화사한 색으로 선택되어 있었다. 아마도 센스가 좋은 에스테반이 직접 고른 천이리라. 난 그의 세심함에 감탄했다. 호텔을 경영해도 잘할 사람 같았다.

하지만 지금 내 시선을 잡아 두고 있는 것은 이러한 것들이 아니었다. 이 방에서 유일하게 위화감을 불러일으키는 물건 하나가 벽에 걸려 있었던 것이다.

"어째서 이런 곳에 칼이……."

나는 벽에 걸려 있는 장검을 향해 걸어갔다. 처음에는 단지 장식 검이 아닐까 생각해 봤지만, 도무지 저 투박한 모습은 장식과는 거리가 멀었다. 게다가 칼집에서 뽑아 보자 날카로운 검날이 번뜩였다. 분명 자주 손질해 두는 '살아 있는 검'이었다.

이토록 날을 바짝 세운 장식 검 따윈 없다. 게다가 손님의 방에 당장에라도 사람을 죽일 수 있을 것 같은 이런 오싹한 흉기를 놔두는 경우도 상식 밖이다.

만약 이것이 에스테반의 '배려'라면, 대체 무엇을 위한 배려인가? 자다가 쥐라도 튀어나오면 이것으로 두 동강 내라고? 농담이라도 그럴 리는 없을 거다.

이건 사람을 죽이기 위한 검이다.

'이런 것이 왜 여기 있는 걸까?'

난 손가락으로 입술을 매만지며 생각에 빠졌다. 누구라도 그렇겠지만, 자기 방에 이런 서슬 퍼런 칼이 버티고 서 있다는 것은 아무래도 신경 쓰이는 일이지 않은가!

난 순간 카론 경처럼 날카로운 눈으로 창문을 바라보며 이 의문에 대한 결론을 내렸다.

'전혀 모르겠다!'

아무리 근엄하게 카론 경의 흉내를 내 봐도 도무지 아무것도 안 떠오르는구먼. 그렇다고 이 칼이 모반의 증거도 아니고 말이야.

나는 수준 미달 탐정 흉내는 집어치우기로 하고 옷을 마저 벗어 던지며 욕실로 걸어갔다. 에스테반 백작이 굉장한 수완가라고 여겨졌던 이유 중 하나는 바로 이 성의 수원(水原) 때문이다. 성 지하에 거대한 우물을 팠다고 한다.

그렇게 풍부한 물 공급원을 가지고 있으니, '성 주제에' 그럴싸한 욕실을 갖출 수 있었던 것이다. 전쟁에서 가장 중요한 자원 중 하나가 풍부한 물이라고 들었다. 백만 대군도 물이 떨어지면 이틀 안에 자멸한다. 그런 의미에서 이곳은 농성을 벌여도 족히 5년은 버틸 것 같은 철옹성이었다.

"아아, 어쨌거나 따뜻한 목욕물이 있었으면 좋겠다아."

나는 가볍게 흥얼거리며 긴 금발을 풀어헤친 뒤에 욕실 문을 열어젖혔다. 그런데 그곳에는 마침 가슴을 감은 하얀 천을 푸는 쥬디스가 서 있었다.

"……농담?"

아니, 정말이었다.

멍한 표정으로 마주 본 나와 그녀의 눈이 경쟁이라도 하듯 동시에 커지기 시작했다.

"……."

"……."

이건 마치 산속을 헤매다 살인 곰을 만났을 때와 비슷한 상황이다. 도망치기도, 가만히 있기도 곤란한 상황. 억울한 일이지만 이럴 때 절대적으로 욕을 먹는 것은 남자 쪽이다.

그녀는 경직된 표정으로 조금씩 발끝을 움직이며 곁에 놓아둔 검으로 손을 뻗고 있었고(욕실까지 칼을 가지고 들어오다니!), 나도 막 벗어 던지려던 바지로 몸을 가리고 슬금슬금 뒤로 물러서서는 최대한 침착하게 문을 닫고 욕실 밖으로 빠져나왔다.

"이게 대체 어떻게 된……."

난 두근거리는 마음을 부여잡고 조그맣게 중얼거렸다. 설마 이 문은 쥬디스의 욕실과 통하는 차원의 문? 그런 허망한 추론일랑 집어치우자. 추리해 보고 자시고 답은 자명해!

그렇다! 분명 그녀는 지금 내 욕실에 들어가 있는 거다!

거기까지 생각이 미치자 화가 치밀어 오른 내가 다시 욕실 문을 확 열어젖혔다. 엉큼한 짓 하지 말라고 자기 입으로 협박해 놓고는! 이런 사악한 무녀!

욕실 안에는 검을 뽑아 든 쥬디스가 서 있었다. 그리고 나와 그녀가 동시에 찢어져라 외쳤다.

"야! 왜 남의 욕실에 들어오고 난리야!"

7.

내가 자칭 경호원의 칼에 목숨을 잃을 뻔했던 이 어처구니없는 사건의 전모는 허탈할 정도로 시시했다. 나와 쥬디스의 객실

사이에는 욕실이 하나 있으며, 그 욕실은 두 객실에서 동시에 이용하도록 만들어졌던 것이다.

요컨대, 내 방 욕실 문을 열어도 쥬디스의 방 욕실 문을 열어도 똑같은 욕실이 나오는 충격적인 구조였다.

"그러니까 공동욕실이다, 이거로군."

나는 욕실 양쪽에 있는 똑같은 모양의 문을 번갈아 가며 바라본 뒤에 한숨을 내쉬었다.

물론 항상 물을 아껴야 하는 성으로서는 이런 욕실이 있다는 것 하나만으로도 굉장한 일이기는 하다. 대부분의 성에는 기껏해 봐야 내부에 청결과는 담을 쌓은 집단 목욕 시설이 있는 정도거나 심지어는 우물가에서 대충 노천 목욕을 해야 하는 무성의한 성채들이 대부분이니까.

"아무리 그래도 공동욕실이면 공동욕실이라고 말을 했어야지!"

나는 바락 화를 냈다. 조금만 더 나이스 타이밍이었다면 아주 민망한 꼴을 당할 뻔했잖아!

그런데 자신의 방으로 돌아간 쥬디스는 재빠르게 옷을 갈아입은 뒤, 다시 욕실 문을 열고 돌아와서는 그것 보라는 듯한 얼굴로 내게 쏘아붙이는 것이었다.

"이것 봐! 역시 모반을 일으킬 놈들이 분명해!"

"얼레? 왜 나한테 화를 내냐? 그리고 공동욕실과 모반 사이에 대체 무슨 심오한 상관관계가 있다는 건데?"

“아, 아무튼 에스테반은 나쁜 놈이야.”

쥬디스는 무슨 수를 써서라도 백작을 모반 쪽으로 밀어붙이려는 것 같았다. 그렇다고 카론 경에게 ‘에스테반 백작은 모반을 일으킬 것이 분명합니다!’ 라고 하면 ‘이유는?’ 이라는 대답만 돌아올 테고, ‘그건 바로 공동욕실을 만들었기 때문입니다!’ 라고 보고한다면……. 그때는 아무리 농담이었다고 싹싹 빌어도 왕성에 돌아가는 즉시 총살당할 것이 분명하다. 그런데도 쥬디스는 무슨 억하심정으로 저리 박박 우긴단 말인가.

그때 노크 소리와 함께 나긋한 목소리가 들렸다.

“알베르토입니다. 아직 안 주무시나요?”

아얏! 우리를 공동욕실에 처넣어 놓고 시침 뚝 뗀 장본인!

나는 뭐라고 한마디 해 줘야겠다는 생각에 흡사 아수라와 같은 표정을 짓고 문을 열었지만,

“아아, 역시 아직 깨어 계셨군요.”

역시 천진난만하게 방긋방긋 웃는 알베르토 군의 얼굴을 보자 도저히 화를 낼 수가 없었다. 나는 항의는 고사하고 어수룩한 목소리로 엉뚱한 말을 꺼내고야 말았다.

“……아직 시차 적응이 안 돼서요.”

뒤에서는 쥬디스가 ‘확실하지 못한 남자로군’ 이라면서 콧소리로 빈정거리고 있었다. 크으윽! 어쩌라고! 백작 동생을 개 패듯 패야 만족하겠냐!

알베르토는 쥬디스의 모습을 보고는 고개를 끄덕이며 말을 잇

는 것이었다.

"벌써 형님으로부터의 선물을 받으셨나 보군요."

"선물?"

"두 분의 모습이 꽤 어울린다고 칭찬하신 형님께서 무도회로 떠나시며 제게 귀띔해 주셨습니다."

"뭘요?"

"욕실의 구조를 알려 주지 말라고요."

순간 정적이 흘렀다. 알베르토는 여전히 순박하게 웃고만 있었지만, 나와 쥬디스의 마음은 이미 저 하늘로 두둥실 올라가 버린 후였다.

신성한 성기사와 무녀에게 이게 무슨 짓이야!

시골 청년 알베르토는 여전히 사투리가 조금 섞인 느릿한 말투로 내게 말했다.

"예전부터 이 지방에선 우호의 표시로 짝을 지어 주는 풍습이 있거든요. 이 성의 식구들도 기대하고 있습니다. 힘내세요!"

뭘 기대해! 무슨 힘을 내! 댁들 지나치게 호방하잖아!

그러나 경악에도 아랑곳하지 않고 꾸벅 인사를 마친 '사랑의 전도사' 알베르토는 어느새 어둑한 복도 끝으로 사라져 가고 있었다.

기다려! 이 사람아!

"한 가지만 물어볼게요!"

"예?"

촛불을 든 알베르토는 발을 멈추고 날 돌아보았다. 가까이 가기만 하면 반사적으로 미소를 띠는 사람이라서 몰랐는데, 무표정한 모습을 보니까 나름대로 나이에 걸맞지 않은 무게가 느껴지는 자였다.

"어째서 객실에 칼을 걸어 놓은 거죠?"

그 질문에 쥬디스도 '어? 내 방만 그런 게 아니었어?' 라고 놀라고 있었다. 역시 모든 방에 걸려 있었던 것이다.

그 질문에 알베르토는 다시 똑같은 미소를 띠며 설명해 주었다.

"적이 들이닥쳤을 때 재빨리 대응하기 위함입니다."

"적? 그러니까 악투르 왕국?"

"아니요. 꼭 적이 국경 밖에만 있는 것은 아니니까요."

알베르토는 모호한 말을 대답 대신 남기며 저 멀리서 다시 고개를 숙여 보인 뒤에 사라졌다.

그가 사라지고 나서 난 묘한 기분에 사로잡혀 그가 사라진 어둑한 복도 끝을 바라보았다. 정말 모반을 일으킬 자들인지는 모르겠지만, 뭔가 이 성에는 숨겨져 있는 응어리가 있을 것 같다는 기분이 든 것이다.

몸을 돌려 방을 보니 쥬디스가 칼로 내 욕실 문손잡이를 잘라 버린 뒤였다.

"……."

"좋아! 이 정도면 들어올 수 없겠지?"

"이보세요, 무녀 씨. 당신 지금 뭐하는 짓?"

내 눈썹이 파르르 떨려 왔다. 아무리 상냥한 나라도 이런 폭거까지는 참을 수가 없다!

"무녀의 몸으로 남자와 함께 욕실을 쓰는 걸 허락할 것 같아? 들어오면 죽을 줄 알아!"

우어어어! 네 허락 따윈 필요 없어! 거긴 내 욕실이기도 하다고! 시간대를 나눈다든지, 노크를 해 보고 들어가는 슬기로운 방법들 다 집어치우고 무식하게 문손잡이를 날려 버리다니! 그러고도 정녕 네가 베르스의 자애로운 성녀냐! 이 여신의 탈을 쓴 포악한 마녀! ……라는 외침은 그녀가 칼을 들고 있기 때문에 일단 접어 뒀다.

"저기, 그럼 난 어디서 목욕을……."

"몰라. 내가 알 게 뭐야. 우물가에 쭈그려 앉아 하든지!"

"네 몸은 옥체고 내 몸은 빨랫감이냐!"

그러나 그녀는 신경질적으로 머리칼을 확 넘기더니 밖으로 나가는 것이었다. 누가 오르넬라 님의 제자 아니랄까 봐. 저 아가씨, 대체 날 경호해 줄 생각이 있긴 있는 걸까?

난 뒤도 안 돌아보고 가 버리는 그녀에게 외쳤다.

"너 솔직히 말해! 실은 날 들들 볶으라고 오르넬라 님이 파견한 거지!"

그러나 그녀는 대답 대신에 문을 쾅 닫아 버리며 자기 방으로 들어가 버렸다.

오르넬라 님, 멀리 떨어져 있다고 방심했더니만 이젠 원격조종으로 날 괴롭히는 겁니까!

불현듯 오르넬라 님이 내게 했던 말이 떠올랐다.

'난 어쨌든 성녀니까 무슨 짓을 해도 천국 가거든? 오호호호, 내 면죄부 살래?'

……카론 경, 이 임무 난이도가 높아진 것 같습니다.

8.

아침이 되고 우리가 안내받은 곳은 본성 1층의 식당이었다. 말하자면 에스테반 백작과의 조찬 회동이라고나 할까.

가까운 곳에서 백작을 관찰할 수 있어서 다행이다 싶었지만 정작 그의 모습은 보이지 않았다.

알베르토가 지정해 준 의자에 앉은 나는 의아한 표정으로 물었다.

"에스테반 공께서는 아직 주무시나요?"

어제 신이 나서는 무도회에 갔으니 지금까지 잠들어 있다고 해도 그리 이상한 일은 아니리라.

하지만 단정한 옷을 입은 알베르토는 고개를 저었다.

"아닙니다. 형님께서는 산적 토벌을 나가셨습니다."

"아 예, 그렇…… 얼레? 지금 뭐라고 하셨나요?"

난 눈을 동그랗게 떴다. 산적이라니? 아침부터 이 무슨 뜬금없는 소리야?

"새벽에 영지 동부에 산적이 출몰했다는 보고가 들어와서 형님이 곧바로 병사를 이끌고 나가셨습니다. 저도 같이 가고는 싶었지만, 저까지 성을 비워 둘 수야 없으니까요."

"배, 백작께선 원래 직접 산적을 토벌하시나요?"

"예. 이런 일에는 항상 앞에 서십니다."

보통 이런 일에는 사병을 파견하기 마련이고, 악독한 영주들은 백성에게 돈을 받고 병력을 보내 주기도 한다. 적어도 이런 위험천만한 일에 일일이 직접 나서는 영주는 에스테반 외엔 없을 것이다. 그야말로 액션 귀족이로군.

"검을 쓰는 일은 귀족의 가장 숭고한 의무이자 천한 권리이니, 누구에게도 양보할 수 없다는 것이 형님의 입버릇이지요."

알베르토는 선문답 같은 말을 남기며 자리에 앉았다. 난 포크를 입에 문 채로 눈을 깜빡깜빡했다. 이 지역 남녀노소가 이 바람둥이 같은 백작을 좋아하는 이유를 알 것 같았다.

'아무튼 무도회로 밤을 새우다가 곧바로 산적을 토벌하러 출전이라, 힘도 좋으셔.'

역시 쥬디스는 식사에 참여하지 않았다. 정말이지 지독하게도 백작을 싫어하는 것 같았다.

결국 식사는 나와 알베르토, 그리고 백작의 가신(家臣)에 해당하는 자들이 함께하게 되었다. 그리고 앞으로 이곳에서 사치스러운 대접받는 것은 포기하기로 했다. 지금 먹고 있는 이 음식들은 평민들의 것과 별반 다를 바가 없으니까 말이다. 알베르토가 자신 앞에 놓인 수프를 바라보며 말했다.

"그래도 오늘은 엔디미온 경과 쥬디스 님을 대접하기 위해 제법 음식에 멋을 부렸습니다."

엉? 이게 멋을 부린 거라고?

"평소에는 아침으로 찐 감자나 콩, 잡곡 가루를 염소젖에 섞어 먹는 정도입니다. 하하, 실망하셨나요?"

"아, 아뇨. 그럴 리가."

사실 에스테반 백작을 흠모하는 수도의 귀부인들이 이 사실을 알았다면 이 궁핍함에 눈물을 흘리며 당장에 산해진미를 특송으로 배달해 줬을 것이다.

하지만 에스테반이 정말 돈이 없어서 이러고 있을 리는 없다. 모르긴 몰라도 재산으로 치자면 수도에서 거들먹거리는 세도가들보다 많을 거다. 그러니까 이들은 스스로 선택한 궁핍함에 자부심을 느끼고 있는 것이다. 품위 있는 구두쇠라고나 할까.

그때 뚜벅거리는 소리와 함께 등 뒤에서 익숙한 목소리가 들려왔다.

"엔디미온 경, 좋은 아침이야."

이 바리톤 음성은 분명 백작? 산적을 잡으러 간 것 아니었나? 나는 반갑게 웃으며 고개를 돌리다가 나도 모르게 얼굴이 굳어 버렸다. 그의 모습 때문이었다.

"아, 놀랐나 보군. 미안, 미안. 옷을 갈아입고 왔어야 하는데 배가 너무 고파서 말이야."

태연하게 웃는 에스테반의 모습과는 달리 그의 옷은 먼지투성이에 군데군데 찢어지고 피까지 묻어 있었다. 게다가 그 옷은 어제의 무도회복이었다. 그럼 설마 무도회 중에 산적 출몰 보고를 받고 곧바로 출진해서 지금 돌아온 것이란 말인가?

알베르토는 형의 그런 모습을 보고 자리에서 일어나며 물었다.

"산적들은 모두 토벌하셨나요?"

"응. 예상했던 대로 그놈들은 산적이 아니라 산적 행세를 하며 약탈을 하던……."

툴툴거리며 그렇게 말하던 에스테반이 곧 입을 다물었다. 그리고는 '배고파. 밥 줘'라고 중얼거리며 자신의 자리에 앉는 것이었다.

알베르토는 젖은 수건을 가져오며 형 에스테반에게 말했다.

"그래도 옷은 갈아입고 오시는 편이 좋지 않을까요."

좋고 자시고 간에 여기가 전쟁터도 아닌데 피에 절은 옷차림 그대로 밥을 먹는 일이 어디 가당키나 한 소리냐고! 에스테반 백작을 세련된 귀공자쯤으로 생각하는 귀부인들이 졸도하고도 남을 모습이 아닌가.

만약 이 자리에 쥬디스가 있었다면 정말 기겁을 했을 것이다.

하지만 백작은 동생이 건네준 수건으로 이마와 귓가의 핏자국을 대충 닦아내며 고집을 피웠다.

"하지만 옷을 갈아입고 왔다가는 식사 시간이 다 끝나 버리잖아? 어려서부터 식사는 꼭 제때 하라고 교육을 받아 와서 말이야."

참으로 실없는 소리였지만 난 웃을 수가 없었다. 말 그대로 자기 영지에 나타난 적들을 참살하고 돌아와 아무렇지도 않게 식사를 할 수 있는 사람이다. 유행에 민감한 바람둥이쯤으로 치부할 사람이 아닌 것이다.

"엔디미온 경."

비위도 좋게 양고기 조각을 입에 넣던 에스테반이 냅킨으로 입가를 닦으며 날 바라보았다. 그를 바라보며 멍하니 생각에 빠져 있던 나는 내 이름을 부르는 소리에 어린애처럼 깜짝 놀라고 말았다.

"예? 왜, 왜 부르신 거죠?"

"왜 그렇게 놀라는 거야? 하하, 역시 옷이 이런 꼴이라서 당황하고 있었나 보군."

에스테반은 너털웃음을 짓다가 말했다.

"이거 먹고 같이 사냥 가자."

"사, 사냥이요?"

"근처 산에 커다란 멧돼지가 나타났다는 말을 들었거든. 경의 제사 솜씨야 일품이겠지만 보는 김에 사냥 솜씨도 보고 싶어서 말이야. 그런데 멧돼지 잡을 줄 아나?”

……멧돼지라. 잡긴 잡아 봤습죠. 사냥이라기보다는 격투였습니다만.

나는 난감하게 웃었고 에스테반이 먼저 자리에서 일어났다.

“자 그럼, 옷 갈아입고 출발하자고. 아, 그래. 쥬디스 양도 참여했으면 좋겠군.”

그리곤 그는 콧노래까지 흥얼거리며 식당 밖으로 나갔다. 신이시여, 저 지치지 않는 정력의 화신이라니. 새벽 내내 파티를 즐기다가 아침에는 산적을 잡고, 그것도 부족해서 이제는 곧바로 사냥을 나간다는 것은 착실하게 살고 있다는 차원의 문제가 아니지 않은가.

‘정말 오늘 살고 말 것처럼 바쁘게 사시네.’

보는 내가 다 숨이 차다.

9.

에스테반과의 사냥에서 의외의 사실은 두 가지였다.

첫 번째는 절대 참석하지 않을 줄 알았던 쥬디스가 생뚱맞은 표정이긴 하지만 졸래졸래 뒤를 따라왔다는 것이고(물론 ‘나쁜 백작으로부터 널 경호해야 하니까 따라가는 것뿐이야’ 라고 쏘아붙이긴 했다), 두 번째는 사냥에 참여한 사람이 에스테반 백작과 나, 그리고 쥬디스뿐이라는 것이다(알베르토조차도 동행하지 않았다).

보통 귀족들의 사냥이라 하면 편집증이라도 걸린 양 엄청난 수의 수행원을 거느리고 귀부인들의 환호와 함께 너스레를 떨며 활시위를 당기는 법인데…….

"정말 이렇게 가도 되나요?"

난 내 쪽에서 도리어 걱정이 되어 백작에게 물었지만 검 한 자루에 활과 활 통, 작은 배낭을 달랑 찬 백작은 괜찮다고 말하며 설렁설렁 깊은 산 속으로 들어갈 뿐이었다.

산짐승이 절대 만만한 상대가 아니라는 것은 이미 내가 온몸으로 증명한 바가 있다. 잘못하면 사냥하기는커녕 그놈들에게 사냥당할 수도 있는 것이다. 그런데도 백작의 저 유유자적한 태도는 뭐란 말인가!

에스테반이 내 불안감을 느꼈는지 방긋 웃으며 말했다.

"전쟁이라도 치를 것처럼 잔뜩 무기를 들고, 게다가 병사들까지 몰고 간다면 그건 이미 사냥이 아니라 학살이지. 내가 짐승들을 죽이는 만큼 그들도 날 죽일 기회 정도는 줘야 공평한 거 아니겠어?"

그걸 농담이라고! 그의 성격이 스릴을 즐기는 쪽이라는 것은 알았지만 이 정도로 자신만만할 줄은 몰랐다.

우리 셋은 별다른 말도 없이 인적이라고는 찾을 길이 없는 산 속으로 점점 더 깊숙이 들어가고 있었고, 주변에서 부스럭거리는 소리가 들릴 때마다 나는 반사적으로 허리에 찬 검으로 손을 옮겼다.

활을 쏘는 것은 배워 본 적도 없으니 내가 쓸 수 있는 무기라고는 검뿐이다. 그나마 지금 차고 있는 검은 알베르토가 빌려 준 장검이다. 나무가 많은 이런 산중에서 그리 어울리는 무기는 아니었지만, 그래도 자기 손에 익은 무기를 쓰는 편이 좋다고 알테어 님이 말했었다.

"하아, 하아."

거친 산행이 몇 시간이나 지났을까. 에스테반은 오직 출몰했다는 멧돼지의 흔적을 뒤쫓는 것에만 집중하며 다른 사냥감은 찾아보지도 않고 걸음을 재촉하는 중이었고, 언제부터인가 등 뒤에서부터 쥬디스의 불규칙한 숨소리가 들려오고 있었다.

그녀가 검술의 달인일지는 몰라도 확실히 체력적으로는 남자보다 약한 것이다. 특히나 울퉁불퉁하고 발이 푹푹 꺼지는 이런 산길이라면, 익숙하지 못한 자들은 금방 체력이 바닥나기 마련이다.

쥬디스는 산행 경험이 별로 없는 것 같았다. 이쯤에서 쉬자고 말해도 괜찮은데도 그녀는 고집스러운 표정으로 에스테반의 뒤를 따르고 있었다. 이러다간 사냥은커녕 제풀에 지쳐 쓰러져 버릴지도 모를 일인데 말이지.

나는 걸음을 멈추고 그녀를 돌아보았다.

"쥬디스, 괜찮아?"

"참견하지 마."

"참견하지 않을 수가 없는데……."

"괜찮다니까!"

그녀는 검은 비단 같은 머리칼을 쓸어 넘기며 눈가를 찡그렸다. 그리고는 들고 있던 검을 지팡이 삼아 가쁜 숨을 뱉어내는 것이었다. 아낙네, 거 쇠고집일세.

나는 쓴웃음을 지으며 아무래도 쉬어 가는 것이 좋겠다 싶어서 고개를 돌려 백작에게 외쳤다.

"이쯤에서 쉬어가…… 얼레?"

없다?

"에스테반 공!"

이, 이 양반 어디 간 거야!

난 순간 심장이 덜컥 내려앉았다. 산속이란 본래 사방이 비슷비슷해 보이는 자연이 만든 미로다. 이런 곳에서 안내자를 놓쳤다는 것은 지극히 위험한 상황, 곧바로 조난으로 이어지고 마는 것이다.

"백작님! 같이 가요! 여기로 돌아오세요!"

내가 소리 높여 불렀지만 대답은 돌아오지 않았다. 장난이 아니다. 그새 멀리 떨어져 버렸단 말인가!

그때 쥬디스가 중얼거리는 목소리로 말했다.

"넌 아무것도 몰라, 백작이 어떤 놈인지."

"뭐?"

난 놀란 얼굴로 그녀를 돌아보았다. 그녀가 비웃음에 찬 눈매로 날 바라보며 입을 열었다.

"너 정말 백작을 믿고 있어?"

"믿고 자시고 간에, 백작이 우릴 해치기라도 한다는 거야, 지금? 대체 왜 그러는 거야."

"백작이 네 정체를 알고 있다면 지금 이곳에서 사고를 가장해 죽일지도 모르지. 넌 왕실의 밀정이잖아."

"사람 함부로 의심하는 거 아냐!"

지금은 다툴 때가 아니었지만, 난 순간 화가 나서 쏘아붙였다.

"의심하지 말라고? 당신, 차암 착한 남자네."

대체 쥬디스는 무엇을 알고 있는 것일까. 그녀의 눈가에 맺힌 살기가 따갑게 다가오자 난 침을 꿀꺽 삼켰다. 그녀가 날 똑바로 바라보며 말했다.

"사람들이 모르는 백작의 진실은……."

그때였다. 사방에서부터 조여 오는 것 같은 인기척이 느껴지기 시작했다. 부스럭거리는 소리, 그르렁거리는 울음소리가 점점 우리에게 다가오고 있었다.

"뭐, 뭐야."

대낮인데도 마치 동굴처럼 어둑한 숲에서 샛노란 안광들이 나타났다. 그 수는 대략 잡아도 열 마리 이상.

쥬디스가 날카롭게 눈을 치켜뜨며 자리에서 일어났다.

"에스테반, 이 나쁜 자식."

하나둘씩 모습을 드러내는 그 시커먼 동물의 정체는 바로 거대한 개였다. 드러낸 송곳니 사이에서 침을 뚝뚝 흘리는 송아지만 한 맹견들이 사방에서 나타나기 시작한 것이다.

늑대도 아니라 개가 이렇게 떼거리로 몰려들다니! 이게 대체 어떻게 된 거야!

그 순간 아찔한 생각이 내 머릿속을 스쳤다.

'훈련받은 사냥개다!'

군살 없이 탄탄한 근육을 단련한 모습이라든지, 섣불리 덤비지 않고 조금씩 조여 오는 이런 치밀한 행동은 이 개들이 들개가 아니라 훈련받은 엽견(獵犬)임을 알 수 있었다. 어쩌면 이것들은 기척을 숨긴 채 처음부터 우리를 따라왔는지도 모른다.

머릿속이 혼란스러웠다. 정말 쥬디스의 말대로 모든 것이 백작이 계획한 함정이었단 말인가.

나는 칼자루를 꽉 쥐며 짜내듯이 말했다.

"카론 경, 다음부턴 이런 위험한 임무엔 직접 좀 오세요!"

쥬디스는 내 등에 자신의 등을 밀착하며 조금 놀란 듯이 물었다.

"너, 검 쓸 줄 알아?"

"조금 배웠어."

이래 봬도 명주작 알테어 님의(비공식) 수제자다! 축생한테 죽을 성싶냐!

나는 심호흡을 한 번 한 뒤에 날 죽일 듯이 노려보는 엽견들

앞에서 촤앙 검을 뽑았다. 그 순간.

"으헉! 이게 뭐야!"

칼날이 없어! 장식 검이잖아!

그 순간 사냥개들이 사방에서 뛰어올랐다.

나는 어쩔 수 없다는 표정으로 검을 내리며 눈을 감았다. 이 힘만은 끝까지 숨기고 싶었는데…….

눈을 감고 정신을 집중하자 내 몸속에서부터 강렬한 기운이 솟구쳐 올라와 검을 시퍼렇게 휘감으며 마법의 칼날을 만들어냈다. 나는 눈을 감은 채 마치 고요한 검무(劍舞)를 추는 듯 검기를 뿌렸고, 방사형으로 퍼져 나가는 푸른 검기들은 엽견들의 몸을 순식간에 토막 내기에 충분했다……라는 전개는 새빨간 거짓말이다.

"우아아아! 이거 어떻게 좀 해 봐! 너 경호원이잖아! 사람 살려!"

난 광분하며 쥬디스에게 소리쳤다.

고립무원, 사면초가, 절체절명, 사생관두.

과일도 못 깎는 이딴 허접한 칼로 뭔 검기를 뿌려! 눈 뒤집힌 개들이 광분을 하며 산지사방에서 달려드는 이 분위기 속에서 초연하게 나 혼자 눈을 감고 해탈해 봤자 사냥개들도 같이 해탈해 주지 않는 이상 조금도 상황 개선에 도움이 안 된다.

그 순간 머리를 스치는 생각이 있었다. 이게 옳은 판단인지 아닌지는 모르겠으나, 내가 이 개들의 사육사였다면 목표의 목덜

미나 무기를 든 오른 팔목을 노리도록 교육할 것이다.

'도박이다!'

그렇게 판단한 나는 일부러 칼을 뽑아 든 오른 팔목을 들어 개들에게 드러냈다. 분명 이건 상대를 벨 수 없는 칼이지만 엽견들은 이 사실을 모르고 있다. 제대로 교육받은 개들이라면 목표물의 무기부터 무력화시키려 들 것이다.

그런 내 예상이 적중했는지 첫 번째 개가 노출된 내 팔목을 보자마자 달려들었다.

"타아아앗!"

난 기합을 내지르며 긴 다리를 쭉 뻗었다. 그리고 엽견의 초점이 내 오른 팔목만을 향한 순간 다리를 쫙 뻗어 날아드는 엽견의 배에 찔러 넣었다. 발끝에서부터 묵직한 감촉이 느껴졌다.

깨앵!

나 자신도 놀란 필살의 발차기에 뿌듯한 자신감이 넘쳐흘렀다.

"후핫! 어떠냐!"

어떻긴…….

"우어어! 전혀 겁을 안 먹잖아!"

동료가 나가떨어졌는데도 이 충실한 살인 병기들은 곧바로 위치를 바꾸며 다시 내게 뛰어드는 것이었다.

"비켜!"

날카롭게 소리 지른 쥬디스가 내 앞으로 뛰쳐나가며 검을 내리그었다. 내 눈앞에서 그녀의 흑단 같은 머리칼이 흩날렸고, 그와 함께 달려들던 엽견 두 마리가 연속적으로 두 동강이 났다.

정말 깔끔한 일격이다. 날 경호해 주겠다는 소리가 말짱 거짓말은 아니었군.

그러나 개들 역시 보통내기가 아니었다. 금세 쥬디스의 움직임을 파악한 엽견이 베어내기 힘든 낮은 각도로 튀어나오며 그녀의 다리를 노리는 것이었다.

물론 카론 경이나 알테어 님이었다면 누가 어떤 각도로 들어오든 그 압도적인 능력으로 가볍게 막아냈겠지만, 불행히도 쥬디스는 그런 초인이 아니었다.

"꺄아악!"

겨우 검을 휘둘러 놈을 몰아내긴 했지만 그녀 역시 균형을 잃고 엉덩방아를 찧었다.

그녀가 넘어지자마자 쥬디스의 목덜미를 노리는 엽견이 송곳니를 드러내며 뛰어 들어왔다. 쥬디스는 창백한 표정이 되어선 눈을 꽉 감았다.

"크윽!"

순간 내 왼팔에 시큰한 통증이 밀려왔다. 내가 반사적으로 팔을 내밀었던 것이다. 날카로운 이빨이 내 팔 깊숙이 박히며 핏물이 확 터졌지만 곧바로 검을 들어 엽견의 몸을 뚫어 버렸다. 아무리 날이 없다지만 송곳 대용으로는 쓸 수 있다는 사실에 안도하면서.

그녀가 그 모습을 보며 깜짝 놀란 표정으로 외쳤다.

"왜, 왜 막아 준 거야!"

"막아 줄 수밖에 없는 상황을 만들어 놓고 왜 막았냐고 물어봐도……."

난 욱신거리는 고통에 눈을 찡그리며 숨이 멎은 엽견을 팔에서 떼어냈다. 사방에서 그르렁거리는 울음소리가 사형선고처럼 들려온다. 이빨을 드러낸 검은 개들이 조금씩 다가오며 우리를 조여 오고 있었다.

뭐야, 정말 여기서 죽는 거야? 난 이번만큼은 빠져나갈 수 없다는 절망감에 휩싸였지만 몸은 정반대로 쥬디스를 감싸고 있었다. 사냥개들이 날 물어뜯다 보면 어쩌면 쥬디스는 살아남을 수 있을지도 모른다는 실낱같은 희망을 품으면서.

컹컹거리는 소리와 함께 짐승들이 동시에 뛰어들었다.

파아앙!

두 눈을 꽉 감고 있던 내가 들은 것은 공기를 찢는 날카로운 파열음이었다. 놀랍게도 아무 일도 없이 주변이 고요해졌다. 난 떨리는 표정으로 눈을 뜨고는 주변을 두리번거렸다.

"얼레?"

사방은 갈기갈기 잘려 나간 엽견들의 시체로 가득했고, 그 가운데에는 바로 야수 같은 살기를 뿜어내는 사내가 검을 뽑은 채 서 있었다. 난 도무지 이 상황이 믿기지 않아서 그 사내를 올려다보며 중얼거렸다.

“……에스테반 백작.”

“미안하다!”

에스테반은 전에 없이 당황해선 곧장 칼을 집어넣고는 피를 흘리는 내 왼팔을 잡아챘다.

“내 불찰이야! 멧돼지를 뒤쫓는 것에 정신이 팔려 혼자 떨어졌다는 것도 모르고…….”

그는 주저 없이 자신의 셔츠를 찢어 능숙한 솜씨로 내 팔을 지혈했다.

난 그런 그의 모습을 멍하니 바라보고 있었다. 엽견들을 일격에 잠재워 버리다니, 실로 믿을 수 없는 실력이다.

그는 자책하는 얼굴로 나와 쥬디스의 상태를 보며 한숨을 내쉬고 있었다.

“불행 중 다행이군. 조금만 늦게 찾았더라도 큰일 날 뻔했어.”

만약 쥬디스의 말대로 이것이 에스테반의 함정이었다면 우리를 다시 살려 줄 이유 따윈 없을 것이다. 하지만 백작이 없어진 게 단순한 부주의라고 해도 날이 없는 검과 누군가 의도적으로 풀어놓은 사냥개는 어떻게 설명해야 하는가.

“저리 가! 나쁜 놈!”

쥬디스는 자신을 부축해 주려는 백작을 뿌리치며 두려운 표정으로 뒤로 물러서는 것이었다.

“미안해. 다 내 책임이야. 정말 미안해.”

에스테반은 정말로 어쩔 줄 모르며 쩔쩔매고 있었다. 난 그의 그런 모습을 보며 머릿속이 복잡해져 아무 말도 할 수 없었다.

10.

자신을 죽일 것이라고 가장 의심하는 자의 손에 구출되는 일을 겪는다면 누구라도 혼란스러울 것이다. 쥬디스는 고개를 숙여 용서를 구하는 에스테반에게 아무 말도 하지 않고 산에서 내려와 자신의 객실에 틀어박혀 버렸다.

그리고 왼팔에 붕대를 칭칭 감게 된 나는 백작을 의심할 수도 없고, 그렇다고 마음 편하게 있을 수도 없는 기묘한 입장이 되어 터덜터덜 밤의 시가지로 걸어 나왔다.

"어이구야. 대관절 뭐가 뭔지 모르겠네."

민소매 셔츠에 알베르토가 빌려 준 헐렁한 반바지를 입고 거리를 걷던 나는 뭔가 일이 지독하게 꼬였다는 생각에 투덜거렸다. 만약 냉철한 판단력을 지닌 카론 경이나 무슨 일이든 마이페이스로 처리하는 괴이한 재능의 키스 경이었다면 지금 이 상황을 어떻게 볼까.

'……적어도 둘 다 개한테 물려 죽을 위기는 없었겠지.'

난 아직도 욱신거리는 내 팔을 바라보며 입술을 삐죽 내밀었다.

알베르토에게 알리지 않고 시가지로 나온 이유는 영지를 좀 더 자세히 관찰하기 위해서도 있지만, 무엇보다 텔레마코스 센터에 가서 카론 경에게 보고하기 위해서다. 그곳에만 가면 '그녀'가 떠오르기 때문에 되도록 가고 싶지 않은 곳이긴 하지만, 일은 일이니까.

솔직히 지금 심정은 카론 경과 통화하자마자 '산속에서 개밥이 될 뻔했어요! 날 이런 곳에 보내다니, 정말 못됐어요! 카론 경!'이라고 막 화를 내고 싶다. 뭐, 그래 봐야 카론 경은 '산재 처리해 주겠다. 보고는 그게 전부인가?'라고 대꾸할 위인이지만. 쳇!

"어머나! 저 청년 좀 봐! 뭘 먹었기에 저렇게 늘씬한 거지?"

"여자 아냐? 어쩜, 살결이 여자보다 더 곱네!"

"뭐 하는 사람이래? 누가 말 좀 걸어 봐."

"와아, 귀여워라! 눈동자가 보라색이야! 여기 좀 봐 줘요!"

주변에선 사람들이 나를 보며 입방아 찧는 소리가 들려왔다. 시가지를 걷는 나는 간질거릴 정도로 주변의 시선을 받고 있었던 것이다. 나름 어깨가 으쓱하긴 하지만 어쨌거나 밀정으로서는 빵점짜리 외모다.

나는 최대한 눈에 띄지 않도록 고개를 폭 숙이고 반바지 주머니에 손을 꽂은 채 빠른 걸음을 옮겼다. 하지만 소곤거리는 사람들의 소리는 계속 내 등 뒤를 따라오는 것이었다.

"어떻게 남자가 저렇게 예쁠 수가 있지. 한 번 보면 잊을 수가 없겠어.”

“맞아. 절대 잊을 수가 없어.”

“저런 미남을 잊을 수 있을 리가 없지.”

“절·대·못·잊·어.”

제발 잊어! ‘한 번 보면 잊혀지지 않는 스파이 따위는 절망적이라고요!’ 라고 속마음으로 소리치며 난 무슨 죄지은 사람처럼 빨개진 얼굴로 고개를 숙이고 텔레마코스 센터를 향해 달려갔다. 가면이라도 뒤집어쓰고 나올 걸 그랬다.

11.

이곳의 텔레마코스 센터는 몹시 아담한 곳이었다. 워낙에 이용료가 비싼 곳이니 이런 변방 도시에서 텔레마코스를 이용할 부유층이 몇 명이나 되겠느냐만, 여기는 좀 지나치게 ‘소박해서’ 텔레레이디가 단 한 명뿐이었다.

게다가 손님도 통 없는지 제복도 입지 않은 텔레레이디는 한 손에 부채를 쥔 채 아예 테이블에 머리를 박고 잠들어 있었다. 이렇게 태평한 텔레레이디는 보다 보다 처음 보는군.

몇 번이나 헛기침을 해도 깨어나질 않자 난 결국 머쓱한 표정으로 테이블을 톡톡 두드렸다.

“저어, 주무시는데 죄송합니다만…….”

“아? 아?”

그녀는 잠에 덜 깬 부스스한 얼굴로 몸을 일으키더니 한동안 ‘당신 누구야?’ 라는 표정으로 날 멍하니 바라보는 것이었다. 누구긴, 손님이야.

“지금 텔레마코스 이용할 수 있나요?”

“아 예! 물론! 잠깐만 기다리세요.”

그녀는 창고 같은 곳에 들어가서 텔레마코스용 서클릿과 기억 말소를 시키는 물약을 들고 와서는 다시 자리에 앉았다. 후우 하고 입바람을 불면서 낡은 서클릿에 묻은 먼지를 터는 그녀가 쑥스러운 듯이 말했다.

“헤헤, 미안해요. 며칠 동안 손님이 한 명도 없어서…….”

“사실 그게 좋죠.”

정신을 혹사해야 하는 텔레레이디에겐 다행인 일이다.

그녀가 오래된 서클릿을 머리에 쓰며 날 바라보았다.

“초면에 이런 말 하면 실례지만, 참 미남이시네요. 이 지방 사람 아니죠?”

“아하하. 한 번 보면 절대 잊혀지지 않을 얼굴이죠?”

난 그렇게 농담을 하다가 문득 다른 생각이 들어 씁쓸한 미소를 지었다. 이 아가씨만은 내가 누구라도 곧 나를 잊을 것이다. 저 검붉은 약을 마시는 순간 모든 것이 머릿속에서 지워지게 될 테니까.

"빨리 시작하죠."

난 일부러 커다랗게 말했다. 그녀는 내가 왕실과 통화한다는 사실에 적잖게 놀란 것 같았다. 게다가 상대가 헬스트 나이츠의 카론 경이니까, 그녀가 나를 '대체 당신 뭐하는 사람이야?' 라는 눈빛으로 바라본 것도 당연한 일이다.

잠시 후 그녀와 손을 잡은 내 머릿속에 카론 경의 영상이 떠올랐다. 그의 간결하고도 사무적인 목소리가 머릿속에 울렸다.

『보고해라.』

아아, 역시 얼음별 왕자님. '힘든 일은 없나?' 라는 작은 위로의 말 한마디라도 해 주신다면 소인 얼마나 황송할까요.

그러나 카론 경은 내가 이 머나먼 국경의 남쪽에서 개밥이 되든 말든 아무런 관심도 없는 것 같았다.

『아직 모반의 증거는 발견하지 못했습니다. 하지만.』

『하지만?』

『하지만…… 뭔가 의아한 부분이 있긴 합니다.』

나는 오늘 누군가가 풀어놓은 사냥개들에게 물려 죽을 뻔한 사실을 보고하려다가 그만두었다. 직감이라는 것이 있다. 항상 사람들(대부분 여자)을 상대하는 일을 하던 나는 제법 눈썰미가 있는 편이라고 자부한다. 사냥개를 물리치고 우리에게 몇 번이나 사과하던 에스테반의 모습은 연기라고 하기에는 너무도 솔직해 보였다.

지금은 보고하지 말자, 좀 더 지켜보자, 이렇게 생각하며 짧게 보고를 끝냈다.

『아직까진 잘 모르겠습니다.』

『너는 판단할 필요 없다. 본 사실 그대로만 보고하면 돼.』

『예, 예. 잘 알겠사옵니다.』

『그럼 계속 주시하도록.』

그리곤 카론 경으로부터 통신이 툭 끊어졌다. 으이구. 진짜 매몰차구만.

그런데 갑자기 나와 손을 잡고 있던 그녀가 확 내 손을 뿌리치는 것이 아닌가. 처음과는 정반대의 적대적인 눈초리로 날 노려보면서 말이다.

"왜, 왜 그러시죠?"

"왜 그러나고요! 당신, 영주님을 모함하려는 첩자였잖아!"

"모, 모함이라니?"

갑자기 그녀가 씩씩거리며 화를 내자 난 당황하며 그녀를 바라보았다. 그래, 확실히 왕실의 감시원이긴 하지만…… 누가 모함했다고 그래!

"왜 다들 영주님을 그냥 두지 않는 거예요! 얼마나 훌륭한 분인데! 항상 괴롭히고 빼앗으려 들기만 하고! 당신도 똑같아!"

그녀는 거의 울어 버릴 것 같은 목소리로 소리쳤다. 절대로 사무적인 태도를 유지해야 하는 텔레레이디가 이렇게 화를 내는 것은 처음 본다.

나는 도리어 기회다 싶어서 침착하게 되물었다.

"누가 에스테반 백작을 모함한다는 거죠?"

"당신이 더 잘 알고 있을 텐데요!"

"정말 몰라요. 말해 주세요."

"당신 같은 사람과 말하고 싶지 않아요! 당장 여기서 나가요!"

윽. 이거 완전히 미움받아 버렸군. 그녀는 약병을 열어 입에 털어 넣은 뒤에 말했다.

"솔직히 나는 영주님이 모반을 일으켰으면 좋겠네요! 그런 분이 왕이 되는 것이 좋다고요! 이 나라를 바꿀 수 있는…….."

그렇게 말하던 그녀가 스르륵 눈을 감으며 잠시 혼수상태에 빠졌다. 약이 기억을 잠식하기 시작한 것이다.

그리고 잠시 후, 그녀가 다시 눈을 뜨자 눈에서는 부작용 때문에 멈출 수 없는 눈물이 흐르기 시작했다. 그녀는 다시 예전의 순박해 보이는 모습으로 돌아가서는 날 바라보았다.

"와아, 정말 잘 생긴 분이시네요. 이 지방 사람 아니죠?"

"아까도 물어봤잖아요."

"기억나지 않는걸요."

그녀가 눈물을 닦아내며 쓴웃음을 지었다.

"애인과 통화하셨나 보죠?"

"농담이라도 무서운 말이네요. 업무 보고했어요. 출장 왔거든요."

카론 경을 떠올리자 등골이 오싹해졌다.

"헤에, 이런 곳까지 출장을? 힘드시겠네요."

"힘들죠. 힘들다마다요."

'당신 같은 사람과 말하고 싶지 않아요!' 라는 그녀의 고함이 또렷이 기억났다. 서글픈 목소리로 '미움받는 일은 정말 질색이에요' 라고 중얼거린 나는 손수건을 꺼내 그녀 앞에 놓고 가게를 나왔다.

12.

이곳 사람들은 자신들의 영주를 철저히 사랑했다. 영주는 사람들에게 문제가 생기면 주저 없이 뛰어가 해결해 주었고 사람들 역시 영주를 위해서라면 목숨을 걸었다. 설령 에스테반 백작이 왕실에 반란을 일으킨다고 해도 이곳 사람들은 영주를 위해 무기를 들고 나설 것 같았다.

'……모함이라.'

텔레레이디가 날 증오하며 외쳤던 그 말을 몇 번이나 되뇌며 성안으로 들어갔다.

"응?"

늦은 밤인데도 응접실의 불이 켜져 있었다.

객실로 돌아가는 참에 슬쩍 그곳을 지나치자 응접실에서는 굵직한 에스테반의 목소리와 더불어 귀에 익숙한 한 남자의 목소리가 들려왔다.

'가만있어라. 이거 어디선가 들어 봤던 목소리인데…….'

난 그렇게 생각하며 응접실 문틈으로 안을 엿보기 시작했다.

'말도 안 돼!'

내 눈을 믿을 수가 없었다. 지금 에스테반과 낮은 목소리로 대화하고 있는 자는 바로 이오타의 왕자 쇼메 블룸버그였던 것이다.

'저놈이 어째서 이곳에!'

상대를 깔보는 오만한 미소, 도저히 왕자의 초이스라고는 할 수 없는 불량스러운 셔츠에 그의 트레이드마크나 다름없는 검은 선글라스(by 세드릭)를 쓴 모습은 쇼메가 분명했다. 그리고 그런 그와 살갑게 소곤거리고 있는 에스테반 백작.

목적을 위해서는 수단과 방법을 안 가린다는 쇼메가 이 야심한 시각, 남의 나라 국경에 온 이유야 뻔하지! 쥬디스의 말대로 에스테반은 쇼메의 사주를 받아 모반을 일으키려는 것이 아닌가. 일전 베르스를 집어삼키지 못한 것에 대한 리턴매치냐, 쇼메!

나는 백작에게 배신감마저 느끼며 입술을 꽉 깨물었다.

'어서 카론 경에게 보고를…….'

그때 등 뒤에서 목소리가 들렸다.

"여기서 뭐 하고 계신가요, 엔디미온 경?"

"에구머니!"

난 흠칫 놀라서 벽에 딱 달라붙었다. 날 향해 정겹게 웃고 있는 자는 바로 에스테반의 동생 알베르토였다. 만약 에스테반이 모반을 계획한다면 동생도 한통속일 거 아냐! 망했다!

"……알베르토."

"하하, 왜 정색을 하시죠? 뭐 잘못된 거라도 있습니까?"

이런 상황에서 천진하게 웃으니까 더 무섭다. 저런 표정으로 '후후후. 이거 곤란하게 되었군요. 차라리 사냥개에게 물려 죽는 편이 더 좋았을 텐데요' 라면서 나를 찌를 셈이냐!

어쩌면 이미 쥬디스는 '처리' 되었을지도 모른다.

난 창백한 표정으로 내게 다가오는 알베르토를 바라보았다. 그가 내 팔을 잡고는 응접실로 이끌었다.

"어서 들어가시죠."

"자, 잠깐만!"

알베르토가 문을 열고 날 밀어 넣자 에스테반과 쇼메의 대화는 단번에 끊어졌다. 붉은 소파에 앉아 쇼메와 대화를 나누던 에스테반은 말을 멈추며 예상 밖이라는 표정으로 날 바라보는 것이었다.

"……엔디미온 경."

그렇겠지. 당황할 수밖에 없겠지.

나는 죽음에 대한 두려움보다도 참을 수 없는 배신감에 치를 떨며 외쳤다.

"에스테반 테시테리오 백작! 이젠 완전범죄를 위해 날 죽일 테냐! 좋아! 맘대로 해 봐!"

죽을 때 죽더라도 이 말만은 해야겠어! 난 지금까지 쥬디스와 카론 경으로부터 당신을 변호해 주고 있었는데! 저런 위선자에게 비굴하게 목숨을 구걸하고 싶진 않아. 나는 최대한 비장한 표정을 지으며 유언과 같은 말을 남겼다.

"죽일 테면 죽여. 하지만 이것만 알아 둬. 내가 죽어도 네놈의 모반을 밝혀내고 심판할 사람은 얼마든지 있어. 세상은 절대 악당의 욕심대로 돌아가지 않아!"

아아, 멋진 말이다. 솔직히 '이제 아프지 않게 죽여 줘' 라고 덧붙이고 싶지만, '죽음에 당당하지 못한 자는 결국 자기 인생에 자부심에 없는 자야' 라는 키르케 님의 말이 떠올라서 그만 두었다. 그리고 굳은 표정으로 내 '유언'을 들은 에스테반이 떨리는 목소리로 내게 말했다.

"내가…… 왜 널 죽여야 하는데?"

잠시 침묵이 흘렀다. 또 잠시 후 소파에 앉아 있던 쇼메가 배를 잡으며 커다랗게 웃는 것이었다. 왜 웃는 거야, 이 자식!

"하하핫! 진짜 웃겼어! 왕실의 월급 도둑 광대 놈들보다 훨씬 웃기는군! 이자벨이 재미있는 녀석이라고 말했던 것도 이런 의미였나?"

"뭐, 뭐가 그렇게 웃기는 거야! 남의 나라를 집어삼키려는 놈이!"

난 뭔가 굉장한 웃음거리가 된 듯한 분위기에 빨개진 얼굴로 외쳤다.

쇼메는 특유의 비웃음 섞인 얼굴로 말했다.

"엔디미온이라고 했던가. 또 만나게 될 줄은 몰랐다. 항상 엉뚱한 곳에서 엉뚱한 일을 저지르는 녀석이로군. 방금 날 웃겨 줬기 때문에 네 무례함을 특별히 용서해 주겠다."

큭! 어째서 내가 너의 용서를 받아야 하는 거냐!

그가 큭큭 웃음을 참으며 내가 왜 이러는지 알겠다는 투로 말을 이었다.

"모반이라. 하긴, 이런 시간에 에스테반과 수군거리고 있는 날 봤다면 그렇게 생각할 수도 있겠군. 이 왕국의 천박한 권력자들이 이 친구를 어떤 눈으로 보고 있는지는 나도 잘 알고 있으니까."

내 말이 그 말이다. 넌 예전에도 이 나라를 자기 속국으로 만들려고 했었잖아!

그런데 그런 쇼메가 날카로운 눈매로 날 바라보며 이렇게 말하는 것이었다.

"만약 이 모습을 보고 모반이라고 여겼다면 너도 그 속 좁은 권력자들과 똑같다."

"뭐, 뭐라고!"

"결국 너도 색안경을 끼고 에스테반을 보고 있는 거잖아? 모반을 일으킬지도 몰라, 본심은 악랄한 녀석일지도 몰라, 그런 의심이 네 마음속에 없었다고 장담할 수 있나? 그렇기 때문에 너는 지금 단순히 나와 에스테반이 대화하고 있는 것만 보고도 모반이라고 단정해 버린 거야. 내 말이 틀렸나?”

그의 입가에 조소가 지나갔다. 뭐, 뭐야. 이 녀석.

“실망스럽구나. 이자벨과 세드릭의 말을 듣고 조금은 남들에게 휘둘리지 않는 배짱이 있는 녀석으로 알았는데…… . 잘 들어라, 천민. 모반은 언제나 권력자에게 고개를 조아리는 간신배가 일으키는 거다.”

쇼메는 선글라스를 다시 쓰며 자리에서 일어나 코트를 입었다. 난 멍한 표정으로 그런 그를 바라보았다. 정말 모반이 아니란 말인가? 그럼 왜 에스테반과 만난 거야!

“에스테반, 이만 가 보마. 이따위 나라를 위해 충성심을 지키고 있다니 너도 참으로 한심한 종자다. 자기 재능을 썩히는 것도 죄악이야.”

그의 말에 에스테반은 쓴웃음을 지을 뿐 아무런 말도 없었다.

나에게는 일말의 눈길도 주지 않고 지나쳐 가는 쇼메의 어깨를 잡았다.

“에스테반 백작을 사주하려는 게 아니라면 왜 여기에 온 거야!”

쇼메는 내 손을 탁 쳐내며 불쾌한 표정으로 입을 열었다.

“전에 내가 말하지 않았나? 내가 마음만 먹으면 언제라도 이런 시시한 나라쯤은 내 뜻대로 요리할 수 있어. 당장 너희 왕궁으로 당당히 걸어 들어가서 대놓고 너희 왕을 협박해도 아무도 날 막을 수 없을 것이다. 그런 이 몸이 어째서 귀찮게 이런 시골 구석까지 와서 반란 따위를 꾸며야 하지?"

오만하기 이를 데 없는 쇼메의 비아냥거림에도 난 할 말이 없었다. 생각해 보니까 그의 말대로다. 마키시온이나 콘스탄트에게도 고개를 빳빳이 드는, 세상에서 제일 잘난 왕자님이 고작 베르스 하나 뒤집자고 일부러 발품을 팔 이유 따윈 없는 것이다.

쇼메는 마지막으로 사람 속 다 뒤집어 놓는 '충고'를 덧붙였다.

"앞으로 나와 대화할 때는 더 공손한 어휘를 선택하도록 해라, 천민."

"내, 내가 어째서!"

그 순간 쇼메의 손이 내 목을 단단하게 잡아챘다.

"큭!"

별로 힘을 준 것 같지 않은데도 강렬한 기운 같은 것이 억지로 몸속으로 밀려 들어와 가슴이 타오르는 것 같았다. 그를 쏘아보며 비명을 참는 내게 차가운 목소리가 들려왔다.

"이렇게 자기 목숨을 마음대로 다룰 수 있는 강자를 상대할 때는 공손하게 구는 것이 장수하는 비결이니까. 잘 알아들었길 바란다."

그를 쏘아보고 있었지만 몸은 손가락 하나 내 의지대로 움직여 주지 않았다. 온몸을 휘감는 패배감에 입술을 깨물자 피가 흘러내렸다. 쇼메의 나직한 비웃음 소리가 몽롱해진 의식 속을 지

나갔고, 에스테반이 황급히 날 떼어내자마자 나는 바닥에 쓰러
져 정신을 잃었다.

13.

다시 정신을 차렸을 때 가장 먼저 날 반긴 것은 소독된 침대
시트의 깨끗한 냄새였다. 누가 날 옮겨 놓은 것일까.
"……."
목 언저리에 손을 가져다 대자 따끔한 통증이 몰려와서 눈을
움찔했다. 아직도 불에 댄 것처럼 욱신거린다. 쇼메 그놈, 왕자
라서 검술이다 뭐다 잔뜩 교육을 받았을 거라고 생각은 했지만
치 떨리게 힘이 세잖아! 마음만 먹었으면 날 죽였을 것이다.
아니 그보다…….
'정말 내가 실수한 건가.'
그때 근처에서 낮은 목소리가 들려왔다.
"정신 들었어? 미안. 엉뚱하게 일이 꼬여 버린 것 같아."
"에, 에스테반 공."
난 놀란 얼굴로 자리에서 몸을 일으켜 그를 바라보았다. 의자
에 앉아 있는 에스테반은 깊게 한숨을 내쉰 뒤에 자연스럽게 헝
클어진 머리를 긁적거렸다.

"하아. 쇼메 그놈, 나쁜 녀석은 아닌데 워낙에 모가 나서 말이야. 냉정한 체하지만 실은 무지하게 다혈질이거든."

그놈 다혈질인 것은 수차례 증명되었지, 아무렴.

"쇼메 왕자와…… 친구 사이인가요?"

"하하, 친구라면 친구겠지."

난 허탈하게 웃는 에스테반의 말에 머리가 혼란스러워졌다. 자기 외의 인간은 모조리 바보, 얼간이, 천민 정도로 여기는 심각한 왕자병 환자인 쇼메에게(아, 실제로도 왕자가 맞긴 하군) 친구가 있다는 것이 믿어지지 않았다.

에스테반은 머쓱한 표정으로 어둑한 창밖을 바라보다가 말했다.

"쇼메가 내게 모반을 제안한 것은 사실이야."

"역시 그랬어! 이런 나쁜!"

난 그럴 줄 알았다며 외쳤지만 에스테반은 손을 내저으며 내 말을 끊었다.

"하지만 난 거절했어."

"거절?"

"응. 삼 년 전에 처음 날 찾아왔던 쇼메가 대뜸 내게 이 나라의 왕이 될 생각이 없느냐고 말했고, 난 한 번만 더 그런 말을 꺼내면 목을 베어 버리겠다고 대답했지. 그 이후에 쇼메는 한 번도 내게 모반에 대해 말한 적이 없어."

"저, 정말요?"

난 이번에도 에스테반이 거짓말을 하고 있다는 생각은 들지 않았다.

"그래. 쇼메는 지는 것 싫어하고 뜻대로 되지 않는 것이 있으면 어린애처럼 화를 내는 녀석이긴 하지만 치졸하진 않아. 날 보고 쓸데없는 애국심이라며 비웃긴 했지만."

"그럼 왜 계속 찾아오는 거죠?"

"그냥 놀러 왔다면서 가끔 찾아올 뿐이야. 예고도 없이 불쑥 찾아와서는 차를 내오라며 건방지게 구는 통에…… 하하하."

'진짜 뻔뻔한 녀석이네.'

왕자쯤 되는 놈이 한량처럼 남의 나라 영주한테 불쑥 와서 차 내와라, 밥 내와라 불한당처럼 굴다니! 하지만 이익이 되는 일에만 관심이 있는 줄로 알았던 쇼메에게 그런 순수한 일면이 있는 줄은 전혀 몰랐다.

그리고 쇼메와 만나면 의심받을 수도 있다는 것을 알면서도 지금껏 '친구'로서 만나 온 에스테반 백작도 무지하게 대범한 사람이라는 생각이 들었다.

나는 잠시 에스테반을 바라보다가 입을 열었다.

"에스테반 공."

"응?"

"어째서 쇼메의 제안을 거절한 거죠?"

"하하, 무슨 의미야?"

"왜 모반을 일으키지 않은 겁니까?"

“…….”

백작은 굳은 표정으로 날 바라보았다.

어쩌면 난 말실수를 한 것일지도 모른다. 왕실의 스파이로서 잘못된 행동을 한 것일지도 모른다. 하지만 지금만큼은 그의 속 마음을 속 시원하게 듣고 싶다는 기분이 들었다.

에스테반은 그 굵은 눈썹을 매만지며 잠시 생각에 잠겼다가 엉뚱하게 들리는 말을 꺼냈다.

“내가 어렸을 때 아버님께서 통치하시던 이 영지는 아주 보잘 것없었어.”

“…….”

“아버님은 이 땅을 열심히 키우고 싶어 하셨어. 돌아가실 때 까지 그 생각을 버리신 적이 없지. 하지만 주변 영주들은 항상 아버지에게 말도 안 되는 뇌물을 요구하며 말을 듣지 않으면 언 제라도 사병들을 동원해서 이곳 사람들을 해치겠다고 위협했지. 왕실과 어떤 인맥도 없던 우리 시골 가문은 당하기만 할 뿐이었 어. 나도 어렸을 때는 성에 있는 시간보다 그놈들에게 볼모로 잡 혀 있는 시간이 더 많았을 정도니까, 하하.”

너무도 씁쓸한 말이지 않은가. 예전에 이자벨 님이 내게 했던 말이 떠올랐다.

‘귀족이기 때문에 권력이 있는 것이 아니라 권력이 있기 때문 이 귀족이 되는 거야.’

귀한 피를 가지고 태어난 족속이라서 귀족이라는 말은 사전

속에나 존재할지도 모른다. 에스테반 역시 힘도 인맥도 없는 자
였기 때문에 아무도 자신이 귀족임을 인정해 주지 않았던 것이
다.

"내 아버님이 누구에게 죽었는지 알고 있나?"

나는 고개를 가로저었다.

잔뜩 과장된 에스테반 백작에 대한 연극에 의하면 그의 아버
지는 타국의 암살자에게 죽었다는 설도 있고 죽은 부인에 대한
슬픔을 이기지 못하고 자살했다는 말도 있으며, 심지어는(존재하
는지조차 의심스러운) 악룡과 싸우다가 죽었다는 믿기 힘든 소문
조차 있다. 하지만 에스테반의 말은 서러울 만큼 현실적이었다.

"이 영지의 폭도들에게 죽은 거야."

"하, 하지만 공의 아버지는 이 영지 사람들을 위하셨다
고……."

"위했지. 주변 영주들의 협박 때문에 이곳을 지키기 위해 어
렵게 뇌물을 모아서 바쳤거든. 하지만 그럴수록 이 땅은 먹고 살
기 힘들 정도로 피폐해졌고, 사정을 모르는 사람들이 폭도로 돌
변해서 사과하기 위해 광장에 나간 아버님을 죽였어. 아마도 뒤
에서 주변 영주 놈들이 부채질했겠지. 악덕 영주를 죽이라고."

나는 그 말에 소름이 끼쳤다.

왕실은 아무것도 모른다. 오직 힘 있는 자의 보고만이 왕실까
지 도달할 수 있기 때문에, 피해자들의 소식 따윈 전혀 모른 채
'오늘도 이 나라는 잘 돌아가고 있구나!' 라고 어이없을 만큼 느

굿하게 생각할 뿐이다.

"내가 아버님의 부음(訃音)을 들은 것이 열네 살 때, 다른 영주의 볼모로 잡혀 있을 때야. 그 소식을 들었을 때, 난 내 방 침대 밑에 숨겨 놓았던 칼을 꺼내 들고 말을 빼앗아 이곳으로 돌아왔어. 그리고 사람들 앞에서 내가 새로운 영주임을 외쳤지."

"그 이후 지금까지……."

"응. 지금까지 그놈들과 싸우고 있는 셈이랄까. 어쩌다 보니 요즘 내가 전국에서 유명세를 타고 있는 것 같은데……. 상황이 그렇다 보니까 영주들도 작정하고 날 찍어눌러 버리기로 작정한 모양이야. 모반이네 뭐네 꾸며대는 것 같더군."

그는 한쪽 눈을 찡긋 감은 채로 엷게 웃었다. 내가 말없이 그를 바라보고 있자 그는 자리에서 일어나며 내 어깨를 툭툭 건드렸다.

"내 변명은 이쯤 하도록 하지. 믿든 안 믿든 그건 네 자유야. 제사 때까지 푹 쉬도록 해."

그가 내게 내준 작은 병실에서 걸어 나가는 그를 보며 나는 문득 어떤 생각이 들어 입을 열었다.

"당신이 주변 영주들의 기사들을 죽였다는 소문도 지어낸 말인가요?"

그는 발걸음을 멈추고 곧바로 대답했다.

"아니. 내가 죽였어."

'당연히 거짓말이지'라고 대답할 줄 알았던 나는 흠칫 놀라고 말았다. 그는 문을 열고 밖으로 나가며 혼잣말처럼 중얼거리는 것이었다.

"그놈들이 내 사람들을 죽였어. 난 나를 믿는 사람을 해친 놈과는 협상도 용서도 하지 않아."

나는 한동안 그가 떠난 자리를 멍하니 바라보았다. 내 귓가에 쇼메가 남긴 말이 맴돌고 있었다.

'만약 너도 모반이라고 생각했다면 너 역시 그 속 좁은 권력자들과 똑같은 거야.'

나는 뜨끔거리는 목을 쓰다듬으며 푸욱 한숨을 내쉬었다.

14.

3일 후.

뒤죽박죽이란 이런 것이 아닐까. 대체 카론 경에게 뭐라고 보고해야 할지 모르겠다.

사냥개에게 물려 죽을 뻔하고 쇼메를 만난 광경도 목격했고 주변 영주들의 기사를 죽인 것도 사실이지만, '그래도 모반을 일으킬 것 같지는 않은뎁쇼?' 라고 해야 하나? 이래 봐야 도리어 에스테반을 몰아세우는 격이로군.

그렇다고 보고 겪은 것을 묵살하는 것은 왕실기사로서(혹은 스파이로서) 할 짓이 아니지 않은가.

'아아, 누구한테도 미움받고 싶지 않아.'

나는 그렇게 소박하지만 거창한 어리광을 부리며 밤의 시가지를 터덜터덜 지나 텔레마코스 센터를 향해 걸어가고 있었다. 한밤중에 남의 눈을 속이며 이렇게 행동하는 것은 확실히 꺼림칙한 일이다. 하아, 역시 스파이라는 건 할 짓이 못 돼.

'그건 그렇고……'

나는 흘낏 뒤를 바라보곤 발걸음을 빨리했다. 아까부터 미행당하는 기분이다. 아니, 확실히 모자를 푹 눌러쓴 사내가 내 뒤를 밟고 있었다.

나는 눈치채지 못한 척하며 인적이 없는 좁은 골목으로 들어가 재빠르게 숨었고, 아니나 다를까 그는 황급히 골목 안으로 따라 들어오는 것이었다.

"아저씨, 남자한테 취미 있어요?"

숨어 있던 나는 그의 뒤에서 나타나 팔을 꺾으며 그렇게 말했다. 짧은 비명을 지른 그는 나를 돌아보려 애쓰며 다급하게 말했다.

"에, 엔디미온 경?"

"아?"

"이, 이 팔 좀 풀어 주시오. 난 제혜른 영주님의 명령을 받고 온 것이니."

제혜른이 누구람?

난 경계의 눈초리를 하며 팔을 풀었고, 그는 찡그린 표정으로
말했다.

"제헤른 공께서 경의 노고를 치하하기 위해 이걸 보내셨소이
다."

깡마른 체구의 그가 내게 묵직한 주머니 하나를 건네주었다.
나는 의아한 표정으로 그걸 열어 보고는 입이 떡 벌어졌다.

"금화?"

그것도 엄청난 양이지 않은가!

"이, 이걸 왜 내게……."

"제헤른 공께서는 애국심을 잃은 배신자 에스테반 백작을 이
나라의 안전을 위해 한시라도 빨리 처리하고 싶어하시오. 그리
고 그러기 위해서는 경의 도움이 꼭 필요하오. 그 금화는 나라의
애국을 위해 최선을 다해 주길 빌며 제헤른 공께서 내리신 선물
이외다."

"아?"

"무슨 뜻인지 잘 아셨을 거요. 그럼 나는 이만."

나는 황급히 빠져나가려는 사내를 잡고 뚱한 표정으로 물었
다.

"그럼 백작이 모반을 일으키려 한다고 왕실에 보고하라는 건
가요?"

"말하자면…… 그런 거요."

"그리고 이 금화는 뇌물?"

“뇌, 뇌물이 아니라……."

헛기침을 하는 그의 표정을 보며 실없는 웃음이 다 나왔다.

왕실 수사에 귀족이 끼어들어서는 안 된다. 아니, 애초부터 제 헤른인지 뭔지 하는 자가 이 기밀 수사에 대해 이렇게 세세하게 알고 있다는 것 자체가 웃기는 일이 아닌가? 게다가 왕실 기사에게 뇌물이라니. 나는 큭큭 웃으며 그의 어깨를 두드렸다.

“아아, 고마워요. 고마워."

“뭐가 고맙다는 거요?"

“당신 덕분에 어지럽던 머릿속이 확실해졌어."

“무, 무슨 말이오."

나는 금화를 번쩍 들며 이렇게 말했다.

“카론 경에게는 확실하게 보고할 테니까 걱정하지 마세요. 그리고 이 금화는 돌려 드리겠습니다아."

촤르르르 소리를 내며 내 평생 만져 보기도 힘들 것 같은 엄청난 양의 금화가 바닥에 떨어졌다. 마치 황금의 폭포가 흐르는 것처럼.

아아, 나도 부자 되긴 글러 먹은 성격이야. 정말이지 사치스러운 낭만이라니까.

“이, 이게 무슨 짓이오!"

그는 진흙탕 속에서 산지사방으로 굴러가는 금화를 황급히 주워대며 소리쳤지만, 난 빈 가죽 주머니를 바닥에 집어 던진 뒤에 시가지가 떠나갈 것 같은 목소리로 커다랗게 고함을 내질렀다.

"이러니까 쇼메가 이 나라를 비웃는 거라고!"

15.

"으아아, 또 당신?"

이번에도 잠들어 있던 것 같던 텔레레이디가 날 보고는 '미남은 자주 와도 좋아요' 라는 눈빛으로 해죽 웃었고, 나도 따라서 '그럼 사용료 좀 깎아 줘요' 라는 눈빛으로 해죽 웃어 주었다. 내 반짝이는 웃음에 그녀는 '손님, 왜 이러십니까?' 라는 미소로 대답해 주었다.

카론 경에게 할 보고는 이번에도 간략했다.

『보고해라.』

검은 머리칼 하나 흐트러져 있지 않은 카론 경은 이 시간까지 사무를 보는 것 같았다.

나는 지금까지 겪었던 일을 하나도 빠짐없이 보고했다. 카론 경이라면 내가 본 그대로 말해도 다른 자들에게 휘둘리지 않고 진실을 꿰뚫어 볼 것이 분명하다는 믿음을 가지고.

하지만 내 보고를 다 들은 카론 경의 차가운 대답은 너무도 예상 밖이었다.

『이제 더 이상 보고하지 않아도 좋다.』

『예?』

『경의 임무는 종료되었다.』

『잉? 그게 무슨 말이에요!』

『말 그대로다. 왕실로 귀환하도록.』

『자, 잠깐만요!』

나는 당황하지 않을 수가 없었다. 난데없이 이게 무슨 소리야! 천신만고 끝에 겨우겨우 에스테반 백작이 모반을 일으키지 않으리라는 것을 알았는데, 이제 다 필요 없다니!

『그리고 널 경호한다는 그 무녀.』

『쥬디스요?』

『작전에는 포함되어 있지 않은 여자다.』

『예?』

그리고 통화가 끊어졌다.

16.

성을 향해 달려가는 내 마음속에는 왠지 불길함이 커져 가고 있었다. 갑자기 종료되어 버린 임무, 그리고 정체를 속인 쥬디스.

성에 도착하자마자 나는 한달음에 쥬디스의 객실로 달려갔다.

"쥬디스!"

문은 열려 있었다. 어둑한 방 안에서 나는 꺼져 있는 양초에
가만히 손을 가져다 댔다.

'방금까지 있었어.'

제법 따뜻하다. 적어도 십 분 전까지는 이곳에 있었던 것 같았
다. 내가 촛불을 켜자 그녀의 방 안이 환하게 모습을 드러냈다.

아마 평소였다면 눈치채지 못했을 것이다. 하지만 뭔가 나쁜
일이 일어날 것 같다는 불안감에 가득 차 있던 나는 그녀의 방에
있어야만 하는 것 하나가 없다는 것을 깨달았다.

"……칼이 없어."

이런 늦은 시간에 칼을 들고 사라질 만한 곳은?

"젠장! 너 무슨 짓을 하려는 거야!"

나는 그 즉시 방을 빠져나와 에스테반의 침실로 달렸다. 오늘
은 에스테반이 일찍 잠들 거라는 알베르토의 말이 떠올랐던 것
이다.

17.

작전에는 포함되어 있지 않은 여자다, 카론 경의 그 불길한 말
이 내 머릿속을 계속 맴돌고 있었다.

'제발 내 생각이 틀렸으면 좋겠어!'

나는 에스테반의 침실로 뛰어가며 마음속으로 몇 번이나 외쳤다. 쥬디스가 돈 때문에 남을 해치는 나쁜 여자라고는 절대로 생각하지 않는다. 퉁명스럽고 자존심 세지만 그건 단지 그녀가 능숙하게 처세를 할 수 없을 만큼 순진하기 때문이다. 그러니까 나와 왕실을 속이고 에스테반을 해치려는 짓은 할 리가 없어!

그러나 현실은 내 바람을 비웃기라도 하는 듯, 어둑한 복도 가운데 침실 문이 열려 있는 것이 보였다.

'쥬디스!'

나는 에스테반의 침실 안으로 뛰어 들어갔다. 그리고 그곳에는 긴 검을 뽑아 든 쥬디스가 내게 등을 돌린 채 서 있었다.

번뜩이는 칼날, 창백한 달빛 속에서 보이는 그 어스름한 모습은 마치 현실감 없는 유령 같았다.

"그만둬! 무슨 짓을 하려는 거야, 쥬디스!"

"늦었어."

그 작은 목소리와 함께 그녀는 에스테반이 잠들어 있는 침대에 검을 깊게 찔렀다. 나는 경악했다.

"무, 무슨 짓을 한 거야!"

"……이제 다 끝났어."

그녀의 그 말을 들으며 난 머릿속이 하얘져서 아무런 말도 할 수 없었다. 에스테반을 죽이다니. 그것도 누구도 아닌 펠리오스 무녀의 손으로! 제헤른인가 뭔가 하는 영주가 이 모습을 봤다면 이 이상 원하는 결말은 없다며 커다랗게 웃겠지.

제기랄. 제기랄. 제기랄.

그때 커튼 뒤 어두운 구석에서 낯익은 목소리가 들려왔다.

"이렇게 되리라 생각하고 있었습니다."

"누, 누구야!"

깜짝 놀란 나와 쥬디스가 바라본 그곳에서는 알베르토가 걸어 나오고 있었다. 그의 손에는 이 성 어느 방에 가도 걸려 있다는 장검이 들려 있었다.

"큭!"

그의 모습을 본 쥬디스는 낭패의 표정을 지으며 침대의 담요를 젖혔다. 그 속에 있는 것은 에스테반이 아닌 시트 뭉치였다. 처음부터 에스테반은 이 방에 없었다.

알베르토가 검을 뽑으며 말했다.

"아무리 어둡다고는 해도 목표를 제대로 확인하지 않았다는 것은, 전문 암살자는 아니라는 의미로군요. 영주들의 사주를 받은 건가요?"

그 차분한 말투와는 달리 순진한 줄로만 알았던 알베르토의 눈매에 살기가 맺혔다. 쥬디스는 다시 검을 들며 소리쳤다.

"백작은 어딨어!"

"형님은 지금 축제에 가셨습니다. 혹시나 해서 오늘은 일찍 주무실 거라고 당신들께 거짓 정보를 흘렸더니 이렇게 걸려드는군요. 저는 처음부터 당신들을 믿지 않았습니다."

그 말과 함께 알베르토가 칼을 들어 쥬디스를 겨눴다. 차가운 살기, 아무리 여자라도 죽이고도 남을 증오가 느껴졌다.

"어째서 형님을 해치려고 했는지는 묻지 않겠습니다. 결국 형님을 시기하는 귀족들의 돈에 매수된 것이겠지요."

"아니야! 그딴 이유로 죽이려는 건 아냐!"

"아무래도 좋습니다. 전 당신들을 죽이겠습니다."

알베르토는 적대감을 숨긴 채 우리를 주시해 왔던 것이다. 에스테반의 동생이니 보나 마나 검술도 굉장할 테지. 나는 침착하게 그를 설득하기 시작했다.

"알베르토 씨, 쥬디스는 왕실의 무녀입니다. 실수로 이런 일을 저지르긴 했지만 만약 죽인다면 왕실은 절대 조용히 넘어가지 않고 결국 당신을 체포하게 될 것입니다. 그러니까 일단 검을 내려놓고……."

"각오는 되어 있습니다. 저는 지금 당신들을 죽이고 내일 아침 왕실에 자수하겠습니다. 이 일은 제가 단독으로 저지른 일입니다. 끝까지 저 혼자 책임질 것입니다."

또박또박 말하는 그의 단호함은 이미 설득의 차원을 넘어선 상태였다. 나는 입술을 깨물며 벽에 걸린 검을 집어 들고 쥬디스 앞에 섰다.

"여긴 내가 막을 테니까 일단 도망쳐!"

"하, 하지만!"

"내 말 안 들려! 빨리 이 성 밖으로 도망치라고!"

"네가 왜 날 지켜 주는 거야!"

나는 한쪽 눈을 찡그려 감으며 투정에 가깝게 혼잣말을 중얼거렸다.

"이래 봬도 기사라고 말했잖아."

알베르토는 차가운 표정으로 조금씩 내게 다가오고 있었다. 지독하게 어두운 이런 곳에서는 싸워 본 적도 없다. 절대적인 불리. 하지만 쥬디스는 도망칠 생각도 못하고 어쩔 줄을 몰라 하고 있었고, 나는 어쨌든 누가 죽는 것만은 막고 싶은 마음에 알베르토를 막아섰다.

나는 보라색 눈동자로 알베르토를 쏘아보며 외쳤다.

"사람을 죽이는 것이 형을 지키는 방법일 리가 없잖아. 형도 이 모습을 보면 그만두라고 외쳤을 거야!"

"그래요. 형님은 분명 이런 나를 탓할 겁니다. 당신들이 왕실의 스파이라는 것을 알면서도 정중하게 대접한 분이니까요. 나는 형님에게 인정받기 위해 이런 일을 하는 것이 아닙니다. 나는 형님을 지키는 여분의 목숨입니다. 지옥에 떨어져도 반드시 형님을 지킵니다."

소중한 것을 지키기 위해 기꺼이 더러운 흙탕물을 뒤집어쓴다. 훌륭한 충성심이다. 알베르토는 그걸 각오하고 있었다. 하지만 그 방법이 잘못되었단 말이야!

"이러면 정말로 주변 영주들의 손에 놀아나는 것뿐이야. 아무도 죽이지 않고 일을 해결할 수 있어!"

"정론이로군요. 이 세상에는 통용되지 않는 말입니다."

"하지만 네 형은 그 정론을 지금까지 지키면서 살아왔어! 남들이 뭐라고 오해해도 자신의 신념을 꺾지 않았다고! 그걸 욕되게 할 생각이야!"

내 말에 반응한 그의 표정이 달빛 아래서 흔들렸다. 그리고는 고개를 숙인 채 유언 같은 말을 남기는 것이었다.

"쓸데없이 말이 길어졌군요. 당신이 절 이해해 주길 바라지 않습니다. 자 그럼 갑니다."

차아앙!

공기를 찢는 소리가 귀를 때리며 어두운 실내에 불꽃이 터졌다. 나는 팔이 끊어지는 것 같은 충격과 함께 크게 밀려나고 말았다.

'젠장! 무지막지하게 세네!'

조금은 약했으면 하고 기대했는데 실로 황소 같은 힘이다. 카론 경이라면 모를까, 내가 상대하려면 목숨이 열 개라도 부족하다고!

'막는 것에만 집중하면 여간해선 뚫리지 않아.'

나는 알테어 님의 그 가르침을 신앙처럼 믿으며 정신없이 날아드는 알베르토의 검을 막아내고 있었다. 살갗이 벗겨져 나간 손에서는 핏물이 떨어져 점점 감각이 둔해지고 있었지만, 확실히 알베르토도 조금씩 지쳐 가고 있는 것 같았다.

그가 숨을 고르며 중얼거렸다.

"생각보다…… 대단하군요."

"아아아! 그래요! 난 당신 생각보다 훨씬 대단하니까 이제 그만 좀 하자고요!"

"끝내고 싶다면 절 죽이는 수밖엔!"

야! 이 황소고집아!

눈빛을 번뜩인 알베르토는 앞의 테이블을 발로 걷어찼다.

"이런!"

생각지도 못한 일이었다. 뒤집어진 테이블이 내게 들이닥쳤고 그 순간 잠시 균형을 잃었다.

"고통 없이 죽여 드리지요!"

알베르토는 내 몸을 두 동강 낼 심산으로 뛰어 들어왔고, 난 그 순간 화가 치밀어 올라서 커다랗게 소리치며 검을 꽉 다잡았다.

"그따위 배려 필요 없어!"

파아아아앙!

고강도의 금속이 잘려 나가는 굉음과 함께 검의 조각이 천장에 박혀 버렸다. 그 자리에 멈춰선 알베르토는 반으로 잘려 나간 자신의 검을 믿을 수 없다는 표정으로 바라보고 있었다.

"검을 끊는다? 소문은 들어 봤지만 당신, 이 정도 검술을 숨기고 있었습니까?"

"숨기고 자시고 간에 가끔 성공해. 아주 화가 났을 때."

'알테어 님이 전수해 준 비기!' 라고 하고 싶지만 반쯤은 운에 맡긴 것이고 다시 할 힘은 남아 있지도 않다.

알베르토가 검을 바닥에 떨어트리고는 헛헛하게 말했다.

"분하지만 졌습니다. 절 죽이십시오."

"그러니까 그게 아니라니까!"

아으윽! 답답해! 좀 더 긍정적인 방향으로 충성심을 발휘할 수는 없는 거냐!

그때 굵직한 목소리가 문 앞에서 터졌다.

"그쯤에서 끝내라, 알베르토."

"혀, 형님!"

알베르토의 얼굴에는 당황한 빛이 역력했다. 그건 나 역시 마찬가지였다. 축제에 갔다는 에스테반이 어째서 지금 여기로 돌아온 것일까.

"아무래도 불안한 기분이 들어 돌아왔더니만……."

에스테반은 손으로 얼굴을 가린 채로 중얼거렸다.

"형님, 저는……."

"알베르토. 사냥 갔을 때 엔디미온 경에게 날이 없는 검을 준 것도, 사냥개들을 풀어놓은 것도 네가 한 일이지?"

나와 쥬디스는 깜짝 놀란 표정으로 알베르토를 바라보았다. 알베르토는 고개를 숙인 채 대답했다.

"……그렇습니다."

"그럴 거라고 생각했다. 그래서 그날 저녁 너를 불러 절대 경솔한 짓은 하지 말라고 말하지 않았냐! 그걸 잊은 거야?"

"하지만……."

"난 네가 생각하는 것처럼 쉽게 죽지 않아. 그러니 난 네가 내 아침 식사를 만들고 주민들을 훈련시켜 주는 것만으로도 충분히 고맙게 생각한다. 이런 무모한 친절은 사양이야. 그것도 남의 침실에서 말이지, 하하."

에스테반은 쓴웃음을 지으며 방에 들어와 촛불을 켰다.

실로 대범한 자였다. 화를 내거나 검을 뽑지도 않고 아무도 다치게 하는 일 없이 알베르토를 진정시켰다. 솔직히 이런 생각 하면 불경죄이긴 하지만, 왕이 되면 정말 통치 잘할 것 같지 않은가?

"그리고 쥬디스 양, 듣고 싶어. 왜 날 죽이려고 했는지."

에스테반은 의자에 걸터앉으며 호수처럼 깊은 눈동자로 쥬디스를 바라보았다. 환하게 밝혀진 방 안에서 그녀는 눈물을 흘리고 있었다. 만약 돈 때문이었다면 이런 표정은 보이지 않으리라.

그녀가 몸을 떨며 말했다.

"착한 척하지 마. 혼자서만 정의를 지키는 척하지 말라고! 당신도 다른 영주들과 똑같아."

"왜 나를 미워하는지 이유를 들을 수 있을까?"

"그건 당신이 내 아버지를 죽였기 때문이야! 기억하지도 못하겠지? 지금까지 죽인 사람이 너무 많으니까 말이야!"

쥬디스가 거짓말을 하고 있을 리는 없다. 하지만 나는 도저히 믿을 수가 없어 황망한 시선으로 에스테반을 바라보았다. 그는 굳은 표정으로 잠시 그녀를 바라보다가 고개를 끄덕였다.

"아마도 너는 이 주변 영지 출신인가 보군."

"그래, 아버지는 너와 싸우던 영주의 사병이었어. 네가 군대를 몰고 들어온 날 네가 죽인 수많은 병사 중 한 명이지. 분명 네겐 얼굴도 이름도 기억나지 않는 한낱 잡병일 뿐이었겠지만 내겐 날 홀로 키워 주신 아버지야. 그 이후 오르넬라 님이 날 무녀로 거둬 간 이후에도 항상 다짐했어. 언젠가는 널 죽이고 복수하겠다고."

'어리광부리지 마!' 라고는 할 수 없었다. 아마 나 역시 내 부모를 죽인 자를 보면 평정을 유지할 수가 없을 것이다.

에스테반은 자리에서 일어나서 그녀를 똑바로 바라보며 말했다.

"네 말이 맞다. 난 내가 아끼는 사람들의 복수를 위해 너희 아버지를 죽였어. 그건 아버지를 잃은 네겐 이유가 되지 않겠지. 모든 건 상대적인 거다. 네가 내게 복수하려는 것은 당연한 마음이다."

알베르토가 외쳤다.

"아닙니다! 형님은 우리를 위해서!"

"알베르토, 왜 너는 나를 지키기 위해 이런 무모한 일을 저질렀지?"

"그건……."

백작은 동생의 말을 끊으며 입을 열었다.

"그건 예전에 내가 너와 너의 가족을 지켜 준 적이 있었기 때문이야. 그렇기 때문에 너는 내게 목숨을 바칠 각오를 한 거야, 그렇지? 하지만 만약 내가 쥬디스에게 했던 것처럼 너와 너의 가족을 해치는 입장이었다면 지금 내게 칼을 들이대고 있는 것은 바로 너였을 거다. 지켜 준 자에게 사랑을 받고 해를 끼친 자에게 미움을 받는다, 그게 당연한 이치지.”

알베르토는 역시 친동생이 아니었다. 그리고 쥬디스와 알베르토는 말하자면 에스테반 백작의 양면. 하나는 그에게 구원을 받았고 또 하나는 그에게 고통을 받았다.

그렇게 엇갈린 감정들이 지금 여기서 충돌한 것이다.

에스테반이 말했다.

“쥬디스, 유감스럽게도 내가 너의 아버지를 죽인 것은 사실이며 또한 다시 부활시킬 능력도 없다. 그러니 네 칼에 죽는 것이 제대로 된 속죄겠지. 하지만 내겐 지켜야 할 사람이 있기 때문에 지금은 죽을 수 없어. 내가 죽으면 나를 믿는 사람들도 죽게 되므로 난 뻔뻔하게 계속 살아야 한다.”

“에스테반!”

백작은 검을 뽑아 바닥에 내려놓은 뒤 무릎을 꿇고 고개를 숙였다.

“날 용서해 다오.”

“비겁한 놈! 검을 뽑아!”

“나는 살기 위해 내가 죽인 자의 자식까지 죽일 수는 없다. 하지만 내겐 사람들을 지키기 위해 살아야 할 의무도 있어. 그러니 지금 내가 할 수 있는 선택은 이렇게 용서를 비는 것뿐이다.”

에스테반은 원한다면 얼마든지 쥬디스를 죽일 수 있었으리라. 그게 아니라면 책임을 지고 품위 있게 자결할 수도 있었다. 하지만 그는 그 대신 무릎을 꿇고 평민에게 용서를 구걸했다.

책임을 지고 죽는 결정과 책임을 짊어지고 살아야 하는 결정 중에 무엇이 더 무거울까. 백작은 그 고뇌를 지금껏 몇천 번이나 했을까.

쥬디스는 검을 치켜들었다. 그녀의 검이 위태롭게 떨렸다.

백작은 고개를 깊게 숙인 채 눈을 감고 조용히 처분을 기다렸다.

쥬디스가 외쳤다.

“난 네가 나쁜 놈이길 바랐어! 아버지를 죽인 원수가 사악한 악인이기만을 기도했어!”

쥬디스가 입술을 깨물며 검을 떨어트렸다. 그녀가 말했다.

“에스테반 백작, 네가 아무리 많은 사람을 구해도 내 아버지를 죽였다는 사실은 절대로 사라지지 않아. 네가 죄지은 자라는 사실을 평생 가슴에 품고 속죄해라. 그 책임을 평생 느끼며 살아라. 그래도 난 너를 영원히 용서하지 못하겠지만 평생을 속죄한다면 신은 널 용서할지도 모르니까.”

쥬디스는 그렇게 말하고 방을 떠났다.

한참 후, 천천히 눈을 뜬 에스테반이 쓴웃음을 지으며 말했다.

“황송하군. 여신이 자비를 내렸으니 난 분명 오래 살게 될 거야."

난 정말 이 사람이 대단하다고 생각한다.

18.

또 별다른 일도 없이 며칠이 흘렀다. 더 이상 사냥개에게 습격을 당한다든지 한밤중에 침실에서 칼을 휘두르는 대소동은 없다. 하지만 무슨 일인지 쥬디스는 아직 오르넬라 님의 품으로 돌아가지 않았고, 나 역시 아직 왕실로 돌아가지 않고 있다.

'하아, 카론 경의 명령이야 어찌 되었든 키스 경의 명령도 중요하단 말이지.'

제사를 끝마치지 않고 돌아갔다간 키스 경으로부터 '아아아! 농땡이 기사로군요! 오늘 저녁은 없습니다아!' 라는 치졸한 보복을 당할 것이 뻔하고, 무엇보다 아직 미심쩍은 일들이 남아 있었다.

'그 제헤른인지 뭔지 하는 영주 녀석이 수작을 부릴 것 같단 말씀이야.'

내가 있다고 상황이 달라질 것은 없겠지만 그래도 에스테반이 아무래도 몹쓸 짓을 당할까 걱정이 된다.

분명 제헤른은 무슨 수를 써서라도 에스테반을 몰락시키기로 작정한 돼먹잖은 악덕 영주임이 분명하니까 말이다.

객실 침대에서 뒹굴거리며 '그런데 저 공동욕실은 대체 언제 이용할 수 있는 거람' 이라고 투덜거리고 있을 때 복도 밖에서부터 소란스러운 소리가 들려왔다.

"뭐, 뭐야."

갑자기 망루에서 긴박한 종소리가 터졌다. 그리고 곧 와글거리는 수많은 사람의 함성이 성 밖에서부터 밀려오기 시작했다.

뭐냐, 이거! 폭동이라도 일어난 건가!

난 깜짝 놀라서는 문을 열고 복도로 나가 창밖을 바라보았다.

'……세상에.'

엄청난 수의 주민들이 모두 이 거대한 성 안으로 몰려 들어오고 있었다. 에스테반의 병사들이 사방으로 뛰어다니며 그들을 통솔하고 있었고, 이미 성벽 위에는 궁수들이 배치되어 있었다.

그때 복도 저편에서부터 알베르토가 황급히 내게 뛰어오며 다급하게 외치는 것이었다.

"엔디미온 경! 쥬디스 님과 함께 빨리 이곳을 떠나시라는 형님의 명령이십니다!"

"무슨 일이 일어난 거죠?"

"주변 영주들의 군대가 이곳으로 진격해 오고 있습니다."

난 심장이 덜컥 내려앉는 것 같았다.

"그 말은……."

알베르토는 굳은 표정으로 말했다.

"왕실에서 이곳에 토벌령을 내렸습니다. 형님이 모반을 기도
했다고 합니다."
"그, 그럴 리가 없잖아요!"
"그들에게 진실 같은 것이 중요할 리가 없겠지요."
알베르토의 말투는 이미 각오한 듯 담담하기까지 했다.
카론 경이 했던 말의 의미가 이것이었나. 모반의 증거를 못 찾
고 나를 매수하는 것에도 실패하고, 쥬디스의 암살까지 실패로
돌아가니까 대놓고 왕실을 뒤흔들어 좌우지간 모반이라고 밀어
붙인 것이다. 에스테반은 무릎을 꿇으면서까지 살아서 사람들을
지키려고 하는데!
　'제헤른, 네놈의 낯짝을 본 적도 없지만 지금 이 순간 네놈이
세상에서 가장 싫어졌다!'
　난 피난민들이 몰려 들어오고 있는 창밖을 쏘아보며 이를 꽉
깨물었다.

19.

나는 에스테반을 찾아 성탑 위로 올라갔다.
장검을 차고 두꺼운 가죽 갑옷에 적갈색의 망토를 두른 그는
계단을 타고 올라온 나를 돌아보지도 않았다.

"……에스테반 공."

나는 성 밖을 주시하고 있는 그의 곁으로 다가갔다. 이미 성 밖에는 족히 5만 명은 넘을 것 같은 주변 영주들의 군대가 '토벌군'이라는 파렴치한 명분으로 모습을 드러내고 있었다.

아무리 이 성이 견고하고, 또 에스테반이 아무리 명장이라고 하더라도 왕실로부터 반역자로 낙인찍힌 상태에서 승산이 남아 있을까. 겨우겨우 버틴다 하더라도 백작이 평생을 가꾼 이 영지는 약탈당해 쑥밭이 될 것이 분명했다.

화를 참고 있는 것 같던 에스테반은 불현듯 주먹으로 벽을 때리며 커다랗게 소리쳤다.

"빌어먹을 자식들!"

난 깜짝 놀랐다. 항상 온화하고 정중한 말만 나오는 줄 알았던 그 입에서 저런 험악한 욕설이 나오는 모습은 처음 본 것이다. 아무리 에스테반이라도 자신을 이렇게 대놓고 망치려는 짓거리에는 격분할 수밖에 없는 것일까.

하지만 내가 틀렸다. 그가 화를 내는 것은 다른 이유였다.

"저렇게 많은 군대를 몰고 오면 국경은 누가 지킨단 말이야!"

"예?"

"악투르 왕국이 호시탐탐 이 국경을 노리고 있다는 사실은 술 주정뱅이도 알고 있는 사실이야. 그런데도 나 하나 잡겠다고 저 많은 병력을 빼 오다니! 국경을 무방비로 둬도 상관없다는 거야? 바보 같은 놈들!"

나는 순간 부끄러움에 얼굴이 빨개졌다. 에스테반 백작은 이 순간까지도 국경을 걱정하고 있었던 것이다.

물론 제헤른인지 뭔지 하는 머저리야 이 나라 지키는 일 따위에는 손톱만큼도 관심이 없을 테지. 되려 악투르 왕국의 뒷돈을 받고 국경을 열어 주지는 않을지 걱정스러운 파렴치한이니까.

"엔디미온 경, 왜 아직 여길 안 떠났어? 잠시 후면 이 땅은 불바다가 될 거야."

"하지만 이대로 떠날 수는……."

"아냐, 네겐 충분히 고맙게 생각하고 있어. 나에 대해 왕실에 나쁘게 보고하지 않았다는 사실은 이미 알고 있어. 왕실에 너 같은 녀석만 있었다면 나도 왕실에 갔을 텐데."

"아하하, 왕실에는 예상하시는 것보다…… 좋은 사람도 많거든요."

순간 키스의 헤벌쭉 웃는 얼굴이 떠오르자 난 세차게 도리질을 한 뒤에 정색하고 말했다.

"지금도 후회하지 않고 있나요?"

"뭘 말이야?"

"쇼메 왕자의 제안을 거절한 거요."

"물론."

에스테반은 웃는 낯으로 주저 없이 대답했고, 난 씁쓸한 미소를 지으며 고개를 숙였다.

"그럼 저는 이만 가 보겠습니다."

“그래, 지금까지 고마웠다. 좋은 인연이었다.”

“그리고 그들을 설득해 보겠습니다.”

“너, 지금 무슨 소리를 하는 거야?”

에스테반은 어이없다는 표정으로 말했다.

솔직히 내가 생각해도 좀 무모한 것 같지만, 그래도 지금 내가 왕실의 기사로서 할 수 있는 일은 이것뿐인걸요.

“귀공을 대신해서 그들에게 결백을 증명하겠어요.”

“쓸데없는 짓 하지 마! 이미 내게 토벌 어명이 떨어졌어. 괜히 내 편을 들었다간 너까지 반역자가 된다. 너는 이 지역 사람도 내 부하도 아니야. 그럴 의무가 없다.”

이런 사람이 이 나라에 많았으면 좋겠다, 나는 그렇게 생각했다.

나는 환하게 웃었다.

“에스테반 공, 영주님은 지금 영주님밖에 할 수 없는 일을 하고 있지요? 저도 지금 저밖에 못 하는 일을 하고 싶습니다. 그걸 포기한다면 평생을 후회하며 살게 될 겁니다. 이래 봬도 기사라니까요.”

그 말을 멍하게 듣던 에스테반 백작이 커다랗게 웃으며 말했다.

“다들 참 멋대로 사는구나. 하나같이 바보 같기는!”

20.

“카, 카론 경!”

토벌군의 지휘관 막사로 들어간 내가 가장 처음 본 자는 카론 경이었다.

솔직히 갑옷을 입은 카론 경의 모습은 처음 봤다. 왕실 문양이 새겨진 고귀한 은빛 갑주를 입고, 길고 검은 머리칼을 차분하게 내린 그의 모습은 남자인 내가 봐도 정말로 아름다웠다.

이런 기사와 에스테반 백작이 망할 놈의 협잡꾼들 때문에 싸워야 한다니! 생각만 해도 치가 떨린다.

얼음 같은 기사, 카론 경이 내게 말했다.

“엔디미온 경, 어째서 아직도 이곳에 남아 있는 건가?”

“카론 경! 제 말을 꼭 들어주…….”

“네놈이 바로 엔디미온이냐!”

순간 내 말을 끊으며 비대한 지방덩어리가 나타났다. 정말이지 불에 태워도 사흘 밤낮 타오를 것 같은 비만의 결정체였다.

오호라! 네놈이 바로 제헤른이로구나! 나는 순간 이 난생처음 보는 인간이 바로 제헤른일 거라고 직감했다.

그가 대놓고 씨부렁거렸다.

“흥! 에스테반에게 홀려 중대한 임무마저 소홀히 한 기사의 수치가 무슨 낯짝으로 이곳에 온 게냐!”

난 곧바로 쏘아붙였다.

"돈으로 왕실기사를 매수하려고 한 영주의 수치가 창피도 모르고 국경 수비군을 데리고 왔습니까!"

"뭐, 뭐라고!"

나 이래 봬도 화나면 무섭단 말이지!

제헤른의 그 널찍한 얼굴이 당장에 붉으락푸르락 오색찬란하게 변해 버렸음은 물론이다. 태어나서 이런 모욕은 받아 본 적 없을 거다.

카론 경은 차가운 말투로 내게 말했다.

"말조심해라. 이분은 전하의 어명을 받고 이 토벌군의 지휘관을 맡으신 제헤른 후작이시다."

'이런 놈이 대장이라고!'

카론 경의 싸늘한 시선이 '문제 일으키지 말고 빨리 여기서 나가!' 라고 경고했다. 난 입술을 꽉 깨물며 고개를 홱 돌렸다.

망국(亡國)의 대명사 제헤른이 분을 삭이며 다시 입을 열었다.

"으음, 지금은 전쟁 중이니 너그러운 마음으로 네놈의 무례함을 용서해 주도록 하지."

최근 들어 내 무례함을 용서해 주는 사람 많아 좋네! 쳇!

"대신 나 토벌군 사령관 제헤른의 권한으로 응당 네가 왕실의 기사로서 행해야 하는 임무를 내리겠다!"

'뭐? 임무라고?'

"지금 당장 왕실로 가라! 그리고 국왕 전하께 에스테반 백작이 모반을 획책하고 악투르 왕국에게 국경 관문을 열어 줄 계획을 세운 극악무도한 자임을 보고해라! 그것만이 네가 지금까지의 불명예를 씻고 애국에 매진할 수 있는 유일한 길이니라!"

지, 지금 뭐라고 지껄이는 거야! 이런 뻔뻔한 자식! 귀족의 수치! 세계 비만 인구의 오점 같은 놈아!

아무리 온화한 나라도 이런 놈에겐 욕을 한 바가지 퍼부어 주고 싶었지만 어떻게든 최대한의 인내심을 발휘해서 꾹 참으며 카론 경에게 말했다.

"카론 경은 알고 있죠?"

"……."

"에스테반이 모반을 일으킬 자가 아니라는 것을 이미 알고 있었죠?"

"……."

"말해 봐요! 카론 경은 진실이 뭔지 알고 있잖아요! 당신은 썩지 않았잖아!"

억울함에 터진 내 외침에 카론 경은 얼어붙은 눈빛을 들어 나를 바라보았다.

"전하께서 토벌 명령을 내리셨다. 그리고 어명을 따르는 자가 왕실기사다. 멋대로 판단하지 마."

"카론 경!"

"제헤른 공의 명령을 들어라. 그것이 기사다."

잘못 들은 건가? 당신, 설마 그런 말을 하는 사람이었어?

"지금 무슨 소리를 하는 거예요. 카론 경은 누구보다 멋진 기사잖아요. 고지식하고 웃지도 않고 출세하는 방법도 모르지만, 그래도 기사가 이럴 때 뭘 해야 하는지는 알고 있는 사람이잖아요! 그런데 그런 썩어 빠진 말을 하다니……. 제발 제 말을 들어 줘요!"

"엔디미온 경, 자넨 항상 나를 과대평가하는구나."

그때 제헤른이 눈물이 나올 것 같은 나를 밀쳐내며 소리쳤다.

"에이이이이! 모반자를 처단하는 성스러운 임무 중에 무슨 개소리를 지껄이고 있는 게야! 당장 이 몸의 명령을 따르지 못하겠느냐! 만약 못 하겠다면 이 자리에서 네놈의 목을 자르겠다!"

기백도 대의도 없이 단지 악의뿐인 협박이 터졌지만 나는 오직 카론 경만 노려보고 있었다. 진실을 알아줄 사람이 아무도 없다면 아무리 값진 진실이 반짝거린들 무슨 소용이 있을까.

제헤른은 숨이 넘어갈 듯 광분했다.

"카론 경! 뭐 하고 있나! 왕실기사를 대표해서 이 매국노의 목을 쳐라!"

나는 카론을 바라보며 나지막이 말했다.

"카론 경, 진짜 기사가 되고 싶으면 이 나라를 떠나라고 말했었죠? 그걸 알면서도 왜 당신은 아직도 이 나라에 남아 있는 건가요? 지금 저 성 안에는 자신이 모함받아 죽게 되리라는 것을 알면서도 마지막까지 국경을 지키며 영주의 도리를 다하는 사람이 있어요. 당신도 그와 같은 마음 때문에 이 나라에 남은 게 아닌가요. 그렇죠? 내가 틀린 게 아니죠?"

순간 검을 뽑은 카론의 칼날이 내 목에 다가왔다.

"엔디미온 경, 마지막 경고다. 명령을 따르지 않겠다면 자넬 처형하겠다."

21.

억울하게 죽은 자는 죽어서도 이승을 떠나지 못한다는데, 그 말이 사실이라면 내 영혼은 아마 영원히 이 땅을 떠돌 것이다.

"카론 경, 뭐 하고 있소! 어서 저자를 죽이시오!"

"매국노를 죽여!"

막사 안에 모여 있는 영주들이 나를 향해 핏발을 세우며 그렇게 소리쳤고, 카론은 내 목에 칼을 겨눈 채 계속 나를 바라보고 있었다. 나는 그의 칼끝이 살짝 떨려 오고 있음을 느꼈다.

"카론 경! 왜 안 죽이고 있는 건가!"

나는 아무 말도 없이 카론을 바라볼 뿐이었다. 어쩌면 날 죽이면 기사단장으로 승진할지도 모르지. 제혜른으로부터 굉장한 금화를 포상으로 받을지도 모른다. 훌륭한 기사! 공정한 수사관이라고 칭송받고 연극으로 만들어질지도 몰라.

"카론 경, 당신은 왜 기사가 된 겁니까. 그 이유를 기억하고 있나요?"

"……."

난 표정 하나 변치 않는 카론 경을 한껏 눈에 담았다.

이렇게 진실이 썩은 쭉정이만도 못한 넌덜머리나는 세상이라면 차라리 지옥이 더 살 만할지도 모른다.

"너만 보면 정말 골치가 아프다. 악연이야. 나에겐 키스 하나도 벅차다."

카론은 스르르 검을 내리며 그렇게 중얼거렸다.

제혜른은 입이 쩍 벌어지며 눈이 휘둥그레졌다.

"지, 지금 토벌군 사령관의 명령을 어긴 건가, 카론 경!"

"명령을 듣지 못했습니다."

"가, 가, 감히 내게 무슨 말을! 자네 그러고도 무사할 줄……."

"명령을 못 들었다고 하잖아!"

카론은 눈을 꽉 감으며 외쳤다. 난 깜짝 놀라 그를 바라보았다. 그가 이렇게 큰 목소리로 소리친 것은 이번이 처음이다. 아아, 고지식한 사람이 한 번 반항하면 저렇게 막 나가기도 하는구나. 정말로 고맙다는 생각이 든다.

그때 막사 문이 열리며 한 기사가 뛰어 들어와 한쪽 무릎을 꿇었다.

"큰일입니다! 현재 악투르 왕국군이 남쪽 국경으로 진격해 들어오고 있습니다!"

"뭐, 뭐라고! 어떻게 그런 일이!"

망할! 네놈들 머리는 진공상태냐!

국경 수비군을 이렇게 다 빼 왔는데 그 승냥이 같은 악투르 놈들이 들어오는 건 밥 먹으면 배부른 것보다 더 당연한 결론이잖아!

카론 경은 차가운 눈초리로 제헤른을 바라보며 지극히 이성적인 어조로 말했다.

"이제 어쩌시겠습니까? 남부 국경선이 뚫린다면 전하가 계신 수도까지 위험해집니다. 토벌군 사령관으로서 명령을 내려 주십시오."

"자, 잠깐만 기다려. 이건 생각지도 못한 일이란 말이야!"

아아, 대단해. 졌다, 졌어. 무능도 저 정도면 예술이지. 짚신벌레도 너보단 머리가 좋겠다!

난 너무 답답해서 누가 들어도 수긍할 만한 유일한 해결책을 말했다.

"생각이고 자시고 냉큼 군대를 회군시켜 국경을 막아야 하잖아요! 그게 국경을 지키는 귀족의 의무잖아!"

"말도 안 되는 소리! 모반자를 놔두고 철수하란 말이냐! 그건 안 돼!"

순간 나는 믿기지 않는 인내심을 발휘해서 내 이성의 끈이 끊어져 버리는 것을 가까스로 막았다. 그러나 이곳에 모인 잘난 주변 영주들은 누구도 '나라를 위해' 자신들의 병사를 회군시키겠다고 말하는 자가 없었다.

그때 새로운 보고가 들어왔다. 이것은 정말 믿어지지 않는 일이었다.

"에, 에스테반 백작이 이곳으로 오고 있습니다!"

"뭐라! 그 더러운 반역자가 군대를 움직였단 말이냐!"

"아, 아닙니다. 그게 아니고…… 혼자 오고 있습니다."

나 역시 믿기지 않는 표정으로 멍하니 막사 문을 바라보았고, 잠시 후 병사들에게 둘러싸인 에스테반이 굳은 표정으로 이곳에 들어왔다. 그는 정말 혼자 온 것이다.

"오랜만이오, 제헤른 후작."

"큭! 이런 오만방자한……."

에스테반은 팔을 들어 제헤른의 말을 끊고는 입을 열었다.

"길게 말할 시간 없소. 지금 악투르의 군대가 이곳에서 7마장 떨어진 국경선을 향해 진격해 오고 있다는 보고를 받았소."

"그, 그게 너 같은 매국노와 무슨 상관이 있다는 게야!"

"나와 나의 병사들이 그곳을 막으러 갈 수 있도록 길을 열어 주시오."

"미친 소리!"

제헤른은 거의 방방 뛰었지만 에스테반은 한 치의 흔들림도 없이 자신의 아버지를 죽이고 자신의 영지를 탐했던 제헤른 앞에서 당당하게 말했다.

"적을 막지 못하는 것이야말로 국경을 지키는 귀족으로서의 최악의 수치가 아니겠소. 길을 열어 주면 내가 그곳에 가서 악투르의 군대를 막겠소. 그리고 그 이후에는 왕실의 결정이 무엇이든 받아들이겠소. 자결을 명하든 처형을 당하든 당신이 원하는 대로 내 결백을 증명할 테니, 내가 이 나라의 국경을 지킬 수 있도록 도와주시오.”

나는 가슴이 꽉 메어 왔다. 지독할 정도의 신념, 이런 사내가 이 나라에 있었던가.

그의 말에 다른 영주들마저도 수군거리기 시작했지만 이 조물주의 실패작 같은 제헤른만큼은 코웃음을 치며 거드름을 피우는 것이었다.

“흥! 모반을 일으키려는 놈의 말을 무슨 수로 믿겠어? 오호라! 네놈은 이참에 아예 악투르 쪽에 붙어 이 나라를 치려고 하는구나! 내가 네 그런 간교한 술책을 모를 성싶냐! 제 발로 여기까지 와 주었으니 내 손으로 네놈을 죽이겠노라!”

그리곤 제헤른은 허리에 두른 커다란 검을 뽑으려고 했으나 아주 불행하고도 민망하게도 그 비대한 몸집은 그 단순한 행동조차 허락하지 않아 ‘어라? 이놈의 검이 왜 이리 안 뽑혀!’ 라고 떠들며 경기 일으킨 사람처럼 요란하게 끙끙거리고 있었다. 처음과 끝이 하나같은 인간이 존재한다면 그게 바로 저 작자로군.

그때 잠자코 지켜보던 내가 콧노래처럼 말했다.

“그런데 적군이 밀고 들어오면 영주님들 금은보화를 쌓아 놓은 창고도 모조리 털릴 텐데 말입니다?”

내 말을 들은 영주들의 눈이 확 뜨이며 애국심이 불끈불끈 솟아오르는 것이 보였다.

"이 나라를 지키기 위해 당장은 적군을 막아야 하오! 회군합시다!"

"반역자의 처분은 일단 국경을 막은 뒤에 합시다!"

놀고들 있네. 자기 재산 떠올리니까 갑자기 국경의 소중함이 뜨겁게 가슴에 와 닿습니까?

하지만 제헤른은 끝까지 발목을 잡았다.

"그렇다 해도 에스테반의 군대는 안 돼! 믿을 수 없어!"

믿을 수 없는 건 네놈 지능이야!

그때 카론 경이 말했다.

"에스테반 공, 길을 열어 주겠소."

"고맙소, 카론 경."

"무슨 짓인가, 카론 경! 자넨 그럴 권한이 없어!"

그야말로 도도한 미모가 돋보이는 카론 경은 부패덩어리 제헤른을 돌아보지도 않으며 말했다.

"만약 국경이 뚫린다면 제헤른 공과 이곳에 계신 모든 영주님들도 국왕 전하의 진노를 피하진 못하실 겁니다. 그래도 좋습니까?"

카론 경이 얼음장 같은 눈초리로 바라보자 제헤른은 더 이상 말하지 못했다. 무섭겠지, 악투르의 강병들과 상대하는 것은.

나중에 안 사실이지만 제헤른은 악투르군과 싸우지 않으려고 그 나라 장군들에게 몰래 뒷돈을 보내고 있었다고 한다. 실로 철

두철미한 삽질이지 않은가.

그때 누군가가 내 어깨를 툭 하고 잡는 것이었다. 무심코 뒤돌아 본 나는 심장이 멈춰 버리는 줄 알았다. 빨간 눈에 밝은 갈색 곱슬머리, 이 양반이 왜 여기 있는 거야!

"우아아앗! 키스 경이잖아!"

"에헤헤, 잘 지내셨어요오? 미온 경이 하도 돌아오지 않아서 제가 걱정스러운 마음에 여기까지 달려왔습니다아."

우리 서로 시시한 농담은 집어치웁시다. 그런데 솔직히 이상하게 반가운 기분이 드는 건 또 왜일까.

"여긴 왜 온 거예요!"

키스는 이 분위기에는 전혀 어울리지 않는 생글거리는 미소를 지으며 품속에서 두루마리 하나를 꺼내 펼치는 것이었다. 게다가 눈부신 제복을 입고(처음 보는 모습이지만) 자신의 검까지 차고 있었다. 기사가 칼 차는 건 당연하지만, 키스가 이러고 있으니까 어째 불안해 보여.

"전하로부터의 긴급 칙명입니다. 잘 들으세요오!"

"치, 칙명이라고?"

"이 칙명을 읊는 즉시 에스테반 백작에게 내려졌던 토벌 명령을 중지하며, 그와 더불어 백작의 모든 혐의를 무혐의로 한다. 또한 나 베르스의 국왕은 짐에게 변함없는 충성을 보인 에스테반 백작을 잠시나마 의심한 것을 국왕의 이름으로 사과하는 바이다. 그와 함께 하등의 증거도 없이 백작을 모함한 제헤른 후작

이하 토벌에 참여한 5인의 영주에게 각각 십억 셸링의 벌금형을
언도한다. 이상입니다아."

"말도 안 되는 소리이이이이!"

제헤른은 절규를 하며 키스에게서 그 문서를 빼앗아 훑어보았
지만 놀랍게도 그것은 진짜였다. 정말 전하의 인장이 찍혀 있었
던 것이다.

제헤른은 그 자리에 주저앉아 바들바들 떨며 중얼거렸다.

"어, 어, 어떻게 이런 일이……."

그때 카론 경이 키스에게 말했다.

"키스, 네가 전하를 설득한 거냐?"

"어머나, 카론 경. 그게 무슨 말입니까아? 난 단지 이걸 배달
했을 뿐인데요? 자 이걸 보세요!"

그리고는 다시 제헤른의 손에서 문서를 빼앗아 카론의 얼굴에
들이대는 것이었다.

"전하께서 서명하신 날짜를 보세요오. 3일 전이죠? 이미 전하
는 이 칙명을 써 두고 계셨습니다아."

"하지만 어째서 그걸 지금……."

"전하의 깊은 뜻은 바로 이것이랍니다아."

그리곤 키스는 방긋 웃는 얼굴로 사색이 된 제헤른을 바라보
며 말했다.

"후작 나리, 어제까지 전하께 뇌물을 바치고 계셨죠? 토벌령
을 내려 달라고?"

“설마…….”

나는 어이가 없는 표정으로 중얼거렸다.

“전하께선 마지막 순간까지 댁들한테서 돈을 뜯어내고 싶으셨거든요. 세금도 제대로 안 내던 자들이 솔선수범해서 왕실에 돈을 갖다 바치니까 전하께서도 참으로 명랑한 왕국이라며 무척이나 흡족해하시고 계십니다아.”

만두가게 아저씨, 우습게 볼 사람이 아니다. 적어도 치졸한 돈벌이에는 정말 머리가 비상하게 돌아가는 아저씨인 것이다. 스왈로우 나이츠 창단할 때부터 알아봤어야 하는데!

“아 참, 그리고 지금쯤 당신들의 영지에는 왕실의 세금 징수원들이 들이닥쳐 금고를 들고 가고 있을 겁니다. 아아. 용서 없는 자들이죠, 세금 징수원.”

“마, 말도 안 돼! 난 인정할 수 없어!”

제헤른이 벌떡 일어나서는 씩씩거리며 소리쳤다. 플라나리아만도 못한 인간이긴 하지만, 지금 이 순간만큼은 ‘쬐끔은’ 불쌍해 보이는군.

공문을 훑어보던 카론 경이 제헤른을 향해 말했다.

“지금 그 말은 칙명을 거역하겠다는 의미로 해석해도 좋을까요?”

“그, 그건 아니지만!”

“이 칙명에 서명한 분은 전하 외에도 아이히만 대공과 오르넬라 성녀님이 있군요. 전하는 그렇다 쳐도 아이히만 공작과 오르넬라 님을 상대로 싸울 생각이라면 말리지는 않겠습니다.”

전하는 그렇다 쳐도, 라니! 아아, 카론 경도 의외로 터프하시군요.

왕실에서 가장 무섭고(누구도 절대로 적을 만들고 싶지 않은) 두 사람의 이름이 거명되자 제아무리 남부의 멋쟁이 귀족 제헤른이라도 얼굴이 하얗게 질려서는 실성한 듯이 뭐라고 중얼중얼거리며 막사 밖으로 흐느적흐느적 나가 버렸고, 피눈물을 흘리는 다른 영주들도 그를 따라 퇴장했다.

‘정의는 이긴다!’라고 그놈들의 등짝에다가 소리쳐 주고 싶었지만 솔직히 전하의 쩨쩨한 작태를 보면 이거 정의라고 하기에는 좀……

키스는 그 여우 같은 눈으로 눈웃음을 보이며 말했다.

“쥬디스 양이 오르넬라 님을 설득해 줘서 다행입니다아. 오르넬라 님이 나서 주지 않았다면 아마도 이 칙명은 완성되지 못했을 테니까요.”

“아니 쥬디스가!”

한 방 먹은 기분이었다. 그녀도 고심 끝에 아버지의 죽음을 헛되이 하지 않으려 했으리라. 얼마나 고뇌했을까. 복수를 버린 것이다.

에스테반이 웃으며 말했다.

“역시 난 여신의 축복을 받은 게로군. 정말 죄 많은 인생이야. 자, 그럼 나는 내 일을 하기 위해 이만. 축배는 마음속으로 들도록 하지!"

그는 국경을 지키기 위해 주저 없이 밖으로 나섰다.

이렇게 우여곡절 끝에 모든 것을 제자리를 찾았다. 비천하게 바닥을 나뒹굴던 진실이 믿음을 지키는 사람들의 마음으로 기어코 빛을 발했다.

진실이 보이지 않는 이유는 아무도 보려고 하지 않기 때문이다. 이 세상을 요령 있게 살아가는 데 진실 따윈 거추장스러울 뿐이라고 여기며 아무도 신경 쓰지 않는다. 그렇기에 세상 여기저기에 당연하게 존재하는 진실은 의외로 잘 보이지 않는 법이다.

마음씨 나쁜 사람 눈에는 절대로 보이지 않는 신비한 물체가 존재한다면, 그것이 아마 '진실'일 것이다. 그것 말고 또 있던가?

제5화

브라보, 세계무투대회 上

1.

아침부터 일어나 제복을 입고 있는 내게 룸메이트 지스 경이 기침을 하며 말했다.

"콜록콜록…… 귀찮게 해서 미안."

"아냐, 아냐. 괜찮아. 뜨거운 수프라도 먹고 푹 쉬어."

"……응."

자존심이 센 탓에 여간해선 남에게 부탁을 하지 않는 지스가 혈색 나쁜 표정으로 다시 침대에 누웠고, 나는 피식 웃으며 하얀색 셔츠의 단추를 잠그고 있었다.

임금님의 훌륭한 인품으로 비춰 볼 때 누구나 짐작할 수 있는 사실이지만, 왕실은 우리를 신 나게 부려 먹고 있다. 실로 '뽕을 뽑고' 들들 볶아 조금이라도 미남, 미소년이 필요한 일이 생기면 공짜로 써먹는 것이다(물론 이 모든 중노동에서 단장 키스는 제외되며, 오르넬라 마나님이 버티고 있는 펠리오스 무녀들은 이런 인권 유린을 당하지 않는다. 아아, 불공평해).

그리고 그러한 착취의 일환으로 우리 스왈로우 나이츠의 자랑스러운 기사들은 순번대로 돌아가며 본궁으로 파견을 나가 이런저런 시중을 들어야 한단다(지명 중인 자는 제외된다).

오늘은 지스의 차례지만 그는 최근 연달아 세 번이나 지명을 나갔다 온 뒤, 안 그래도 유리 조각 같은 몸 상태가 더욱 쇠약해진 상태였다.

그런데도 식은땀을 흘리며 제복을 입고, 창백한 얼굴을 숨기려고 화장을 하던 고집덩어리 지스를 뜯어말린 내가 그의 대타로 본궁 파견을 준비하는 중이다. 나, 착하지 않은가?

'실은 오늘 전혀 일이 없기도 하고…….'

도통 지명이 안 와. 나는 한숨을 내쉬며 리더구트 밖으로 나갔다. 이러다간 정말 공무원 기사 레녹 씨에게 미움받겠군.

그런데 리더구트 밖에는 나와 같이 제복을 차려입은 쇼탄 경이 쭈그려 앉아 담배를 물고 있는 것이었다. 실로 궁상맞은 포즈였다.

"미온, 준비 다 했냐? 그럼 가자."

"얼레? 쇼탄 경도 파견이에요?"

쇼탄은 귀찮아 죽겠다는 얼굴로 몸을 일으키고는 허리를 툭툭 치며 말했다.

"헤유, 빚을 갚으려면 닥치는 대로 일을 해야…….."

"……이자나 제때 갚고 계십니까?"

"아무것도 묻지 마라아."

알량한 추가 수당을 벌기 위해 본당행을 자청한 쇼탄 경은 '사는 게 다 뭔지'라고 인생 다 산 목소리로 툴툴거리며 앞장섰다. 나는 히죽 웃으며 그의 옆에 섰다.

"후후, 이럴 때는 루시온 경이 부럽죠?"

"아? 내가 왜?"

"왜라뇨. 루시온 경 돈 많잖아요. 지명도 많고. 우리 중에 가장 부자 아닌가요?"

그 말에 쇼탄은 '너 아직도 모르고 있었냐?'라는 표정으로 날 바라보는 것이 아닌가.

"루시온 돈 없어. 물론 워낙에 많이 버는 녀석이니 풍족하게 쓰고는 있지만 자기가 번 돈 대부분은 고아원이나 빈민구제기관 같은 곳에 기부한다고. 모아 둔 돈은 하나도 없을걸?"

"정말?"

난 깜짝 놀랄 수밖에 없었다. 그 냉정해 보이는 그 사람에게 그런 면이?

"루시온은 진짜 귀족이야. 백작 가문이던가. 아무튼 가문도 좋고 예법도 잘 배웠고 검술 실력까지 뛰어나서 헬스트 나이츠에도 충분히 들어갈 수 있는 놈인데, 왜 여기 왔는지 모르겠어. 제 발로 찾아온 것 같더라고. 그렇다고 재산을 모으는 것도 아니고……. 아무튼 그 녀석은 자기 얘기를 하지 않아서 도통 모르겠다니까.”

쇼탄은 좀 서운한 듯이 빠른 목소리로 투덜거리고 있었다.

사람마다 사정이 있다지만 루시온 경에게도 남다른 속사정이 있는 것 같군. 그는 지스 경보다도 친해지기 힘든 사람이라서 그 ‘속사정’을 알게 되는 일은 먼 훗날의 이야기겠지만 말이다.

2.

본궁에서 내가 맡은 역할은 전하를 알현하러 온 분들의 코트를 받아 주는 일이었다. 단순한 일이라고 무시하지 마라. 본궁을 찾는 분들은 다들 내로라하는 고관대작이라 실수하는 날에는 목이 날아갈지도 모른다.

호화로운 응접실 문 앞에 서 있는 내 앞에 가장 먼저 나타난 사람은 바로 철혈대신 아이히만 대공이었다. 멋지게 넘긴 백발과 날카로운 눈매가 여전히 위압적이었다.

“이거, 엔디미온 군이 아닌가. 허허, 아직 살아 있군?”

윽, 살아 있어서 미안하네요! 오랜만에 보자마자 그런 악담을 하다니! 영업용 스마일을 띤 내 눈썹이 움찔거렸다.

"헤헤, 제가 명이 좀 질기거든요."

나는 그의 코트를 조심스레 벗겨 주었다. 막 세탁한 옷감의 청결한 향기가 코끝을 간질였다.

"자네 그런데 정말 행정부에 들어올 생각 없나?"

"전혀요."

난 냉큼 대답했고, 아이히만은 큭큭 웃으며 안으로 들어가는 것이었다. 사람 불안하게스리! 업무지옥 행정부에는 안 갑니다!

다음 '고객'은 오르넬라 무티 베르스 교구(敎區) 추기경급 성녀님이었다. 본궁 안까지 담배를 물고 들어오는 분은 아마 누님뿐일 겁니다.

"미온 군, 오랜마안."

그녀는 숙취에 시달리는지 조금 찡그린 표정에 미소를 담고는 내 머리를 쓰다듬어 주었다. 이거야 원, 애완동물 취급이로군.

"그런데 아직도 내 궁전에 놀러 올 생각은 없는 거야?"

"전혀요."

이거 뭔가 계속 같은 패턴이 반복되고 있다는 기분이…….

나는 그녀의 붉은색 실크 코트를 벗겨 주었고, 성녀님은 '아아, 정말 아침에 일어나는 건 싫어'라고 투정을 부리며 안으로 들어가는 것이었다.

다음 타자는 법무대신 위고르 공이었다. 깔끔한 금발머리에 빈틈없는 이목구비를 가진 엘리트의 표상. 아이히만이라는 괴물만 없었다면 왕궁 관료 중의 넘버 원이 되었을 사람이다.

"엔디미온 경, 수고하네."

"감사합니다!"

"응? 뭐가 고맙다는 게야?"

"아뇨, 저를 경이라고 불러 준 분은 오늘 위고르 공이 처음이라서……."

위고르 공은 내 사소한 행복에 떨떠름한 표정을 지으며 코트를 건네주었다.

"조언 하나 하겠는데, 아이히만 같은 위험한 인간과는 가까이하지 않는 편이 좋아."

"예에, 예에. 명심하겠습니다."

위고르는 먼저 소파에 앉아 홍차를 즐기고 있는 아이히만의 뒷모습을 쏘아보며 안으로 들어가는 것이었다. 하여튼, 앙숙이라니까.

그리고 잠시 후에 도착한 마지막 손님은 놀랍게도 카론 경이었다. 그는 고위관리라기보다는 일선에서 뛰는 실무 책임자라서 이곳에 오는 일은 거의 없는 줄 알았는데…….

"얼레? 카론 경도 오셨어요?"

"전하로부터 부름을 받았다."

"무슨 일인데요?"

"몰라."

전하가 카론 경을 불렀다고? 이거 뭔가 수상한데. 또 무슨 사건 일어나는 거 아닌가 싶은 불안감이 등골을 스친다.

카론 경은 성격대로 자기 스스로 코트를 벗어서는 내게 건네주고 말없이 안으로 들어갔다.

응접실에 모인 분들에게 차를 따라 주는 것은 쇼탄 경의 역할이었다. 키가 크고 근육질에 잘 그을린 피부라서 다소곳이 차를 따르는 모습이 영 어울리지 않았지만, 빚을 갚기 위해서라면 찬밥 더운밥 가릴 처지가 아니다.

코트 정리가 다 끝나자 나는 몸종 포지션대로 두 손을 모으고 문 앞에 섰다. 그런데 날 흘낏 본 아이히만 대공이 손가락으로 날 부르는 것이 아닌가. 고개를 갸웃거리며 그에게 다가갔다.

"엔디미온 군도 들어 두게. 왕실의 중대사는 사실 이런 비공식 자리에서 진행되니까."

"아 예. 감사합니다."

난 긴장한 표정으로 사람들을 둘러보았다. 아이히만, 오르넬라, 위고르, 카론……. 각 분야에서 정점에 달한 이들을 전하는 어째서 부른 것일까.

그때 몹시 친근감 넘치는 목소리가 들렸다.

"어이쿠, 다들 모였나? 아침부터 불러내서 미안허이."

윤기가 흐르는 녹색 가운을 입고 해죽해죽 웃으며 나타난 통통한 전하의 모습을 보고 '아! 보쌈이다!' 라는 생각이 든 사람이 나 혼자만은 아니리라.

사람들은 토실토실한 두 뺨이 인상적인 임금님의 모습에 애써

웃음을 참으며 자리에서 일어나 예를 표했다. 저 복스러운 모습 어느 구석에서 그 치졸한 돈벌이를 구상하고 있는지 참으로 감탄스럽기까지 하다.

"짐이 공사다망한 귀공들을 부른 이유는 다름이 아니라……에, 그러니까……."

임금님이 말꼬리를 흐리며 눈치를 보자 사람들이 흠칫 놀랐다. 이럴 때는 상상조차 할 수 없는 폭탄선언이 터질 확률이 농후한 것이다.

"에, 그러니까 이제 가을도 되었고 하니까……."

전하가 계속 뜸을 들이자 나마저 불안감에 침을 꿀꺽 삼켰다.

전하는 초롱초롱한 눈빛으로 사람들을 훑어본 뒤에 입을 열었다.

"왕실 주최 무투대회를 여는 것이 어떻겠나! 응? 어때? 좋을 것 같지 않아?"

그 순간 응접실에 차가운 정적이 강림했다. 임금님이 실로 애처로운 눈빛으로 동의를 구하고 있었으나 반응은 냉랭하기 이를 데 없었다.

잠시 후 화를 참는 기색이 역력한 아이히만이 찻잔을 내려놓으며 말했다.

"전하, 꼭 이맘때만 되면 쓰잘데기 없는 아이디어를 내놓으시는군요."

폭언이었다.

그러나 아니나 다를까 출세를 위해 영혼도 팔 것 같은 위고르 공이 기다렸다는 듯이 커다랗게 외치는 것이었다.

"오오! 전하! 실로 탁월한 복안이시옵니다! 무투대회라면 왕실의 권위를 백성들에게 보여 주는 것은 물론, 많은 수익도 보장될 것이 분명하옵니다!"

"그렇지? 괜찮지? 자네도 그렇게 생각하지?"

그러나 아이히만은 괜히 옷을 툭툭 털며 혼잣말처럼 중얼거리는 것이었다.

"얼레리 꼴레리. 위고르는 간신배래요."

"뭐라고!"

"아아, 귀찮아 죽겠네! 전하, 전 세계에 몇 개의 무투대회가 존재하는지 알고는 계십니까!"

아이히만이 테이블을 탕 때리며 외치자 그 기백에 주눅이 든 전하는 거북이처럼 목을 움츠리며 고개를 저었다.

"엔디미온 군! 알려 드리게!"

엉? 내가? 순간 아이히만이 날 지목해 깜짝 놀랐다. 아니, 내가 무슨 행정부 수행 비서도 아니고!

나는 헛기침을 한 뒤에 예전 고객들에게 들은 '무투대회의 진실'을 보고했다.

"일단 가장 큰 세계 규모의 대회에는 마키시온 제국의 만국무투대회가 있습니다. 이 대회의 결승전은 제국 황제와 진청룡 라이오라 란다마이저가 참석하는 어전시합으로, 우승자는 그 신분을 막론하고 황제가 직접 작위를 내려 황실기사가 될 수 있습니다. 또한 마키시온 제국의 영웅 칭호도 받게 됩니다."

거의 한 달에 걸쳐 진행되는 굉장한 규모의 대회이고 그 수준 또한 세계 최고라고 한다. 하긴 그 대회에서 본선에만 올라가도 황실에 입성해서 인생에 꽃이 피게 되니까, 내로라하는 고수들이 모여드는 것도 당연하리라.

"그리고 다른 유명 대회로는 콘스탄트 왕국의 교황청 주최 종합무투전이 있었지만, 지금은 내전 때문에 중단되었습니다."

알테어 님과 키르케 님이 참관하는 곳이니만큼 이곳의 위상도 굉장했다. 말하자면 만국무투대회와 경쟁 관계에 있는 국제 행사라고나 할까.

"그리고 최근에는 이오타 왕국이 주최하는 국제무투대회가 인기를 끌고 있습니다. 역시 우승자는 이오타 왕국의 상급 기사가 될 기회를 잡게 됩니다."

쇼메가 기획한 이 대회는 매우 상업적이라서 무지하게 화려하고 덕분에 인기도 좋다고 들었다.

내 보고가 끝나자 아이히만이 입을 열었다.

"들으셨죠? 하나같이 강대국들이 주최하고 있습니다. 전국 달리기 대회도 제대로 진행하지 못하는 이런 작은 나라가 꿈꿀 만한 것이 아니란 말이에요!"

그러나 전하는 회심의 미소를 지으며 말씀하시는 것이었다.

"이런, 이런. 자네들은 아직 틈새시장 공략이라는 것을 모르고 있나 보군. 허허.”

순간 모두의 얼굴에 ‘어디서 주워들은 건 있어 가지고!’ 라는 표정이 드러났다.

숙취 때문에 속이 쓰린지 계속 고혹적인 외모를 찡그린 채로 듣기만 하던 오르넬라 님이 처음으로 입을 열었다.

“전하, 틈새시장이고 암시장이고 다 좋습니다만…… 이런 작은 왕국이 주최하는 경기에 세계적인 무술 고수들이 모여들 리가 없고, 그런 배우들이 없다면 관객들도 모이지 않을 테고, 그렇게 되면 전하가 그토록 염원하시는 고부가가치 창출도 불가능할 것으로 사료되옵니다만.”

정곡이었다. 생각해 보자. 우승해 봐야 득 될 것도 없는 약소국 행사에 세계적인 용사들이 굳이 참여할 리가 없다. 이런 나라 경기에서 이겨 봐야 ‘와하하! 저 사람 약소국 챔피언이래!’ 라는 손가락질이나 받을 텐데 무엇하러 이 별 볼 일 없는 나라까지 와서 땀나게 싸우겠느냔 말이다. 그렇다고 그런 거물들을 돈 주고 초청했다가는 엄청난 유지비에 적자가 나 버린다.

결론: 무투대회는 무리라니까 그러네!

그러나 전하는 그것마저 다 염두에 두고 있었다는 듯 근사한 미소를 머금으며 입을 열었다.

“물론 나도 그걸 모르는 바는 아니야. 그래서 우승 상금을 걸었네!"

"아 상금이야 다들 거는 것이고……."

"1조 셸링! 그것도 일시불로!"

순간 아이히만과 위고르가 동시에 찻잔을 떨어트렸고, 오르넬라 님은 찡그린 얼굴을 쫙 펴며 놀란 입을 가렸으며, 과묵한 카론 경마저도 살짝 얼굴이 굳었다.

그리고 나와 쇼탄 경은 심장이 얼어 버렸다. 내, 내가 지금 잘못 들은 거? 이건 스케일이 크고 작고의 문제가 아니잖아!

아이히만이 '올해는 좀 증상이 심하군' 이라고 중얼거린 뒤에 주먹을 꽉 쥐며 으르렁거렸다.

"1조 셸링이 뉘 집 개 이름인 줄 아시옵니까? 이 나라 1년 예산이잖아! 그걸 주려면 이 왕실을 다 팔아 치워야 한다고! 네놈을 백만 번 팔아도 부족해!"

아무리 같은 왕족이라지만 아이히만은 당장 임금님 멱살을 잡고 패대기쳐 버릴 것처럼 격분하고 있었다.

이 순간만큼은 위고르마저도 '묘안이시옵니다!' 라고는 차마 말할 수가 없었다.

다른 유명 대회도 상금은 잘해 봐야 10억 셸링 미만이다. 당연하지 않은가? 1조 셸링이라는 돈은 마키시온 제국조차도 심각하게 고려해 봐야 할 만큼 천문학적인 거액인 것이다. 무투대회 우승과 함께 이 나라를 날려 버릴 생각이냐!

"후후후후, 걱정하지 말게나. 짐에게 다 방법이 있으니."

전하는 카론 경을 그윽한 눈빛으로 바라보며 말했다.

"카론 경이 이겨 주면 되는 것 아닌가."

"아니, 잠깐."

전하의 '음흉한 계획' 이 무엇인지 감이 오기 시작했다.

"카론 경은 세계적으로 인정받는 무패의 검술사야. 그런 카론 경이 경기에 나가 우승한다면 딴 놈에게 상금을 줄 필요도 없지 않은가? 어떤가! 내 생각이!"

나는 순간 '이런 악당!' 이라고 소리칠 뻔했다. 거 진짜 파렴치하네!

그러나 이게 끝이 아니었다.

"좀 더 확실한 승리를 위해 내가 대전표도 준비해 왔네!"

그러면서 전하는 품속에서 종이를 꺼내 우리에게 보여 주었다. 그것을 본 오르넬라 님이 눈썹을 가늘게 떨며 말했다.

"뭔가요, 이 지나치게 인위적으로 보이는 대전표는?"

그렇다. 카론 경은 어째서인지 결승전까지 곧바로 올라가게 되어 있는 것이다. 대놓고 야바위잖아!

"흐흐흐. 상대가 결승까지 올라와 지쳤을 때 카론 경이 단칼에 이겨 버리면 우승은 누워서 떡 먹기! 또한 만일의 사태를 대비해서 설사약과 독침, 남자의 정기를 빨아들인다는 절세 요녀들까지 준비해 놨네! 어떤가! 이러면 카론 경이 우승할 수밖에 없겠지?"

전하는 손바닥을 비비며 '므하하하하' 라고 웃었다.

돈만 벌 수 있다면 수단과 방법을 안 가린다는 것은 바로 이런 것이리라. 전 세계 악덕 상인들로부터 표창장을 받아 마땅하다.

아이히만은 전하를 한 대 갈겨 주려는 듯이 조용히 반지를 빼고 있었고, 오르넬라 님 역시 '전하의 영혼만큼은 제가 구원해 드릴 수가 없겠군요' 라고 투덜거리며 담배를 물었다.

그 순간 카론 경이 나직하게 말했다.

"그런 비겁한 짓은 필요 없습니다."

"오오! 카론 경! 자신 있겠는가!"

"명령이라면…… 하긴 하겠사옵니다만."

카론 경이 짜내듯 말했다. 그의 목소리에 스민 감정은 '진짜 안 하고 싶습니다' 였지만 전하는 일부러 무시하며 커다랗게 웃는 것이었다.

"좋아! 그럼 진행해 보자고! 1조 셸링 상금의 세계무투대회를!"

아이히만은 고개를 숙인 채 어두운 표정으로 중얼거렸다.

"만약…… 카론 경이 우승하지 못한다면…… 전하는 세계 최악의 얼간이 왕으로 역사에 기록될 것이오."

누군가 말했다. '도박이란 확실한 것을 가지고 확실하지 못한 것을 노리는 바보짓' 이라고. 그러나 전하의 간절한 소원 끝에 그 도박이 성대한 막을 열었다.

3.

　일을 마치고 리더구트로 돌아가면서 옆에 있는 쇼탄 경에게 푸념을 늘어놨다.

　"하아, 아무리 인생은 한 방이라지만 이건 좀 지나친 한탕주의 아니에요? 실수로라도 카론 경이 우승하지 못한다면 왕국의 운명이…… 얼레? 쇼탄 경?"

　"어? 지금 뭐라고 그랬어?"

　"아니에요, 아무것도."

　멍한 표정의 쇼탄 경은 1조 셀링이라는 천문학적인 액수에 넋이 나가 있는 것 같았다. 하긴, 어찌 안 그럴 수 있을까.

　한 가지 확실한 것은 그 상금을 거머쥐는 자가 역사상 최고의 갑부가 된다는 것이다! 평생 마나열차를 타고 다닐 수 있는 수준의 부자 정도가 아니라 아예 전용열차를 사고, 자기 전용 노선을 무분별하게 깔며 펑펑 싸돌아다녀도 평생 다 쓸 일 없는 얼토당토않은 금액인 것이다.

　'아니 잠깐! 알테어 님이나 키르케 님에게 출전해 달라고 조르면 내가 상금을 차지할 수 있을지도!'

　제아무리 천하무적 카론 경이라도 한 명의 파워가 일국의 국방력을 넘어가는 아신을 상대로는 승산이 없다. 그러니까 그분들을 부르면 내 인생도 핑크빛…….

'아아아! 지금 무슨 생각을 하는 거야!'

나는 세차게 고개를 저었다. 역시 1조 쇼크란 대단한 거로구나. 나도 깜빡 엉뚱한 망상을 해 버렸다.

리더구트에 돌아오자 아니나 다를까 무사태평으로 똘똘 뭉친 키스 경이 지정 소파 위에 웅크린 채 잠들어 있었다. 지금 왕궁은 난리가 났구먼!

나는 수면 중독에 걸린 그를 깨우기 위해 퉁명스러운 목소리로 커다랗게 외쳤다.

"돌아왔습니다!"

키스는 부스스 눈을 뜨며 빨간 눈동자로 우리를 바라보다가 고개를 기울였다.

"얼렐레? 쇼탄 경, 왜 안색이 그렇게 창백합니까아?"

쇼탄 경은 아직도 1조 쇼크에 얼이 빠져 있는 것 같았다.

동료들이 바라보는 가운데 쇼탄 경이 진지한 얼굴로 입을 열었다.

"여러분, 지금까지 감사했습니다."

"아? 무슨 말입니까아?"

"저는 이제부터 무투대회에 출전하기 위해 여러분과 아쉬운 작별을 할 수밖에 없군요. 1조를 받으면 1억쯤은 이곳에 기부해 드리겠습니다. 여러분, 아디오스!"

아주 쇼를 해요.

가만히 차를 마시던 루이가 후루룩 홍차를 넘긴 뒤에 말했다.

"쇼탄, 그것도 개그라고 하냐. 빚에 쪼들리더니 이젠 아예 정신이 나갔구나. 그딴 말에 이 루이 님이 웃어 주기라도 할 줄 알았어? 측은하기도 해라."

나는 쓴웃음을 지으며 자리에 앉았다.

"하하, 정말이라니까요. 전하께서 결정했다고요. 우승 상금 1조 셸링 무투대회를."

나는 아무렇지도 않게 말했지만, 순간 분위기가 돌덩이처럼 경직된 것을 느끼고는 사람들을 둘러보았다.

들고 있던 하얀 찻잔을 바들바들 떨기 시작한 루이가 유령이라도 본 얼굴로 물었다.

"시, 시방 지금 1조라고 했냐?"

"1조 셸링. 현금. 일시불."

순간 결심을 한 루이가 자리에서 일어나며 커다랗게 소리쳤다.

"쇼탄! 내가 너의 트레이너가 되겠다! 우승 상금은 이제 우리 거야!"

"필요 없어."

"아잉, 그러지 말고."

"꺼져."

루이가 쇼탄의 다리에 매달려서는 '그러지 말고 5:5로 하자앙. 아니 6:4도 좋은데……'라며 애걸복걸하고 있었지만, 쇼탄은 거만한 목소리로 '어허, 친한 척하지 마시오, 루이 씨'라고 거드름을 피우고 있었다.

저 듀엣은 어떤 상황이 와도 궁상맞게 만드는 재주가 있는 거같다.

그때 소파에서 몸을 일으킨 키스가 제법 근엄한 목소리로 말했다.

"경거망동하지 마세요! 왕실기사로서 품위를 지키세요."

얼레? 키스에게 저런 딱 부러지는 면이 있었다니.

그는 정색을 하며 나를 바라보았다.

"미온 경!"

"예?"

"그런데 참가 신청은 어디서 하죠?"

"에이이! 잠이나 자!"

한순간이라도 당신에게 모범을 기대한 내가 바보지!

한편 주변을 두리번거리던 랑시 경은 알 바 아니라는 듯 쿨하게 책을 읽던 루시온 경에게 달라붙어서는 꼬드기는 것이었다.

항상 출장 중이던 루시온 경은 간만에 휴식을 즐기던 참이었다.

"루시온 경은 출전 안 해? 싸움 잘하잖아. 그러니까 출전해라. 응? 그리고 우리 둘이 함께 사랑의 도피를……."

아주 영혼을 팔아라.

그러나 진짜 귀족 루시온 경은 냉정하게 책을 턱 덮고 자리에서 일어나더니 자신의 방으로 들어가 버렸다.

"관심 없습니다."

1조 쇼크도 그에게는 소용없었다. 가진 돈도 전부 고아원에 기부했다고 했지? 얄밉긴 해도 확실히 기품이 넘치는 사람이란 말씀이야.

상황이 이토록 수상해지자 나는 진실을 까발려야 했다.

"어차피 카론 경이 우승하게 되어 있다니까요. 전하가 그 돈을 내줄 리가 없잖아요. 카론 경한테 이길 자신 있는 사람만 출전하세요. 단 목숨은 보장 못 하겠죠?"

내가 한쪽 눈을 찡긋하며 말하자 쇼탄에게 매달려 있던 루이가 쇼탄을 확 밀쳐낸 뒤 자리에 앉았다.

"에이, 그럼 그렇다고 말을 하지! 쇼탄 따위의 나부랭이가 죽었다 깨나도 카론 경에게 이길 리가 없잖아."

"나, 나부랭이라니! 사람 그렇게 무시하는 게 아녀!"

"어럽쇼? 그럼 출전하시든가. 네가 죽으면 네 유품은 내가 가질게."

루이 경은 전생에 뭐였기에 저런 성격이 되었을까.

난 그 모습을 보면서 난감하게 웃다가 문득 '아차!' 하는 생각이 들었다.

'가만있어 봐. 어쩌면 이거 일이 엉뚱하게 꼬일 수도…….'

생각해 보라. 1조라는 액수 덕분에 쇼탄은 물론 나마저도 잠시 그 돈을 거머쥐는 망상을 했다. 왕실기사도 이 모양인데 다른 사람들은 어런할까? 전 세계 방방곡곡에서 별의별 인간 군상들이

해일처럼 몰려들겠지. 평생 칼 한 번 잡아 보지 않은 백면서생도 '이건 내 인생을 바꿀 기회야!' 라고 소리칠 만한 액수인 것이다.

이쯤 되면 오만 잡것들이 돈을 노리고 다 몰려들어 경기는 아수라장이 될 수도 있다. 깡패, 건달, 살인마, 암살자, 시골에서 힘깨나 쓴다는 머슴까지 다 모여들지도 모른다. 보나 마나 개판이 될 거다.

'에라, 모르겠다.'

나는 생각하는 것만으로도 머리가 지끈거려서 2층으로 올라갔다. 그러니까 처음부터 이런 엉뚱한 일을 기획한다는 것 자체가 난센스라고. 인간 문명이 시작된 이래 이런 일은 이번이 처음이자 마지막일 거다.

순간 왕국의 운명을 짊어지게 된 카론 경이 불쌍하다는 생각이 들었다.

4.

기대 혹은 불안대로 1조 쇼크는 거대한 폭풍이 되어 전 세계로 퍼져 나갔다. 물경 1조 상금을 공표한 지 채 일주일도 지나기 전에 수도 아스말은 경기를 보기 위해 몰려든 전 세계 관광객들과 대회에 참가하겠다고 만사 팽개치고 달려온 세계 각지의 싸움꾼들로 인산인해를 이루게 되었다.

돈의 힘이란 때론 신의 권능에 범접하기도 한다. 이런 하잘것 없이 작은 나라의 대회가 이토록 세계의 주목을 받게 될 줄 누가 상상이나 했겠는가?

수도 아스말은 이미 정상 인구의 백 배를 넘는 콩나물시루가 되어 버렸고, 발 빠른 여관 주인들과 왕국에서 파견 나온 상인들은 평소 가격의 열 배를 넘는 폭리를 취하면서도 먹을거리와 시시껄렁한 관광 상품 따위를 날개 돋친 듯 팔아 치우고 있었다.

그렇다. 수도는 그야말로 광란의 도가니였다.

전하께선 평소에는 절대로 보이지 않는 열의에 불타 직접 진두지휘를 하며 수도 광장에 십여 개의 '특설 링'을 광속으로 만들고 있었다. 페르난데스 왕자님이 태어났을 때도 저 정도로 기뻐하지는 않았을 것 같았다. 국왕이 아니라 흥행사로 태어났다면 정말 역사에 굵직하게 한 획을 남겼으리라.

"와하하하하! 어떤가! 짐의 혜안이! 벌써 왕궁의 창고는 금화로 가득 쌓이고 있다네! 가끔은 나 스스로 이런 내 재능이 두렵기까지 해."

두려운 건 나도 마찬가지다. 이제는 통제 불능으로 불어나 버린 이 엄청난 인파를 어떻게 처리할 것이며, 또한 만약 카론 경이 이기지 못했을 때 그 악몽 같은 여파는 무슨 수로 감당할 것이란 말인가.

'그건 그렇고 카론 경은 며칠 전부터 보이질 않네.'

얼떨결에 왕국의 흥망을 한 몸에 짊어지게 된 베르스 최강의 검사 카론 경은 역시 이 사태를 진지하게 생각하고 있는지 며칠 전 키스한테 찾아와서는,

"연습을 도와 다오."

라고 짧게 말하고는 귀찮다고 몸부림치는 키스를 질질 끌고 어디론가 사라져 버렸다. 대체 키스가 뭔 도움이 되는지 모르겠지만(도리어 방해가 되지 않을까 걱정이지만) 의외로 카론은 키스에게 의지하는 면이 있는 것 같다(우리는 여기서 이 세상 누구도 어딘가에는 쓸모가 있다는 아름다운 격언을 재확인할 수 있다).

전하께서 친히 정한 세계무투대회 규칙은 다음과 같다.

(1) 누구나 예선에 참가할 수 있으며 지원비는 10만 셀링이다. 탈락한 자는 다시 지원할 수 있으며, 그때는 할인해서 9만 셀링이다(실로 피를 토하는 규칙이다).

(2) 지원자는 한 달 동안 받으며 예선은 100개조로 나눠서 진행되고, 그 조의 우승자들이 본선 토너먼트에 올라가게 된다. 본선 진출 시 추가로 100만 셀링을 내야 한다(집요하다).

(3) 경기는 일대일로 진행되며 맨손을 포함한 모든 개인 무기를 허가하되 조련된 동물, 장거리 무기, 화약 무기는 불허한다

(누군가 불곰이나 대포를 가져오면 곤란하지 않겠는가?).

(4) 경기 시간은 무제한이지만 상대가 경기 속행 불능 상태가 되거나 항복을 선언했을 때는 반대편의 승리로 결정된다. 치료비는 별도 부담이다.

(5) 특별한 사유가 있을 때에는 주최자인 베르스 국왕이 경기를 중단시킬 수 있다.

(6) 관람료: 예선 경기 무료 / 본선 경기. 특석—100만 셀링. 일등석—50만 셀링. 이등석—10만 셀링. 입석—1만 셀링 / 결승. 특석—1,000만 셀링. 일등석—500만 셀링. 이등석—100만 셀링. 입석—1만 셀링.

이렇게 속이 뻔히 보이는 규칙도 드물 것이다. 결론은 돈. 그야말로 악착같은 돈벌이다!

그러나 그럼에도 불구하고 수도 아스말로 꾸역꾸역 몰려드는 사람들은 나날이 늘어만 가고 있었다.

나는 경기장을 만들고 있는 수도 광장에 쪼그려 앉아 벌써부터 흥분에 도취된 군중들의 모습을 바라보았다.

"와아아! 저것 좀 봐! 이오타의 붉은 여우 베르그손 남작이 왔어!"

사람들이 웅성거리는 곳에서는 별명처럼 붉게 물들인 모피 망토를 두른 뾰족 수염의 사내가 아가씨들에게 둘러싸여 접수처로 오고 있었다. 그런데 저러면 덥지 않나?

"소식 들었어? 지금 역에 니샤 왕국의 수호신이라는 랑카스트 경이 도착했다더군!"

으음, 역시 전하의 라이벌 니샤 왕국에서도 오는구먼. 그 나라도 만만찮은 약소국인데, 약소국의 수호신이라니 상당히 미묘하네.

"지금 콘스탄트에서도 소식을 들은 검객들이 몰려오고 있대!"

내전 중인 나라가 힘도 좋아.

"마키시온에서도 소식을 들은 식인곰이라는 산적 두목이 참가하려고 온다더군. 거 아주 잔인한 놈이라던데."

범죄자는 오지 마!

"교황청 성직자들도 참전한다던데?"

성직자가 왜 싸움질이야!

아무튼 사람들의 소문은 입에서 입을 타고 삽시간에 퍼져 나가고 있었다. 이쯤 되면 진청룡이나 명주작이 참전할 거라는 말도 안 되는 소문마저 퍼질 것만 같군.

그때 훤칠한 키의 사내가 내게 다가와서는 아는 체하는 것이었다.

"오랜만이네요, 동지."

"아?"

뭐야, 동지라니?

하지만 나는 그를 올려다보고는 깜짝 놀랄 수밖에 없었다.

"다, 당신은 간첩 176호!"

그렇다. 그는 바로 예전 마키시온에서 내 목숨을 구해 줬던 인트라 무로스 첩보원 리젤이었던 것이다. 여전히 금발의 곱슬머리가 눈부신 그가 내 옆에 앉으며 말했다.

"여전히 이곳에서 첩보 활동 중이신가 보군요. 수고하십니다."

"아하하. 벼, 별로 수고할 것도 없습니다."

이 양반은 아직도 날 이자벨 님의 부하로 생각하나 보군.

"그런데 설마 리젤 경도 여기 참가하시려고?"

"그럴 리가요. 우리 같은 첩보원이 이런 눈에 띄는 대회에 노출되어선 안 되죠."

"그럼 왜 오신 거예요?"

"크리스탄센 국장님으로부터 이 대회를 조사해 보라는 명령을 받고 투입되었습니다. 솔직히 이 대회, 냄새가 납니다."

"엥? 뭔 냄새?"

그가 눈을 날카롭게 번뜩이며 주변을 둘러보았다.

"동지도 그렇게 생각하지 않습니까? 1조 셀링의 상금이 걸린 무투대회라니, 이건 상식적으로 납득할 수 없는 일이잖아요. 이런 바보 같은 대회 뒤에는 뭔가 아주 복잡한 정치적 음모가 숨겨져 있는 것이 분명합니다!

국장님께서도 혼란스러워하고 계십니다. 그래서 이 배후에는 치밀한 계략이 도사리고 있음이 분명하다는 판단으로 절 보내신 거죠. 아무튼 베르스 국왕도 제법 하는군요. 이런 엉뚱한 대회로 눈속임을 하고 대체 그 뒤에서 무슨 거대한 음모를 꾸미고 있는 걸까요."

나는 그저 고개를 돌린 채 먼 산을 바라보았다. 그 지적이고 머리 회전 비상한 이자벨 님마저도 국왕 전하의 단순 무식한 사고 회로는 따라갈 수 없었다.

리젤 경, 어렵게 생각하지 마세요. 애당초 음모 따윈 없답니다. 보이는 그대로를 가슴으로 느끼세요. 이건 정말로 돈 한번 박 터지게 벌어 보자는 우리 임금님의 아이디어일 뿐이에요. 굳이 음모라고 한다면 무조건 카론 경이 이겨야 한다는 것이겠지요.

임금님 귀는 당나귀 귀, 라고 외치고 싶은 심정이다.

"이런 말이 길어졌군요. 그럼 저는 이만 가 보겠습니다. 이오타 왕국에 영광 있기를!"

"아 예…… 영광 있기를."

나는 머쓱한 표정으로 고개를 숙였고 리젤 경은 발소리도 없이 골목길 속으로 사라졌다.

이번만큼은 이자벨 님도 한참을 잘못 잡고 있는 거지만, 한 가지 확실한 점은 인트라 무로스마저도 이 대회를 주목하게 되었다는 것이다. 이거 너무 판이 커진 거 아닐까?

그때 군중들 속에서 광장이 떠나갈 것 같은 환성이 들렸다.

"와아아! 카론 경이다!"

나는 나도 모르게 그쪽을 바라보았다. 그곳에는 정말 며칠 만에 나타난 카론 경이 여전히 주변을 꽝꽝 얼려 버릴 것 같은 냉기 서린 모습으로 걸어오고 있었다. 저 칼날 같은 분위기만으로도 기가 질려 버리는군. 대체 저런 고수를 누가 이길 수가 있을까.

"그런데 저 사람은 누구지? 귀엽게 생겼네. 카론 경의 시종인가 봐."

얼씨구. 그 뒤로 키스가 산들거리는 걸음으로 나타나서는 분위기 다 망치고 있었다. 저 인간의 마이페이스는 이 세상이 멸망할 때가 와도 변치 않을 것이다. 아, 그래도 우리 기사단 대표인데 조금은 근엄한 척이라도 해 달라고요! 카론 경과 너무 비교되잖아!

카론 경이 신청서에 사인하자 광장의 사람들은 그야말로 흥분에 불이 붙어서는 환호성을 내질렀고, 나는 제발 별 탈 없이 이 불안 만점의 대회가 끝나기만을 간절히 빌었다.

5.

수도가 어찌나 인파로 붐비는지, 리더구트 안에 있는데도 밤 낮으로 시끌벅적한 군중들의 함성이 끊이질 않았다. 말 그대로 수도 전체가 들썩이는 느낌이로군.

내일이면 경기 시작이다. 덕분에 묘한 긴장감이 들어 안절부절못하던 나는 문득 키스를 바라봤다.

'이 인간은 진짜…….'

키스 경은 세상이 어떻게 돌아가든 자긴 관심 없다는 듯 소파에 벌러덩 누워 하품이나 하고 있었다. 허송세월을 온몸으로 실천하고 있는 양반이다.

"키스 경, 정말로 카론 경이 우승할 수 있을까요?"

"왜 그런 걱정을 하십니까아?"

"걱정할 수밖에 없잖아요. 전 세계에서 별의별 흉악한 놈들이 다 몰려들 거라고요. 만에 하나 카론 경이 지거나 혹은 목숨이라도 잃게 된다면…….

"뭐, 그럴 수도 있겠지요."

아니 이 양반은 그런 섬뜩한 소리를 어떻게 그렇게 태평하게 할 수가 있는 거야.

키스는 목 언저리를 긁적거리며 장난스러운 어투로 대답했다.

"검 하나로 살아가는 사람이 평생 이길 수 있다고 믿는 것 자체가 오만이에요. 싸우고 또 싸우다 언젠가 어딘가에서 누군가에게 쓰러지게 되면 자신의 검을 무덤 삼아 흙으로 돌아간다. 그게 이번 대회가 될 수도 있는 거예요."

그가 배시시 눈웃음을 보이며 말했지만, 그 말 속에 담긴 찌릿한 칼날에 가슴이 따끔거렸다.

"키스 경, 왜 그런 말을……."

"상식적으로 봐도 카론 경을 일대일로 이길 수 있는 사람은 전 세계를 탈탈 털어도 10명도 되지 않을 거예요. 하지만 그 10명 중 하나가 이 대회에 나온다면……."

"그럴 일 없어요!"

나는 나도 모르게 소리치고는 깜짝 놀라서 입을 다물었다. 아아, 내가 왜 이렇게 겁을 내는 거야.

커다란 커피 잔을 든 채 곁에서 이야기를 듣던 랑시가 '걱정할 거 없어. 그런 절대 무적의 존재가 그리 흔하게 존재하는 것은 아니니까'라고 중얼거렸다. 그런데 이상하게도 랑시의 눈빛은 마치 과거를 회상하는 것만 같았다.

그때 문이 벌컥 열리며 안색이 창백해진 쇼탄이 뛰어 들어왔다.

키스가 고개를 갸웃거리며 그야말로 새하얗게 질려 있는 쇼탄에게 물었다.

"쇼탄 경, 귀신이라도 본 얼굴이네요오?"

"크, 큰일 났어!"

"큰일?"

"지금 광장이 난리가 났어."

최근 광장은 항상 난리 통인데 거기서 뭐가 더 난리 날 구석이 있다는 거야?

그러나 쇼탄 경이 떨리는 목소리로 꺼낸 말은 내 얼굴도 창백하게 만들어 버리기 충분했다.

"견백호가 나타났어."

차아앙!

그때 랑시가 들고 있던 찻잔이 바닥에 떨어졌고, 새하얀 조각들이 사방으로 튀었다. 항상 쾌활하고 낙관적이던 랑시에게 이런 표정이 있는지 몰랐다. 떨리는 눈동자를 멈추지 못하는 랑시가 커다랗게 소리쳤다.

"그럴 리 없어. 그럴 리가 없다고!"

대, 대체 왜 이러는 거야.

그리고 어떤 국가에도 소속되지 않은 채 10년간 행방이 묘연했던 견백호가 어째서 지금 이곳에 나타난 것일까.

세계에 네 명밖에 없는 아신이 천박하다고 할 수 있는 무투대회에 참가한 일은 역사상 한 번도 없었다. 그러나 이번이 그 첫 번째가 된다면 카론 경의 승률은 제로가 될 것이다.

6.

나와 랑시, 그리고 쇼탄은 광장을 향해 뛰고 있었다. 광장에 도착하기 전부터 사람들이 이곳저곳에서 커다랗게 웅성거리는 소리가 들려왔다.

"들었어? 광장에 아신 견백호가 나타났다더군."

"농담이 아냐. 그런 괴물을 무슨 수로 이겨."

"실은 그 견백호는 베르스를 집어삼키기 위해 이오타에서 보냈다던데?"

"아냐, 콘스탄트야. 10년 동안 교황청 지하에 봉인되어 있었대!"

"무슨 소리 하는 거야. 견백호는 마키시온 제국의 비밀 병기라고. 마라넬로 황제가 예전 일의 앙갚음으로 보낸 것이 분명해!"

으이구. 그럴 리가 있겠니?

그러나 사람들은 창조적인 상상력을 발휘해 종당에는 '견백호는 국왕의 숨겨진 자식이다!' 라는 아찔한 결론까지 도출할 정도였다.

그러니까 애당초 이런 가당찮은 대회를 안 열었으면 이런 불상사도 없잖아!

"하아, 하아. 도착했다."

나는 한달음에 광장에 당도해서는 허리를 꺾고 가쁜 숨을 내쉬었다.

견백호가 있는 곳을 찾는 것은 그리 어려운 일이 아니었다. 사람들이 벌 떼처럼 모여 있는 곳으로 가기만 하면 되었으니까. 그런데 이 나라에 강림한 전설의 아신 견백호는······.

"우하하하하! 이 몸이 바로 견백호니라! 무릎 꿇고 이 몸을 숭배하라! 와하하핫!"

대체 뭐냐, 저 자의식과잉 환자는. 천박함이 온몸에서 줄줄 흘러내리잖아!

"목숨이 아깝지 않다면 당장 1조 셸링을 이 몸에게 바치는 편이 좋을 것이니라! 므하하하하!"

나는 사람들에게 둘러싸여 마치 광대처럼 호들갑을 떨고 있는 '견백호'를 바라보며 눈매를 좁혔다. 농담이 아냐. 아신은 하늘이 점지해 주는 건데, 만약 저게 진짜라면 하늘이 아주 큰 실수를 저지른 것이다. 온몸에서 얼간 광선을 뿜는 저 떠버리의 어디가 아신이냐고!

그때 어째서인지 안도의 한숨을 내쉰 랑시가 말했다.

"그럼 그렇지. 저 자식 가짜야."

"얼레? 그걸 네가 어떻게 알아?"

놀란 쇼탄이 물었지만 랑시는 대답하지 않은 채 '히잉, 괜히 놀랐잖아'라며 평소의 모습으로 돌아와서는 왕궁으로 걸어가는 것이었다.

그러나 촌극은 이것으로 끝이 아니었다.

"이놈! 감히 견백호의 이름을 사칭하다니! 하늘이 무섭지 않으냐!"

저 양반은 또 뭐야? 거구의 사내가 홀연히 나타나서는 일갈을 늘어놓자 '자칭 견백호'가 움찔하며 말을 더듬는 것이었다.

"마, 말도 안 되는 소리! 이 몸이 바로 견백호시다!"

"어허! 아직도 사람들을 속이려고! 네깟 놈이 견백호일 리가 없다!"

"그, 그, 그걸 네놈이 어떻게 알아!"

"그건 바로…….'

그러자 그가 어깨에 힘을 잔뜩 준 채로 엄지손가락을 추켜올리며 말했다.

"내가 견백호거든.'

집어치워!

나와 쇼탄은 골치가 지끈지끈 아파져 오는 머리를 매만졌다. 대충 왜 이런 웃기도 민망한 개그 대행진이 벌어지고 있는지 감이 오는군.

견백호는 벌써 10년 넘게 행방불명이다. 보통 아신들이 왕국과 자신의 군주를 수호하는 것에 반해 견백호만은 어찌 된 영문인지 세상에 나타나질 않는 것이다. 그를 봤다는 사람은 많지만 그 목격담은 가지각색이다.

'긴 은발을 가진 아름다운 아가씨다!' 에서부터 '다리가 여덟 개 달리고 눈에서 살인광선을 발사하는 괴생명체' 라는 도무지 믿기 힘든 소문까지. 어차피 아무도 본 사람이 없으니까 되는 대로 헛소문이 부풀어 오른 것이다.

그렇다 보니까 누가 그를 사칭해도 진위를 알 수가 없는 노릇이다. 그런 상황이니 이런 대회에 견백호를 사칭해서 한탕 챙겨

보자는 전 세계 사기꾼들이 득달같이 몰려드는 것도 당연한 귀결이었다.

"으이구, 가지가지 한다."

슬슬 견백호들의 숫자가 십 단위로 올라가는 것을 목격한 나와 쇼탄은 '아아. 졌다, 졌어. 더 이상은 못 보겠구먼' 이라고 중얼거리며 터덜터덜 왕실로 향했다.

그건 그렇고 랑시는 어떻게 한눈에 진짜 견백호가 아니라고 확신할 수 있었던 거지?

7.

"자아! 오늘 1조 무투대회가 성대한 막을 열었습니다아."

키스는 아침 브리핑 시간에 방긋 웃는 얼굴로 그렇게 외쳤다. 사실 공식 대회명은 '베르스 왕립 무투대회' 였지만 아무도 그렇게는 안 부르고, 보통 '1조 쟁탈전' 이라든가 더욱 줄여서 '1조 대회' 정도로 부르고 있다.

아무리 먹고살자고 하는 일이라지만 이만큼 경박한 대회가 예전에 존재했던가. 순수한 스포츠맨십 따위는 이미 저 우주 끝으로 날아가 버리고 이글이글 타오르는 참가자들의 두 눈동자에는 모두 '1조!' 라고 쓰여 있는 것 같은 이런 대회가.

이건 광기야. 원죄(原罪)라고. 아아, 관여하고 싶지 않아. 이 바보대행진에 말려들고 싶지 않아! 그러나 현실은 그러지 못했다. 키스가 말했다.

"할 일 없는 미온 경도 이 경사스러운 대회 진행을 응당 거들어야겠지요?"

"예? 저도 도울 일이 있나요?"

서, 설마 출전하라는 거냐!

"당연히 잡일입니다아."

"하아, 역시."

그럼 그렇지. 이젠 익숙해져서 맥 빠질 것도 없다.

헬스트 나이츠의 기사들은 참가자 경호라든지 대회 보안 유지 같은 기사다운 일을 맡았지만, 우리 스왈로우 나이츠는(그중에서도 나는) 그 이름도 거창한 '접수창구 직원'이라는 단순노동에 투입되었다. 물론 그 우락부락하고 위험천만하기 짝이 없는 참가자들의 시중을 들게 된 쇼탄 경보다야 덜 비참한 운명이지만 말이다.

"어째서 내가 그 짐승 같은 놈들 몸종이 되어야 하난 말이야!"

쇼탄 경은 자신의 서러운 처지에 넌덜머리가 난다는 표정으로 담배를 문 채 중얼거렸다. 하지만 키스는 그런 그를 흘낏 보며 매몰차게 대꾸했다.

"왜냐하면 댁이 빚을 졌기 때문입니다아."

"빚진 인간에겐 인권도 없다는 거냐!"

그때 검은 슈트를 말쑥하게 차려입은 루시온 경이 여행 가방을 들고 문밖으로 나섰다.

"그럼 지명 다녀오겠습니다."

그렇다. 인기 스타 루시온 경은 들어오는 지명을 소화하는 것만으로도 항상 바빴기 때문에 이런 '잡일'에 투입될 일이 없었던 것이다. 랑시는 성공한 인생의 표상 같은 루시온의 뒷모습과 인생의 낙오자 쇼탄의 울적한 표정을 번갈아 가며 본 뒤 동정의 말을 남겼다.

"쇼탄 경, 자부심을 가져. 어차피 밑바닥이니까 이제부턴 올라갈 일만 남았잖아?"

가슴을 후벼 파는 위로였다.

"헤유, 내 알 게 뭐랍니까. 그럼 이 몸종, 몸 바쳐 시중들러 가 보겠사옵니다."

쇼탄 경은 담배를 재떨이에 비벼 끄고 옷을 갈아입기 위해 자리를 떴다.

쇼탄을 보자 문득 옛일이 떠올랐다. 10대의 나는 지금의 나보다 훨씬 부유했다. 고객에게 부탁만 해도 집 한 채 얻는 것 정도는 일도 아니었으니까. 지금처럼 살인적인 노동에 시달리거나 엉뚱한 사건에 휘말려 목숨을 위협받는 일은 절대 없는 사치스러운 일상이었던 것이다.

하지만 그래서 그때가 더 행복했느냐? 신기하게도 그렇지 않았다.

그때나 지금이나 행복이라는 것은 흠뻑 만끽하려고 발버둥 치지 않으면 늦가을처럼 어느새 떠나 버리곤 한다. 그러니까 돈이라는 것은 별로 중요하지 않아, 어렵지만 그렇게 다짐해 보자.

8.

수도 광장에 만들어진 10개의 경기장에서는 동시에 1차 참가자들의 예선전이 치러진다. 워낙에 지원자가 많다 보니까 경기장을 24시간 풀가동할 수밖에 없었다.

굉장하지 않은가? 무투대회 역사상 최초의 야간경기 개장이다.

나는 이 광란의 중심에 있는 접수처에 앉아 상금을 노리고 몰려드는 인간들의 신청서를 받고 있었다. 첫 손님은 거창한 대도(大刀)를 짊어진 사내였다. 어떻게 봐도 악당이었다.

"이봐! 어서 신청서를 내놔! 여기 참가하기 위해 일주일이나 달려왔다고!"

"예에, 예에. 참가비 십만 셀링 되겠습니다."

"뭐가 이리 비싸?"

내 말이.

"비싸면 하지 마세요. 아무도 강요 안 해요."

이래서야 완전히 악덕 야바위꾼이잖아.

"우승하면 1조 셸링 주는 게 사실이지? 만약 아니라면 이 나라를 박살내 버릴 줄 알아!"

"물론입죠. 현금 일시불로 지급합니다."

물론 댁이 카론 경을 이겼을 경우의 이야기지만.

이 위험해 보이는 사내 뒤에도 한가락 하게 생긴 싸움꾼들이 줄지어 서서 '앞에 빨리 좀 해!' 라든가 '기다리게 하면 죽여 버린다!' 라는 둥의 협박을 일삼고 있었다.

이러다간 경기를 나가기도 전에 서로 멱살 잡을 분위기로군. 아닌 게 아니라 어제도 어떤 여관에서 시비가 붙어 대량의 부상자가 나왔다고 한다. 아무리 돈도 좋다지만 사람 좀 가려 받았으면 하는 바람이 있다.

한편 정당하게 싸우겠다고 말한 카론 경의 뜻대로 그도 예선 전부터 참여하게 되었다. 그의 첫 상대는 하필이면 이름만 들어도 상대가 벌벌 떤다는 악투르 왕국 출신의 무자비한 검투사라고 한다.

지금 막 그 경기가 시작되고 있었다. 경기장 중앙에서 카론 경과 마주 선 그는 소문답게 카론 경의 두 배는 될 것 같은 거인이었다. 안 그래도 악투르와 우리나라는 앙숙인데 저런 놈에게 패하면 나라의 사기가 꺾일 것이다.

"후후, 네놈이 베르스 최강의 기사라는 카론이냐?"

"……"

"흥! 상처 하나 없이 곱상한 얼굴이군. 그러고도 전사냐?"

"……."

"그 가느다란 몸을 갈기갈기 찢어서 광장에 뿌려 주마! 와하하하…… 야! 너도 뭐라고 말 좀 해 봐!"

"너 혼자 떠들어라."

어쭙잖은 심리전을 걸어오려던 검투사는 도무지 호응을 안 해 주는 카론의 태도에 자기가 되레 광분하며 칼을 뽑았다. 그와 함께 경기 시작을 알리는 종이 울렸다. 그리고 끝났다.

딱 2초 걸린 경기 내용을 자세하게 묘사하진 않겠다. 그러면 그 이름만 들어도 부들부들 떤다는 검투사 양반이 너무 불쌍해지니까.

"내, 내, 내 팔!"

순식간에 검을 놓친 그 거한은 피가 흐르는 두 팔목을 움켜쥔 채 괴성을 내지르고 있었다.

이런 것을 발검(拔劍)이라고 부르던가. 카론 경의 손이 검집으로 옮겨 가는 것 같더니 섬광이 일직선을 그으며 검투사의 팔목을 베어 버렸다. 얼떨떨한 표정으로 서 있던 심판이 뒤늦게 카론 경의 승리를 선언했다.

"카, 카론 샤펜투스 선수! 승리!"

검을 집어넣은 카론 경이 '검술 이전에 인격부터 다듬어라'라는 서늘한 승리 대사를 읊으며 경기장에서 내려왔고, 겁에 질린 검투사는 자신의 무기도 버리고 도망치듯 사라지는 것이었다.

역시 용서 없는 사람이라니까. 순식간에 벌어진 광경에 멍하니 서 있던 사람들이 뒤늦게 광장이 떠나가라 환호성을 내질렀고, 귀빈석의 부인들은 손수건까지 내던지며 카론 경의 실력(보다는 실은 외모)을 찬양했다. 저어, 그런데 임자 있는 몸이거든요?

얼마나 대단한 열광이었는지 다른 경기장에서 시합을 벌이던 자들마저 싸움을 멈추고 황망한 표정으로 카론 경을 바라볼 정도였고, 심지어는 아예 전의를 상실하고 기권하는 자도 속출하고 있었다.

그런 군중들의 환호에 눈길 한 번 주지 않고 내게 다가온 카론 경이 품속에서 참가 신청서를 꺼내서 내게 건네주었다. 승리할 때마다 도장을 찍어 줘야 하기 때문이다. 이거 참으로 귀여운 규칙이지 않은가? 나는 도장을 찍어 주며 웃었다.

"헤헤. 수고하셨어요, 카론 경."

"힘들군."

카론 경은 이런 분위기가 영 불편한지 눈을 지그시 감으며 중얼거렸다. 아무튼 도통 즐길 줄 모르는 사람이야.

"뭐, 일이잖아요. 이런 것도 나라를 구하는 일이라니까요. 뭐 터무니없는 일이긴 하지만."

"그렇겠지."

그는 나라를 구한다는 것에 동의한 것인지, 터무니없다는 것에 동의한 것인지 고개를 끄덕이며 자리를 뜨려고 했다. 시합은 하루에 한 번이니까 이제부터는 또 연습을 하겠군.

"그런데 카론 경."

"……?"

"사모님은 안 오셨나요?"

이런 중대한 대회라면 오실 만도 하잖아? 무엇보다 얼굴 한번 보고 싶다고.

"이런 모습 보여 주고 싶지 않다."

"그, 그렇군요."

감정을 읽기 힘들던 카론의 눈매가 잠시나마 흐려졌다. 하지만 그는 성격대로 더 이상 말하지 않은 채 조용히 사라졌다.

대회 초반부터 거의 신기에 가까운 카론 경의 시합을 봐서 그런지 사람들의 기대치 역시 급상승하고 있었지만, 모든 시합이 다 그런 것은 아니다.

사실 경기 대부분이 이런 식이었다.

"에, 곧 견백호 07번 대 견백호 16번의 시합이 있겠습니다."

몸부림치도록 한심하다! 분명 둘 다 가짜임이 분명한 그 협잡꾼들의 어설픈 주먹질을 보고 있노라면 '저런 인간들도 집에 가면 귀한 자식이겠지?' 라는 동정심마저 일 정도였다.

그리고 이런 와중에도 부득부득 견백호라고 우기는 얼간이 군단이 지치지도 않고 접수처로 몰려오고 있었다.

이렇게 반나절쯤 지나자 나도 완전히 진이 빠져 버려서 '에잇! 될 대로 돼라지. 망할 놈의 사기꾼 대회!' 라고 투덜거리며 키스 경이 던져 주고 간 도시락을 꺼내 먹었다.

한참 군만두를 입에 넣어 잘게 씹고 있는 와중에 접수처로 다가온 남자가 말했다.

"출전하려면 여기서 신청해야 하나?"

"예, 그렇습니다. 성함이 어떻게 되세요."

나는 그를 바라보지도 않은 채 신청서를 꺼내며 말했다. 그러자 그는 오늘 참 많이도 듣는 대사를 자연스럽게 읊어댔다.

"견백호."

"네, 네, 그러시겠지요. 뭐 그럼 편의상 견백호 42번으로 기록할게요."

"……42번?"

"그래도 당신은 다행이네요. 내일쯤이면 백 단위를 넘어갈 테니 번호 외우기도 힘들어질 것……."

그렇게 구시렁거리던 나는 말을 멈출 수밖에 없었다. 온몸의 뼈가 으스러뜨릴 듯 짓눌러 오는 중압감에 말을 이을 수 없었던 것이다. 견백호 42번은 그저 나를 내려다보고만 있었다.

'서, 설마!'

나는 겨우겨우 고개를 들어 떨리는 표정으로 자신을 견백호라고 밝힌 자를 올려다보았다.

"재미있군. 나 외에도 마흔한 명의 백호가 존재했다니. 짐작도 못 했어."

"당신은……."

내가 올려다본 큰 키의 청년은 탈색된 것 같은 밝은 회색 머리카락에 맹수의 것 같은 파란 눈동자를 가진 자였다. 거친 가죽 옷에 검푸른 금속 장갑을 끼고 있는 그가 소리 없이 웃으며 말했다.

"지금 당장 그 마흔한 명을 내 앞에 데려와."

9.

백발의 청년 앞에 마흔한 명의 견백호들이 몰려드는 데까지는 채 10분도 걸리지 않았다. 그 이유는 바로 마흔두 번째 견백호가 자신의 보석 뭉치를 걸었기 때문이다.

'자신을 견백호라고 주장하는 자는 나를 쓰러트리고 이 보석을 가져가라.'

그가 그렇게 공언하자마자 여기저기에서 오만가지의 견백호들이 나타난 것이다.

나는 경기장 밖에서 벌어지는 이 즉흥 대결에 난감해졌다.

"자, 잠깐만요! 이런 식으로는 시합할 수 없습니다!"

그러자 나와 엇비슷한 나이로 보이는 그가 천천히 날 돌아보며 낮은 목소리로 으르렁거렸다.

"누가 이런 버러지들하고…… 시합하겠대?"

나는 몸을 움찔했다. 정말로 거대한 야수 앞에 선 것 같은 긴장감에 몸이 조여든 탓이다.

소식을 듣고 달려온 헬스트 나이츠의 기사들 역시 이 갑작스러운 싸움을 막기 위해 달려오고 있었다. 하지만 먼저 발끈한 자들은 바로 ‘사십일 인의 견백호들’이었다.

“이런 애송이 놈!”

그 고함과 함께 그들이 사방에서 달려들었고, 그 순간 백발의 청년이 착용한 금속 장갑에서 섬뜩한 진동음이 터졌다.

솔직히 느낌만으로도 보통 사람이 아니라는 것은 예상했다. 몇 명은 팔과 다리가 부러지고 잘못하면 사망자가 생길지도 모른다고 생각했다. 하지만 그 정도가 아니었다.

“우우우욱!”

나는 물론 그를 말리려고 달려오던 기사들마저 이 광경에 자기도 모르게 고개를 돌리고 입을 막았다. 고막을 찢어 버릴 정도로 증폭된 금속음에 비명마저 묻혀 버렸고, 물을 채운 풍선이 터지듯 피가 광장에 퍼졌다.

아예 상대의 몸을 물리적으로 부숴 버린 것과 다름없었다. 잔인하고 자시고를 떠나서 희생자들은 거대한 압착기계 안으로 뛰어든 것과 같았다.

야수의 포효 같던 진동이 가라앉자 광장에 남은 것은 정적과 피비린내뿐이었다. 그 피바다의 중심에 서 있던 청년이 피식 웃으며 말했다.

“1번부터 41번…… 탈락.”

그 순간 사방에서 사람들의 비명이 터지며 군중들이 산지사방으로 도망치기 시작했다. 헬스트 나이츠조차 그를 체포하러 다가가지 못했다.

큰 키의 청년이 내게 다가와 건조한 목소리로 말했다.

“이제 내 이름 뒤에 번호 붙일 필요는 없어졌을 거다. 똑바로 기록해라. 내가 바로 견백호 무라사 랑시다. 그런데 상금, 1조라고 했지?”

의심할 것도 아니다. 물어볼 것도 없이 이자가 진짜 견백호다.

아니 그런데 잠깐만! 무라사 랑시? 성이 랑시?

전하의 시나리오대로 진행되는 줄 알았던 왕립 무투대회는 경기 시작 하루 만에 비극을 향해 내달리기 시작했다.

10.

나는 추궁하기 시작했다.

“견백호의 이름이 무라사 랑시래. 랑시 경, 이 기막힌 우연을 어떻게 생각해?”

리더구트로 돌아온 나는 ‘긴 머리 소녀’ 랑시 경을 물끄러미 바라보며 말했다. 랑시는 식은땀을 흘리며 고개를 돌리고는 딴청을 피웠다.

더할 나위 없이 의심스러운 모습이로구만. 난 눈을 감으며 말했다.

"쇼탄 경, 부탁해요."

"꺄아악!"

최근 몸종 담당인 쇼탄이 랑시를 번쩍 들고 테라스 중앙으로 연행해 왔다. 심문관을 자청한 루이 경이 야비한 미소를 띠며 쇼탄의 두 팔 속에서 발버둥치는 랑시의 갸름한 턱을 매만지는 것이었다.

"랑시 양, 험한 꼴 당하기 싫으면 어서 불어. 아니, 말하지 않아도 난 좋지."

천직이로군. 그런데 이래서야 천진난만한 소녀에게 못된 짓을 하려는 파렴치한들 같잖아?

나는 한숨을 내쉬며 무슨 거창한 비밀인지 입을 꽉 다물고 있는 랑시에게 말했다.

"랑시 경, 그 무라사 랑시라는 사람이 방금 견백호 1번부터 41번을 잘게 다져 놨거든? 광장은 지금 피바다야. 농담하는 거 아니라고. 대체 견백호와 무슨 관계가 있는지 말 좀 해 봐."

"빌어먹을……."

입술을 꽉 깨물고 있던 랑시의 입에서 험한 말이 나오자 난 흠칫 놀랐다. 화를 못 이기고 몸을 부들부들 떠는 랑시의 모습에 겁을 집어먹은 쇼탄이 잡았던 손을 놔줄 정도였다.

“빌어먹을…… 형!”

“형?”

“형이라고?”

“네 형?”

나와 쇼탄, 루이의 눈이 휘둥그레졌다. 지금 랑시 경이 자기 형을 견백호라고 선언한 건가?

긴 생머리와 좁은 어깨, 치마 밑으로 보이는 가느다란 다리만 봐도 강철 근육 견백호와는 우주 끝에서 끝처럼 다르잖아! 차라리 곰과 햄스터가 한 형제라고 우기는 편이 낫겠다!

랑시는 ‘골치 아파 죽겠어!’ 라며 얼굴을 가렸다.

“내 원래 이름은 조슈아 랑시야. 여기 오면서 그냥 랑시라고 소개했어.”

“그, 그런데?”

“내 형이 바로 무라사 랑시, 견백호 맞아. 하지만! 그딴 놈은 이제 형도 아냐!”

나는 이 순간 ‘왜 오빠가 아니라 형이라고 부를까?’ 라는 한심한 착각을 했다. 아니, 누구라도 랑시의 맨몸을 보지 못한 사람이라면 나와 같은 착각을 할 것이다.

의심 많은 루이는 말도 안 되는 소리라며 외쳤다.

“하지만 그 사람은 너와는 전혀 달라! 눈곱만큼이라도 비슷한 구석이 있어야 믿지! 네가 형이라고 주장하는 무라사는 너보다 키가 두 배는 크고 몸무게는 세 배는 더 나가고 눈빛도 완전 야수였어! 설마하니 배다른 형제냐?”

“아냐! 친형이야!”

“거짓말! 실은 네 애인이지! 놀라워. 그 신성한 아신의 취향이
너같이 성별도 모호한…….”

아무래도 그건 아닌 것 같다.

“닥쳐! 어쩜 그딴 끔찍한 상상을!”

랑시는 그 작은 손으로 루이 경의 배에 펀치를 날린 뒤에 소파
에 털썩 앉아서는 입을 열었다.

“좋아. 소원이라면 어째서 내가 이 지경이 되었는지 말해 줄
게.”

솔직히 굉장히 궁금했다.

“형이 네 살쯤 되었을 때 선대의 백호가 찾아왔대. 형을 보고
새로운 견백호가 될 인물이라면서 힘을 전해 주고 사라졌다고
해.”

알테어 님으로부터 그런 말을 들은 적이 있다. 아신이라는 것
은 국가나 왕이 주는 작위가 아니라 오래전부터 이어져 오는 힘
의 흐름이라고. 어떤 조건으로 선택되는지는 알 수가 없으나 때
가 되면 선대의 아신으로부터 힘을 계승한다고 한다. 그리고 그
선택은 운명과 같은 것이라서 절대 거부할 수 없다고 한다.

“그 선대 백호가 부모님에게 말했어. 백호는 태양처럼 타오르
는 극양(極陽)의 기운이라서 그걸 다스리지 못하면 형은 그 힘에
눌려 미쳐 버릴 거라고.”

더없이 고전적이었다. 그러나 이다음부터의 회상은 클래식과
는 거리가 멀었다.

"그걸 제어할 방법은 새로 여자아이를 하나 더 낳아 그 아이
를 극음(極陰)의 기운으로 키우는 길뿐이라고 했어. 그래서 내가
태어났어. 문제는 내가 사내아이였다는 거지."

"그럼 하나 더 낳으면 되잖아."

"애가 무슨 붕어빵 찍듯 마음먹으면 퍽퍽 튀어나오는 줄 알
아? 나 이후에는 아이가 생기질 않았고, 시간이 없었던 부모님
은 날 여자로 키웠던 거야. 형의 극양을 식혀 줄 수 있는 극음의
아이로. 뭐 이딴 집구석이 다 있어?"

그런데 솔직히 랑시가 여자로 착각할 정도로 여상(女相)스러운
외모이긴 해도 성격은 극음과는 거리가 먼 것 같은데……. 도리
어 좀 지나치게 유쾌한 소년에 가깝지.

랑시는 주먹을 꽉 쥐며 소리쳤다.

"그런데도 형은 열두 살이 되던 해에 결국 집을 뛰쳐나갔어!
날 여자로 키우게 한 주제에 제멋대로 나가 버렸다고!"

그렇다. 랑시는 애초에 극음이 아니었고 견백호를 미치지 않
게 하는 데에는 아무런 도움도 안 되었던 것이다. 아무리 여장을
시켜서 키우면 뭐하나. 천성이 저 모양인데. 나도 어려서부터 여
장을 당해 봐서 저 기분 잘 알고 있다.

가만히 듣고 있던 쇼탄이 떨떠름한 목소리로 물었다.

"그런데 랑시 경, 형 때문에 여장을 한 거라면…… 이젠 그럴

필요 없잖아? 왜 지금까지 그러고 있냐?"

"그, 그건! 소년기의 경험이란 무척 중요한 거야. 태어나서 지금까지 이렇게 살다 보니까 이쪽이 더 편해져서…… 하, 하지만 내가 딱히 이상하다고는 생각해 본 적이……."

"거기까지."

쇼탄과 루이가 두 손을 절레절레 흔들며 말했다.

사자 갈기 같은 금발을 긁적거리던 루이는 다른 쪽에 관심이 있는 것 같았다.

"그럼 랑시 경은 무슨 힘 없어? 형이 백호라면 그래도 십 분의 일, 아니 백 분의 일이라도 그 힘을 나눠 받지 않았을까? 가령 리틀 견백호라든지 혹은 견백호 주니어 같은……."

실로 조악한 네이밍 센스였다.

랑시는 고개를 저었다.

"전혀. 벽돌 한 장도 못 부숴. 가진 건 얼굴뿐이라니까. 형이 떠난 뒤에 부모님은 곧 돌아가셨고 난 먹고살려고 여기저길 떠돌다 키스 경을 만나 여기로 온 거야."

그리고 랑시는 그 귀여운 얼굴에는 전혀 어울리지 않는 씁쓸한 표정으로 중얼거렸다.

"이 말 꺼낸 건 이번이 처음이야. 형 같은 거 생각하고 싶지도 않아. 가족 하나 지키지 못하는 주제에 뭐가 아신이야. 모두 다 형 때문에 희생만 당했는데! 제멋대로 떠나 버려 놓고 인제 와 돌아온 형 따윈……."

그때 엄청난 굉음과 함께 문이 박살나 버렸다.

"우아악! 뭐야!"

그리고 그 매캐한 먼지 속에서 모습을 드러낸 자는 바로 극양의 사나이, 인간 압착기, 조슈아 랑시의 형인 견백호 무라사 랑시였다.

거의 백색에 가까운 회색 머리가 정말 백호의 갈기 같은 그는 뚜벅뚜벅 우리에게 걸어와서는 입을 열었다.

"내 동생이 여기 있다는 말을 듣고 왔다. 동생을 내놔."

그 순간 눈썹을 확 추켜세운 랑시가 벌떡 일어나서는 날카롭게 소리쳤다.

"꺼져! 넌 내 형도 아냐!"

맙소사. 보통은 감동적이 되어야 할 형제 상봉이건만 만나자마자 쌍욕이 나오다니……

하지만 무라사는 랑시를 빤히 내려다보다가 입을 열었다.

"나도 여동생은 둔 적 없다."

"남자야!"

랑시가 상의를 확 찢자 근육이라곤 하나도 없는 뽀얀 살갗이 드러났다. 그걸 본 무라사의 눈이 커졌다.

"가, 가슴이 없다니…… 이상한 소녀로군."

여기서 알 수 있는 사실은 견백호가 지지리도 둔감하다는 것이리라.

"너 때문에 여자로 커 왔어. 머리가 돌아서 그것조차 잊어버린 거야?”

“그, 그럼 네가 정말 내 동생 조슈아냐?”

“그 이름 버렸어. 그리고 나 이제 당신 동생 아니야. 꺼져.”

항상 쾌활하고 애교 넘치던 랑시는 형에게만은 쌀쌀맞기가 겨울 삭풍이었다. 그러나 만만찮기는 형도 마찬가지였다.

“시끄러! 이딴 한심한 곳에서 그런 꼴로 뭐 하는 거야? 1조 셀링과 함께 널 데리고 여길 떠날 거다. 따라와.”

“싫다니까!”

하지만 무라사는 랑시의 가는 팔을 억지로 잡아 끌고 나가려고 했다. ‘이거 어떻게든 말려야겠다!’ 라는 생각이 머리를 스쳤을 때 누군가가 무라사의 두꺼운 팔목을 잡는 것이었다.

“이곳에 무슨 볼일이라도 있으십니까아?”

키스 경! 어느샌가 돌아온 키스가 랑시를 끌어내리던 무라사의 팔을 잡아챈 것이다. 이 인간이 이렇게 반가울 줄이야!

무라사는 소름 끼치는 맹수의 눈매로 키스를 노려보고 있었지만, 키스는 여전히 마이페이스로 여우 같은 눈웃음을 보일 뿐이었다.

자기 팔뚝의 두 배는 되는 무라사의 팔을 놔주지 않는 것을 보면 참으로 대단한 배짱이다.

“네놈이 이런 곳에 있을 줄이야.”

뭐, 뭐라고!

무라사가 랑시의 팔을 놓으며 키스에게 으르렁거린 말을 듣고 나와 쇼탄, 루이, 그리고 랑시마저 깜짝 놀라서는 키스를 바라보았다. 설마 키스가 견백호와 아는 사이?

키스가 정색하며 대답했다.

"무슨 소리예요? 저 당신 처음 봐요."

"연기력이 많이 늘었군? 그 어쭙잖은 가면, 지금 이 손으로 뜯어내 줄까?"

"아 글쎄, 사람 잘못 봤다니까 왜 이래요! 남자가 집요하게!"

어, 어떻게 아신 앞에서 저렇게 태연자약하게 굴 수 있는 거지.

무라사는 코웃음을 치며 몸을 돌렸다.

"뭐 어쨌든 좋아. 난 내 동생만 데리고 가면 되니까."

"그건 곤란합니다아. 랑시 경이 싫어하잖아요?"

"너, 지금 날 막겠다는 거냐?"

이 사람 화났다! 무라사가 끼고 있는 금속 장갑에서 섬뜩한 진동음이 들려오기 시작했다.

하지만 그렇게 위압적인 공격 태세를 갖춘 견백호 앞에서 키스는 여전히 미소 띤 얼굴로 아무런 자세도 취하지 않는 것이 아닌가. 아니, 자세고 자시고 지금 키스 저 양반은 검 한 자루도 없잖아! 대체 뭘 믿고!

그때 키스가 가늘게 눈웃음을 보이며 입을 열었다.

"저는 불운한 병에 걸려 당신을 기억하지 못하지만 당신은 절 기억하고 있겠지요?"

“그래서?”

“그럼 지금 저와 싸우려는 결심이 별로 현명하지 못한 판단이라는 것을 잘 알고 계실 텐데요?”

그러자 쇠 장갑을 낀 무라사의 주먹이 키스 코앞에 다가왔다. 정말 키스의 얼굴만 한 주먹이었다.

“계속 떠들어 봐. 내가 그따위 협박에 겁먹을 사람으로 보여?”

“어머나, 그럼 한번 덤벼 보시든지요오.”

이게 무슨 살벌한 대화람. 하지만 당장에라도 키스의 상반신과 하반신을 분리시켜 놓을 것 같았던 무라사는 곧 주먹을 풀며 나직하게 입을 여는 것이었다.

“흥. 어차피 넌 내가 아니라도 머지않아 죽을 놈이니까. 오늘은 특별히 물러나 주지. 그리고 조슈아, 가족을 버리고 잠적한 건 정말 미안해. 하지만 나는 그때 떠날 수밖에 없었다.”

무라사는 그 넓은 등을 보이며 사라져 갔다.

그러자 키스가 머리를 긁적거리며 심란한 얼굴로 중얼거리는 것이었다.

“하아, 겨울도 다가오는데 문짝이 이렇게 박살나 버렸으니 빨리 고쳐야…….”

지금 그게 중요하냐!

랑시가 다급한 목소리로 물었다.

“키, 키스 경. 형과 아는 사이였어요? 그것도 별로 사이가 좋은 것 같지 않은데……."

"어라라? 무슨 말씀이세요. 전 아무것도 모른다니까요."

키스는 코웃음을 치며 자신의 방으로 걸어가는 것이었다.

11.

다음날, 아침부터 나는 왕궁으로 호출당했다. 일어나자마자 호출을 받은 내가 제복으로 갈아입고 있자 아직 기운이 돌아오지 않아서 하루 종일 침대에 누워 있던 지스 경이 콜록거리며 몸을 일으켰다.

"미온 경, 오늘은 내가 직접 나갈게. 이제 나 괜찮아."

"아냐, 오늘은 나 지명받은 거야."

"지명? 누구한테?"

"아이히만 대공."

지스가 의아해하는 표정을 보이자 나는 쓴웃음을 지었다.

"아참, 넌 지금 왕국이 어떻게 돌아가고 있는지 모르지."

"무슨 일 생겼어?"

"모르는 편이 좋습니다아."

하아. 나는 어깨를 축 늘어트리며 밖으로 나섰다.

12.

이번에도 내 담당은 코트였지만, 확실히 아이히만 대공은 내게 뭔가 묘안을 기대하고 있는 것 같았다. 아니 내가 무슨 척척박사 해결사인가? 이런 난관을 신통방통하게 해결할 수 있다면 내가 점집 차렸지 뭐하러 호스트를 했겠어.

전하의 응접실에 모인 사람은 아이히만 대공, 위고르 공, 카론 경이었다. 오르넬라 님도 호출받았지만 '숙취 때문에 일어날 수가 없음. 게다가 오늘 그날임. 고로 알아서들 해결하세요'라는 적나라한 쪽지가 대신 도착했을 뿐이다. 아아, 매정한 우리 성녀님.

"후후후, 다들 모였나?"

먼저 기다리고 계시던 전하께서는 무슨 이유인지 이 총체적 난국에 도리어 여유 만만하신 것 같았다. 깍지 낀 손으로 턱을 괸 채 전혀 안 어울리게 분위기를 잡고 있던 만두 국왕님을 보자마자 아이히만 대공이 이를 부득 갈며 하얀 눈썹을 꿈틀거렸다.

하긴, 1조 셸링이 혜성처럼 나타난 견백호 주머니 속으로 들어가게 생겼는데 기분 같아서는 저 토실토실한 만두 같은 임금님을 찜통에 넣고 삶아 버리고 싶을 것이다.

마지막으로 카론 경도 도착했다. 나는 카론 경의 코트를 받으며 안부를 물었다.

"카론 경, 괜찮으세요?"

"뭐가 말인가."

"아, 아뇨. 꼭 뭐라기보다는……."

아니, 이 사람은 견백호 그 몬스터와 싸울지도 모르는데 어찌 이리 표정 하나 안 바뀔 수가 있는 거냐고. 정말 키스의 말대로 항상 죽음을 각오하고 사는 사람이라서 그런 걸까.

회의가 시작하자마자 대공이 카론을 보며 바로 말했다.

"카론 군, 기권하게."

"저는 괜찮습니다."

"괜찮지 않아. 자네는 분명 검술의 대가네. 지금까지 내가 봐 왔던 수많은 검술사 중에서도 자네의 실력을 따라올 자는 없을 거야. 하지만 아신은 달라. 벼락이나 화산과 싸우는 것과 뭐가 다르냐. 애당초 인간의 노력으로 능가할 수 있는 존재가 아니야."

"……."

철혈의 할아범은 냉정하지만 세심하게 카론 경을 배려해 주고 있었다.

"견백호와 싸우면 자넨 100퍼센트 죽네. 1조 셸링을 날리는 것은 망할 놈의 국왕 전하가 벌인 거창한 삽질이라고 쳐도, 그 얼치기 짓거리에 애꿎은 자네까지 잃고 싶지는 않아."

"아이히만 대공, 분에 넘치는 배려는 감사합니다. 하지만 저는 피하고 싶지 않습니다."

"허어, 머리 좋은 친구가 왜 어린애 같은 고집을 부려? 아신을 이기는 것은 무리라니까 그러네."

카론 경 고집 센 거 내가 증명하고 키스가 증명한다.

카론은 드물게도 씁쓸한 표정을 드러내며 말했다.

"하지만 인간 중에서도 아신과 싸울 수 있는 자가 한 명 있기는……."

"그놈 손 빌리고 싶은 생각 추호도 없으니 입 밖에 꺼내지 말게!"

우억! 놀래라!

갑자기 아이히만이 대로하며 커다랗게 소리치자 카론은 고개를 조금 숙여 보이며 입을 다물었다.

위고르도 한몫 거들었다.

"상식적으로 봐도 이제 아신 견백호가 1조 셀링을 차지할 것이 분명합니다. 이럴 바에 왕실의 명예를 지키기 위해서 차라리 그에게 1조를 주고 대회를 끝내심이……."

그때 안 되는 폼 잡고 앉아서 의미심장한 미소를 짓고 계시던 전하께서 말씀을 꺼내셨다.

"자네들, 생각보다 순진하구만. 왜 이 상황을 파악하지 못하는 건가. 이건 생각지도 못한 행운이 아닌가."

이게 행운이라고? 우리는 너무 황당해서 전하를 바라볼 뿐이었다. 그러나 역시 전하의 혜안은 우리의 판단을 월등히 뛰어넘고 있었다.

"후후, 1조 셀링 따위가 별건가?"

"전하, 지금 너무 고민하시다가 대가리에 이상이 생기신 것
은……."

아이히만이 욕인지 걱정인지 알 수 없는 말을 꺼냈지만 전하
는 여전히 당당했다. 그는 마치 먹잇감을 노리는 사자의 그것처
럼 동그란 눈빛을 번뜩이며 외쳤다.

"1조 셀링을 내주고 4대 아신 중 하나인 견백호를 얻는다! 이
건 정말 수지맞는 장사가 아니던가!"

"뭣이!"

"우승하면 당연히 상금도 주고 짐이 직접 작위도 내려 줄 것
이야. 그 말은 즉! 견백호가 이 나라의 귀족이 된다는 거지! 모든
일은 장기적 안목을 가지고 판단해야 하네. 당장은 그에게 1조
를 주는 거지만 그가 이 왕실의 장군만 된다면 앞으로는 이 베르
스는 어느 나라도 넘볼 수 없는 강대국의 반열에 올라간다는 의
미야! 그런 뒤엔 옆 나라 니샤 왕국을 협박하든 밑 나라 악투르
왕국에게 공갈을 치든 얼마든지 10조든 100조든 벌어들일 수
있는 거 아닌가! 이오타, 콘스탄트는 물론 마키시온도 이제 두
렵지 않다고! 므하하하하하! 이 나라는 이제 꽃 폈어! 땡잡았다
고!"

박장대소는 임금님 혼자였다. 대놓고 아신을 앞세워 공갈 협
박을 하자고? 이 나라가 무슨 깡패 집단도 아니고……. 어쩜 사
람이 저 지경으로 뻔뻔할 수가!

정치에 노련한 아이히만 대공의 표정마저도 '내 미처 그딴 추잡한 미래상까진 생각하지 못했네. 망할 임금'이었다.

그러나 기회 포착에 능숙한 위고르 공은 만세를 부르며 벌떡 일어나선 임금님을 칭송하는 것이었다.

"오오오오! 생각해 보니 그렇사옵니다! 이 미천한 위고르, 전하의 혜안을 따라갈 길이 없사옵니다! 전하는 정말 이 나라 건국 이래 최고의 성군이시옵니다!"

"그렇지? 그렇지? 자네가 생각해도 이거 대박이지? 좋아! 이 참에 아예 위고르 공을 이오타 총독으로 임명하겠네!"

"성은이 망극하옵나이다아아!"

자아아알들 논다.

그때 밖에서부터 비명이 들려오는가 싶더니 곧이어 또다시 문짝이 박살나는 것이었다. 누가 쳐들어온 것인지는 두말하지 않아도 알 수 있으리라.

"여기 국왕이 누구냐. 찐만두를 닮았다고 들었다."

아니나 다를까 견백호 무라사 씨였다. 이미 그의 뒤에는 두드려 맞아 곤죽이 된 근위대들이 널브러져 있었다.

성큼성큼 안으로 들어오던 그가 날 보고 눈가를 찡그리자 내가 난감한 미소를 지으며 말했다.

"문을 열고 들어오는 경우가 없으시군요."

"너는 어딜 가도 만나게 되는구나. 이 나라 마스코트냐?"

그때 갑자기 아이히만 대공이 자리에서 일어나더니만 품속에서 권총을 꺼내 견백호의 머리를 겨누는 것이었다. 지금 대체 뭐 하는 짓……!

타아아아앙!

귀를 찢는 폭음이 터졌다. 보통 사람이라면, 아니 굉장한 사람이라도 머리에 구멍이 나는 것이 당연했다.

하지만 견백호는 조용히 얼굴을 가리던 주먹을 폈고, 그 손에 잡혀 있는 탄환을 바닥에 던져 버리며 으르렁거렸다.

"이런 망할 노인네가 다짜고짜 남의 얼굴에 총을 쏴!"

"호오, 진짜 아신이 맞긴 맞는 것 같구먼."

아이히만은 신기하다는 듯이 바닥을 떼구루루 구르는 총알을 보며 히죽 웃는 것이었다. 아무튼 대단한 배짱의 할아범이다.

도리어 놀란 쪽은 임금님이었다.

"이, 이럴 수가! 내 거처에 총을 가지고 들어오다니! 이, 이건 모반이야! 짐을 죽일 생각이었나! 대공!"

"글쎄, 어땠을지."

아이히만은 자리에 앉으며 담배를 피워 물었다.

어쩌면 대공은 정말로 전하의 머리에 총을 겨눈 채 카론 경을 기권시키고 난장판이 된 대회를 끝내라고 협박하기 위해 총을 가지고 들어온 것일지도 모른다. 아니, 분명히 저 양반이라면 그러고도 남는다.

"네놈이 이 나라의 우두머리인 것 같군."

견백호는 국왕 전하에게 뚜벅뚜벅 걸어갔고, 그 순간 카론 경이 자리에서 일어나 그를 막아섰다.

"뭐야, 넌. 죽고 싶어?"

"무례한 놈. 지금 내게 검이 없는 것을 감사해라."

순간 둘 사이에서 불똥이 팍 튀겼다. 이거 정말 흥미진진……이 아니라 그 최종 병기와 싸우면 안 된다니까요, 카론 경!

그때 전하가 여느 때보다도 늠름한 눈빛으로 말했다.

"카론 경, 난 괜찮으니까 그자를 이리 부르게."

아닛! 임금님에게 저런 위엄이 있었단 말인가!

카론은 계속 무라사를 차갑게 바라보며 슬쩍 길을 비켰고, 실로 강철을 깎아 만든 것 같은 육체를 지닌 무라사는 전하 앞으로 걸어갔다.

그가 전하의 커다란 이마에 금속 장갑을 낀 거대한 주먹을 들이대며 말했다.

"만두가 터지고 싶지 않으면 내 동생과 1조 셀링을 내놔."

"후후후후, 과연 자네가 날 죽일 수 있을까?"

"뭐?"

무라사가 어처구니없다는 표정으로 임금님을 바라봤다.

전하께서 썩은 미소를 지어 보이며 말했다.

"날 죽이면 1조고 뭐고 땡전 한 푼 없다. 그리고 네 동생이 누군지는 모르겠지만 총살시켜 버릴 거야! 그래도 좋다면 어서 날 죽여 보시지. 므흐흐흐흐."

"아니 뭐 이딴 놈이……."

당황하고 있는 사람은 무라사만이 아니었다. 우리도 크게 당황했다. 그게 한 나라의 임금이 할 말이냐! 저건 완전히 지저분한 악당의 표본이잖아!

"자아, 그러지 말고 여기 좀 앉게나. 1조와 누군지는 모르겠지만 자네의 동생을 줄 테니까 나와 거래를 해 보세."

"대, 대체 뭘 어쩌자는 거냐."

견백호는 왠지 범접할 수 없는 추잡한 오라를 뿜어내는 전하의 손에 붙잡혀 홀린 듯 털썩 앉았다.

"어떤가. 후작을 원하나? 아니면 공작?"

"뭐? 무슨 소리를 하는지 도통 모르겠군."

"우승자에게 짐이 작위를 내리는 것은 당연한 일! 자네는 이미 우승한 것이나 다름없으니 짐이 이 자리에서 자네에게 품격 높은 베르스 귀족의 작위를 내리겠네. 원하는 것은 뭐든지 불러 보게나!"

저 시커먼 속내가 뻔히 보였다.

그러나 가부좌를 틀고 앉은 모습이 꼭 커다란 개를 닮은 견백호는 머리를 긁적거리며 되물었다.

"대체 뭔 소리냐. 나보고 귀족을 하라고?"

"자네는 1조를 받아 해피하고, 나는 자네 이름을 팔아 돈을 뜯어낼 수 있어서…… 아니 아니, 이 나라의 위상이 올라가서 해피하지 않나? 서로 해피하면 된 거지. 에이이, 뭘 그래. 응?"

전하는 무라사의 가슴을 쿡쿡 찌르며 아양을 떨어 봤지만 무라사의 표정은 전혀 밝아지지 않았다. 이거 뭔가 대단히 불안한 기분이…….

"웃기고 있네, 불량 만두."

"잉?"

사태는 예상 밖이었다.

"난 어떤 주인도 선택하지 않기로 결심했어. 너 같은 놈을 모시라고? 꿈도 크구나. 내가 마음만 먹으면 이딴 손바닥만 한 나라, 가루로 만들어 버릴 수도 있다."

"하, 하지만 아신들은 자신이 모실 군주를 선택하잖아!"

"흥. 누가 그딴 규칙을 만들기라도 했냐? 지금 다른 3명의 아신들은 그 나라 우두머리들의 사리사욕을 위해 봉사하고 있는 몸종이나 다를 바가 없어! 난 그런 유치한 장난질에 끼어들 생각 손톱만큼도 없다. 난 1조와 동생을 데리고 여길 떠날 거야. 거절하면 이 나라는 내 손에 멸망한다. 알겠냐?"

순간 그의 말에 울컥해서 '인형이라니! 알테어 님이나 키르케 님이 얼마나 맘고생하고 있는지 알고나 있냐!' 라고 외치고 싶었지만, 그랬다간 내가 가장 먼저 저 무지막지한 쇠주먹에 가루가 되겠지.

전하는 일이 생각대로 안 되자 울어 버릴 듯 당황하며 애원을 하는 것이었다.

"이, 이러면 어떨까! 내 딸 제냐와 결혼하는 거네! 이 나라의 왕이 되고 싶지 않아?"

댁의 따님은 올해로 9살입니다만!

"됐어. 더 이상 할 말 없어. 나는 대회에 나가 1조를 받고 동생과 함께 갈 거야. 그렇게 날 소유하고 싶다면 날 한번 꺾어 봐라. 네놈의 부하 누구라도 날 쓰러트릴 수 있다면 네 녀석을 주인으로 모시도록 하지. 하지만 만약 수작을 부려서 대회를 중단시키면 그때는 이 왕국을 거대한 무덤으로 만들어 주겠어!"

"야! 그게 말이 되냐! 넌 아신이잖아! 비열하게 왜 이래!"

전하가 성질낼 상황은 아닌 것 같습니다.

그는 단호하게 말하고 자리에서 일어났다.

그는 밖으로 나가려다 카론과 눈이 다시 마주치자 송곳니를 드러내며 살기 가득한 웃음을 보이는 것이었다.

"네가 결승전에서 만날 녀석인가 보군. 눈빛이 마음에 드는데?"

"닥쳐."

"이 손에 죽고 싶다면 기권하지 마라."

"난 피하지도 숨지도 않는다."

카론 경! 도발하지 말라니까요!

뭔가 이제는 절대로 되돌릴 수 없을 것 같은 멸망의 기운이 흐르는 가운데 무라사가 커다랗게 웃으며 자리를 떴다.

잠시 후, 두 손을 꽉 모은 채 고개를 숙이고 있던 전하가 속에서부터 끓어오르는 목소리로 말했다.

"……이젠 전쟁이야. 저놈한테 땡전 한 푼 못 줘! 무슨 수를 써서라도 저 짐승 놈으로부터 이 나라를 지켜내!"

하늘이 노랗다. '신이시여! 제발 절 일주일 전으로 돌려보내 주세요!' 라고 소리치고 싶은 심정이다.

13.

놀랍게도 조물주께서 내려와 내 소원을 들어줬는지 자고 일어 나 보니 시간은 일주일 전으로 돌아가 있었다……라는 말도 안 되는 나이스한 전개는 이뤄질 턱도 없으니 기대하지도 말자.

당연히 결승전이라는 운명은 가까워지고 있었고, 그때까지 임 금님이 견백호라는 거대한 운석을 막아내지 못한다면 베르스는 그 운석과 대충돌해서 너덜너덜 풍비박산이 나고 만다.

자업자득! 이라고 비웃어 주기에는 그 박살나는 조각 중 하나 에 나 역시 포함되어 있으므로 이를 악물고 임금님의 추잡하고 비열한 책략에 적극적으로 협조하는 수밖에 없었다. 무엇보다 관건은 카론 경, 그토록 금욕적이고 신념을 지키며 살아온 최고 의 기사를 어이없이 죽게 놔둘 수야 없는 것이다.

하지만 문제는 그 운명의 결승전이 예상보다 좀 더 빠르게 다 가왔다는 것이다.

"이, 이게 어떻게 된 일이냐! 출전자가 모조리 기권했다니!"

이제는 나의 근무처가 되어 버린 본궁 응접실로 출두하자마자 임금님의 찢어지는 비명이 들려왔다.

나보다도 먼저 나와 있는 아이히만 대공이 굵직한 음성으로 전하에게 호통을 쳤다.

"바보냐? 당연한 거잖아! 견백호가 나타났고, 그놈이 광장 한복판에서 마흔한 명을 분쇄기처럼 갈아 버리는 몰살 쇼를 보여 줬는데 어떤 미친놈이 그놈과 싸우고 싶겠어!"

당연한 말이지 않은가. 내가 자살할 생각이 아니라면 치사율 100퍼센트짜리 아신과의 시합을 자청하진 않을 것이다. 어떤 바보가 돈을 내고 저승사자와 면담하고 싶겠냐!

"이, 이렇게 기권자가 많아져서야…… 수입이 줄어들잖아!"

지금 상황에 그 고민을 한다는 게 참으로 존경스럽구먼.

화를 꾹 참기 위해 하얀 백발을 연방 쓸어 넘기던 아이히만이 헛기침을 하며 말했다.

"1조는 이미 날린 것이나 다름없지만 결승전 전까지 어떻게든 카론 군을 설득해서 기권을 시키든지, 그게 안 되면 전하께서 왕명으로 카론 군을 이 나라 밖으로 망명시키는 게 좋을 것 같군. 만약 카론 군이 이런 어이없는 시합에서 죽게 된다면 국왕 전하, 네 녀석도 죽여 버리겠사옵니다."

대공과 임금님 사이에서 뜨거운 스파크가 일었다. 설마 전하께서는 카론 경이 일말의 가능성으로라도 무라사를 이길 수 있다고 기대하고 있는 것일까? 하긴, 카론 경도 보통 사람들은 범

접도 못하는 베르스 최강의 검사니까 천만 분의 일의 확률 정도
로 이길지도 모르지.

하지만 그 희박한 확률을 믿고 충성스러운 부하를 사형장으로
내보내는 잔인한 도박은 나라도 절대 용서 못 해!

무시무시한 아이히만 대공과 눈싸움을 하던 전하께서는 코웃
음을 치며 팔짱을 끼었다.

"흥! 카론 경이 그 짐승 놈과 싸울 일은 없을 걸세. 카론 경의
몸값이 얼마나 비싼데……. 아니 아니, 얼마나 훌륭한 기사인데
이딴 어이없는 일에 잃을 수야 없지!"

'이딴 어이없는 일'을 프로듀싱하신 분이 전하 본인이라는 사
실은 벌써 잊으셨습니까?

"뭐요. 묘안이라도 있는 거요?"

"후후후, 내 이미 손을 써 놨지. 짐을 만만하게 보면 안 되네.
짐은 아주 비정한 왕일세."

"대체 또 무슨 짓을 꾸미려고……."

아이히만은 기대라기보다는 불안감에 휩싸인 표정으로 눈매
를 좁혔고 곧 전하가 그 '묘안'을 밝혔다.

"경기 시작 전부터 왕실 의사에게 은밀히 명령해 특효 설사약
을 만들어 놨네. 먹는 순간 모든 것을 쏟아낸다는 전 세계의 독
초를 모조리 섞어서 만들었으니 그 효과는 실로 가공할 노릇이
겠지. 다 헐어 버릴 때까지 싸게 될 거야. 으흐흐흐."

그, 그런 지저분한 말을 늠름하게 늘어놓지 마세요!

　“지금쯤 내가 파견한 특수부대가 견백호 놈의 음식에 그 약을 풀었을 걸세. 제아무리 천하장사 아신이라도 내부의 공격에서부터는 취약한 법! 열흘 밤낮으로 화장실을 들락거려야 하는 전설의 비약 앞에서는 저항할 도리가 없지. 흐흐흐, 게다가 효과를 극대화하기 위해 수도의 화장실도 모조리 폐쇄시켜 놨네. 그놈은 오도 가도 못하고 물처럼 싸게 되는 굴욕을 맛보게 될 거야. 흐흐흐흐흐.”

　화장실에 계엄령을 내렸냐! 진짜 더럽다. 악의 화신이 따로 없어.

　하지만 그런 방법이라도 무라사를 막을 수만 있다면…….

　“전하!”

　다급한 목소리와 함께 관리가 달려와서는 무릎을 꿇고 외쳤다.

　“작전이 실패했사옵니다!”

　“뭐, 뭣이!”

　그럴 줄 알았다.

　“견백호 놈이 내가 파견한 부대를 모조리 죽였단 말이냐! 이런 잔인한 놈!”

　“아, 아니 그게 아니오라…… 지금 그 부대원들은 모조리 극심한 설사에 괴로워하고 있지만 전하께서 화장실을 모조리 폐쇄시키시는 바람에 이러지도 저러지도 못하고 고통의 비명을 지르며…….”

죽음보다 더한 지옥이지 않은가. 아아, 잔인한 무라사 씨.

전하는 주먹을 꽉 쥐며 말했다.

"제길! 내 비장의 계획이 통하지 않았다니……."

솔직히, 그딴 게 통했다면 난 견백호에게 무척이나 실망했을 것이다.

그때 아직 반도 안 피운 담배를 비벼 끈 아이히만이 말했다.

"미온 군, 자네가 나설 차례네."

"예?"

또 나야? 뭘 어쩌라는 겁니까! 저도 무라사 씨에게 접근해 미인계를 펼치며 몰래 설사약이라도 먹이라는 겁니까!

"자네, 사람하고 빨리 친해지지? 그 시시한 장점을 잘 활용할 기회가 왔네."

시시해서 죄송하네요!

"저어, 하지만 그건 상대가 여자일 때 얘기고……."

"그럼 여자라고 생각하고 친해져 보게. 그리고 뭐든 좋으니까 약점을 알아내."

아무리 상상력이 풍부한 나라도 무슨 수로 그런 쇳덩이 같은 사나이를 여자로 생각합니까! 백번 양보해서 극도의 최면 끝에 그를 여자라고 믿게 되었다 쳐도 그건 내 착각일 뿐이지, 그런 인간 병기한테 애교를 부리며 추파를 던졌다간 괜히 성질 긁어서 주먹만 날아온단 말입니다!

"미온 군, 카론 군을 죽게 놔두고 싶지 않지?"

“예, 물론.”

“그럼 냉큼 견백호에게 가 보게. 난 두 번 말 안 해.”

비정한 할아범 아이히만이 서늘한 미소를 지으며 날 바라보았고, 난 입술을 삐쭉 내밀며 본궁을 빠져나왔다. 정의를 실천하는 길은 멀고도 험하다지만 내 쪽은 특별히 난이도가 높은 것 같았다.

14.

나는 망할 기분에 젖어 곱게 옷을 차려입고 견백호가 사는 곳으로 향했다. 최근 모두의 시선을 한 몸에 받고 있는 견백호의 숙소를 찾아내는 일은 그리 어려운 일이 아니었다. 단지 문제는 전혀 가고 싶지 않은 곳이었다는 점이다.

“응? 넌 왕궁의 마스코트?”

마침 모닥불에 구운 토끼 고기를 입에 물던 무라사가 특유의 맹수 눈매로 날 바라보았다. 그러니까 그의 ‘숙소’는 수도 외각의 숲 속이었다. 이건 무슨 산짐승도 아니고 여관 놔두고 왜 이런 음산한 곳에서 노숙을 하는 거냐고!

난 이 거대한 야생 짐승 앞에서 최대한 우호적인 미소를 보이며 인사를 했다.

"기억해 주셔서 감사합니다. 엔디미온 키리안입니다. 저 그런데 마스코트가 아니라 기사걸랑요."

"뭐든 간에."

그는 시큰둥한 표정으로 고개를 숙인 채 다시 큼직한 고기를 물었다. 진짜 야생에서 살았는지 대충 칼로 다듬었을 뿐인 머리칼에 가죽으로 대충 만든 거친 옷, 주먹 하나로 성벽도 뚫어 버릴 것 같은 최강의 육체.

아무리 긍정적으로 생각해도 이런 강철의 사나이를 여자라고 마인드 컨트롤한다는 것은 무리다. 차라리 달팽이를 내 애인이라고 여기고 평생 함께 사는 편이 더 속 편하겠다.

"너도 그 땅딸보가 보낸 거냐? 나한테 약을 먹여 보게?"

"하아, 그건 제가 생각해도 형편없는 작전이었어요."

나는 푸념을 늘어놓으며 모닥불 앞에 털썩 주저앉았다. 무라사는 호랑이 같은 눈동자를 굴리며 의아한 표정으로 날 바라보았다.

하긴 맹수 같은 자신에게 이렇게 접근하는 사람은 별로 없겠지. 솔직히 나도 몸이 벌벌 떨릴 만큼 무섭다고. 저 무시무시한 쇠주먹이 날아오는 순간 나는 '엔디미온 키리안'에서 '형체를 알 수 없는 무언가'로 변신해 버릴 테니까.

"있잖아요, 무라사 씨."

"귀찮네. 너 말이다……."

"약점 좀 알려 주세요."

그 순간 우물우물 고기를 먹던 그가 떨떠름한 표정으로 날 바라보았다.

한참 날 바라보던 그가 입을 닦으며 말을 던졌다.

“너 지금 뭐라고…….”

“아니, 뭐랄까. 왕실로부터 무라사 씨의 약점을 알아 오라는 명령을 받았거든요. 뭐 제가 어떻게 물어보든 약점을 알려 줄 리야 없겠지만 어쨌든 일은 일이라서요.”

그는 머쓱하게 말하는 나를 ‘이상한 녀석’이라는 표정으로 바라보다가 다시 고기를 무는 것이었다. 탁탁 불꽃이 튀는 모닥불 앞에서 직접 구운 고기로 혼자 저녁을 먹는 그의 옆모습을 바라보고 있노라니 사람들과 어울리는 것에 어색해할 뿐, 그리 위험한 사람은 아닐지도 모른다는 생각이……

“아아, 진짜 귀찮네! 야, 마스코트. 이 고기 다 먹고 나서도 네 녀석이 내 옆에 있다면 그때는 널 집어 들어 저 산맥 너머로 던진 뒤에 조용히 누워서 잘 거다. 무슨 의미인지 알겠지?”

윽! 역시 위험한 인간이야! 게다가 카론 경과는 다른 의미로 사교성과는 담쌓고 사는 사람이었다.

한동안 말없이 고기를 먹던 견백호가 날 바라보지도 않은 채 그답지 않은 조심스러운 목소리로 물었다.

“야, 그런데…… 내 동생은 잘 있냐.”

“아, 랑시 경. 물론 잘 있어요.”

“잘됐네.”

그는 먹던 고기를 내려놓고는 묵묵히 모닥불을 바라보았다. 나는 그의 그런 모습에 문득 궁금증이 생겼다.

"그렇게 동생을 아끼면서 왜 집을 나갔던 거죠?"

"그거야……."

그는 머리를 벅벅 긁은 뒤에 무언가를 대답하려 했다. 그런데 그 순간 갑자기 그의 눈빛에 섬뜩한 살의가 올랐다.

"마, 말씀하시기 싫으면 안 하셔도 됩니다!"

"이놈의 나라는 한순간도 사람을 가만히 안 두는군."

"예?"

내가 무슨 영문인지 몰라 눈을 반짝 떴을 때 퓨숙! 하고 공기를 가르는 소리와 함께 사방에서 비수가 날아들었다.

"우아악!"

숙련된 암살자가 던지는 비수는 총알보다도 더 빠르다고 한다. 하지만 무라사는 이 짧은 순간 나를 손끝으로 밀친 뒤에 자신을 향해 날아드는 비수를 걷어내는 것이었다.

티잉 티잉 티잉!

연속적으로 튕기는 금속음과 함께 거짓말처럼 힘을 잃은 암기들이 바닥에 떨어졌다.

그가 툭 밀쳤을 뿐인데 한 몇 미터는 밀려 나가 바닥에 널브러진 나는 빗줄기처럼 쏟아지는 암기를 장난감처럼 쳐서 떨어트리는 무라사의 모습을 멍한 표정으로 바라보았다. 보면서도 믿을 수 없는 광경이 있다면 바로 이런 것이리라.

"흐흐, 역시 아신이로군. 이런 장난으로는 흠집도 낼 수 없다는 건가."

뭐야, 저놈들은?

사방에서 검은 옷을 입은 10명의 사내가 모습을 드러내기 시작했다. 이런 가까운 거리까지 기척도 없이 다가와 우리를 포위한 걸로 보아 굉장한 놈들임이 분명했다. 아니 그보다 황당한 것은, 무라사 씨는 이들이 다가오는 것을 이미 알고 있었다는 것이다. 정말이지 맹수의 감각이다.

무라사는 정말로 짜증이 나는지 한숨을 내쉬며 투덜거렸다.

"아아, 귀찮아. 또 찐만두가 보낸 놈들이냐?"

"흥! 우린 견백호가 나타났다는 말을 듣고 여기까지 찾아온 콘스탄트 왕국의 암흑 십 형제다! 아무리 아신이라도 우리 열 명을 동시에 상대할 수는 없겠지. 네놈을 죽여 암살자 최고의 명예를 얻겠노라!"

암흑 십 형제! 무슨 삼류 곡마단 이름처럼 유치찬란한 단체명이지만 어쨌거나 실력은 대단한 듯했다.

무라사 씨는 바닥에 떨어져 있는 비도를 주워 들며 중얼거렸다.

"십 형제? 그것참, 사내자식만 열 명 낳기도 쉬운 일이 아닌데……."

그와 함께 무라사의 팔이 슬쩍 움직이는가 싶더니, 대포알처럼 날아간 비도가 가장 가까이 있던 암살자의 몸을 아예 뚫고 나갔다.

짐작도 못 한 상황에 모두가 깜짝 놀란 가운데 무라사가 피식 웃었다.

"이젠 구 형제로구나. 원한다면 좀 더 줄여 줄까?"

그것은 모가지 성할 때 눈앞에서 사라지라는 마지막 경고였다. 그러나 이제는 구 형제가 된 콘스탄트의 암살자들은 용기를 내며 자세를 잡았다.

그 모습을 본 무라사가 입맛을 잃었는지 먹다 남은 고깃덩이를 모닥불 안으로 집어 던지며 말했다.

"너희 말이다, 귀찮음이 도를 넘으면 무엇으로 변하는지 알고 있냐?"

"뭘 자다가 봉창 두드리는……."

그 순간 마치 공간 이동이라도 하듯 그들 앞에 뛰어든 무라사가 상대의 복부에 주먹을 날렸고, 섬뜩한 소리와 함께 내장이 산산조각 났음이 분명한 상대가 저 하늘 끝까지 솟아올랐다.

"화가 나. 성가신 파리 떼들 봐주는 것에도 한도가 있어!"

"제, 젠장! 다음에 보자!"

순식간에 팔 형제가 된 그들은 매너리즘에 빠진 악당의 대사를 읊으며 도망치기 시작했지만, 견백호의 생각은 그들과 좀 다른 것 같았다.

"다음에 다시 보게 될 일은 없을 거다."

그는 그들을 따라 곧장 숲으로 들어갔다.

무라사 씨, 지금 설마!

"자, 잠깐!"

날 돌아보지도 않고 팔 형제를 쫓아간 무라사 씨의 모습이 사라진 뒤, 나는 멍한 표정으로 모닥불 근처에 있었다.

잠시 후, 숲 전체에 그 특유의 기계음이 맹수의 포효처럼 울리는가 싶더니 어둠을 앗아 가는 섬광이 곳곳에서 터졌고, 곧 여기저기서 간헐적으로 비명이 들리기 시작했다. 하지만 무라사 씨의 목소리는 전혀 들리지 않았다.

"……."

난 이 살벌한 분위기에 기가 질려 묵묵히 앉아 있었다. 진짜 숨죽이고 조용히…….

한 1분쯤 지났을까, 한 손에 낀 쇠장갑에서 피를 툭툭 흘리고 있는 무라사 씨가 터벅터벅 돌아왔다.

그가 늑대 앞의 토끼 모습을 하고 있는 나를 빤히 바라보다가 말했다.

"고기 좀 돌려놓지. 다 탔잖아."

"예? 아하하…… 그, 그러게요."

지금 음식의 완성도가 중요합니까?

그러나 콘스탄트에서부터 왔다는 암흑 십 형제, 아니 팔 형제가 어떻게 되었는지 물어 봐야 '좋게 타일러서 돌려보냈다' 라는 대답은 안 나올 것 같으니 그만 입 다물도록 하자.

달빛을 받아 청회색으로 보이는 머리칼을 한 번 쓸어 넘긴 그는 내 옆에 털썩 앉아서 조금 탄 토끼 고기를 집어 들어 능숙한 솜씨로 그을음을 벗겨 냈다. 그리고는 항상 가지고 다니는 것 같은 낡은 배낭 속에서 주섬주섬 이것저것을 꺼내는 것이었다.

"쳇, 소금 다 떨어져 가네."

조미료들이었다. 저런 자질구레한 것들을 챙기고 다니다니, 설마 언제나 야영만 하는 건가.

"먹어."

적당히 간을 맞춘 고기를 대뜸 불쑥 건네줘서, 나는 흠칫 놀라서는 엉겁결에 그걸 받아 들었다.

"입맛 다 떨어졌어. 버리긴 아까우니까 네가 먹어."

"아 예."

뭐랄까. 어디선가 들은 말인데, 맹수들은 상대를 해칠 생각이 없다는 것을 증명할 때 먹이를 준다고 한다. 이걸 그렇게 받아들여도 되는 걸까나.

'대체 지금 내가 왜 토끼 고기를 씹고 있는 거지'라는 지당한 의문이 들면서도 나는 불안한 얼굴로 우물우물 고기를 먹고 있었다.

대관절 무슨 생각에 빠진 것인지 멍하니 하늘의 별들을 올려다보고 있던 무라사 씨가 말했다.

"생각해 보니까 네 녀석이 처음이로군."

"뭐, 뭐가요?"

"지금까지 나한테 접근한 놈들은 모두 내 힘을 이용하려 했든가 아니면 내 목숨을 노리는 머저리들이었는데, 아무 생각 없이 나한테 온 놈은 네 녀석이 처음이야.”

“그, 그렇군요.”

실로 고독한 인생이구나. 나이는 20대 초반쯤 되었을까. 이 나이 올 때까지 오로지 싸우고 부숴 버리는 것밖엔 없었다는 것은 아무리 그가 절대적으로 강하더라도 지치기 충분한 일이리라. 요컨대 그는 지금까지 끝없는 무투대회를 계속하고 있었던 것이다. 지칠 것이다. 아신이 아니라 대우주의 조물주라도 그러면 지쳐 버릴 것이다.

그가 한쪽 눈을 찡그린 채 모닥불에 나뭇가지를 조금 넣으며 말했다.

“가서 찐만두에게 말해라. 그 남자, 기권시키라고. 나도 살생을 좋아하는 건 아니야. 특히 그런 괜찮은 녀석을 죽이고 싶진 않아.”

“하지만 카론 경은 기권하지 않을 거예요. 그분 성격 제가 잘 알고 있거든요.”

“그럼 죽게 되겠지.”

“무라사 씨가 죽이지 않으면 되잖아요!”

“적당히 힘 조절해서 죽이지 않고 끝낼 정도로 만만한 상대로 보이지는 않더군. 게다가 그 정도 되는 녀석에게 최선을 다해 싸워 주지 않는 것은 모욕이야.”

“뭐, 뭐가 모욕이에요! 죽으면 다 끝장인데! 그저 경기잖아요.

이기고 지는 것뿐이잖아요. 그런 것에 목숨을 버리면서 지키는 명예 따위 아무런 의미도 없다고요!"

나는 울컥해서 그렇게 쏟아내다가 그의 시선에 흠칫했다. 화나게 한 게 아닐까. 하지만 견백호는 감히 자신에게 대든 나를 암흑 십 형제 곁으로 보내 줄 생각은 없는 것 같았다. 그는 기다란 나뭇가지로 모닥불을 쑤실 뿐이었다. 가루 같은 불꽃이 하늘로 올랐다. 날벌레들이, 눈먼 불나방들이 불길 속으로 날아들어 재가 되었다.

"의미 같은 게 아니야. 그렇게 살아갈 수밖에 없는 거야."

"······."

"이야기는 이걸로 끝이다. 난 잔다, 가 봐."

그리고 그는 아무렇게나 자리에 드러누웠다.

15.

"그래, 약점은 알아내지 못했다고?"

한밤중까지 행정부 사무실에 있는 아이히만 대공에게 찾아간 나는 간결한 보고를 올렸다. 보고는 '무라사 씨는 세상과 어울리는 것에 서툴지만 음흉한 책략 따위 꾸미지 않는 솔직한 사람입니다. 이상이에요' 였다.

내 이런 허탈한 보고에 '이런 밥벌레! 그게 약점이냐!' 라고 소리칠 줄 알았던 아이히만은 담배에 불을 붙이며 이렇게 말할 뿐이었다.

"수고했네, 미온 군."

"예?"

"왜? 수고비라도 기대했나?"

"아니 그게 아니라……."

보통 이 분위기에서는 호통을 쳐야 정상인 사람인데, 아무런 성과도 없는 사람에게 수고했다니 그게 더 무섭다고요!

"어차피 아신의 자리에 오른 자에게 허리가 약하다느니 쥐를 무서워한다느니 따위의 허접한 약점 같은 게 있을 리 없지. 설령 있다손 치더라도 남에게 알려 줄 리도 없지 않나."

"그, 그럼 처음부터 아무런 기대도 안 했다는!"

"뭐, 약점을 알아내면 좋기야 하지만 아니라도 어쩔 수 없지. 그런 자를 상대로 자네 목이 붙어 있는 것이 다행인 게지, 흥흥."

"그럼 왜 견백호에게 절 보낸 겁니까!"

나는 도무지 속을 알 수 없는 대공에게 뾰루퉁해져선 퉁명스레 물었다. 아이히만은 뭐 그런 걸 다 물어보느냐는 투로 자신의 권총을 닦으며 툭 질문을 던졌다.

"오늘 밤, 그와 만나 뭘 배웠나?"

이거 꼭 무슨 선문답 같군.

"뭐 굳이 말하자면…… 사람 봐 가면서 싸움을 걸어야 한다는 점과 역시 사람을 제대로 알고 싶으면 멀리서 지켜보지 말고 가까이 가서 대화를 나눠야 한다는 점…… 정도랄까요."

"그래, 그거면 됐어. 가서 푹 쉬게나."

"잉?"

대체 뭐가 됐다는 걸까. 나는 뭐가 뭔지 알 수가 없어서 머리를 긁적거리며 행정부를 빠져나왔다.

16.

리더구트에 돌아온 나는 키스로부터 카론 경과 견백호의 결승전이 내일이라는 말을 들었다.

"뭐, 뭐가 그렇게 빠른 거예요! 아직 예선도 다 끝나지 않았는데!"

그렇게 말하면서도 이유는 잘 알고 있다. 아무도 견백호와 싸우고 싶지는 않았던 것이다. 그 대단하다는 이오타의 붉은 여우도 기권했고, 니샤의 수호신께서도 견백호가 나타난 즉시 뒤도 안 돌아보고 고향으로 돌아갔다. 죄다 꽁지를 뺐다. 그 누구도 아신과 싸우고 싶지는 않았던 것이다. 단 한 명 카론 샤펜투스 선수만 빼고 말이다. 아아, 고집쟁이!

　결국 파행에 파행을 거듭하게 된 ‘베르스 왕립 무투대회’는 순식간에 결승전을 치르게 되었다. 이건 마치 의사로부터 ‘당신은 1개월 시한부 인생입니다’라고 들어서 기운이 쭉 빠져 있던 차에 ‘아차차, 이거 실수했군요. 한 달 후가 아니라 내일 죽네요!’라고 들었을 때의 기분이지 않은가.

　하지만 이런 암울한 분위기 속에서도 키스는 고상한 손동작으로 홍차를 만들고 있을 뿐이었다.

　“미온 경도 홍차 드실래요? 이런 잠들기 아쉬운 밤공기에는 역시 진한 홍차가…….”

　“지금 홍차가 중요한 게 아니잖아!”

　“아, 왜 그렇게 정색을 하십니까아.”

　“아, 그래! 키스 경이 가서 카론 경을 설득해 주세요. 당신 말이라면 잘 듣는 편이잖아요.”

　“무슨 설득?”

　키스가 홀짝 차를 음미하며 그렇게 말하자 내 고운 이마에 혈관이 돋았다.

　“딴청 피우지 마세요. 결승전에 나가지 말라고 설득해 달라고요!”

　“그럼 나는 카론 경을 모욕한 것이 됩니다아.”

　순간 나는 카론과 무라사, 그리고 키스마저 ‘나는 이해할 수 없는’ 같은 종류의 인간이라는 생각이 들었다.

　그딴 고상한 무사도 따위 아무래도 상관없어!

"이럴 때는 모욕해도 좋잖아요! 친구를 구할 수 있다면 모욕해도, 뺨을 맞아도 괜찮은 거잖아요! 기사의 명예와 목숨 중에 뭐가 더 소중하죠? 태어날 때부터 기사인 사람은 없지만, 누구나 태어날 때부터 딱 하나의 목숨을 가지고 있다고요. 그중에 대체 무엇이 더 소중한지는 당연한 거잖아요! 간단하잖아! 당신 친구가 죽는다고!"

나는 솔직히 기사의 자격이 없는지도 모른다. 하지만 백 번 천 번을 생각해 봐도 목숨이란 당신들 생각보다는 좀 더 소중히 다뤄 줘야 한다.

"친구라……."

키스는 아주 낯선 단어를 들은 것처럼 찻잔을 들고 창밖 먼 곳을 바라보았다. 그리고는 날 바라보며 난감한 표정으로 말했다.

"당신, 정말 귀찮네요."

마음속에 균열이 생기는 소리가 들렸다. 한 걸음이면 닿을 것 같았던 그와 나의 거리가 순간 끝없이 길게 늘어나 그가 점이 되어 보였다.

그와의 이질감, 거리감, 혹은 배신감 같은 것이 뒤섞여 나는 화가 치밀었다. 얼굴이 빨갛게 달아올라 당장에라도 키스의 멱살을 잡고 싶었다. 내가 평범한 사람이라서 실망한 거냐! 그렇게 소리치고 싶었다.

그때 공들여 만든 차를 마시지도 않고 테이블에 놓은 키스가 말없이 자리에서 일어났다. 그는 갸름한 얼굴과 늘씬한 몸, 부드럽고 밝은 갈색의 머리칼 덕분에 마치 여우가 환생한 것 같은 느낌이 드는 사람이다. 그런 그가 정말로 여우처럼 몸을 길게 뻗으며 하품을 했다.

"하아아암."

그리고는 그 특유의 발소리 없는 걸음으로 아무 말도 없이 리더구트 밖으로 걸어 나갔다. 마치 안개로 만들어진 듯 조금도 저 사람이 잡히지 않는다. 눈에 보이는 모습조차도 진실인지 환상인지 확신이 서지 않는다. 그가 사라졌다.

그때, 평소 같으면 항상 이 시간에 잠들어 있을 랑시가 다가와서는 조심스럽게 물었다.

"저기, 형은 어때?"

역시 랑시도 내심 형을 걱정하고 있었던 모양이다.

"뭐랄까. 자연과 어울리고 있다고나 할까."

"무, 무슨 소리야."

"네 걱정 많이 하고 있더라."

랑시는 복잡한 표정을 지으며 소파에 앉았다. 키스가 남겨 놓고 간 홍차를 한참 동안 바라보던 랑시의 모습은 지금만큼은 이상하게도 '남자'로 보였다.

그가 입을 열었다.

"나 있잖아, 계속 생각해 봤는데. 여길 떠나 형을 따라가려고……."

콰아아아앙!

그때 겨우겨우 새로 달아 놓은 문이 또다시 박살나며 무기를 뽑아 든 자들이 몰려 들어왔다. 아니 왜 다들 문짝을 부수고 들어오는 거야!

"누, 누구야! 너희는!"

"저기 있다! 저기 긴 머리 계집애가 견백호의 동생이야!"

남자라니까!

하필이면 키스가 없는 틈에 나타난 그들이 랑시를 납치했다.

17.

여명이 밝아 오자 광장에는 수많은 인파가 몰려들었다. 그중에는 단순히 결승전을 보기 위한 자들도 있었지만 각국의 첩보원들과 기사들, 또 검객들도 견백호와 카론의 시합을 보기 위해 왔을 것이다. 그만큼 이 시합은 단순한 무투대회의 차원을 넘어 긴장감 속에 진행되고 있었던 것이다.

슬슬 경기 시작 시각에 가까워졌을 무렵, 광장 경기장은 아예 발 디딜 틈도 없는 인산인해가 되어 버렸다. 그러나 그 어느 누구도 전처럼 커다랗게 소리치거나 흥분하지 않았다. 도리어 누구도 함부로 입을 열 수 없는 정적만이 감돌아 수도는 마치 전쟁 전야 같은 분위기마저 느낄 수 있었다.

"견백호다. 정말 나타났어."

광장에 묵직하게 들어찬 침묵의 덩어리에 금이 가며 사람들의 수군거림이 퍼져 나갔다.

마치 바다가 갈라지는 것 같았다. 끝도 없이 몰려 차 있던 군중들이 둘로 갈라지며 그 사이로 견백호 무라사 랑시가 경기장을 향해 걸어왔다. 근처 호수에서 목욕이라도 했는지 몸은 말끔했고, 한 손에는 그 섬뜩한 금속 장갑을 끼우고 있었다. 다른 손에는 항상 가지고 다니는 낡은 배낭을 들고 있었다.

사람들은 마른침을 삼키며 그가 경기장 안으로 들어가는 모습을 숨죽여 지켜보았다. 경기장 중앙에 선 무라사 씨는 햇빛을 받으며 팔짱을 꼈다. 카론 경을 기다리고 있는 것이다.

"국왕 전하 납시오!"

광장에 울리는 커다란 목소리와 함께 거대한 가마에 탄 전하와 근위대의 모습이 눈에 들어왔다. 그런데 그 행렬 뒤에 뭔가 이상한 것이 따라오자 사람들이 의아해하며 쑥덕거리기 시작했다. 난 저게 뭔지 알고 있다.

'……난 이제 몰라.'

경기장 근처에 걸터앉아 있던 나는 깊은 한숨을 내쉬며 고개를 팍 숙였다.

잠시 후 그 '이상한 것'의 정체가 뭔지 파악한 견백호가 노기를 띤 고함을 내질렀다.

"이 찐만두! 지금 내 동생에게 뭐하는 짓이냐!"

그렇다. 저 '이상한 것'은 십자가였고 거기 묶여 있는 자는 바로 랑시 경이었던 것이다. 가마에서 내려온 전하께서 자신만만하게 외쳤다.

"후하하! 어떠냐! 네 동생은 이미 내 손아귀에 있다! 동생의 목숨이 아깝다면 당장 기권하시지! 1조는 절대 못 줘!"

으이구! 저게 국왕이 할 소리냐!

사람들이 믿기지 않는다는 표정으로 웅성거리기 시작했다. 물론 그 웅성거림에 귀 기울여 보면 '어쩜 저리 비열할 수가!', '저런 사람이 우리 임금이래', '견백호가 불쌍해!', '찐빵을 닮았는걸' 등, 뭐 이런 비우호적인 소리들로 가득했다.

이 분위기 속에서 악덕 국왕의 인질이 된 비련의 여동생 역을 맡게 된 랑시는 고개를 돌린 채 뭐라고 투덜거리고 있었다. 들으나 마나 '될 대로 돼라지. 망할 나라'라는 푸념일 것이다.

누가 봐도 왕실 쪽이 일방적으로 더럽고 치사해 보이는 이 상황 속에서 갑자기 한 소년이 커다랗게 소리쳤다.

"이겨라! 견백호! 나쁜 국왕을 혼내 줘!"

"뭐, 뭐라고!"

전하의 얼굴이 하얗게 질렸다. 하지만 다른 사람들도 동조하기 시작했다. 이건 거의 폭동이었다.

"비열한 술수에 무릎 꿇지 마라!"

"꼭 1조를 받아내!"

"동생을 구해라!"

“우리가 응원할게!”

“왕실은 정당하게 싸워라! 부끄럽지 않냐!”

전하…… 인망이 없으시군요.

이 예상치 못한 상황에서 전하는 어버버버 하고 입을 벌린 채 우왕좌왕할 뿐이었다. 어쩌다가 상황이 이 지경이…….

왕궁을 함락시켜 버릴 것 같은 거친 고함 속에서 갑자기 인상을 찡그린 견백호가 소리쳤다. 얼마나 쩌렁쩌렁한 사자후였냐 하면 핏대를 세우고 떠들던 군중이 모조리 깜짝 놀라 입을 다물 정도였다.

“시끄러워! 난 내 뜻대로 싸워!”

마치 벼락이 떨어지는 소리 같았다. 단방에 폭주하는 관중을 잠재워 버린 그가 전하를 향해 말했다.

“아주 가지가지 하는구나. 하지만 이것만 말해 두마. 지금 네 놈이 서 있는 그 자리는 내 공격 범위 안이다.”

족히 200미터가 넘는 거리였다.

“만약 내 동생 몸에 손끝 하나라도 대면, 그 즉시 네 머리통을 뽑아 버리겠다.”

“마, 말도 안 되는! 아무리 아신이라도 어떻게 거기서 여기까지!”

“못 믿겠다면 지금 시험해 볼까?”

진짜로 화가 난 것 같은 무라사가 으르렁거리자 사색이 된 임금님은 뒤뚱거리는 걸음으로 잽싸게 가마 뒤에 숨었다. 아아, 이건 정말 나라 망신이야.

"그 사내는 기권했나? 왜 안 오지?"

견백호가 팔짱을 낀 채 물었다. 정말 카론 경은 아직도 나타나지 않았다.

"흐음. 기권 같은 거 할 놈으론 안 보였는데…… 아니 뭐, 잘 생각했어. 누구에겐 다행이겠군."

그가 그렇게 말하며 고개를 돌려 수많은 군중 속에서 정확히 날 찾아내 바라보았다. 그의 눈빛이 날 향하자 흠칫 놀랐다. 나 역시 카론 경이 기권해서 다행이라고 생각하고 있었다.

하지만 아무래도 이상한 것이 솔직히 카론 경은 포기할 위인이 아닌…….

"누군가가 경기장에 들어오고 있다!"

그 외침과 함께 사람들의 시선이 한곳으로 향했다. 그리고 그곳에는 바로…….

나는 나도 모르게 자리에서 벌떡 일어났다.

"키, 키스 경?"

구겨진 평상복을 입은 키스가 설렁거리는 발걸음으로 경기장 안으로 들어오고 있었다. 그리고 그의 손엔 칼 대신 부지깽이가 들려 있었다.

대체 저 인간이 왜 여기에!

"네놈이 여긴 왜 왔냐?"

견백호는 눈매를 좁히며 키스에게 으르렁거렸지만 키스는 산책이라도 나온 것처럼 태연하게 입을 열었다.

"지금 카론 경은 정체불명의 괴한에게 습격당해 정신을 잃은 상태랍니다아."

그리고 키스는 들고 있던 부지깽이를 바닥에 던진 뒤에 방긋 웃었다.

"그래서 제가 대타로 나왔어요. 무라사 씨, 불만 없으시죠?"

키스가 찡긋 날린 윙크를 본 무라사의 눈에 살기가 돌았다. 쇠주먹을 꽉 쥐자 곧 그것이 시뻘겋게 달아오르고 야수의 울부짖음 같은 진동이 광장을 뒤흔들었다.

『Swallow Knights Tales』 3권에서 계속

제멋대로 만화극장

Swallow Knights Tales

음… 저에게는 특별한 치유 능력이 있습니다. 어떤 상처도 깨끗이 낫게 된달까요…
가령 팔이 잘리더라도
알테어 씨, 자기소개
오오오오옷!
완벽재생
完璧再生
썩
둑!!
욱
ㄲ
심지어 몸이 반 토막 나면
슈오오오오오…
악!!
개체 분할이
가능하죠!
그…그럼 두 분 중에 진짜 알테어 님은 누구인 겁니까?!!
그건
간단해요♥
가위바위보를
진 쪽을 태웁니다.
해서
아악 악 악 아악
제발 그만둬요오!!

어이~ 내 동생 내놔라라!
쾅
링
견백호 등장!!
응?
박 그 르 링
아름다운 아가씨, 이름이 어떻게…?
내가 네 동생이다, 이 화상아!!
빠
야!
미안하다, 동생아
하아~ 사내 녀석이 꼴이 그게 뭐냐…
돌아가신 부모님이 슬퍼하실 거다아~
흥! 그런 말 할 자격이나 있어? 대체 왜 갑자기 집을 나간 거야?
당시 나는 너무 어린 나이에 힘을 인계받고 혼란에 빠져 있었다.
그러던 중에…
발정이 나 버린 거야아~~
정신없이 고양이 뒤를 쫓다 보니 집도 잃어버리고…!

한 귀로 듣고 한 귀로 흘리는 제멋대로 프로파일

카론 샤펜투스 편

◼ 한 귀로 듣고 한 귀로 흘리는 제멋대로 프로파일

카론 샤펜투스(Karon Sharpentooth) 편

키 178cm. 본래 마른 체형이지만 실로 금욕적인 훈련을 반복해 군살 하나 없이 팽팽한 몸을 유지한다. 쓸모없이 무거운 근육 따윈 없다. 단단하면서도 가벼운 몸은 바람처럼 빠른 검술의 원동력이다.

눈 검은 눈동자. 싸늘하게 상대를 바라볼 때면 그야말로 냉기가 서린다. 화가 났을 땐 마치 타오르는 것 같은 푸른빛이 감돈다. 하지만 시력이 나빠서 사무를 볼 때는 안경을 쓰고 있다.

머리 긴 흑발. 조금도 멋을 부리지 않고 항상 단정하게 정리하고 다닌다.

외모 어떻게 보면 엔디미온보다도 이목구비가 더 섬세하고 곱상한 도련님이지만, 특유의 싸늘하고 무뚝뚝한 성격 덕분에 아무도 얕잡아 볼 수 없다. 하루 종일 관찰해도 웃는 표정 한 번 보기 힘든 얼굴.

1. 사람들이 가장 궁금해하는 것부터 묻겠습니다. 부인이 누군가요?

—어째서 남의 아내를 궁금해하나.

왜냐하면 짐작도 안 가기 때문이죠.

―때가 되면 등장할 것이다. 다음 질문.

2. 키스 경과는 언제 처음 만났나요?

―같이 기사 수업을 받았다. 하지만 키스는 그건 자신이 아니라고 말하지.

무슨 의미죠?

―역시 때가 되면 알게 될 것이다. 다음 질문.

……엄청 비협조적이네요.

3. 미온에 대해서는 어떻게 생각하십니까?

―골칫덩이가 하나 더.

나머지 한 명이 누구인지는 따로 안 물어봐도 될 것 같군요.

4. 잘 보고 있으면 귀족뿐인 헬스트 나이츠에서 왕따를 당하는 것 같습니다. 서럽지 않나요?

―흥. 그런 거 일일이 신경 쓰면서 어떻게 수사를 하나. 도리어 그 반대가 성가시다.

(하긴, 카론 경 성격에 주변 사람들이 달라붙어 치근덕거리고 굽실거리는 쪽이 훨씬 불편할 것 같다. 태어날 때부터 사교성 제로라서 왕따에 데미지를 입지 않는 타입.)

5. 부지깽이에 약합니까?

—……(눈썹을 움찔).

6. 도통 재미없게 사시는 거 같은데 취미가 없나요?

—독서.

……진짜 재미없구나.

7. 항상 그렇게 무뚝뚝한가요? 뭔가 좀 더 사교성을 키워 볼 생각은 없어요?

—그런 건 수사에 아무런 도움도 안 돼.

부부 생활엔 도움이 될 거라는 생각은 안 해 보셨습니까?

8. 술 좋아하나요?

—시시한 질문이로군.

이거 원래 시시한 거 물어보는 코너입니다.

─기사 수행 시절에 잔뜩 술에 취한 키스가 억지로 먹인 적은 있다.

하하, 그렇군요……. 아니 잠깐, 그거 미성년자 때잖아!

9. 그래도 보통 당신 같은 캐릭터가 겉으로는 새침해도 속은 따뜻한…….

─……(싸늘하게 바라보고 있다).

……겉과 속이 같은 남자로군요.

10. 자, 마지막 질문입니다. 노래 잘 부르세요?

─홍.

헉! 가 버렸어!

인물소개

Swallow Knights Tales

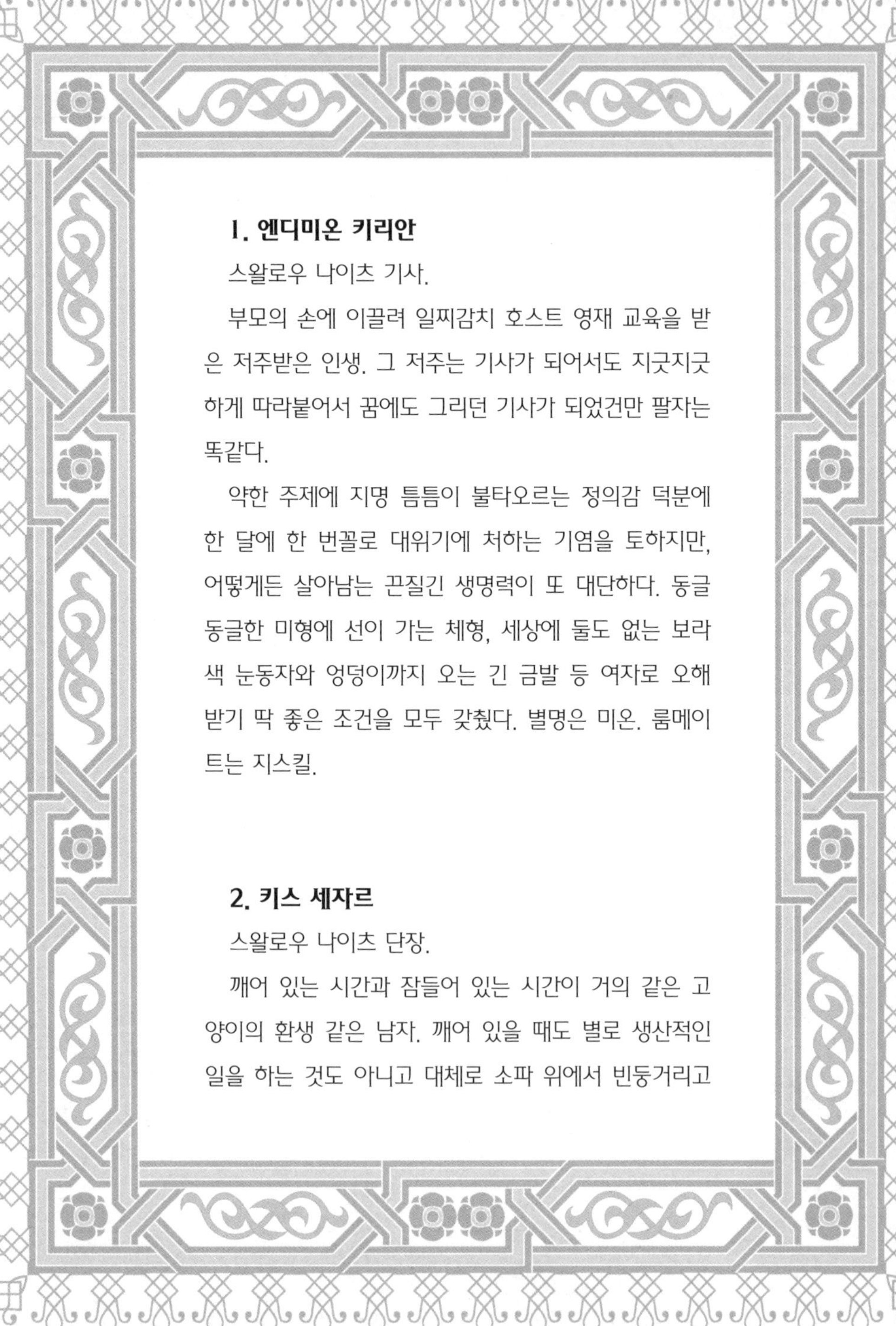

1. 엔디미온 키리안

스왈로우 나이츠 기사.

부모의 손에 이끌려 일찌감치 호스트 영재 교육을 받은 저주받은 인생. 그 저주는 기사가 되어서도 지긋지긋하게 따라붙어서 꿈에도 그리던 기사가 되었건만 팔자는 똑같다.

약한 주제에 지명 틈틈이 불타오르는 정의감 덕분에 한 달에 한 번꼴로 대위기에 처하는 기염을 토하지만, 어떻게든 살아남는 끈질긴 생명력이 또 대단하다. 동글동글한 미형에 선이 가는 체형, 세상에 둘도 없는 보라색 눈동자와 엉덩이까지 오는 긴 금발 등 여자로 오해받기 딱 좋은 조건을 모두 갖췄다. 별명은 미온. 룸메이트는 지스킬.

2. 키스 세자르

스왈로우 나이츠 단장.

깨어 있는 시간과 잠들어 있는 시간이 거의 같은 고양이의 환생 같은 남자. 깨어 있을 때도 별로 생산적인 일을 하는 것도 아니고 대체로 소파 위에서 빈둥거리고

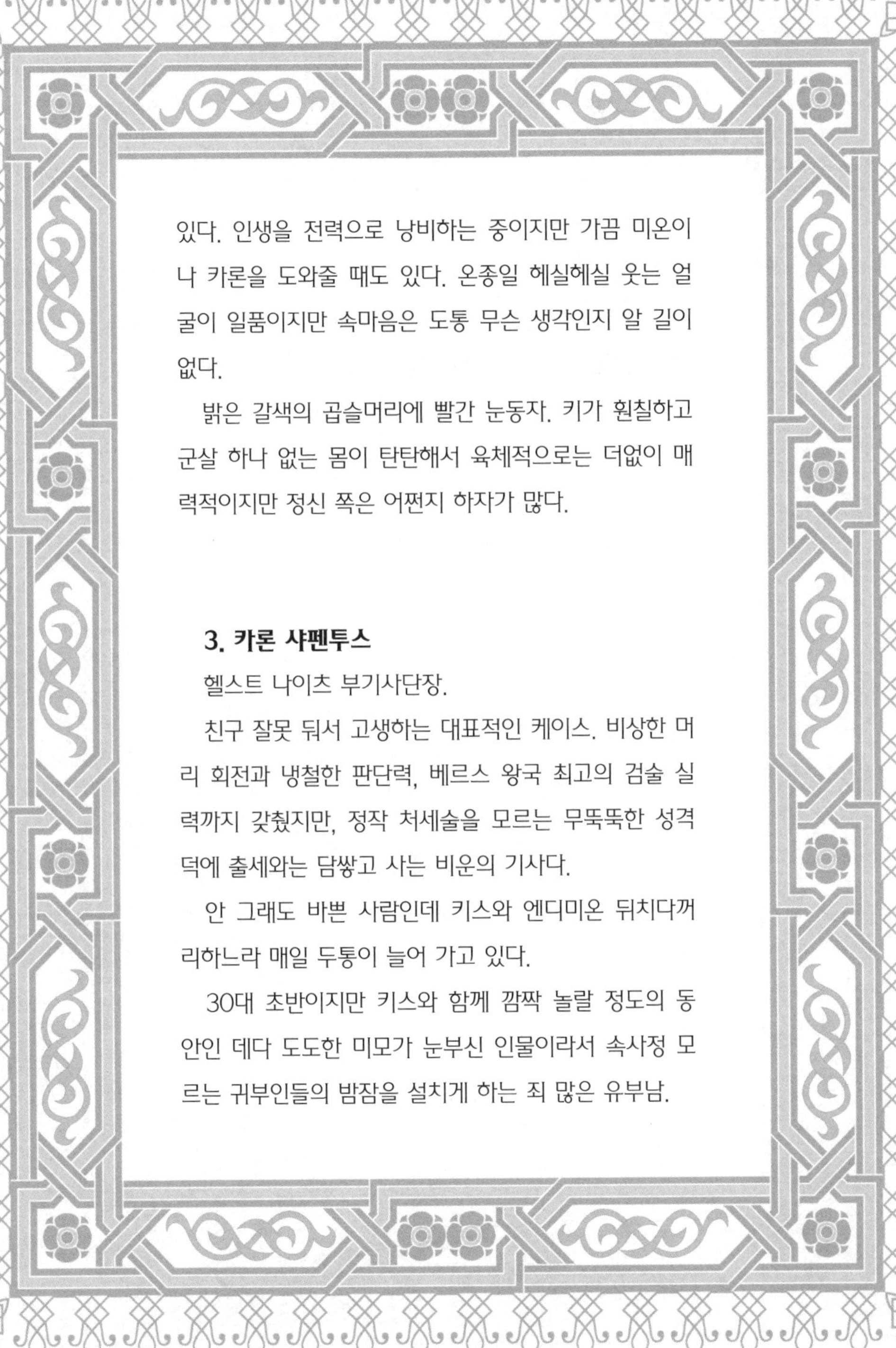

있다. 인생을 전력으로 낭비하는 중이지만 가끔 미온이나 카론을 도와줄 때도 있다. 온종일 헤실헤실 웃는 얼굴이 일품이지만 속마음은 도통 무슨 생각인지 알 길이 없다.

밝은 갈색의 곱슬머리에 빨간 눈동자. 키가 훤칠하고 군살 하나 없는 몸이 탄탄해서 육체적으로는 더없이 매력적이지만 정신 쪽은 어쩐지 하자가 많다.

3. 카론 샤펜투스

헬스트 나이츠 부기사단장.

친구 잘못 둬서 고생하는 대표적인 케이스. 비상한 머리 회전과 냉철한 판단력, 베르스 왕국 최고의 검술 실력까지 갖췄지만, 정작 처세술을 모르는 무뚝뚝한 성격 덕에 출세와는 담쌓고 사는 비운의 기사다.

안 그래도 바쁜 사람인데 키스와 엔디미온 뒤치다꺼리하느라 매일 두통이 늘어 가고 있다.

30대 초반이지만 키스와 함께 깜짝 놀랄 정도의 동안인 데다 도도한 미모가 눈부신 인물이라서 속사정 모르는 귀부인들의 밤잠을 설치게 하는 죄 많은 유부남.

4. 아이히만 그나이제나우.

베르스 왕국 재무대신.

사람들은 이 인물이 강대국의 귀족으로 태어났다면 세계의 패권을 바꿨을 거라 평할 정도로 정치 수완이 뛰어나다. 하지만 그런 그에게도 베르스는 벅찬 나라였다.

언제나 게으른 놈들의 이마에 구멍을 뚫어 줄 권총을 휴대하고 다니며 꽉 다문 입안에는 왕실의 멍청이들에게 들려줄 욕설이 가득하다.

5. 오르넬라 무티

베르스의 성녀.

사치, 음주, 흡연, 음란을 온몸으로 실천하는 무신론자 성녀님. 보는 이를 타락시켜 버릴 정도로 육감적인 몸매를 지녔지만, 그것에 홀려 몰려드는 불나방들의 최후는 항상 비참하다. 적현무 키르케 밀러스와 함께 여왕님의 로드맵을 명확하게 제시하고 있다.

6. 지스킬 윈터차일드

스왈로우 나이츠 기사.

지금까지 먹은 약값으로 성도 살 수 있을 것이다. 그토록 병약하지만 때로는 그 병약함을 무기로 내세워 귀찮은 일을 모조리 미온에게 떠넘기는 교활한 일면도 가지고 있는 무시무시한 미소년.

매사에 퉁명스럽고 성격도 사납지만 어째 그런 부분도 매력인지 지명이 참으로 많다. 별명은 지스. 룸메이트는 엔디미온.

7. 쇼넨베르트

스왈로우 나이츠 기사.

훤칠한 키와 구릿빛 피부, 건방져 보이는 외모 때문에 부자일 것 같지만 실은 엄청난 가난뱅이다. 지나가다 강물에 동전이 떨어지면 곧바로 다이빙하는 슬픈 반사 신경을 가졌다. 별명은 쇼탄. 룸메이트는 루이블랑.

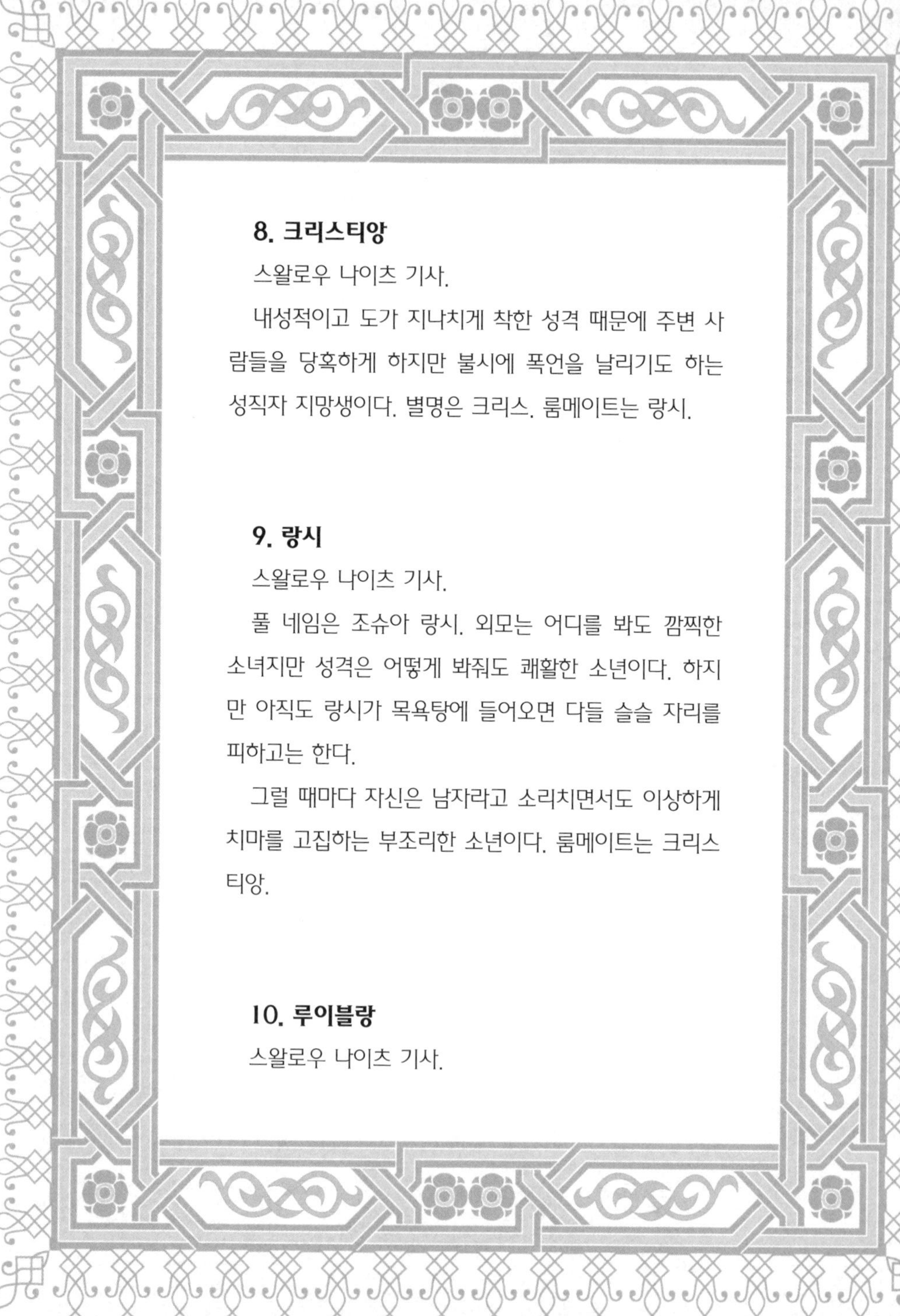

8. 크리스티앙

스왈로우 나이츠 기사.

내성적이고 도가 지나치게 착한 성격 때문에 주변 사람들을 당혹하게 하지만 불시에 폭언을 날리기도 하는 성직자 지망생이다. 별명은 크리스. 룸메이트는 랑시.

9. 랑시

스왈로우 나이츠 기사.

풀 네임은 조슈아 랑시. 외모는 어디를 봐도 깜찍한 소녀지만 성격은 어떻게 봐줘도 쾌활한 소년이다. 하지만 아직도 랑시가 목욕탕에 들어오면 다들 슬슬 자리를 피하고는 한다.

그럴 때마다 자신은 남자라고 소리치면서도 이상하게 치마를 고집하는 부조리한 소년이다. 룸메이트는 크리스티앙.

10. 루이블랑

스왈로우 나이츠 기사.

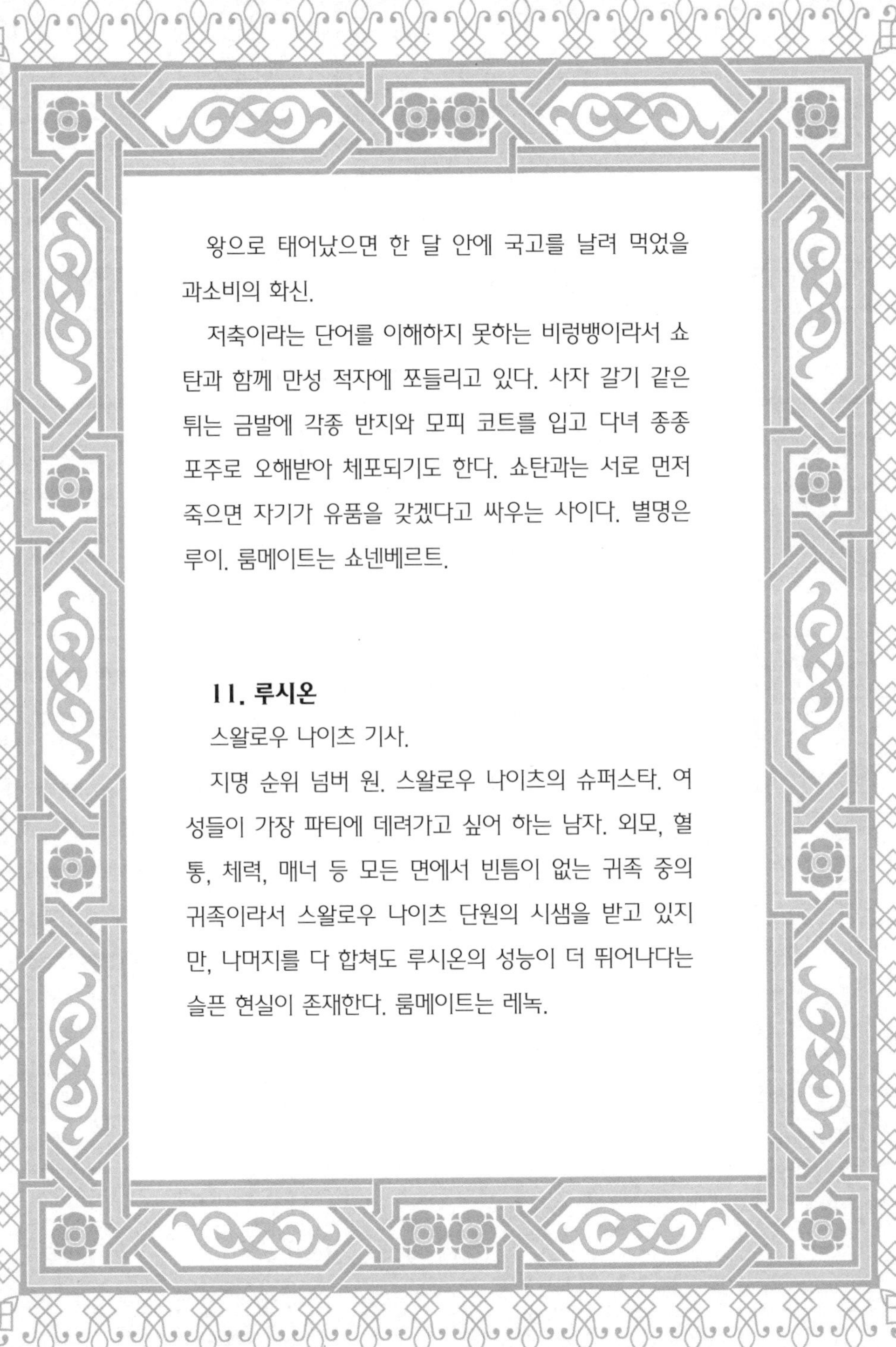

왕으로 태어났으면 한 달 안에 국고를 날려 먹었을 과소비의 화신.

저축이라는 단어를 이해하지 못하는 비렁뱅이라서 쇼탄과 함께 만성 적자에 쪼들리고 있다. 사자 갈기 같은 튀는 금발에 각종 반지와 모피 코트를 입고 다녀 종종 포주로 오해받아 체포되기도 한다. 쇼탄과는 서로 먼저 죽으면 자기가 유품을 갖겠다고 싸우는 사이다. 별명은 루이. 룸메이트는 쇼넨베르트.

11. 루시온

스왈로우 나이츠 기사.

지명 순위 넘버 원. 스왈로우 나이츠의 슈퍼스타. 여성들이 가장 파티에 데려가고 싶어 하는 남자. 외모, 혈통, 체력, 매너 등 모든 면에서 빈틈이 없는 귀족 중의 귀족이라서 스왈로우 나이츠 단원의 시샘을 받고 있지만, 나머지를 다 합쳐도 루시온의 성능이 더 뛰어나다는 슬픈 현실이 존재한다. 룸메이트는 레녹.

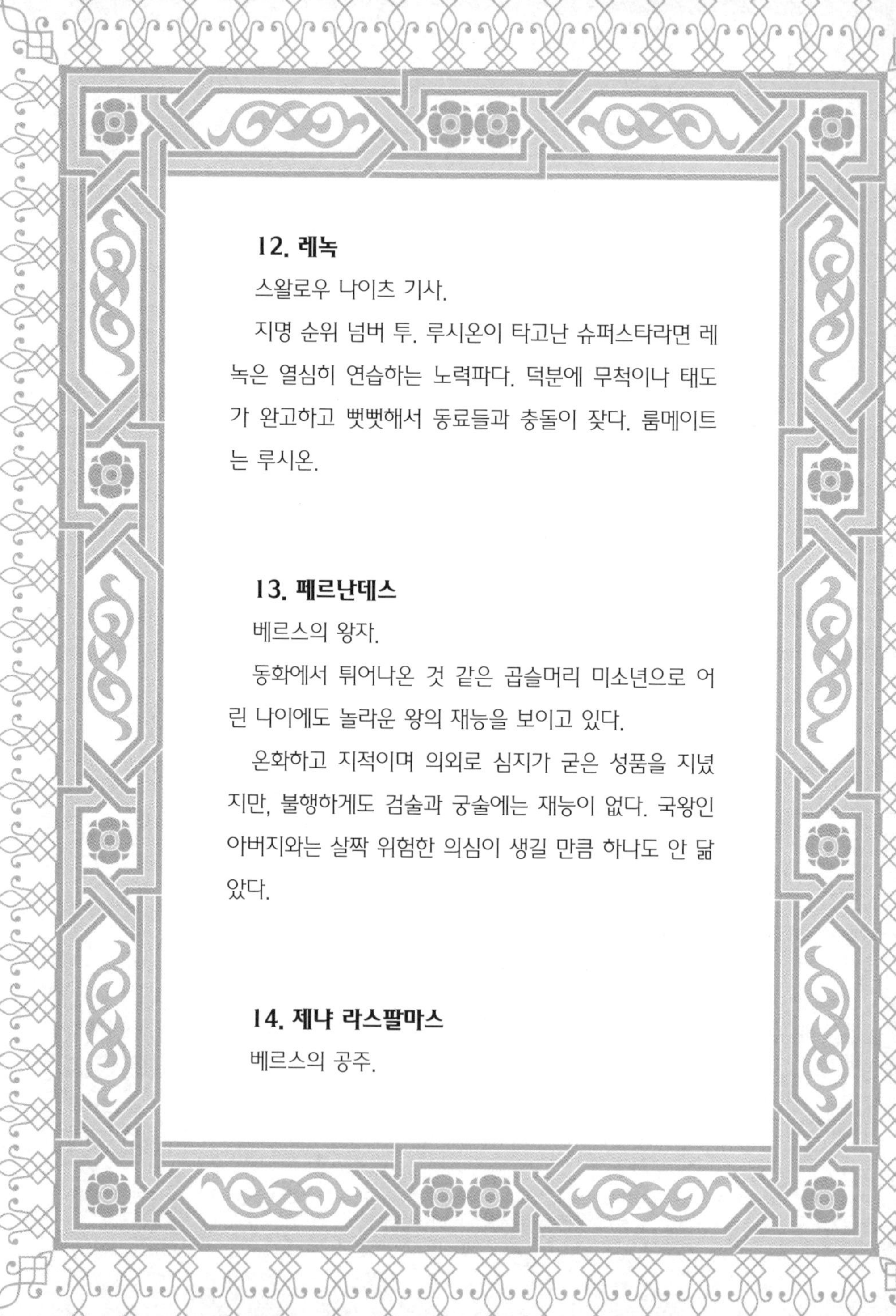

12. 레녹

스왈로우 나이츠 기사.

지명 순위 넘버 투. 루시온이 타고난 슈퍼스타라면 레녹은 열심히 연습하는 노력파다. 덕분에 무척이나 태도가 완고하고 뻣뻣해서 동료들과 충돌이 잦다. 룸메이트는 루시온.

13. 페르난데스

베르스의 왕자.

동화에서 튀어나온 것 같은 곱슬머리 미소년으로 어린 나이에도 놀라운 왕의 재능을 보이고 있다.

온화하고 지적이며 의외로 심지가 굳은 성품을 지녔지만, 불행하게도 검술과 궁술에는 재능이 없다. 국왕인 아버지와는 살짝 위험한 의심이 생길 만큼 하나도 안 닮았다.

14. 제냐 라스팔마스

베르스의 공주.

페르난데스의 여동생이다. 귀여운 인형처럼 생겼지만 마음에 안 들면 주저 없이 로우킥을 날리는 화끈한 공주님이다. 자신의 이상형이 오빠라는 위험천만한 남성상을 가졌다.

15. 베르스 국왕

임금님.

어떻게 봐도 만두를 닮았다. 스왈로우 나이츠라는 치떨리는 아이디어를 구상한 장본인도 바로 이 사람이다. 매일 온갖 치졸한 돈벌이를 구상해 왕실을 어수선하게 한다. 세계 최약소국의 국왕으로 항상 다른 나라에 무시당하고 이미 어린 아들이 자신보다 잘났다는 것을 알게 되어 기쁘기도 하고 쓸쓸하기도 한 중년의 가장. 별명은 만두국왕.

16. 이자벨 크리스탄센

이오타 왕국 방법기관 인트라 무로스 국장.

정보의 마녀. 그녀가 모르는 정보는 아무도 모르는 정

보라는 말까지 있을 정도다. 위험한 정보를 다루고 머리가 아주 비상하며 항상 바쁜 데다가 와인을 매우 좋아한다는 독신녀의 모든 요소를 갖추고 있다. 하긴 어떤 남자가 자신의 모든 부끄러운 과거를 낱낱이 들춰낼 수 있는 무서운 여자에게 접근할 수 있을까?

17. 알테어 엔시스

4대 아신 중 명주작(明朱雀). 교황청 성기사.

검술로는 전 세계 누구도 이길 수 없다. 그러나 성격은 정반대로 위험할 정도로 순진하고 세상 물정을 몰라도 너무 몰라서 미온의 심장을 덜컹덜컹 내려앉게 하는 일들을 주저 없이 저지른다. 의외로 노출광이다.

18. 키르케 밀러스

4대 아신 중 적현무(寂玄武). 북부 콘스탄트 대장군.

큰 키, 큰 가슴, 치켜 올라간 눈초리, 검은 가죽 제복, 폭언을 달고 다니는 입술이 그녀의 트레이드마크다. 게다가 말로만 화를 내는 성격이 아니라 정말 피바다를 만들어 버리는 선혈의 마녀. 아신이라서 결혼 못 한다고 짜증내곤 하지만 아신이 아니라도 결혼과는 거리가 멀어 보이는 여왕님 중의 여왕님이다.

19. 쇼메 블룸버그

이오타 왕국 제1왕자.

자타가 공인하는 비상한 머리와 자타가 치를 떠는 시건방진 성격의 소유자다.

홍차를 무척 좋아하지만 지금까지 단 한 번도 자기 손으로 차를 타 본 적이 없다는 사실만 봐도 그의 성격이 어떠한지 알 수가 있다. 엔디미온과는 만날 때부터 악연이 되어 싸우고 있다.

20. 무라사 랑시

4대 아신 중 견백호(堅白虎). 백수.

아신을 힘을 가지고도 누구도 섬기지 않고 방랑을 선택했다. 전 세계 권력자들이 자기 밑에 두고 싶어 군침을 흘리지만 돌아오는 것은 그의 쇠주먹뿐. 2미터에 육

박하는 키에 온몸이 무쇠 같은 근육질이라서 보는 사람
기가 질리게 하는 맹수지만, 속마음은 의외로 순진하기
짝이 없다. 동생 랑시를 아끼고 있지만 동생 쪽은 별로
그렇지도 않은 것 같다.

21. 위고르

베르스 왕국 법무대신.

40대라는 창창한 나이에 한 나라의 법무대신이 되었
을 만큼 한 번도 출셋길에서 밀려난 적이 없는 불세출의
야심가. 그러나 괴물 정치인 아이히만의 밥이기도 하다.
아부에 관해서는 타의 추종을 불허하는 신의 재능을 지
녔으며 공처가 주제에 미녀에게 약하다.

22. 미레일 알론

이오타 왕국의 기사.

키가 크고 덩치가 좋지만 인상이 유순해서 기사라
기보다는 꼭 온화한 교사 같다. 그러나 제대로 된 기사
가 되겠다는 의지로 조국 베르스를 떠나 이오타에서 기

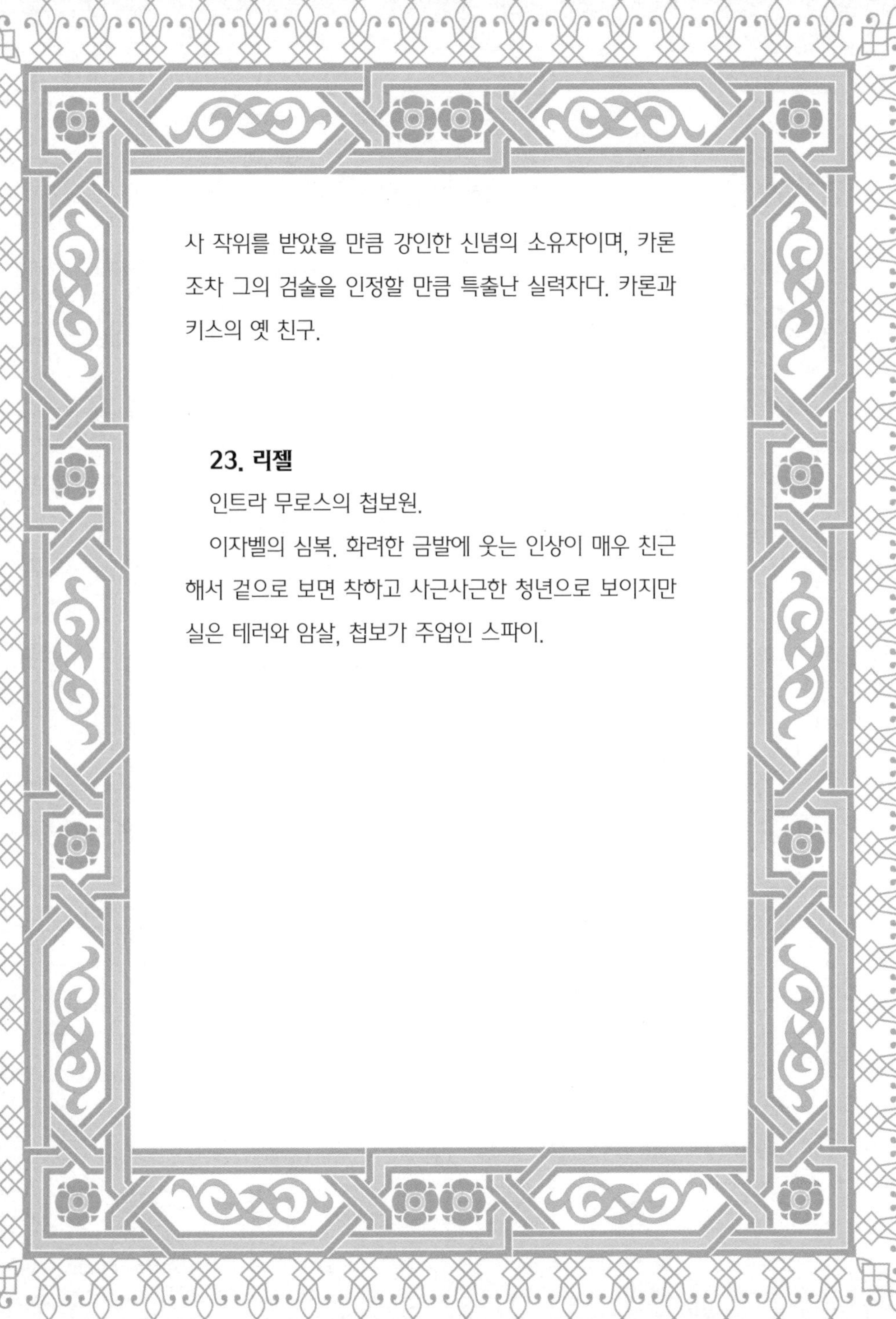

사 작위를 받았을 만큼 강인한 신념의 소유자이며, 카론 조차 그의 검술을 인정할 만큼 특출난 실력자다. 카론과 키스의 옛 친구.

23. 리젤

인트라 무로스의 첩보원.

이자벨의 심복. 화려한 금발에 웃는 인상이 매우 친근해서 겉으로 보면 착하고 사근사근한 청년으로 보이지만 실은 테러와 암살, 첩보가 주업인 스파이.

또 다른 시선

미레일 알론 『지키는 남자』

나는 내게 없는 것들을 탐내거나 질투하거나 달라고 떼를 쓰거나 애교를 부린 적이 살아오면서 단 한 번도 없었다. 그 대신 내가 가진 것들을 소중히 지켰다. 인생은 가지지 못한 것들을 아쉬워하며 살기에는 너무도 짧다. 나처럼 검을 쓰는 사람은 어쩌면 더 짧을 것이다. 내게 소중한 것만 지켜도 시간은 언제나 부족하다.

그래서일까?

어려서부터 항상 귀여운 맛이 없다는 소릴 들었다.

그리고 그 말에 딱히 억울해하지 않는 이런 성격이 바로, 사람들이 지적하는 나의 귀엽지 못한 부분인 것 같다. 하지만 괜찮다. 나는 오늘도 행복하게 살고 있다.

1.

오전 6시, 눈을 뜨면 침대에서 내려와 30분 동안 스트레칭을
한다. 잠들어 있던 근육을 세심하게 당기고 풀어 준다. 경호에
가장 필요한 육체적 조건은 힘보다 순발력이다. 게다가 나는 몸
집이 좀 큰 편이라 조금만 방심하면 둔해지기 십상이다. 어떤 순
간이라도 주군을 지키려면 온몸이 잘 당겨 놓은 스프링처럼 하
루 종일 팽팽해야 한다. 물론 이 운동은 건강에도 매우 좋기 때
문에 쇼메 왕자님에게도 권유해 봤지만. 새벽부터 정신 사납게
춤추지 말라는 면박만 들었다. 그런 분이니까 내가 잘하는 수밖
에 없다.

운동을 마치면 샤워를 한다. 샤워는 최대한 짧게 한다. 기습
을 받았을 때 가장 대응하기 어려운 순간이기 때문이다. 이걸 편
집증이라고 한다면 딱히 반박할 생각은 없지만, 나는 이 편집증
덕에 몇 번이나 주군을 구한 적이 있다. 어차피 경호란 암살자와
경호원이 서로의 바늘구멍을 노리는 편집증의 세계다.

머리를 말리고 거울 앞에 서서 제복을 입는다. 검을 뽑아 칼날
의 컨디션을 살핀 뒤 허리에 찬다. 그리고 2층으로 올라간다. 2

층은 쇼메 저하의 침실이다.

"왕자님, 좋은 아침입니다."

여기는 이오타에서 가장 땅값이 비싼 수도 페로제의 번화가 한복판에 자리 잡은 2층 저택이다. 어차피 이오타 영토가 모두 왕자님의 땅이나 다름없으니까 장소야 어디든 원하는 곳에서 살면 되지만, 일국의 왕자가 어째서 왕실 밖에서 경호 기사와 둘이 살고 있는지 설명하자면 이야기가 좀 길어진다.

"들어가겠습니다."

노크를 해도 대답이 없어서 문을 열었다. 나는 침실 풍경에 표정이 굳었다.

'또 도망치셨어.'

거대한 침대가 떡하니 들어선 침실에 왕자님의 모습은 없었다. 대신 저런 걸 어떻게 입나 싶을 정도로 화려한 바지들과 머플러, 목걸이, 가발, 선글라스, 구겨진 지폐들, 북북 찢은 서류들만이 산지사방에 널브러져 있었다. 벽면엔 활짝 열린 창문이 바람에 흔들리고, 시트를 찢어 만든 줄이 침대 다리에 묶인 채 창밖으로 이어져 있었다. 누가 보면 도둑이 들었다고 생각하겠지만, 나는 이 상황이 무엇인지 잘 알고 있다. 왕자님이 또 도망치신 거다.

예전에 쇼메 왕자님이 인기척을 숨기는 비법을 가르쳐 달라고 조른 적이 있다. 드물게 진지한 태도로 배우는 모습에 감동해서 나는 내 노하우를 성심성의껏 전수해 주었다.

'설마 그걸 내게 써먹을 줄은 몰랐지만.'

나는 정원까지 늘어진 탈출용 줄을 말아 올리며 한숨을 내쉬었다. 세상에서 가장 지키기 어려운 경호 대상은 통제를 따르지 않는 자다. 내가 특별히 주군을 감금하거나 잔소리를 늘어놓는 것도 아닌데, 한밤중에 잠든 경호기사 몰래 인기척을 죽이고 침대 시트로 끈을 만들어 본격적으로 탈출할 것까진 없지 않은가. 서운함을 넘어서 가벼운 패배감마저 든다.

'대충 짐작은 하고 있었지만.'

오늘 주군은 왕실로 불려 가 대체 언제 결혼할 거냐는 설교를 들을 예정이었다. 목을 꽉 조이는 리본 같은 걸로 치장한 왕실 예복을 입고 꼼짝없이 자리에 앉아 중신들에게 둘러싸여 왜 결혼 안 하느냐는 집요한 심문을 다섯 시간 정도 반복해서 들으면 세상이 미워지고 없던 병도 생길 것이다. 사실 이 점에 대해서는 나도 공감하고 있다. 그래도 나는 끝까지 들어주는 편인데 나의 경호 대상은 도주를 택했다. 왕실의 소환 명령을 어기고 나하고 같이 도망치면 내가 문책을 받기 때문에 혼자 도망친 것은 알겠지만, 혼자 사라진다고 내 마음이 편안한 것은 아니다.

"응?"

문득 탁자 위에 놓인 쪽지가 눈에 띄었다. 그저 쪽지일 뿐이지만 모든 물건이 완벽한 무질서의 상태로 뒤죽박죽으로 나뒹구는 이 침실에서 그 쪽지만이 얌전히 반으로 접혀 놓여 있었기 때문에 보석처럼 한눈에 띈 것이다. 나는 쪽지를 열어 보았다. 그 안엔 왕자님이 뾰족한 펜 끝으로 갈겨쓴 메시지가 있었다.

나 돌아올 때까지 휴가야.
내 걱정 말고 푹 쉬어.
명령이야. 신 나지?

추신. 내 방 치워라.

"안 신 납니다."

나는 텅 빈 침실에서 혼자 대답했다. 경호 대상이 도망쳤는데 환호성을 지르는 기사가 어디 있는가. 언제 돌아오겠다거나 몰래 도망쳐서 미안하다는 말은 눈을 씻고 봐도 없다. 그 생각을 하자 살짝 심장 언저리가 뜨거워졌는데, 어쩌면 이게 '화나다'라는 감정일지도 모른다. 하지만 이내 사그라졌다. 어쩔 수 없는 것은 어쩔 수 없는 것, 안 되는 건 안 되는 거라는 내 성격이 마음을 고요하게 한 것이다. 파도가 들이닥쳐 온몸이 젖는다고 화를 내 봤자 파도는 반성하지 않는다. 도망친 쇼메 님을 뒤쫓을까 생각했지만 이럴 때는 천재성이 발휘되는 분이라서 내가 추적할 단서 따윈 절대 남겨 놓지 않는다. 쇼메 님의 추적은 인트라무로스조차 포기한 일이라서 일단 도망치면 나는 돌아올 때까지 가만히 기다릴 수밖에 없다. 대신 다음부터 왕자님의 분위기가 수상할 땐 잠들지 말아야겠다고 다짐할 뿐이다.

'갑자기 휴가라고 해 봐야……'

나는 검을 풀어 탁자에 놓고 아수라장이 된 주군의 침실을 정리했다. 일부러 나를 번거롭게 하려고 이런 것이 아닐까 싶을 만큼 극적인 난장판이었다. 나는 이런 걸 왜 만들었는지 도저히 이해할 수 없는 가죽 바지들과 역시 이해할 수 없는 셔츠들과 발 건강에 별로 도움이 안 될 것 같은 구두들과 몸 어디에 다는지 짐작도 가지 않는 장신구들을 말끔하게 정리해서 옷장에 넣었다. 어찌 된 게 하나같이 지나치게 눈에 띄는 것들뿐이다. 경호 기사의 입장에선 제발 입지 말라고 사정이라도 하고 싶지만, 그랬다간 보나 마나 왕자님 심통만 건드릴 것이다. 머리부터 발끝까지 요란하게 반짝이는 밤무대 의상 같은 걸 일부러 입고 다니며 암살자를 흡족하게 만들고 나를 못살게 괴롭힐 것이 뻔하다. 역시 안 되는 건 안 되는 거다. 내가 더 잘 지키는 수밖엔 없다.

"……"

바닥에 떨어진 선글라스를 들고 바라보았다. 장님도 아닌데 이런 건 왜 쓰는 걸까. 호기심이 들어 무심코 써 봤다.

"……이런 느낌인가."

어둡다. 적에게서 내 시선을 숨길 수 있다는 점은 좋지만 역시 시야를 방해해서 쓸모없는 물건이다. 나는 바로 벗어서 천으로 반짝거리게 닦은 후에 서랍 안에 넣었다. 서랍 안엔 이미 수십 개의 선글라스가 있었다. 다 큰 아들이 이런 거나 열심히 사 모으면서 결혼은 뒷전이니 국왕 전하가 가슴을 때리는 것도 당연한 일이다. 하지만 왕자님의 면모는 이런 괴벽만이 아니다.

나는 바닥에 어지럽게 널린 메모들을 보았다. 크고 작은 종이 쪼가리들엔 휘갈긴 글씨로 쓰인 길고 짧은 문장들이 가득했다. 분명 어젯밤 잠들지 않고 바닥에 앉아 이 왕국을 번성시킬 아이디어들을 쉬지 않고 써내려 갔으리라. 마치 악상이 떠오른 천재 작곡가처럼, 바닥에 웅크려 앉아 하루 종일 꼼짝도 안 하고 생각을 뽑아내는 왕자님의 모습을 자주 봤다. 글을 쓰는 속도가 생각을 따라가지 못해 화가 난다고 내게 말했다. 바닥이며 얼굴에 잉크가 묻어도 의식하지 못하고 온몸의 힘이 다 빠질 때까지 머릿속의 생각을 모조리 종이에 옮긴 다음에야 그대로 서류 더미에 파묻혀 잠이 들었다. 그렇게 홀린 듯 뽑아낸 구상들은 평생 정치를 한 중신들조차 혀를 내두르는 묘안이었다. 그것이 다른 사람들은 보지 못한 쇼메 왕자님의 본모습이며 내가 그분을 지키기로 결심한 이유다. 어딘가로 도망치고 있을 왕자님의 손가락은 지금도 잉크 자국으로 잔뜩 얼룩져 있으리라. 나는 바닥에 흩어진 메모들을 소중히 챙겨 탁자 위에 정리해 놓았다.

'이 정도면 끝났나.'

나는 말끔히 정리된 왕자님의 방을 둘러보았다. 어차피 돌아오는 순간 다시 아수라장이 될 테지만……. 원래 경호기사가 청소를 하는 경우는 없다. 하지만 이 안가(安家)는 보안 때문에 나와 주군을 제외한 다른 사람의 출입이 통제되므로 청소나 요리는 언제나 내 몫이다. 길거리 햄버거나 소박한 가정식도 군말 없이 잘 먹어 주는 게 그나마 다행이다.

왕실기사들은 쇼메 왕자님을 모시는 나를 측은한 시선으로 바라보곤 한다. 쇼메 님의 경호기사는 내 이전에 40명 정도 있었다. 그리고 그들은 모두 해고되거나 자기 발로 그만두거나 불구가 되거나 살해되었다. 경호기사의 교체 주기는 평균 일주일, 나는 1년째 살아남아 매일 기록을 갱신하고 있다.

쇼메 왕자님에겐 안팎으로 적이 많다. 황제에게조차 고분고분하지 않은 유아독존의 성격도 성격이거니와 본래 쇼메 왕자님은 평생 마키시온 제국의 볼모로 잡혀 있을 줄 알았다. 그러면 왕좌를 이을 수도 없기 때문에 왕실에선 볼모로 잡혀 있는 왕자를 없는 셈 쳤다. 그래서 마라넬로 황제가 예상을 깨고 왕자님을 풀어 주었을 때 환호하는 사람들보다는 죽길 바라는 사람이 더욱 많았다. 쇼메 왕자님 역시 자신을 볼모로 팔아 권력을 유지한 귀족들과 화해할 생각은 털끝만큼도 없었다.

아직도 왕실은 왕자님에게 적지나 다름없다. 왕실에 가면 모두 왕자님 앞에서는 웃으며 고개를 조아리지만, 등 뒤로는 어떤 칼을 숨기고 있는지 모를 일이다. 이런 오만하고도 위험한 왕자를 호위하고 싶은 기사가 있을까. 아무리 제1왕자를 지키는 영예로운 직책이라고 해도 언제 왕자가 살해될지 모르는 데다 자기 목숨까지 위협받으며 출세하고 싶지는 않은 것이다. 나 역시 오늘을 장담할 수 없다. 하지만 괜찮다. 삶의 가치는 삶의 길이가 아닌 충실함에 있다. 게다가 나는 쇼메 왕자님보다도 훨씬 더 지키기 어려운 사람과 10대를 보냈기 이 정도 일은 그다지 힘들지 않다. 그 사람은 특별했다. 타락보다 파멸을 택한 신수(神獸)였다. 거짓말처럼 새빨간 눈동자를 가진 사람이었다.

'됐어. 이젠 끝난 일이다.'

2.

휴가라고 해 봐야 주군이 언제 돌아올지도 모르는 상황에선 별로 할 수 있는 것도 없다. 기간을 모르는 휴가라는 것도 있나. 이러면 시간을 내서 본가에 갈 수도 없다. 아니 그보다 신경 쓰이는 건.

'애당초 이게 휴가가 맞긴 한 건가?'

나는 이 난데없는 휴가에서 위화감을 느꼈다. 경호 대상이 도망쳤는데 환호성을 지르며 휴가를 즐길 만큼 경호기사가 말랑말랑한 직업은 아니다. 게다가 내가 아는 쇼메 왕자님은 자기 걱정 말고 푹 쉬라고 일부러 메모를 남길 정도로 상냥한 분이 아니다. 도리어 이런 메모는 나보고 긴장 풀지 말라는 암시나 다름없지 않은가. 하지만 메모에 적힌 특유의 날카로운 필체는 주군의 것이 분명했다.

'하지만 고민한다고 해결될 일도 아니다.'

왕자님의 의도를 알 수가 없고 그렇다고 찾아내서 물어볼 수도 없다. 내 힘으로 해결할 수 없는 일은 더 이상 고민하지 않고 현실을 받아들인다. 명령받은 휴가를 즐긴다. 이번에도 나의 귀염성 없는 성격이 여지없이 발휘되었다. 왕자님이 가끔 '넌 내가 죽어도 눈물 한 방울 안 흘릴 녀석 같다'라고 혀를 차는 이유도 이 때문일까. 하지만 그것만큼은 서운하다. 누차 말하지만 내 눈에서 눈물 흘릴 일 없도록 최선을 다해 지키는 것이 내 일이다.

"……."

그러나 막상 휴가를 생각하자 머릿속이 텅 비어 버렸다. 나라고 휴가가 없었던 것은 아니다. 하지만 휴가의 대부분은 베르스 본가에 가서 '독신'이라는 죄를 지은 대가로 1박 2일 동안 부모님 잔소리를 듣는 데 쓴다. 그게 아니면 고아원의 일일강사가 되어 아이들에게 검도를 가르쳐 주거나 애완동물 가게에 가서 커다란 강아지를 구경하는 것 정도가 전부다.

나보다도 열심히 일하고 있을 카론에게 불쑥 찾아가 술을 마시자고 조르거나, 안 그래도 날 아니꼽게 보는 왕실기사 모임에 참석할 정도로 반죽 좋은 성격은 못된다.

그때 문득 사소한 일탈이 떠올랐다.

'주군을 따라 해 볼까?'

어쩌면 왕자님의 패턴을 알게 되어 경호하는 데 도움이 될지도 모를 일이지 않은가. 그렇게 결심한 나는 일단 왕자님의 단골 미용실로 향했다.

"어서 오세요. 아? 도련님은 안 오셨나요?"

"예, 오늘은 제 머릴 다듬어 보려고요."

나는 활짝 웃는 노파에게 정중히 목례했다.

이곳은 페로제 번화가에서 조금 떨어진 주택가에 숨어 있는 미용실이다. 할머니 원장과 그의 손녀 둘이서 운영하는 간판도 없는 작은 미용실. 쇼메 왕자님의 평에 의하면 '겉멋 들린 페로제에서 유일하게 제대로 된 곳'이란다. 물론 지금껏 왕실의 무료이발소만 이용한 나는 뭐가 어떻게 제대로 되었다는 의미인지 잘 모르겠지만 말이다.

"기사 나리를 볼 때마다 항상 다듬어 보고 싶었는데 잘되었군요."

"제 머리가 그렇게 안쓰러워 보였나요?"

"아니요. 그런 은발은 흔치 않아서."

노파가 미소를 지었다.

"그런데 어쩌죠? 지금 예약이 밀려 있어서, 두 시간은 기다리셔야 할 것 같은데요."

"기다리겠습니다."

시간 보낼 길이 없던 나는 기쁜 마음으로 말했다.

나는 이분에게 신분을 말한 적이 없다. 왕자님 역시 이곳에선 그저 도련님이라고 불린다. 특별 대우 같은 건 없으며 아무리 왕자님이라도 예약을 안 하면 소파에 기대어 졸아 가며 차례가 올 때까지 기다릴 뿐이다. 하지만 직감적으로 이 주인은 우리의 신분을 알고 있다는 생각이 들었다.

자기 나라 왕자가 방문한 미용실이라면 대대로 먹고살 수 있는 광고가 될 것이다. 그런데도 이 늙은 미용사는 조금도 내색하지 않고 품위 있는 미소를 보이며 오로지 자신의 일에만 몰두한다. 신분을 밝혔어도 그 의연한 태도는 똑같을 것 같다. 존경심이 생기는 직업 정신이다. 쇼메 님이 말한 '제대로 된 곳'이라는 말의 의미가 이것일까.

두 시간 후 내 차례가 돌아왔을 때 노파가 말했다.

"어떻게 해 드릴까요, 나리?"

사실 나는 머리를 짧게 자르고 싶었다. 샤워 시간도 짧아지고 치렁치렁한 머리카락은 경호에 방해만 된다. 하지만 그러겠다고 하자마자 쇼메 왕자님이 '까까머리 경호기사 따윈 당장 해고해 버릴 거야!'라며 기겁을 하며 협박했기 때문에 어쩔 수 없이 내버려 두는 것뿐이다. 훌륭한 경호기사가 되기 위해서는 참으로 많은 조건이 필요한 것이다.

나는 거울을 바라보며 고심 끝에 대답했다.

"제게 어울리는 쪽으로 부탁합니다."

노파는 예의 품위 넘치는 미소와 함께 고개를 끄덕였다.

3.

그렇다고 파마를 하다니……. 나는 기사도에 큰 죄를 지은 것 같은 기분에 고개를 숙인 채 도망치듯 미용실을 나왔다. 이건 어떻게 봐도 유행에 목숨 거는 타락기사가 아닌가.

아니나 다를까, 날 바라보는 번화가 사람들이 '엄청 튄다. 연예인인가 봐'라며 수군거렸다. 만약 암살자가 날 노리고 있다면 지금 덮치는 것이 좋을 것이다. 평정심이 깨진 상태라서 암살 성공 확률이 무척 높을 테니까. 어쨌거나 다음부턴 왕실 무료이발소로 가야겠다.

졸지에 날라리 기사가 된 나는 이번엔 왕자님의 단골 옷 가게를 찾았다. 이곳은 고작해야 10대 후반 정도로 보이는 당돌한 소년이 운영하는 곳인데, 말하자면 이것이 티셔츠인지 바지인지도 알 수 없는 세상에서 가장 해괴한 옷들을 파는 곳이다.

나는 어려서부터 다림질이 되어 있지 않고 줄이 잡히지 않은 옷은 광대들이나 입는 것이라는 부모님의 교육을 받고 자랐다. 셔츠는 오직 순백만 허용하고 그 셔츠 소매에는 반드시 내 이름이 수놓아져 있어야 한다. 바지를 입었을 때 조금이라도 발목이 드러났다간 집안이 뒤집히며, 옷에 붙은 어떤 단추도 사람들이 볼 때 풀어서는 안 된다. 귀족에겐 그만한 품격이 있어야 한다며 그렇게 교육을 받았는데, 독신 주제에 커다란 반지를 다섯 개나 끼우고 왕실회의에 나타난 왕자를 보고는 다 부질없는 짓이라는 것을 깨닫게 되었다.

"헤에, 엘리트 기사님이 이런 데 혼자 오다니 별일이네? 왜 혼자야? 도련님한테 바람맞았어?”

소년이 미궁 속에서 길을 잃은 얼굴로 가게를 돌아다니는 날 보고는 휘파람을 불었다.

“뭘 찾고 있어? 내가 도와줄까?”

나는 잠시 고민하다가 침을 꿀꺽 삼키며 대답했다.

“내게 어울리는 걸로 부탁해.”

이젠 될 대로 돼라는 심정이다.

4.

얼마 후 나는 더 이상 명예로운 이오타의 기사라고 할 수 없는 모습이 되어 터덜터덜 가게를 나왔다. 니트로 짠 검은색 터틀넥 티셔츠는 꽉 달라붙는 데다가 통풍이 좋으라고 그런 건지 거친 뜨개질 사이로 드문드문 속살이 보이는 불량품이다. 청바지는 태어나서 처음 입어 봤는데 무슨 억하심정인지 온통 난도질을 해 놔서 걸레처럼 너덜거리는 불량품이다. 그리고 비도 안 오는데 부츠는 왜 신겼을까. 게다가 부츠에 주렁주렁 달린 금속 장식은 잘그락거려서 잠입하다 들통 나서 죽기 딱 좋고, 높은 굽은 결정적인 순간에 균형 잃고 쓰러져 적의 칼에 심장이 뚫리길 바라는 마음으로 달아 놓은 것 같다. 무엇보다 터무니없이 비싸다.

이런 자살 도구를 사는 데 내 한 달 월급을 다 쓰다니, 가슴이 쓰리다.

일단 실용성은 둘째 치고 입고만 있어도 부끄럽다. 내가 무슨 큰 잘못을 저질렀을 때 나를 벌주고 싶다면 이 옷을 입히고 광장을 돌게 하는 것만으로도 충분한 모욕이 될 것이다. 지금 이 꼴을 부모님이 봤다면 그 즉시 인연을 끊을 것이 분명하다.

'됐어, 이제 됐어.'

쇼메 왕자님을 이해하려는 시도는 무참히 실패로 돌아갔다. 세상에는 전혀 알고 싶지 않은 세계도 있는 법이다. 나는 고개를 숙인 채 잘그락잘그락거리며 카페로 향했다. 조용히 커피를 마시고 집에 돌아가서 이 옷을 불태운 다음에 왕자님이 돌아올 때까지 집 구석구석을 청소하고 새로 나온 해부학 책을 읽을 것이다. 휴가는 이제 지긋지긋하다.

'사실 커피도 마시지 않지만.'

귀족이 마실 수 있는 음료는 오직 물과 홍차와 와인뿐이라는 가정교사의 가르침을 받았지만, 지금 내 온몸은 귀족이 할 수 있는 모든 금기를 다 깬 상태이기 때문에 커피 정도의 타락은 얼마든지 받아들일 수 있다.

누구도 나를 알아보지 않길 바라는 마음으로 커피를 마시고 있을 때 우려하던 일이 발생했다. 내 테이블에 어떤 여인이 앉더니 이렇게 말한 것이다.

"미레일 알론. 쇼메 왕자의 경호기사, 맞죠?"

5.

나는 물결치는 은발을 쓸어 넘기며 그녀를 바라봤다. 왕자의 경호기사가 이 모양이라는 것은 나는 물론, 왕자님의 명예까지 실추시킬 처사다. 당황스럽다. 이럴 땐 그렇다고 말하는 게 옳은 일일까, 아니면 사람 잘못 봤다고 해야 하는 걸까. 역시 커피 같은 걸 마시지 말고 곧바로 집으로 갔어야 했다.

하지만 이 안절부절못한 마음은 그녀의 다음 말과 함께 싹 달아났다.

"본론만 말하죠. 우리는 쇼메 왕자를 납치했습니다."

순간 나는 나의 세계로 돌아왔다. 주변의 모든 거리가 도주로 확보를 위한 동선으로 보이고 주변 모든 사람이 적과 아군, 중립으로 나뉘는 귀엽지 않은 세계로.

지금 나를 노리는 적은 총 다섯 명으로, 네 명은 총을 품속에 숨긴 채 주변을 어슬렁거리고 나머지 하나는 노인으로 분한 채 내 오른쪽 테이블에서 신문을 보는 척하고 있다. 언제라도 움직일 수 있도록 의자를 길게 뺀 자세와 노인이라고 하기엔 지나치게 발달한 어깨, 신문을 든 왼손의 손가락뼈가 구부러진 것을 보면 단도를 쓰는 왼손잡이 암살자다. 소매 안에 짧은 칼을 숨기고 있을 것이다. 그리고 지금 내 목은 내가 검을 뽑는 순간 동맥을 그어 버릴 수 있는 그의 사정권 안에 있다.

나는 묵직한 커피 잔을 휘감듯 쥐며 그녀를 바라봤다.

"말하세요."

"베르스 출신이라는 것을 알고 있습니다. 그 때문에 이 나라에서 출세하지 못하고 누구도 맡기 싫어하는 쇼메 왕자의 경호기사가 되었다는 것도. 시건방진 왕자의 뒤치다꺼리나 해야 하는 신세에 불만이 많으시죠?"

내 프로필을 알고 있는 자다. 그렇다면 왕실 내부인의 소행일 가능성이 높다. 그리고 이 여자는 용병이다. 아무리 예쁘고 잘 꾸몄어도 눈치챌 수 있다. 세련된 외모에 어울리지 않는 두껍고 울퉁불퉁한 저 손톱은 수없는 훈련 때문에 계속 깨지고 다시 자랐기 때문이다. 근처에 있는 동료들도 한 팀일 테고 이들에게 납치를 지시한 의뢰인은 따로 있을 것이다.

"쇼메 왕자는 내일 어떤 클럽에서 변사체로 발견될 겁니다. 사인은 마약 과다 복용으로 인한 심장마비."

그 말에 나는 불안한 표정을 드러냈다. 경호 대상이 살해되어 자신이 처벌받을 것을 겁내는 그런 표정 말이다.

"그, 그래서요?"

그녀는 흡족하게 웃었다.

"겁내실 필요는 조금도 없습니다. 기사님은 제가 지시한 대로 왕실에 증언하면 됩니다. 그러면 아무런 처벌도 받지 않습니다. 아니 오히려 이 왕국의 장래를 걱정하는 어떤 분의 신임을 받아 출셋길이 열릴 겁니다. 선택하세요. 이 제안을 거절하고 사형대에 오를지, 아니면 제안을 받아들여 평생을 행복하게 살지.”

행복을 마다할 사람은 누구도 없다. 다만 그 행복의 조건이 다를 뿐이다.

용의자가 서너 명으로 좁혀지고 있었다. 나는 최대한 떨리는 목소리로 말했다.

“제, 제발 부탁합니다. 그 제멋대로인 왕자 때문에 어렵게 얻은 기사 작위를 잃고 싶지 않습니다.”

“훗. 늠름한 얼굴인데 겁은 많으시군요.”

나를 겁쟁이 속물로 본 그녀가 경멸 어린 비웃음을 보였다. 그녀가 밀봉된 서류 봉투를 건네며 자리에서 일어섰다.

“여기에 쓰여 있는 대로 증언하세요. 나머지는 우리가 알아서 합니다.”

“자, 잠깐!”

내가 커다랗게 외쳤다. 주변 사람들이 다 돌아볼 정도로 말이다.

“난 당신들을 못 믿겠어! 왕자를 죽이면 나도 죽일 거잖아!”

그녀가 깜짝 놀라 내 멱살을 거칠게 잡았다. 덕분에 방금 산 터틀넥이 늘어나 버렸다. 뭐 어차피 태워 버릴 거였으니까 상관없으려나.

“미쳤어? 이 자리에서 죽고 싶어? 덩치는 산만 한 사내자식이 겁을 집어먹는 데에도 정도가 있지!”

“나, 나도 데려가 줘. 일이 끝날 때까지 함께 있을 거야.”

"……말도 안 되는 소릴."

"데려가지 않으면 협조 안 해! 왕실에 알릴 거야!"

나는 울어 버릴 것 같은 얼굴로 태어나 처음으로 떼를 썼다. 참 신선한 기분이다.

그녀는 막무가내로 떼를 쓰는 어린애를 상대하는 표정으로 이를 갈았다. 강한 여자일수록 이런 상황에 약하다. 그녀의 눈에 살기가 돌았다. 사리 분별 못 하고 산통을 깨는 겁쟁이한테 화가 치밀어 오른 것이다. 그리고 경호란 암살자와 경호원 중에 감정이 흔들린 쪽이 지는 게임이다.

"알겠어, 알겠으니까 우는소리 집어치우고 따라와!"

이 여자는 돈을 위해 일하는 용병이다. 내가 돌발 행동을 해도 절대 의뢰는 포기하지 못한다. 그리고 사람들이 지켜보는 데서 징징거리는 겁쟁이 따위는 얼마든지 요리할 수 있다고 믿을 만큼 자존심이 강한 여자다. 상대의 본모습을 파악하고 자신의 본모습을 속인다면 이미 상대를 죽인 거나 다름없다고, 내 기사 수행 시절 붉은 눈의 룸메이트가 가르쳐 줬다.

그녀는 단단한 손아귀로 내 멱살을 잡은 채 끌고 갔다.

6.

역시 이들은 프로였다. 쇼메 왕자님을 잡아 둔 장소가 인적 없는 야산이 아니라 수많은 사람으로 밤낮없이 북적이는 번화가 건물 지하인 것을 보면. 인파 속에 숨은 사유지는 수색하는 데 시간이 걸린다. 또한 표적을 납치해 이동하는 동선도 짧아진다.

"자, 이제 만족해?"

나를 끌고 온 여자가 신경질적으로 내뱉었다. 용병의 수는 총 10명이었다. 오랫동안 사용하지 않은 술집 같은 지하엔 안개 같은 곰팡내가 깔려 있었다. 그리고 그 가운데, 온몸이 의자에 묶인 가출 왕자님이 나를 바라보고 있었다.

주군은 나를 보자마자 눈이 휘둥그레졌다. 이토록 깜짝 놀란 얼굴은 처음 보았다. 그가 내 몸을 훑어보며 말했다.

"미레일…… 너 대체 나 없는 동안 무슨 짓을 한 거야?"

그는 내 현란한 두발 상태며 자신보다도 한술 더 뜨는 첨단 패션을 보고는 살짝 분한 표정마저 짓고 있었다. 솔직히 이 모습만큼은 보이고 싶지 않았건만.

나는 얄미울 만큼 멀쩡한 주군을 보고 가슴이 녹는 것 같은 안도감을 느꼈다. 내가 쓴웃음을 지으며 말했다.

"이게 휴가입니까?"

불안한 낌새를 느낀 여자가 외쳤다.

"너 설마!"

내 손이 허리춤으로 움직였다. 나는 이들이 내 검을 빼앗지 않으리라는 것을 알고 있었다. 외부인의 무기를 미리 빼앗는 건 기본 중의 기본이다. 하지만 10대 1이라는 압도적인 수적 우세와 내가 목숨을 구걸한 겁쟁이라는 확신이 이런 어이없는 실수를 빚어낸 것이다.

"뭐, 뭐야! 이 자식!"

자기 확신이 틀렸다는 것을 깨닫는 데는 의외로 시간이 걸리는 법이다. 당황한 용병들이 총을 꺼내는 순간 두 명의 머리가 날아갔다. 총성이 울리고 빗나간 총알들이 벽과 충돌해 불꽃을 터트리며 사방으로 튀었다. 나는 의자에 묶여 있는 왕자님을 세게 걷어차 넘어트렸다. 왕자님이 비명을 질렀다. 하지만 이건 왕자님이 유탄에게 맞을 면적을 최대한 줄이려는 의도다. 맹세코 다른 의도는 없다.

순간 내 머릿속 모든 회로가 전투를 위해 재배열되었다. 온 힘을 검에 모아 단숨에 적의 허리를 자른다. 쉴 새 없이 움직이며 적들을 몰아세운다. 날아오는 총탄쯤은 왼팔로 걷어낸다.

나는 이 순간을 위해 수도 없이 훈련했다. 한겨울 진흙탕에서, 울창한 밀림에서, 도망칠 곳 없는 긴 복도에서, 어두운 밀실에서 다수의 적들에 둘러싸여 막고 피하고 찌르는 싸움을 끝없이 시뮬레이션하며 연습하고 근육 하나하나에 그 기억을 각인시켰다. 어떤 상황에서도 주군을 지킬 수 있도록 연습에 연습을 반복했다.

그러나 아무리 연습해도 예상치 못한 상황은 터지기 마련이다.

'큭!'

결국 신고 있던 부츠가 말썽을 일으켰다. 온 힘을 다한 움직임을 견디지 못하고 굽이 부러지며 균형이 무너진 것이다. 이 순간을 노린 예의 왼손잡이 칼잡이가 달려들었다. 날 쓰러트리며 올라탄 그가 내 가슴에 단도를 찔러 넣었다.

"……!"

나는 주저 없이 왼팔로 심장을 가렸다. 단도가 내 팔뚝을 뚫었다. 적의 무기를 봉쇄한 나는 차가운 눈으로 그를 올려다봤다.

"젠장!"

칼잡이가 단도를 뽑으려 했지만, 매일 훈련한 팔뚝의 근육이 칼날을 꽉 쥐었다. 나는 오른손의 검을 났다. 그리고 당황한 그의 얼굴을 정확히 겨냥해 주먹을 날렸다. 턱뼈가 부서지는 소리와 함께 혼절한 그가 바닥을 굴렀다. 나는 검을 쥐며 빠르게 몸을 일으켰다.

"그만!"

여자의 외침에 고개를 돌렸다. 선혈을 뒤집어쓴 내 몸에선 핏방울이 떨어지고 있었고, 남은 적은 여자뿐이었다. 그녀가 왕자님의 목에 칼을 들이댔다.

"교활한 놈! 겁쟁이인 척 날 속여?"

"……."

나는 피에 젖은 얼굴로 그녀를 바라봤다. 지금 내 얼굴은 내가 봐도 정이 떨어질 만큼 무표정할 것이다.

"무기 버려! 아니면 네 주인이 죽는다!"

나는 담담하게 말했다.

"기사라는 족속은 단순합니다. 내 경호 대상이 죽으면 나도 책임을 지고 자결합니다."

"무, 무슨 구닥다리 같은 소릴!"

"당신이 왕자님을 죽이면 당신도 죽고 나도 죽습니다. 그래서 즐거울 사람은 당신에게 이 일을 의뢰한 사람뿐입니다."

"……."

"하지만 당신은 기사가 아닌 용병입니다. 합리적인 선택을 할 수 있습니다. 여기서 항복하고 의뢰인이 누군지 자백한다면 적어도 사형은 피할 수 있습니다. 왕자님, 약속해 주십시오."

목에 칼이 들어와 있는 쇼메 왕자님이 태연하게 말했다.

"내가 관심 있는 쪽은 날 죽이려는 음모를 꾸민 놈이지, 돈 벌려고 땀 흘리며 일하는 아가씨가 아니야. 내 이름을 걸고 약속하지. 어떤 처벌도 내리지 않아."

"흥! 내가 목숨을 구걸할 겁쟁이로 보여?"

그 말에 나는 방긋 웃었다.

"아니요. 다만 당신이 죽지 않길 바랄 뿐입니다."

그녀는 새빨개진 얼굴로 나를 죽일 듯 쏘아보았다.

목에 칼이 다가온 쇼메 왕자님이 뾰루퉁한 얼굴로 고개를 기울이며 중얼거렸다.

"뭐야, 이 분위긴?"

그녀는 곧 바닥에 칼을 던지며 몸을 돌렸다.

"마, 맘대로 해. 죽이든 살리든!"

"고마워요."

나는 떨어진 칼을 집어 들고 왕자님에게 다가갔다. 그를 묶은 밧줄들을 하나씩 끊어 주며 말했다.

"이거 처음부터 계획하신 거죠?"

"미안. 날 노리는 귀족을 한 방에 박살내려면 이 방법이 가장 빠르거든."

그는 하나도 안 미안한 얼굴로 말했다.

"그렇다고 자기 발로 납치되는 경우가 어디 있습니까. 제가 오기도 전에 죽이려 들었으면 어쩔 뻔했습니까?"

"왕위계승권을 가진 왕자를 죽이고 왕권을 가로챈다는 건 그리 간단한 일이 아니야. 내가 살해되면 보나 마나 날 미워하는 귀족들이 유력한 용의자가 될 테고 독사 같은 이자벨이 철저하게 수사할 테니까."

"……심복에게 독사 같다니요."

나는 계속 밧줄을 끊으며 한숨을 내쉬었다.

"그래서 사고사로 위장하기 위해 내 경호기사인 네가 필요했던 거야. 나와 항상 붙어 다니는 네가 거짓 증언을 하면 얼마든지 사고로 위장할 수 있으니까. 널 매수하기 전까지는 절대 날 못 죽여."

"그, 그럼 그렇다고 미리 제게 말씀을 해 주셨으면!"

"말했으면 뜯어말렸을 거잖아?"

"당연합니다."

나는 편집증적으로 묶어 놓은 수많은 밧줄을 계속 자르며 말했다.

"하지만 용병들이 제게 접근하지 않을 수도 있었잖아요. 제가 순순히 매수될 거라고 어떻게 확신합니까."

"그건 저 아가씨가 대답해 줄 거 같은데?"

그러자 몸을 돌린 그녀가 이를 갈며 말했다.

"주인이 사라졌는데도 태평하게 파마하고 요란한 옷이나 사 입는 경호기사라면 분명히 충성심이 없을 거라고 생각했으니까!"

나는 마지막으로 왕자님의 발목을 묶은 밧줄을 끊으며 또 한숨을 내쉬었다.

"휴가를 즐기라는 게 그 이유였습니까?"

너무한다. 나까지 미끼로 삼았단 말인가. 그러나 그 무엇보다 일부러 납치를 유도해서 정적을 제거하려는 주군의 발상이 오싹했다. 왕자님에겐 자신의 목숨조차 목적을 이루기 위한 도구일 뿐이다.

쇼메 왕자님은 자리에서 일어나 기지개를 켰다.

나는 정색을 하며 말했다.

"왕자님, 제가 왕자님을 목숨을 바쳐 지키는 이유는 당신은 절대 죽어서는 안 되는 사람이기 때문입니다. 그러니 목적을 위해 목숨을 내던지는 듯한 행동은 다시는 하지 말아 주십시오. 바보 같은 짓입니다.”

쇼메는 엄마에게 잔소리를 들은 어린아이 같은 얼굴로 고개를 돌리고 있었다. 그러다 칼에 찔려 피를 흘리는 내 팔을 바라보며 대답했다.

“미레일, 너야말로 바보구나.”

“네?”

“흥. 진짜 바보야.”

그는 그렇게 내뱉고는 빠른 걸음으로 밖으로 나갔다. 대체 왜 저러시는 걸까.

예전 나의 룸메이트와 왕자님 사이에는 공통점이 있다. 그들은 자기 자신을 사랑하지 않는다. 그리고 애정이 결핍된 자리에 들어찬 것은 하나의 목적을 위해 다른 모든 것을 포기하는 광기에 가까운 천재성이었다. 나는 스스로를 불태우는 그 위태로움을 지켜 주고 싶었던 것이다.